Neil Richards
Matthew Costello
Cherringham Sammelband II - Folge 4-6

AF217001

Über die Autoren

Matthew Costello ist Autor erfolgreicher Romane wie *Vacation* (2011), *Home* (2014) und *Beneath Still Waters* (1989), der sogar verfilmt wurde. Er schrieb für verschiedene Fernsehsender wie die BBC und hat dutzende Computer- und Videospiele gestaltet, von denen *The 7th Guest*, *Doom 3*, *Rage* und *Pirates of the Caribbean* besonders erfolgreich waren. Er lebt in den USA.

Neil Richards hat als Produzent und Autor für Film und Fernsehen gearbeitet sowie Drehbücher für die BBC, Disney und andere Sender verfasst, für die er bereits mehrfach für den BAFTA nominiert wurde. Für mehr als zwanzig Videospiele hat der Brite Drehbuch und Erzählung geschrieben, u.a. *The Da Vinci Code* und, gemeinsam mit Douglas Adams, *Starship Titanic*. Darüber hinaus berät er weltweit zum Thema Storytelling.

Bereits seit den späten 90er Jahren schreibt er zusammen mit Matt Costello Texte, bislang allerdings nur fürs Fernsehen. Cherringham ist die erste Krimiserie des Autorenteams in Buchform.

Cherringham – Landluft kann tödlich sein – Die Serie

»Cherringham – Landluft kann tödlich sein« ist eine Cosy Crime Serie, die in dem vermeintlich beschaulichen Städtchen Cherringham spielt. Jeden Monat erscheint sowohl auf Deutsch als auch auf Englisch ein spannender und in sich abgeschlossener Fall mit dem Ermittlerduo Jack und Sarah.

Matthew Costello
Neil Richards

CHERRINGHAM
LANDLUFT KANN TÖDLICH SEIN

Sammelband II

Folge 4: Die Nacht der Langfinger
Folge 5: Letzter Zug nach London
Folge 6: Die verfluchte Farm

BASTEI ENTERTAINMENT ■ ■ ■ ■ ▶

BASTEI ENTERTAINMENT

Vollständige ePub-to-Print-Ausgabe des in der Bastei Lübbe AG
erschienenen E-Books Cherringham Sammelband II - Folge 4-6
von Neil Richards und Matthew Costello

Bastei Entertainment in der Bastei Lübbe AG
Copyright © 2016 by Bastei Lübbe AG, Köln
Übersetzung: Sabine Schilasky

Textredaktion: Dr. Arno Hoven
Lektorat/Projektmanagement: Michelle Zongo
Covergestaltung: Jeannine Schmelzer unter Verwendung von Motiven
© shutterstock/Peter Gudella
© shutterstock/Tony Brindley
Satz: readbox publishing, Dortmund
Druck: BoD, Hamburg

ISBN 978-3-7413-0008-0

www.bastei-entertainment.de

www.lesejury.de

Die Hauptfiguren

Jack Brannen ist pensioniert und frisch verwitwet. Er hat jahrelang für die New Yorker Mordkommission gearbeitet. Alles was er nun will ist Ruhe. Ein Hausboot im beschaulichen Cherringham in den englischen Cotswolds erscheint ihm deshalb als Alterswohnsitz gerade richtig. Doch etwas fehlt ihm: das Lösen von Kriminalfällen. Etwas, das er einfach nicht sein lassen kann.

Sarah Edwards ist eine 38-jährige Webdesignerin. Sie führte ein perfektes Leben in London samt Ehemann und zwei Kindern. Dann entschied sich ihr Mann für eine andere. Mit den Kindern im Schlepptau versucht sie nun in ihrer Heimatstadt Cherringham ein neues Leben aufzubauen. Das Kleinstadtleben ist ihr allerdings viel zu langweilig. Doch dann lernt sie Jack kennen …

Matthew Costello
Neil Richards

CHERRINGHAM
LANDLUFT KANN TÖDLICH SEIN

Nacht der Langfinger

Aus dem Englischen von Sabine Schilasky

1. Das Ende des Regenbogens

Jerry Pratt gab Gas und hielt das Lenkrad des alten Landrovers fest in seinen Händen, während die Reifen mit dem steilen, schlammigen Hang am Winsham Hill kämpften.

»Komm schon, komm schon!«, rief er dem Motor zu, aber das alte Wrack rutschte und schlingerte bedrohlich zur Seite.

Doch zu guter Letzt machte der Wagen einen Satz nach vorn, und die Räder griffen in den Grund des alten Wirtschaftsweges, sodass Jerry die Kontrolle wiedererlangte.

»Mann, ich dachte schon, du packst das nicht«, stöhnte Baz, der auf dem Beifahrersitz hockte und sich mit beiden Händen an das alte Blecharmaturenbrett klammerte.

Jerry sah zu seinem alten Kumpel und boxte ihm lachend gegen den Arm.

»Ha! Hast mächtig Schiss gekriegt, was, Baz, du Penner? Aber mach mir nicht meinen Autositz voll, klar?«

Er bog auf einen Kiesstreifen neben dem lang gezogenen Waldstück, das den Hügel säumte, hielt an und stellte den Motor ab.

»Ich kapier nicht, wieso du nicht den Weg neben dem Cricketplatz nimmst – so wie jeder normale Mensch«, murrte Baz.

»Weil ich nicht normal bin, okay?«

»Wie recht du hast.«

Jerry lachte wieder, holte seine Zigaretten hervor und bot Baz eine an. Der schüttelte den Kopf.

»Ich hab aufgehört, schon vergessen?«, sagte er finster. »Abby mag das nicht. Wegen dem Baby und so.«

Jerry verdrehte die Augen.

»Pass lieber auf, Alter. Du stehst schon ganz schön unterm Pantoffel.«

»Tja, wird dir irgendwann genauso gehen, Jerry. Wart's nur ab.«

»Keine Chance. Ich lasse mich nicht in Ketten legen!«

Jerry grinste.

Jau, so bin ich. Frei wie ein Vogel, dachte er. *Und arm wie 'ne beknackte Kirchenmaus.*

Er zündete sich eine Zigarette an und schnappte sich seine Jacke. Während er aus dem Landrover stieg, schaute er sich um. Von hier oben könne man auf fünf Countys sehen, hieß es – obwohl er das nie geglaubt hatte. Solchen Quark dachten sich die Tourismusleute aus. Und falls es doch stimmte – na wenn schon! Was sollte das bringen, auf fünf Countys zu gucken? Die sahen doch eh alle gleich aus. Bloß Felder. Dennoch musste er zugeben, dass die Aussicht zu dieser Tageszeit nicht schlecht war. Vielleicht sollte er häufiger vor elf herkommen …

Er drehte sich zu dem Wäldchen um.

Im Dickicht hinter den Bäumen – wo es in der richtigen Jahreszeit von fetten Fasanen nur so wimmelte – lag das Cricketfeld von Cherringham. Und dahinter wiederum befand sich der Ort selbst.

Baz hatte recht. Aus der Richtung kam man tatsächlich am besten hierher: Nur – wo blieb da der Spaß? Außerdem war die Strecke für Jerrys Geschmack ein bisschen zu … belebt. Was auch immer man in und um Cherringham herum anstellte, irgendeiner steckte immer seine Nase rein, meckerte oder beschwerte sich.

Deshalb bevorzugte er den Feldweg, die ruhigere und weniger »normale« Strecke um das Dorf herum.

Und wo sonst konnte ein junger, heißblütiger, gut aussehender Kerl wie er heutzutage den gewissen Nervenkitzel finden? Sicherlich nicht oben in der Hühnerfabrik, wo man für sechs Pfund die Stunde Hähnchen ausweidete.

Eines Tages, wenn er reich und berühmt wäre, würde er sich hier oben eine große Villa mit Blick auf die fünf bescheuerten Countys bauen. Er würde auf seiner Terrasse sitzen, einen Joint rauchen und Bier mit seinen Kumpels trinken: Und dann könnten die Leute von Cherringham ihn mal gernhaben.

»Ich hab die Akkus aufgeladen, Jerry, denn das hast du ja garantiert vergessen«, sagte Baz, der inzwischen hinten im Landrover war. Durch seine Worte wurden Jerrys Träume von einer rosigen Zukunft jäh unterbrochen.

»Und ich hab sie nicht aufgeladen, du Penner, weil ich wusste, dass du es sowieso machst«, erwiderte Jerry.

Baz hielt die hintere Tür des Wagens auf und zeigte auf zwei Metalldetektoren.

»Such dir einen aus«, forderte er Jerry auf und stieg aus dem Rover.

Jerry überlegte. Der Mark IV war schwerer, machte aber weniger Lärm. Der Expro-Navigator war leichter, dafür jedoch fummeliger.

»Ich nehm den Expro, Baz. Meine Schulter zwickt heute Morgen.«

»Zu viele Pints gehoben, schätze ich«, stichelte Baz. »Du hast aber auch ein Glück.«

Jerry bekam von Baz den gewünschten Detektor, legte ihn auf die Seite und griff nach seinen Stiefeln, die im Wagen lagen. Er sah zu, wie Baz einen Spaten und den anderen Detektor aufnahm und hinüber auf den Gipfel des Hügels ging, wo er die Hände in die Hüften stemmte und über das Tal blickte.

»Was machen wir? Unten anfangen und uns nach oben vorarbeiten?«

Nachdem er seine Stiefel angezogen hatte, griff Jerry sich seine Ausrüstung, verriegelte den Landrover und stellte sich zu Baz.

»Nee, wir fangen ungefähr auf halber Höhe an und arbeiten uns nach unten vor, würd ich sagen.«

Der obere Teil des Winsham Hill war eine Wildwiese; und an einer Seite von ihr führte der Feldweg entlang, den sie vom Tal aus hinaufgefahren waren. Auf halber Strecke nach unten wurde der Hang flacher. Von dort ab war das Land in Felder aufgeteilt, auf denen unterschiedliche Nutzpflanzen angebaut wurden und die sich bis zum Avon Brooke hinunterzogen – einem Flüsschen, das sich um Cherringham herumschlängelte, bevor es in die Themse mündete.

»Siehst du die Low Copse Farm?«, fragte Jerry und zeigte nach unten ins Tal, über den Fluss hinweg.

Baz nickte. »Die von Butterworth, oder?«

»Genau die. Er glaubt, dass der Streifen Land hier schon seit ein paar Tausend Jahren bewirtschaftet wird.«

»Also können da unten schon früher Häuser gestanden haben?«

»Richtig. Und es gab Straßen und Wege. Plätze, wo die Leute gesessen und ein Nickerchen gemacht haben. Wo sie Sachen verloren, vergruben, versteckten …«

»Schätze!«, rief Baz.

»Ja, möglich wär's. Wenn wir Glück haben.«

»Bisher hattest du aber noch kein Glück, oder?«

»Nein, hatte ich nicht. Und deshalb bist du hier. Du bringst mir Glück, alter Knabe.«

»Und ich nehme dir die Hälfte der verdammten Plackerei ab«, merkte Baz an.

Jerry klopfte ihm auf die Schulter. Baz war schon mies gelaunt auf die Welt gekommen und musste dauernd aufgemuntert werden.

»Ja, stimmt schon. Aber du kriegst auch die Hälfte von dem verdammten Schatz ab, wenn wir ihn finden.«

»Falls wir ihn finden«, korrigierte Baz ihn. »Und dann müssten wir immer noch mit Butterworth teilen.«

»Ist ja seine Farm, Baz. Und sein Land.«

»Ich finde das ungerecht. Er sitzt zu Hause und trinkt Tee, und wir machen die ganze Arbeit.«

»So sind nun mal die Regeln.«

»Hmm, wenn du es sagst. Aber das ist jetzt schon der dritte Samstag, an dem ich dir draußen helfe«, beklagte sich Baz, »und ehrlich gesagt, habe ich es allmählich ein bisschen satt.«

»Drei Samstage – und noch kein Schatz? Was ist nur aus der Welt geworden?«

»Kein Grund, gleich angepisst zu sein, Jerry. Ich meine ja nur.«

»Ist ja gut«, lenkte Jerry ein. »Also, fangen wir jetzt an? Je eher wir mit der Suche beginnen, desto früher werden wir fündig.«

Mit diesen Worten legte Jerry sich seinen Spaten auf die Schulter, hob seinen Detektor hoch und machte sich daran, den Hügel hinabzugehen, um sein Glück zu finden.

2. Wer's findet, darf's behalten

Baz wischte sich den Schweiß aus den Augen und richtete sich auf.

Ogottogott, tut mir das Kreuz weh, dachte er.

Er sah auf seine Uhr. Fünf. Fast sieben Stunden waren sie schon auf diesem Feld zugange. Sie waren durch den Matsch hin und her gestapft, hatten dabei ihre Detektoren langsam von einer Seite zur anderen geschwenkt und aufmerksam gelauscht, ob das verräterische »Plink«-Geräusch zu hören war.

Zuerst hatten sie nebeneinander gearbeitet, aber dann war Jerry der Ansicht gewesen, dass sie sich aufteilen und auf unterschiedlichen Abschnitten des Felds suchen sollten. Irgendwie sollte das ihre Chancen erhöhen, auch wenn Baz nicht ganz verstand, wie.

Auf dem Hügel verliefen die Erdfurchen von unten nach oben, und Jerrys Logik zufolge sollten sie beide sich quer zu ihnen bewegen. Er meinte, sie hätten Glück, dass erst vor Kurzem gepflügt worden war. Butterworth war spät dran mit seiner Maissaussaat, aber wegen des vielen Regens hatte er bis zur letzten Minute gewartet.

Das Problem war, dass der Regen den frisch gepflügten Acker in Matsch verwandelt hatte. Und so waren Baz' Stiefel inzwischen dick mit Schlamm verkrustet und schwer. Folglich empfand er keineswegs, dass sie Glück gehabt hätten.

Sein Rücken tat weh. Seine Beine taten weh. Und seine Arme taten weh vom Schwenken des verfluchten Detektors, mit dem er rein gar nichts gefunden hatte.

Natürlich hatte Jerry sich das leichtere Gerät ausgesucht. Baz wusste zwar, dass sein Kumpel ein verschlagener Mistkerl war, trotzdem ließ er sich alles von ihm gefallen. Man legte sich nicht mit Jerry an, denn der konnte richtig fies werden. Jerry war spargeldünn und drahtig: Anscheinend aß er nie irgendwas, sondern trank bloß. Doch bei Prügeleien kämpfte er wie ein richtiges Muskelpaket.

So wie diese schrecklichen Hunde, die ihre Zähne in einen schlugen und nie wieder losließen.

Neben Jerry kam Baz sich erst recht fett und lahm vor. Er war immer schon dick gewesen, solange er sich erinnerte. Adipös nannte man das heute. Aber fett blieb fett. Jedenfalls war Abby genauso wie er, und sie störte es nicht. Also warum sollte es ihm etwas ausmachen?

Er lehnte sich auf seinen Spaten und ließ den Blick über das Feld schweifen, um nach Jerry Ausschau zu halten.

Zuerst konnte er ihn nicht sehen. Dann entdeckte er ihn an einem Zaunpfosten.

Jerry hatte sich dort hingehockt, um sich auszuruhen, und rauchte eine Zigarette. Jetzt winkte Jerry ihm zu.

Baz winkte zurück.

Fauler Sack.

Baz griff in seine Tasche, zog einen Energydrink heraus und leerte die Dose. Seine letzte. Was für ein Tag! Er hatte sieben Pfund für Drinks und Snacks ausgegeben – und was hatte er gefunden?

Er wühlte in seiner Hosentasche und holte seine Schätze hervor: einen Metallknopf, zwei kleine Stücke Schrott, drei Patronenhülsen.

Wenigstens hatte er es bald geschafft. Nur noch ein letzter viereckiger Abschnitt vom Feld, dann konnten sie wieder nach Hause.

Er legte sich den Spaten auf die Schulter, steckte seine Kopfhörer in die Ohren und stellte den Detektor an. Dann hielt er ihn so, dass die Magnetspule kurz über dem Boden war, und machte sich an das letzte Feldstück.

Nie wieder mache ich das. Eine verfluchte Zeitverschwendung, dachte er.

Jerry beobachtete Baz, der in der hinteren Feldecke wie ein Zombie hin und her schlich, und wurde ungeduldig. Es war

15

fast sechs, und bei diesem Tempo wären sie nicht vor sieben im Pub – viel zu spät für ihn!

Was war nur mit Baz los? Wieso war er so langsam?

Ich muss mir wohl jemand anders suchen, der mir hilft. Und Baz sagen, er bringt's nicht ...

Aber Jerry mochte Baz und hatte Mitleid mit ihm. Baz' Frau war ein richtiger Drachen, und Jerry wusste, wenn er ihn nicht ab und zu für einige Stunden aus dem Haus holte, würde sein Kumpel eines Tages noch umkippen.

Und so viel musste man Baz lassen: Er war gründlich. Baz würde nie einen Job hinschmeißen, bevor er nicht erledigt war.

Jerry trat seine Kippe im Matsch aus und ging rüber, um Baz zu sagen, dass sie für heute Schluss machten.

Was nicht mehr nötig schien, denn Baz war schon stehen geblieben.

Jerry sah, wie Baz sich bückte, in der Erde grub, mit dem Detektor über den Schlamm strich und wieder grub. Dann kniete er sich hin und fing an, mit den Händen im Matsch zu schaufeln.

Jerry lief schneller.

Baz richtete sich auf, nahm seine Kopfhörer ab und winkte ihm ungewohnt hektisch zu.

»Jerry! Jerry!«

Es bedurfte keiner besonderen Aufforderung. Jerry rannte bereits, und als er bei Baz war, scharrte der Riesenkerl mit seinem Spaten so emsig in der Erde herum, dass Dreckklumpen in alle Richtungen flogen.

»Hey, Baz! Stopp! Immer mit der Ruhe, Alter«, sagte Jerry und kniete sich neben ihn. »Hast du was? Was ist da?«

»Ich hatte hier ein hammermäßiges Signal, Jerry. Hammermäßig!«

»Okay, jetzt krieg dich wieder ein, ja? Das könnte alles Mögliche sein. Ein Teil von einem alten Pflug, ein verbuddelter Wagen, eine Bombe aus dem Zweiten Weltkrieg -«

»Eine Bombe? Oh Gott!«

Baz sprang auf, wich zurück und ließ seinen Spaten fallen.

»Oder … es könnte auch was Wertvolles sein«, gab Jerry zu bedenken. »Und falls es so was ist, wollen wir es nicht mit dem Spaten zerkratzen, oder?«

Er sah lächelnd zu Baz auf, der blinzelnd nickte.

»Ja, klar. Könnte wertvoll sein …«

Vorsichtig schob Jerry mehr Erde zur Seite und tastete mit den Fingern im Matsch. Da war tatsächlich etwas: Es war flach, mit einer Prägung oder so. Er versuchte, es anzuheben, aber es war zu groß und steckte in dem dicken Schlamm und Lehm fest, die das Ding anscheinend nicht hergeben wollten.

Baz kniete sich wieder neben Jerry.

»So macht man das, Baz«, erklärte Jerry und zeigte ihm, wie er die Erde mit den Händen beiseiteschieben sollte. »Schön vorsichtig.«

Es dauerte nur eine Minute, dann hatten sie das geheimnisvolle Ding freigelegt.

Es war rund, weit mehr als einen halben Meter im Durchmesser und an den Rändern nach oben gewölbt. Und schwer, wie Jerry feststellte, als er es anheben wollte.

»Gott, hilf mal mit. Das ist beschissen schwer!«

Baz nahm das andere Ende und hob es an. Seine Augen weiteten sich vor Staunen.

»Ich glaub's nicht. Das ist Metall. Aber was ist es, Jerry? Ist es ein Schatz?«

Jerry nahm die Wasserflasche aus seiner Jackentasche und schüttete sie über dem Fund aus. Der Schlamm wurde weggespült, sodass darunter eine schwarze Oberfläche mit einem leichten Blaustich zum Vorschein kam. Er sah genauer hin. In das Ding waren Figuren eingraviert: Nackte, die tanzten, Trompeten bliesen und Speere hielten.

»Weiß ich nicht, Baz. Könnte ein altes Tablett sein. Vielleicht nur Schrott. Oder eine von diesen Platten, auf denen man Braten schneidet …«

»A-aber es könnte ein Schatz sein?«

Jerry sah Baz an, dessen Gesicht strahlte wie das von einem Kind zu Weihnachten.

»Könnte sein.«

Obwohl er eher nicht daran glaubte.

Wann hatte er je so viel Glück gehabt?

3. Alles streng nach Vorschrift

Pete Butterworth saß mit verschränkten Armen an dem alten Küchentisch des Farmhauses und wartete. Auf seiner Schulter fühlte er die Hand seiner Frau Becky, warm und beruhigend. Er blickte sich in der Küche um. Sie waren zu fünft hier, doch seit Minuten hatte keiner ein Wort gesagt.

An einem der beiden Tischenden saß Professor Peregrine Cartwright, der ehemalige Leiter des Archäologischen Instituts an der University of Oxford, und guckte sich die Metallplatte in Sherlock-Holmes-Manier durch eine Lupe an. Ab und zu drehte er das schwere Objekt und trug etwas in das kleine Notizbuch ein, das vor ihm auf dem Tisch lag.

Pete gegenüber saßen Jerry und Baz – »die ungewöhnlichsten Schatzsucher der Welt«, wie er sie gerne nannte.

Bisher vielleicht.

Sie waren anmarschiert gekommen, als er gerade mit dem Melken fertig war, hatten eine Schlammspur im Haus hinterlassen und beide so wild durcheinandergeredet, dass Pete zuerst gar nichts verstand.

Dann hatten sie vorsichtig den Inhalt des alten Sacks auf den Küchentisch gelegt, und Becky und er waren total baff gewesen.

»Wir glauben, das ist ein antikes Teetablett«, hatte Baz gesagt.

»Mittelalter vielleicht«, fügte Jerry hinzu.

Es klebten noch Schlammklumpen an dem Ding, und das angelaufene Metall machte nicht viel her; doch Pete hatte schon genug Funde auf Farmen gesehen, um zu erkennen, dass es kein Teetablett war.

Und aus dem Mittelalter ganz bestimmt nicht.

Während Becky das Ungetüm behutsam in der großen, alten Küchenspüle abwusch und es dann auf ausgebreiteten Zeitungen auf den Tisch stellte, hatte Pete den beiden Burschen die komplizierten Abläufe bei so einem Fund erklärt.

Man musste sofort die Behörden informieren, sonst konnte man schnell mal auf fünftausend Pfund Bußgeld verknackt werden.

Danach entschied das British Museum höchstpersönlich, ob es sich um einen sogenannten »archäologischen Fund« handelte oder nicht. Falls ja, schätzten die Sachverständigen ihn und bezahlten den Marktwert. Das Geld wurde normalerweise zwischen Farmer und Findern geteilt – entsprechend der vorab getroffenen Vereinbarung.

»Und was für ein Glück, Jerry«, hatte Pete mit einem kurzen Lächeln zu seiner Frau gesagt, »dass ich diese Abmachung gleich hier habe, von dir unterschrieben.«

Er hatte das Blatt Papier gezückt, das – sollte dieses »Tablett« sein, wofür er es hielt – das Haus, die Farm, sein Vieh und seine Familie davor bewahren würde, noch vor Jahresende vor die Hunde zu gehen.

Was höchst unwahrscheinlich ist, dachte er erneut.

Denn Pete Butterworth war in der Tat sehr pleite, und es schien, als könnte ihn nur noch das Wunder eines verborgenen Schatzes vor dem finanziellen Ruin retten. Das Land, das Petes Familie seit drei Generationen bewirtschaftete, gehörte Lady Repton, und sie hatte bereits erklärt, dass die Pacht im kommenden April erhöht würde – mal wieder.

Professor Peregrine Cartwright legte seine Lupe ab, schlug das Notizbuch zu und schaute sich bedeutungsschwer in der Küche um.

Oh, oh, jetzt kommt's, dachte Pete.

Sein Herz wummerte wie ein Dampfhammer.

»Als Erstes«, begann der alte Archäologe, »möchte ich Ihnen sagen, dass Sie richtig gehandelt haben, mich heute Abend herzurufen, Mr. Butterworth. Alle historischen Funde müssen den Behörden so bald wie möglich und korrekt gemeldet werden. Einen Fachmann wie mich – auch wenn ich im Ruhestand bin, wie ich erwähnen muss – hinzuzubitten, um solche Funde zu prüfen, ist immer wieder … wie soll ich sagen … ein probates Mittel, die relevanten Prozesse in Gang zu setzen …«

»Hä?«, entfuhr es Baz.

»Er meint, dass wir alles ›streng nach Vorschrift‹ machen müssen, und er hilft uns dabei«, übersetzte Jerry für ihn.

»Klar«, sagte Baz, obwohl er noch verwirrt wirkte.

»Darf ich fortfahren?«

»Ja, ich bitte darum, Professor«, antwortete Pete.

Er begriff, dass Cartwright es gewohnt war, das Sagen zu haben, und entschied, ihn lieber weitermachen zu lassen. Becky zog sich einen Stuhl heran und setzte sich neben Pete. Unter dem Tisch ergriff sie seine Hand und drückte sie.

»Ich danke Ihnen«, fuhr Cartwright fort. »Nun, zunächst einmal müssen wir den Fundort sichern. Mr. Butterworth, vielleicht könnten Sie morgen für die Einzäunung sorgen und zusätzliche Hilfen anheuern, die uns bei weiteren Grabungen unterstützen?«

Pete nickte, auch wenn er noch nicht verstand, worauf der Professor hinauswollte.

»In der Zwischenzeit werde ich mich persönlich an das British Museum wenden, gleich morgen früh«, sagte Cartwright. »Also, falls das Artefakt hierbleiben soll, brauchen Sie einen Sicherheitsdienst, der es rund um die Uhr bewacht. Ich kann Ihnen eine vertrauenswürdige Firma in Oxford empfehlen. Dort haben sie solche Wachdienste schon übernommen, und Sie brauchen ihn ja nur für die wenigen Wochen, bis das British Museum aktiv wird.«

Pete sah seine Frau an.

Ein Sicherheitsdienst? Wie in aller Welt sollte er den bezahlen? Er hatte gehört, dass es ein Jahr dauern konnte, bis man das Geld für so einen Fund bekam.

Es muss einen anderen Weg geben.

»Können wir das vielleicht anders regeln, Professor? Was ist mit der Bank? Könnten die -«

Cartwright stieß ein kurzes Lachen aus, als wäre die Idee völlig absurd.

»Banken machen einen großen Bogen um solche Sachen. Haftungsfragen noch und nöcher. Aber …«

Cartwright legte eine Pause ein, als käme ihm eben eine Idee. Er strich sich über den Bart und nickte.

»Es gäbe eine Möglichkeit. Ich könnte den Fund … eventuell … mit zu mir nach Hause nach Cherringham nehmen. Dort habe ich einen großen Safe, der eigens für die Aufbewahrung solch wertvoller Objekte gebaut wurde. Ich nehme an … Ja, ich könnte in diesem Fall wohl die Verantwortung übernehmen.«

»Das wäre prima«, stimmte Pete ihm zu.

»Dann einigen wir uns darauf?«

»Ich denke, das ist das Beste.« Pete sah seine Frau an, und Becky nickte.

»Moment mal«, sagte Jerry. »Sie meinen, dass Sie das Tablett *mitnehmen*? Das gehört doch uns!«

»Mein lieber Junge«, erwiderte Professor Cartwright, »ich kann unmöglich *Ihnen* die Verantwortung dafür überlassen.«

»Wieso nicht? Das ist unser Tablett. Wir haben es gefunden.«

»Das bestreite ich ja gar nicht. Die Eigentumsverhältnisse hier sind gänzlich unstrittig. Obschon ich Sie wohl darauf hinweisen sollte, dass dies kein Tablett ist.«

»Hä?«, entfuhr es Baz erneut.

»Professor Cartwright«, sagte Pete, dem eine Frage auf der Zunge brannte, seit Jerry und Baz ihm das Ding angeschleppt hatten. »Können Sie uns verraten, was es denn wirklich ist?«

»Ja, aber selbstverständlich!«, antwortete Cartwright. »Es handelt sich hier um ein sehr schönes Stück römischen Tafelsilbers aus dem vierten Jahrhundert. Eine Servierschale – oder Servierplatte, verziert mit mehreren Meeresgottheiten, einem sehr hübschen Bacchus und einigen atemberaubend detailliert dargestellten Mänaden.«

»Silber?«, fragte Jerry enttäuscht. »Also kein Gold?«

»Selbstverständlich nicht«, erwiderte Cartwright, als wäre schon die Vorstellung grotesk.

»Dann ist das nicht so viel wert?«, erkundigte sich Baz, der jetzt regelrecht niedergeschlagen aussah.

»Ganz im Gegenteil. Ich würde schätzen, dass es sogar recht viel wert ist.«

Petes Herz übersprang einen Schlag.

»Jetzt raus damit, Prof!«, rief Jerry. »Kommen wir zur Sache, okay? Über wie viel reden wir hier?«

Professor Cartwright seufzte, als wäre es der Gipfel der Geschmacklosigkeit, einem römischen Artefakt einen Preisstempel aufdrücken zu wollen.

»Nun ja … Die Platte aus dem Mildenhall-Fund – ein ganz ähnliches Stück, das in den Vierzigern entdeckt wurde – ist in der Qualität und Verarbeitung dieser hier weit unterlegen. Und der gesamte Fund wurde seinerzeit auf annähernd fünfzigtausend Pfund festgelegt, sofern ich mich recht erinnere.«

Pete schluckte und merkte, wie seine Frau seine Hand noch fester drückte. Fünfzigtausend Pfund! Sogar wenn sie die durch zwei teilten – zehn oder zwanzig Riesen würden ausreichen, um die Familie von sämtlichen Sorgen zu befreien. Jerry und Baz ihnen gegenüber klatschten sich ab.

»Geschafft!«, sagte Jerry und wandte sich zu Baz. »Was hab ich dir gesagt?«

»Jippie!« Baz rieb sich die Hände.

Professor Cartwright hüstelte ungeduldig.

»Es gilt indes, die Inflation zu bedenken. Unter Berücksichtigung aller Fakten dürfen Sie mithin davon ausgehen, dass die zuständigen Stellen heute einen Wert zwischen einer und eineinhalb Millionen ansetzen werden.«

Pete spürte, wie er sehr blass wurde.

»Einige Hunderttausend mehr oder weniger«, ergänzte der Professor, als würde er mit ihnen spielen.

Hierauf wurde es sehr still, und Pete hätte schwören können, dass sie alle aufgehört hatten zu atmen. Professor Cartwright stand auf und blickte auf sie hinab.

»Sind wir uns dann alle einig, dass es das Klügste ist, wenn ich die Servierplatte – die Cherringham-Platte, wie sie zweifellos künftig heißen wird – mitnehme und über Nacht in meinem Safe aufbewahre?«

Pete konnte nichts sagen. Er sah seine Frau an und stellte fest, dass ihr Tränen übers Gesicht liefen.

»Ja«, antwortete er schließlich, während er nun selbst mit den Tränen kämpfte. »Das ist bestimmt das Klügste.

»Nun, dann können wir das Stück vielleicht in einige Stofflagen wickeln. Und wenn Sie mir helfen würden, sie in mein Auto zu legen … dann würde ich mich verabschieden.«

4. Party im Ploughman

Jack Brennan lenkte seinen Austin Healey Sprite in eine freie Lücke auf dem Parkplatz neben dem Ploughman und stellte den Motor aus.

Es war einer der letzten freien Plätze, und er vermutete, dass in dem Pub irgendeine Feier stattfand. Vielleicht sollte er zurück zu seinem Boot, *The Grey Goose*, fahren, sich einen Martini mixen und …

Nein. Einer seiner Vorsätze für das neue Jahr – den er bisher auch eingehalten hatte – lautete, dass er sich mehr unter die Einheimischen mischen und sich weniger wie der Yankee auf Besuch benehmen wollte.

Er sang im Rotarierchor, was ein Anfang war. Doch was würde ein richtiger Einheimischer in Cherringham von Zeit zu Zeit tun?

Richtig: Er würde in den Pub gehen und mit den Leuten plaudern, die dort waren. Also holte er tief Luft, stieg aus seinem Sportwagen und ging auf die verglasten Doppeltüren des klassischen Pubs zu.

Drinnen fand eindeutig eine Party statt.

Jack nickte und lächelte. Einige hier kannte er bereits flüchtig, doch er sah auch viele neue Gesichter. Er bahnte sich seinen Weg zu einem freien Platz an der Bar, wo drei Leute die Zapfhähne am Laufen hielten; der Tresen war gepunktet von Bierschaum.

»Ein Pint Bitter«, sagte Jack und hoffte, dass es lässig klang.

Die Barfrau Ellie, die recht niedlich aussah und ungefähr im selben Alter wie Jacks Tochter war, lächelte ihm zu, während sie nach einem Glas griff und es unter den altmodischen Zapfhahn hielt. Während sie es füllte, drehte Jack sich um und versuchte herauszufinden, was hier vor sich ging.

Zwei Männer standen weiter rechts vor der Dartscheibe,

und anscheinend galt ihnen die Aufmerksamkeit aller anderen Gäste.

Der eine war dünn und drahtig, der andere sehr rund, blass und schwammig. Sie wurden von Leuten umringt, die ihre Gläser dicht vor der Brust hielten und sich benahmen, als wären die beiden königliche Hoheiten auf der Durchreise. Dabei sahen die zwei eher wie Landarbeiter aus, die schon länger keinen Job mehr gefunden hatten.

»Hier, bitte, Jack«, sagte Ellie.

»Danke«, erwiderte er, nahm sein Pint und bewegte sich ein bisschen weiter nach rechts, um zu hören, worüber die beiden Männer redeten.

»Na, morgen wissen wir, was Sache ist. Stimmt's, Baz?«

Der Dünne nickte seinem Freund zu, der mehrere Pints recht hastig hintereinander geleert haben musste – der lallenden Stimme nach zu urteilen, mit der er antwortete: »Äh … ja, ja, und dann … verraten wir euch, w-wie das war. Drinks für alle!«

Ein Mann in der Menge, dessen grauer Vollbart einen Großteil seines Gesichts verbarg, wandte sich zu der Gruppe um und rief: »Habt ihr gehört, Leute? Drinks für alle!«

Jack entging jedoch nicht, dass der dünne Kerl zu lächeln aufhörte und besagtem Baz einen warnenden Blick zuwarf, der offenbar ausdrücken sollte: *Halt verdammt noch mal die Klappe!*

Baz korrigierte sich eilig.

»W-wenn wir unser Geld haben. K-könnt ihr drauf wetten. Aber n-nicht jetzt.«

Der alte Mann mit dem Bart war sichtlich enttäuscht.

Um Haaresbreite hatte er ein bis zwei Freibiere verpasst.

»D-der *Perfesser*«, erklärte der stark angetrunkene Baz, »s-sagt, dass es eine Million wert sein kann. V-vielleicht mehr.«

Die Menge stieß im Chor ein »Ooh!« aus. In Cherringham war das viel Geld. Genau genommen war eine Million überall ein Haufen Geld.

Jack wandte sich an einen neben ihm stehenden jungen Mann, der einen Overall trug und eine eng anliegende Mütze aufhatte.

»Verzeihung, ich bin nur neugierig. Was ist mit diesen Typen? Haben die im Lotto gewonnen oder so?«

Der Mann drehte sich zu Jack. »Nee, die haben einen Schatz gefunden! Römisch. Tierisch wertvoll.«

»Ach ja? Und haben sie den hier?«

Der Mann schüttelte den Kopf. »Irgend son Professor hat den. Bewahrt ihn im Safe auf, bis morgen die Typen vom Museum kommen.«

»Große Neuigkeiten für Cherringham«, meinte Jack.

Aber der andere lauschte bereits wieder den beiden Schatzjägern, die nun detailliert beschrieben, wie sie ihren Fund entdeckt hatten, und es sichtlich genossen, im Mittelpunkt zu stehen. Jack kam ein Gedanke, als er sein Pint austrank. Dies könnte eine interessante Geschichte für die Lokalpresse sein. Und er wusste genau, wem er es erzählen sollte.

Aber zuerst sollte er vielleicht etwas mehr erfahren.

Er wartete, bis sich die Menge ein bisschen verteilt hatte. Die in epischer Breite wiedergegebene Geschichte von der großen Entdeckung war zu Ende, und da keinerlei Aussicht auf Freibier bestand, hatten sich viele auf den Heimweg gemacht.

Der Mann, der Baz genannt wurde, saß zusammengesackt auf einem Stuhl in der Ecke, während der andere Schatzsucher am Billardtisch stand und mit einer Frau redete, die so rund war wie er dünn.

Ein günstiger Moment, um mehr Informationen zu bekommen.

Jack ging hinüber und stellte sich zu den beiden.

Endlich blickte der Mann auf. Er war zwar groß, Jack aber immer noch ein kleines Stück größer.

Jack lächelte.

»Gratuliere«, sagte er und prostete dem Schatzsucher mit seinem Glas zu.

Der Mann grinste und stieß sein fast leeres Glas gegen Jacks an.

»Jack Brennan. Was für eine eindrucksvolle Entdeckung, Mr. …«

»Jerry Pratt«, stellte sich der Mann vor. »Ja, ein echt tierischer Fund.«

»Ich hätte da mal eine Frage.«

Sogleich blickte sein Gegenüber ihn misstrauisch an. Aus der Nähe erkannte Jack, dass er ihn schon früher im Ploughman gesehen hatte – allerdings handelte es sich nicht um jemanden, von dem man in irgendeiner Weise Notiz nahm.

Jetzt allerdings, da Jerry Pratt enormem Reichtum entgegensah, war das völlig anders.

»Wie ich gehört habe, passt ein Professor auf Ihren Fund auf?«

Jerry erzählte ihm von dem Safe. Zum Schluss erwähnte er, dass morgen alle dabei sein würden, wenn der Safe geöffnet und der Experte vom British Museum den Wert schätzen würde.

»Alle? Wer wäre das denn, außer Ihnen beiden?«

»Pete. Ist ja seine Farm. Und Lady Repton. Ihr gehört das Feld.«

»Die kriegen alle etwas ab?«

Jerrys Miene nach zu urteilen – er kniff die Augen zusammen, und die Lippen wurden schmaler –, gefiel ihm diese Vorstellung ganz und gar nicht. Auch bei einer Million teilten die Menschen ungern.

Wie wunderlich wir sind, wenn es ums Geld geht, dachte Jack.

Obwohl das vielleicht nicht ganz das richtige Wort war.

Jack bekam den Namen des Professors heraus – Peregrine Cartwright –, doch nun wurde Jerry wieder misstrauisch. »Was sollen die ganzen Fragen?«

Jack lächelte und hoffte, dass er jeden Argwohn mit der folgenden Antwort im Keim ersticken konnte. »Ich habe eine Freundin, die den *Cherringham Roundel* herausgibt. Das ist der Online-Newsletter für das Dorf.«

Ebensogut hätte er Esperanto sprechen können.

»Jedenfalls möchte ich wetten, dass sie die Story mit Freuden bringen würde und sehr gerne dabei wäre, wenn der Experte sich die Silberplatte ansieht. Verstehen Sie?«

Jerry nickte. »Ja, klar. Wieso nicht?«

»Schön. Sind doch große Neuigkeiten für Cherringham, nicht?«

Der Mann lehnte sich halb auf Jack. Er war nicht so betrunken wie Baz, aber doch ein bisschen wacklig. »Verflucht riesige Neuigkeiten für mich – kann ich nur sagen.«

Dann lachte er und wandte sich wieder der rundlichen kleinen Frau zu, die ihn mit großen Augen und unverhohlener Bewunderung anstarrte. Sie konnte offenbar nicht fassen, dass dieser Kerl, der aussah, als könnte er nicht mal mit zwei Münzen in der Tasche klimpern, in Wahrheit ein Millionär war.

Jack stellte sein Glas auf einem nahen Tisch ab, nickte Jerry zu und ging nachdenklich hinaus zu seinem Wagen.

Was für ein erstaunlicher Zufall, dass du ausgerechnet heute in den Pub gegangen bist.

»Irgendwann morgen früh, Sarah«, sagte Jack. »Meinst du, du kannst dir eine Einladung besorgen?«

Sarah klang begeistert von Jacks Idee. Wie sie ihm erzählt hatte, war die wöchentliche Ausgabe des Online-Newsletters für den Gemeinderat von Cherringham – angefüllt mit lokalen Nachrichten und Ereignissen – nicht unbedingt der Gipfel des Nervenkitzels, aber es machte ihr Spaß, all den Kleinkram zusammenzutragen.

Außerdem glaubte Jack, dass für Sarah jeder Penny zählte.

Und die Entdeckung eines antiken römischen Artefakts kam »echten Nachrichten« so nahe, wie es nur irgend ging.

»Soweit ich weiß, ist Professor Cartwright im Ruhestand. Zwar kenne ich ihn nicht persönlich, aber ich habe ihn schon einige Male im Dorf gesehen. Ich könnte versuchen, ihn anzurufen.«

»Was ist mit der Frau, der das Land eigentlich gehört?«

Jack kamen diese ganzen rechtlichen Vorschriften bei entdeckten Funden unglaublich wirr und unnötig kompliziert vor.

Das würde in den Staaten vollkommen anders ablaufen. Da gehörte ein Fund dem, der ihn entdeckt hatte.

»Lady Repton. Die kenne ich auch nicht persönlich. Die Reptons besitzen hier einiges an Grund, aber es geht das Gerücht, dass sie ziemlich klamm sind. Diese Geschichte könnte sie retten.«

»Ich schätze, darauf hoffen mehrere Leute.«

»Soll ich versuchen, dich auch einladen zu lassen?«

»Nein, ich lese es im *Cherringham Roundel* nach.«

Sarah lachte. »Direkt neben dem Erlös aus dem St.-James-Flohmarkt.«

»Ah ja, stimmt.« Er sah zum Nachthimmel hinauf, der von Sternen gesprenkelt war. Es wurde spät.

»Ich berichte dann, wie es war«, sagte Sarah.

»Super.«

»Und, Jack, vielen Dank für den Tipp!«

»Immer wieder gerne. Bis bald!«

Nach dem Gespräch blieb Jack noch ein wenig stehen und betrachtete den ungewöhnlich klaren Himmel.

Dabei kam ihm der faszinierende Gedanke, dass genau hier, auf dieser uralten Straße hinunter zum Fluss, römische Legionen marschiert, ihre Lager aufgeschlagen und mit einheimischen Keltenstämmen gekämpft haben könnten.

Hier, wo ich stehe.

Das ist eindeutig eine andere Welt als die guten, alten USA.

Hier in England zu sein – umgeben von so viel Historischem – ließ die Geschichte irgendwie lebendiger wirken. So wie diese Platte, die im Boden verborgen war: die Hinterlassenschaft eines Imperiums, das einst diese Insel erobert hatte.

Vielleicht würde er heute Abend noch eine Weile in seinem Gibbon lesen. Das war zwar keine leichte Lektüre, doch wenn Jack besser verstehen wollte, wie Imperien aufstiegen und untergingen, war Gibbons Werk über den Verfall des Römischen Reiches genau das Richtige, auch wenn der berühmte Historiker es bereits vor Jahrhunderten geschrieben hatte. Und mit diesem Gedanken ging Jack zu seinem Sprite. Heute Abend war er froh, ein »Einheimischer« zu sein … und konnte sich durchaus vorstellen, für immer hierzubleiben.

5. Eine Überraschung beim Professor

Sarah saß steif in Professor Peregrine Cartwrights Wohnzimmer.

Lady Repton hatte auf einem ledergepolsterten Stuhl Platz genommen, ihren Gehstock fest in der rechten Hand. An ihrer Seite war Cartwright; die beiden unterhielten sich leise miteinander. Die anderen Männer standen am Rande des in schimmerndem Bronzeton tapezierten Zimmers, dessen dicke lila Vorhänge aufgezogen waren, sodass von draußen Sonnenlicht hereinfiel.

Ein bizarres Grüppchen – diese Männer dort, dachte Sarah.

Die beiden Schatzfinder sahen aus, als hätten sie die Nacht durchgezecht. Ihre Gesichter wirkten aufgedunsen, die Augen waren eingefallen, und sie blinzelten unglücklich im grellen Licht, als fürchteten sie, es könnte ihre Gehirne einschmelzen.

Der Farmer, Pete Butterworth, sah nervös aus: Mit unruhigen Bewegungen trat er von einem Fuß auf den anderen, schaute auf seine Uhr, überprüfte sein Handy – und anschließend begann er mit all dem von Neuem.

Cartwright war begeistert gewesen, als Sarah anrief, und hatte sich gefreut, dass sie herkommen und über die Begutachtung im *Cherringham Roundel* berichten wollte.

»Es ist nur ein Online-Newsletter«, hatte sie erklärt. »Der Gemeinderat bat mich -«

»*Selbstverständlich.* Es ist ganz wunderbar, wenn solch ein Ereignis in die Medien kommt. Schließlich wird hier Geschichte lebendig!«

»Und ein Vermögen gemacht«, sagte sie.

»Äh … ja, das auch. Ich müsste natürlich vorher Lady Repton fragen, ob es ihr recht ist, doch ich kann mir nicht vorstellen, dass sie etwas einzuwenden hat. Je mehr Aufmerksamkeit dieser Fund bekommt, desto besser!«

Von einer enthusiastischen Reaktion des Professors zu sprechen wäre noch untertrieben gewesen.

Nur leider verspätete sich jetzt der Gutachter vom British Museum. Angeblich gab es einen Stau auf der M40. Er hatte Cartwright eine SMS geschickt und ihm mitgeteilt, dass er nicht mehr weit weg war, doch die Verzögerung zerrte an den Nerven aller Anwesenden.

Ein Gedanke kam Sarah unvermittelt in den Sinn: *Hier will nicht bloß jeder das Geld von dem Fund – die brauchen es dringend.*

Genau in diesem Moment klingelte es an der Tür von Cartwrights Cottage, und alle zuckten zusammen. Die Finder gaben sich alle Mühe, kerzengerade zu stehen, und Pete Butterworth blickte ängstlich zur Haustür.

Cartwright tätschelte Lady Reptons Hand und eilte mit einem breiten Grinsen zur Tür.

Jetzt wird es spannend, dachte Sarah.

Und wie eine königliche Hoheit betrat der Gutachter den Raum.

»Darf ich vorstellen: Doctor Reginald Buchanan von der Abteilung für Antiquitäten und Schätze des British Museum.«

Buchanans rundliche Statur erinnerte an ein vergangenes Jahrhundert. *»Feinkostgewölbe« nannte man früher solch einen ausladenden Bauch*, fuhr es Sarah durch den Kopf. Mit seiner Weste, deren Knopflöcher bedenklich gedehnt wurden, und seinem sorgfältig frisiertem Schnauzbart wirkte der Mann, als wäre er soeben H. G. Wells' Zeitmaschine entstiegen.

Etwas an ihrem Verhalten ließ Sarah vermuten, dass sich Buchanan und Cartwright schon kannten. Was recht gut der Fall sein konnte – schließlich war der eine emeritierter Geschichtsprofessor aus Oxford und der andere Antiquitätenfachmann …

»Eine Tasse Tee?«

Buchanan hob eine Hand.

Der Gutachter schien nicht sonderlich angetan von Cartwright zu sein, und er machte auch keinerlei Anstalten, sich für die Verspätung zu entschuldigen.

»Nein«, antwortete er und zog die eine Silbe derart in die Länge, dass der letzte Buchstabe beinahe nachhallte.

Buchanan blickte zu den drei Männern und ließ sich seine Verachtung für das Publikum deutlich anmerken. Dann fiel sein Blick auf Sarah, die sofort aufsprang.

»Sarah Edwards«, sagte sie und streckte ihm die Hand hin. »Ich schreibe hierüber in unserem hiesigen Newsletter, dem ...«

Mit einem Nicken wandte Buchanan sich von ihr ab, bevor sie den Satz beenden konnte.

»Nun, bringen wir es hinter uns. Falls Sie hier etwas Echtes – etwas von *Wert* – haben, brauche ich einige Zeit, um es sehr gründlich zu prüfen.« Nach einer kurzen Pause wiederholte er seine letzten Worte: »Sehr gründlich zu prüfen ... Ich muss mich vom genauen Zustand überzeugen und mir absolut sicher sein, was es ist.«

»Und ob das Ding echt ist!«, platzte Jerry Pratt heraus. »Da können Sie einen drauf lassen.«

Alle verstummten. Die Ansicht eines Mannes, der mit einem Metalldetektor im Dreck nach Schätzen suchte, hatte hier keinerlei Gewicht.

Cartwright zog einen Stuhl näher zu Lady Repton und klatschte in die Hände.

»Alsdann. Fangen wir an. Ich habe meinen Esstisch frei gemacht, sodass Sie genügend Platz haben, das Objekt zu untersuchen und seinen Wert zu schätzen.«

Cartwright ging zu einem Gemälde auf der rechten Seite, gleich neben den hohen Bücherregalen. Das Bild hatte eine vage Ähnlichkeit mit einem Klimt-Gemälde: ein sich umarmendes Paar, umhüllt von etwas, das mit goldenen und silbernen Farbflecken wiedergegeben wurde.

Ein bisschen schrill, nicht sehr klassisch, dachte Sarah.

Cartwright zog an einer Ecke des Bilderrahmens, der daraufhin aufschwang und den Blick auf einen Wandtresor mit einem großen Kombinationsschloss in der Mitte freigab.

Cartwright grinste wie ein Schuljunge, als er sich zu den anderen umsah. »Hoffentlich erinnere ich mich noch an die Kombination!«

Ein kurzer Blick nach links und rechts bestätigte, dass niemand den Scherz des Professors amüsant fand.

Cartwright sah wieder zum Tresor und begann an der Scheibe zu drehen, wobei er vor sich hin murmelte.

»Links, rechts, wieder links und …«

Er griff nach dem Riegel, aber die Tür rührte sich nicht.

»Verzeihung«, entschuldigte er sich und drehte sich erneut zu seinem Publikum um. »Das Schloss ist sehr heikel. Es muss an exakt der richtigen Stelle einrasten. Gut. Noch einmal von vorn.«

Sarah sah hinüber zu Buchanan, der mit seiner wuchtigen Figur im Begriff zu sein schien, den Stuhl zu zerquetschen, auf dem er saß. Die potenziellen Geldempfänger – ausgenommen Lady Repton – standen schlecht gecasteten Statisten gleich ein Stück hinter dem Professor, als wären sie bereit, nach vorne zu stürzen, sobald sich der Safe öffnen würde.

Sarah bemerkte, dass Lady Repton gebannt auf Cartwrights Hand starrte.

Wenn ich das genau so schreiben dürfte, wäre es endlich mal ein spannender Artikel im Newsletter. Leider durfte sie es nicht.

Der Stil des *Roundel*, so wie ihn der Gemeinderat wollte, sollte rein informativ sein – sachlich und mit einem Hauch Übertreibung hinsichtlich guter Taten, triumphaler Laientheaterabende und Musikdarbietungen.

»Links und …«

Cartwright hatte seinen zweiten Versuch beendet. Diesmal

hatte er langsamer am Kombinationsschloss gedreht, bevor er nun nach dem Türhebel griff und kräftig drückte.

Der Hebel bewegte sich bis ganz nach unten, und ein Klicken ertönte.

Selbst der betont desinteressierte Buchanan lehnte sich ein wenig vor und harrte der großen Enthüllung.

Cartwright schwang die Tür auf und langte in den Tresor.

»Wa-«

Für einen Moment dachte Sarah, der Professor würde ihnen eine weitere Kostprobe seines erbärmlichen Humors vorführen.

Dann aber steckte er den Kopf erst halb, dann vollständig in den Tresor und tastete den Innenraum geräuschvoll ab.

In dem geschmacklos eingerichteten Zimmer hätte man eine Stecknadel fallen hören.

Nur dass das nächste Geräusch nicht von einer fallenden Stecknadel herrührte.

Cartwright drehte sich um und war so bleich, als hätte er eben einen Geist gesehen. Seine Lippen bebten, und seine Augen huschten hektisch umher, als er aussprach, was niemand hier hören wollte.

»Er ist *weg*! Der Schatz ist weg!«

6. Morgendlicher Tumult

In dem nun losbrechenden Chaos war Sarah für einen Moment um ihr Wohlergehen besorgt.

Jerry und Baz, verkatert, wie sie waren, erwachten mit einer solchen Wucht zum Leben, als hätten sie einen heftigen Stromschlag abbekommen. Sie rannten zum Safe, stießen den Professor zur Seite und drängelten sich gegenseitig weg, um die Köpfe in die klaffende Öffnung zu stecken.

Lady Repton blieb sitzen, zeigte jedoch, dass sie für ihren Gehstock noch eine andere Verwendung kannte als die übliche – sie richtete ihn auf Cartwright und schrie mit kehliger, raspelnder Stimme: »Wo zur Hölle ist er, Cartwright? Wo ist mein Schatz?«

Der Farmer Butterworth, anscheinend der Ruhigste von allen, bewegte sich überhaupt nicht – bis auf seine Augen. Er sah sich in dem Zimmer um, als wäre dem Raum sämtlicher Sauerstoff entzogen worden, und erweckte so den Anschein, als würde er binnen Minuten auf den dicken, zweifellos teuren Perserteppich sinken und einen grausamen Erstickungstod sterben.

Cartwright war zurückgestolpert und hielt sich mit zitternden Händen am Bücherregal fest. Erst murmelte er nur leise vor sich hin, erhob die Stimme jedoch bald, damit ihn ja keiner überhörte.

»Ich bin bestohlen worden. Großer Gott, jemand hat mich *bestohlen!*«

Das wird wohl nicht der Artikel, den ich geplant hatte, dachte Sarah.

Und dann war da noch Buchanan.

Hatte er jemals solch eine Szene erlebt? Oder war das hier ein alltägliches Vorkommnis im Leben eines geschätzten Repräsentanten des British Museum?

Seine Miene verriet die Antwort nicht, als er aufstand.

»Dies«, verkündete er streng, »wird Konsequenzen haben. Professor ... und alle anderen hier: Ein Schatz wurde gefunden, und jetzt diese ... *Farce?*«

Das letzte Wort sprach er voller Verachtung aus.

Cartwright stürmte auf Buchanan zu, der bereits begonnen hatte, seinen fettleibigen Körper auf die Haustür zuzubewegen.

»Das ist unmöglich! Ich habe eine Alarmanlage. Und der Safe ist von höchster Qualität! Einer der besten.«

Buchanan ließ sich von dem Professor nicht aufhalten und ging weiter.

Bis Pete Butterworth ihm eine Hand auf die Schulter legte.

»Was passiert jetzt? Was wird nun?«

Buchanan drehte sich zu ihm. »Also, ich werde dem Museum und den zuständigen Behörden Bericht erstatten, und Sie alle müssen dies umgehend der örtlichen Polizei melden. Das Objekt muss gefunden werden, und wer immer hierfür verantwortlich ist ...«

Er legte eine bedeutungsschwangere Pause ein.

»Nun, sagen wir, der Betreffende hat einen folgenschweren Fehler begangen. Mit einem Schatz Ihrer Majestät treibt man keinen Schabernack!«

Und damit schüttelte er Butterworths Hand ab.

Jerry und Baz kehrten von ihrer Höhlenexpedition im leeren Safe zurück und bauten sich rechts und links von Cartwright auf.

»Sie haben gesagt, hier sei es sicher, Sie alter Idiot!«, brüllte Jerry dem Mann ins rechte Ohr.

»Das ist Ihre Schuld, *Perfesser!*«, schrie Baz ins andere. »Dafür bezahlen Sie – und wie!«

Um seine Drohung angemessen zu untermalen, pikte Baz mit seinem Finger Cartwrights Nasenspitze.

»Lassen Sie das, Sie Trampel!«, schimpfte Cartwright.

Auch Lady Repton wollte sich an der Anpöbelung von

Cartwright beteiligen, nur leider reichte ihr Stock nicht bis zu ihm. Daher schwenkte sie ihn zwischen Cartwright und Buchanan hin und her.

»Das ist Diebstahl. Das Museum muss uns helfen …«

Hierauf wandte sich Buchanan, der seinen Burberry schon wieder angezogen hatte, zu ihr um.

»Ich fürchte, Mylady, dass das Museum nur dann involviert ist, wenn es Artefakte gibt, die begutachtet und geprüft werden müssen. In diesem Fall handelt es sich allem Anschein nach um nichts als Betrug … oder um Diebstahl. Das ist alles, was ich hier feststellen kann. So oder so – beides fällt nicht in meine Zuständigkeit. Sollte Ihre Servierplatte wieder auftauchen, wissen Sie ja, wo Sie mich erreichen können.«

Und mit diesen eindrucksvollen Abschiedsworten machte sich der Mann auf den Weg zurück nach London.

Was, wie Sarah fand, angesichts der gegenseitigen Beschuldigungen und der Brüllerei hier keine schlechte Idee war.

Sie sprang von ihrem Stuhl auf und floh vollkommen unbemerkt nach draußen in die kühle Frühlingsluft, die ihr nun fantastisch frisch vorkam.

7. Tee zu zweit

Sarah und Jack saßen an einem Tisch hinten im Huffington's, wo sich bereits die ersten Mittagsgäste einfanden.

Jack wischte sich die Lachtränen von den Wangen.

»Oh, ich wünschte, ich wäre dabei gewesen«, sagte er.

»Das Beste war der Experte vom Museum. Direkt aus einem Oscar-Wilde-Stück.«

Jack schüttelte den Kopf. »Über eine Million. Einfach futsch.«

»Falls das Ding echt war.«

»Ja«, pflichtete Jack ihr bei. »Das vorausgesetzt.«

Sarah nickte. Je belebter das Café wurde, umso schwieriger war es, sich privat zu unterhalten. In Teestuben und Cafés neigten die Leute dazu, sich nicht nur mit ihren Freunden zu unterhalten, sondern zugleich auch auf das zu achten, was an den benachbarten Tischen geredet wurde.

Sie senkte die Stimme.

»Jedenfalls hat die Polizei jetzt eine Woche lang Zeit für die Ermittlungen gehabt, und wie lautet ihr Fazit?«

»Na, wie?«

»In der Zeitung von heute steht, dass sie ›mehrere vielversprechende Spuren verfolgen und um sachdienliche Hinweise bitten, die selbstverständlich vertraulich behandelt werden‹.«

»Aha!«

»Aha, genau!« Sarah lachte. »Sie haben keine Ahnung, stimmt's?«

»Tja, du kennst mich. Ich rede ungern schlecht über Cops, aber …«

»Aber?«

»Aber das klingt für mich, als wären sie mit ihrem Latein am Ende.«

»Würde ich auch sagen. Sie deuten an, dass eine Bande dahinterstecken könnte, die hier in der Gegend in Landhäuser einbricht und Kunst stiehlt.«

»Hmm, scheint mir unwahrscheinlich. Solche Banden planen voraus und schlagen nicht spontan zu.«

»Und was ist deiner Meinung nach passiert?«, fragte Sarah.

Jack blickte sich um, als wartete er auf eine Eingebung von irgendwoher. »Weiß ich nicht genau. Ich kenne ja noch nicht alle ›Beteiligten‹, sozusagen. Deiner Beschreibung nach scheint jeder von ihnen ein Motiv gehabt zu haben, die Platte zu klauen.«

»Aber sie war im Safe eingeschlossen, und …«

Jack hielt eine Hand in die Höhe. »Behauptet Cartwright. Wir haben nur sein Wort.«

»Er öffnet den Safe, und der ist leer. Macht ihn das zum Hauptverdächtigen?«

»Das Komische an Safes ist, dass sie sich öffnen lassen.«

Jack nahm einen Schluck von seinem Earl Grey. Wie üblich trank er seinen Tee mit einem Stück Zucker, ohne Milch.

Sarah kannte seine Vorlieben inzwischen beinahe so gut wie ihre eigenen.

»Demnach könnte es ein Einbruchdiebstahl gewesen sein?«

»Könnte. Falls jemand wusste, dass die Platte dort war. Oder auch, wenn man es nicht zuvor gewusst hatte.« Jack lächelte. »Dann wäre es für den oder die Einbrecher eine hübsche Überraschung gewesen.«

Sarah schüttelte den Kopf. »Ich weiß nicht. Ich kann mir nicht vorstellen, dass die beiden Burschen mit den Detektoren so etwas fertigbringen. Und Lady Repton? Ich schätze, sie hat schon genug Mühe, die Haustür zu ihrem Herrenhaus aufzuschließen. Ich nehme an, Butterworth könnte …«

»Butterworth?«

»Der Farmer. Er ist Pächter von Lady Repton und kam mir ziemlich tüchtig und geschickt vor.«

Jack räusperte sich. Auch ihm entging nicht, dass immer mehr Gäste ins Café kamen – Leute, die das eine oder andere Wort aufschnappen könnten.

»Tja, du würdest dich wundern, wozu Leute fähig sind. Die beiden Burschen, die das Ding gefunden haben? Vielleicht kennen sie jemanden, der, ähm, geschickter ist als sie. Und Lady Repton? Wenn es um das ganz große Geld geht, könnte selbst eine gebrechliche Witwe einen Komplizen finden. Und dann der Professor. Sein Haus, sein Safe …«

»Er war eindeutig überrascht.«

Jack grinste. »Deiner Beschreibung zufolge könnte ich mir vorstellen, dass Schauspielen zu einem seiner vielen Talente gehört.« Er nahm den letzten Bissen von seinem kleinen Schokoladenkuchen. Etwas von der dunklen Glasur blieb in seinem Schnauzbart hängen, und er wischte es schnell weg. »Diese Kuchen machen süchtig. Sollte ich je anfangen, täglich herzukommen, musst du einschreiten.«

»Wird gemacht.«

Dann bemerkte Sarah, dass Jack sie ansah. »Lass mich raten. Du möchtest gerne ein bisschen … ähm … nachforschen, oder?«

Bei diesen Worten begann Sarah zu strahlen. Ihre bisherigen Ermittlungen bei ungeklärten Fällen hatten solchen Spaß gemacht. Vor allem aber waren sie beide – und das war das Beste daran – erfolgreich gewesen. Sie hatten Leute überführt und Verbrechen aufgeklärt.

Und das hier? Was für ein sagenhafter Raub!

»Im Büro ist gerade nicht viel los«, sagte sie. »Also habe ich ein wenig Zeit. Und es wäre eine prima Fortsetzung für meinen Artikel über den Diebstahl.«

»Übrigens …« Jack blickte sich wieder in dem Café um. »Ich habe vor, eine, nun ja, kleine Abendgesellschaft auf der *Goose* zu veranstalten. Einige Leute einladen, die ich hier kennengelernt habe. Mit Drinks und … wie nennt ihr die hier … Häppchen?«

»Klingt nett.«

»Ich möchte den Leuten zeigen, dass ich es zu schätzen

weiß, wenn sie mich nicht behandeln, als wäre ich gerade einem amerikanischen Raumschiff entstiegen. Dass sie mich akzeptieren, verstehst du?«

»Tja, sie finden dich eben nicht mehr so kurios wie direkt nach deiner Ankunft.«

Jack lächelte. »Danke. Ich versuche, mich den Leuten hier anzupassen. Also gebe ich eine kleine Party. Die ist auch ein guter Vorwand, endlich mal das Boot zu putzen. Junggesellenbude eben.«

»Soll ich dir helfen?«

»Nein, danke, ich bin gut im Putzen. Aber bei der Planung darfst du mir gerne unter die Arme greifen – etwa bei den Fragen, wen ich einladen und was ich anbieten soll. Und wie genau diese Häppchen aussehen sollen. Dabei könnte ich durchaus Hilfe brauchen.«

»Ja, klar«, sagte sie und lachte.

»Tja, wenn das so ist, forsche ich auch ein bisschen mit dir nach. Zum Angeln ist es sowieso noch zu früh.«

Sarah lächelte. »Sehr gut. Wo wollen wir anfangen?«

»Mich würde interessieren, was die Polizei zu berichten hat.«

»Dann besuchen wir Alan?«, schlug Sarah vor.

Bei einem früheren Fall hatte Alan, den Sarah seit Jahren kannte, nicht allzu begeistert gewirkt, als Jack und Sarah sich – wie er es nannte – in Polizeiangelegenheiten einmischten. Aber Alan mochte Sarah, und vor allem hatten Jacks frühere Chefs schon einmal bei Alans Vorgesetztem angerufen, was sehr hilfreich gewesen war.

»Das machst du am besten«, meinte Jack.

»Und du?«, fragte Sarah und trank ihren Tee aus.

»Ich möchte mir ansehen, wie die genauen Vorschriften bei solchen Funden sind. Sie könnten erklären, wer diese Silberplatte so dringend haben wollte … und was derjenige damit anfangen will.«

»Dann wäre der berühmte Professor Cartwright dein Mann.«

Da mittlerweile schon Gäste auf einen freien Tisch warteten, stand Sarah auf und verließ mit Jack das Café. Sie sprachen dabei weiter über den gestohlenen Schatz und fragten sich, wohin dessen Spur sie führen würde.

Sarah sah zu, wie Jack in seinem kleinen Sportwagen wegfuhr und ihr zuwinkte. Wen würden sie zu seiner Party einladen? Aufs Planen freute sie sich schon.

Aber zuerst mussten sie einen Diebstahl aufklären.

Sarah ging die High Street hinauf, vorbei an den Geschäften am Markt – der kleinen Kunstgalerie, dem Antiquitätenladen, dem Bioladen –, bis sie das kastenförmige, alte Polizeigebäude erreichte.

Über der Tür stand tief in den warmen Cotswolds-Stein gemeißelt: *Police Station and Petty Sessions*. Die Inschrift stammte noch aus den Zeiten, als Haft, Prozess und Bestrafung in ein und demselben Gebäude stattfanden.

Sarah drückte die Tür auf und betrat die Eingangshalle.

Vor etlichen Jahren, als sie noch ein Kind gewesen war, hatte lediglich ein alter Eichentresen die Gesetzeshüter vor den aufmüpfigen Dörflern geschützt.

Oder, zu Sarahs Zeit, vor betrunkenen Teenagern.

Heute waren automatische Türverriegelungen, eine Panzerglasscheibe und ein Mikrofonsystem vonnöten.

Haben wir uns wirklich so sehr verändert, fragte Sarah sich.

Tatsächlich konnten sie in Cherringham froh sein, überhaupt noch eine Polizeiwache zu besitzen. In den meisten umliegenden Dörfern gab es heutzutage keine mehr, und die Leute waren auf sporadisch durchfahrende Streifen aus der nächsten Stadt angewiesen.

»Sarah!«, begrüßte sie der Uniformierte hinter dem Glas.

»Hi, Alan«, sagte Sarah.

Wenigstens kenne ich meinen hiesigen Polizisten. Zu gut womöglich.

Sarah war mit Alan zur Schule gegangen, und im Alter von dreizehn Jahren hatte er ihr gestanden, dass er in sie verliebt sei. Sie wusste, dass er sie bis heute sehr gerne mochte. Und ganz gleich, wie oft sie ihm klarmachte, dass er einfach nicht ihr Typ war, klammerte er sich anscheinend an die Hoffnung, sie könnte sich eines Tages umbesinnen.

Zurzeit allerdings mischte sich wegen Sarahs Ausflüge in die Verbrechensaufklärung eine gewisse Irritation in seine unerwiderte Liebe.

»Und nun?«, fragte er durch das Panzerglas. »Du bist wahrscheinlich nicht hier, um ein Fahrrad gestohlen zu melden?«

»Nee.«

»Oder um dich über einen Strafzettel zu beschweren?«

Sie lächelte unschuldig. »Nee.«

»Und es gibt keine Morde zu melden?« Er schüttelte den Kopf. »Oder aufzuklären?«

»Nee.«

»Na, dann lass mich raten … Du willst mich nach dem Einbruch bei Professor Cartwright fragen, stimmt's?«

»Ja! Das ist verblüffend, Alan. Hast du dir mal überlegt -«

»Polizist zu werden?«, fiel er ihr gereizt ins Wort. »In letzter Zeit frage ich mich eher, warum du nie darüber nachgedacht hast.«

Alan drückte den Knopf, um die Tür zu öffnen, und winkte sie hinein.

»Na gut, ich kann sowieso eine Tasse Tee vertragen.«

»Oh, ich auch. Ich bin wie ausgedörrt«, sagte Sarah, obwohl eine weitere Tasse Tee das Letzte war, was sie wollte.

Sie folgte ihm nach hinten, während die Tür hinter ihr ins Schloss fiel. Versteckt hinter hohen Aktenschränken befand sich ein kleiner Küchenbereich mit einem alten Tisch und ein paar Stühlen.

»Setz dich«, forderte Alan sie auf und schaltete den Wasserkocher an.

Er goss zwei Becher Tee auf, stellte sie auf den Tisch und setzte sich Sarah gegenüber hin.

»Wer hat dich diesmal gebeten, dass du dich einmischst?«, erkundigte er sich.

»Eigentlich keiner«, antwortete Sarah. »Du weißt doch, dass ich dabei war, als der Diebstahl bemerkt wurde, nicht?«

»Hmm, ja, ich erinnere mich, deine Aussage gelesen zu haben. Ehrlich gesagt, war die ziemlich witzig.«

»Ich erzähle es so, wie ich es erlebt habe.«

»Du hast dich nicht verändert.«

Sarah entging die tiefere Bedeutung nicht, doch sie ignorierte sie.

»Jedenfalls möchte ich etwas für die Online-Nachrichten unseres Dorfes schreiben, und den polizeilichen Stellungnahmen in der Zeitung kann man bislang, tja, eigentlich nichts entnehmen. Da dachte ich mir, du kannst mir vielleicht etwas mehr erzählen. Du weißt schon – alte Freunde und so.«

»Hmm, alte Freunde …«

Alan blickte sie an, und Sarah bemühte sich, weiterhin freundlich zu lächeln.

Dann zuckte er mit den Schultern.

»Meinetwegen. Aber das ist inoffiziell, ja? Die Wahrheit ist, dass wir im Grunde nichts gefunden haben.«

»Hieß es nicht, dass eine Bande dahintersteckt, die in den letzten Monaten in mehrere Landhäuser eingebrochen ist?«

»So hat es die Kriminalpolizei gesagt«, antwortete Alan. »Sieht besser aus, meinen die, auch wenn ich nicht ganz verstehe, wieso.«

»Also gibt es keine Beweise?«

»Nicht, dass ich wüsste.«

»Klingt so, als ob du nicht an dem Fall arbeiten würdest«, sagte Sarah, die auf einmal einen Ansatzpunkt erahnte.

»Der ist Oxford zugeteilt worden. Wir sind da jetzt raus.«

»Das scheint mir unfair.«

Alan zuckte wieder mit den Schultern. Jetzt musste Sarah vorsichtig sein.

»Ich verspreche dir, Alan, wenn wir etwas herausfinden …«

»Wir? Du meinst, du und dieser Amerikaner?«

»Ja, Jack und ich«, erwiderte sie langsam. »Wir geben es direkt an dich weiter. Wir würden nicht zur Kriminalpolizei gehen.«

Sie sah, wie Alan darüber nachdachte. Er wusste genau, was sie vorschlug – und sie merkte ihm an, dass er diese Bestätigung seiner Autorität brauchte.

»Ich möchte ja nur wissen, was in dem Polizeibericht steht«, beteuerte sie. »Sonst nichts. Und sollte tatsächlich jemand von uns überführt werden, dann machst du die Festnahme. Die Polizei von Cherringham erntet den Erfolg, nicht die von Oxford.«

Alan überlegte wieder.

Schließlich stand er auf, und Sarah beobachtete, wie er einen der Aktenschränke öffnete und den Inhalt durchblätterte. Als er gefunden hatte, was er suchte, kam er zurück und legte die Akte vor Sarah auf den Tisch.

»Ich muss kurz ein Formular vorne am Empfang ausfüllen«, sagte er. »Dauert nur fünf Minuten. Wenn du deinen Tee ausgetrunken hast, komm einfach durch.«

Dann verließ er den Küchenbereich und kehrte zum Empfangstresen zurück. Sarah drehte die Akte zu sich, sodass sie sie lesen konnte.

Es war der Bericht über den Diebstahl bei Professor Peregrine Cartwright.

8. Plaudern mit dem Professor

Jack wechselte die Position auf dem unbequemen Stuhl und wartete, dass Professor Cartwright ihm seinen Tee reichte.

Regency-Stühle mochten damals im achtzehnten Jahrhundert gemütlich gewesen sein, sofern man spindeldürr war. Jacks Körper hingegen hatten dreißig Jahre lang die Frühstückssimbisse New Yorker Feinkostläden geformt, und folglich war es schwierig, ihn in dieses winzige gold-gelbe Gestell zu zwängen. Blieb nur zu hoffen, dass diese Stuhlbeine kräftiger waren, als sie aussahen.

Er nahm die feine Porzellantasse und lehnte ausnahmsweise den angebotenen Zucker ab.

Professor Cartwright lehnte sich auf dem Sofa ihm gegenüber zurück und musterte Jack mit, zumindest für Jacks geübtes Auge, unverhohlener Verachtung.

»Mr. Brennan, lassen Sie mich gleich eines klarstellen. Wir führen dieses Gespräch aus einem einzigen Grund – und keinem anderen.«

»Und der wäre?«

»Der Diebstahl der römischen Platte war zutiefst beschämend für mich, sowohl in professioneller als auch in persönlicher Hinsicht. Und während die Polizei die Angelegenheit lediglich als ›einen weiteren Einbruchdiebstahl in einer Serie‹ von Einbrüchen im ganzen County betrachtet – und die Sache meiner Meinung nach dilettantisch handhabt –, werde ich keine Ruhe geben, solange die Schuldigen nicht überführt worden sind und das Artefakt unversehrt zurück ist.«

»Also ist Ihnen jede Hilfe recht, was?«

»Exakt. Sogar Ihre.«

Jack beschloss, die Spitze zu übergehen und weiterhin auf »jovialer Yankee« zu machen.

»Und manche Leute geben Ihnen die Schuld an dem Diebstahl?«, fragte er.

»Es gab Bemerkungen in diese Richtung – vonseiten einiger Fachkollegen, soweit ich hörte.«

»Das scheint mir ziemlich unfair.«

»Akademiker können skrupellos sein, Mr. Brennan – so unbarmherzig wie jeder hartgesottene Kriminelle, wenn sie eine Schwäche wahrnehmen.«

»Und Sie sind in einer schwachen Position?«

»Offensichtlich. Es hat den Anschein, dass ich in meiner Verve, die relevanten Stellen schnellstmöglich auf ein außergewöhnliches Artefakt aufmerksam zu machen … äh … die eine oder andere Formalie übersah, indes im guten Glauben agierte, dass die Enormität des Fundes eine entsprechende Forcierung des Prozederes mehr als rechtfertige.«

Der Mann muss gleich mehrere Wörterbücher geschluckt haben, dachte Jack und hatte Mühe, die Worte für sich zu übersetzen.

»Natürlich«, sagte Jack mit einem verhaltenen Lächeln. »Nur damit ich das recht verstehe: Sie hätten die Platte fotografieren und dann die örtlichen Behörden verständigen sollen?«

»So lauten die Empfehlungen für Laien, Mr. Brennan.«

»Für Otto Normalbürger, meinen Sie?«

»Exakt. Aber ich bin wohl kaum ›Otto Normalbürger‹, nicht wahr? Ich war zwanzig Jahre lang Professor für Klassische Archäologie an der University of Oxford. Und ich stehe seit Langem beruflich mit dem British Museum in Kontakt, das mich in diesem Fall ohnedies umgehend als Experten hinzugezogen hätte. Immerhin bin ich in diesem Land einer der führenden Fachleute – wenn nicht gar *der* Fachmann – für römisch-britische Geschichte.«

»Beeindruckend.«

»Ich denke, Sie stimmen mir zu, dass solche geringfügigen Vorschriften bei meiner Person mit Fug und Recht als obsolet angesehen werden dürfen.«

»Römisch-britisch?«

»Ach, ich vergaß. Sie sind ja aus den Kolonien. Ich beziehe mich auf die Periode zwischen 43 und 409, als Britannien eine Provinz des Römischen Reiches war – bis zum tragischen Untergang des Letztgenannten. Ich nehme an, Sie sind mit dem Römischen Reich vertraut, Mr. Brennan?«

»Ein wenig«, erwiderte Jack. »Und wissen Sie was? Ich stimme Gibbons Äußerung zu, dass die Geschichte der Imperien eine von menschlichem Leid ist.«

Professor Peregrine Cartwright blinzelte.

»Ah, ja«, sagte er. »*Verfall und Untergang*. Gut, gut.«

Jack verbuchte im Stillen einen Punkt für die Kolonien.

»Vielleicht könnten Sie mir zeigen, wie die Einbrecher Ihrer Meinung nach hereingekommen sind«, bat Jack, stellte seine Teetasse auf einen Beistelltisch und schenkte Professor Cartwright sein strahlendstes Lächeln.

Jack hockte sich an die offene Küchentür und betrachtete die direkt neben dem Rahmen zerbrochene Glasscheibe.

Der Glaser aus dem Ort hatte ein Brett eingesetzt, doch man erkannte deutlich, dass an dieser Stelle das Glas eingeschlagen worden war, damit der Eindringling den Türknauf von innen greifen konnte.

»Der Einbruch war irgendwann in der Nacht? Und Sie waren im Haus?«

»Das wäre die logische Annahme, nicht? Da die Servierplatte im Safe war, als ich ins Bett ging, und fort, als ich morgens in den Safe hineinsah.«

Wäre der Kerl mein Professor gewesen, hätte ich ihn noch vor Ende des ersten Semesters plattgemacht, fuhr es Jack durch den Kopf.

»Und in der Nacht haben Sie nichts gehört?«

»Nein. Ich bin früh ins Bett gegangen. Und samstagnachts benutze ich grundsätzlich Ohrstöpsel. Nicht einmal Cherringham ist immun gegen grölende Jugendliche, Mr. Brennan.«

»Das zerbrochene Glas ist Ihnen morgens nicht aufgefallen?«

»Ich gestehe, nein. Es war ein milder Tag, und ich war nur kurz in der Küche, bevor meine Gäste eintrafen.«

»Kein Glas auf dem Boden?«

»Keines, das ich bemerkt hätte. Natürlich sah ich mich gründlich um, sobald ich gewahr wurde, dass die Servierplatte verschwunden war. In dem Zuge entdeckte ich das Glas und erkannte, dass eingebrochen worden war.«

»Wurde sonst noch etwas gestohlen?«

»Oh ja! Einige Miniaturen, Tafelsilber aus einer der Schubladen und Münzen – aber zum Glück nichts allzu Seltenes.«

»Sie sind versichert, nehme ich an?«

»Selbstverständlich. Leider jedoch nicht für die römische Platte. Deren Wert war unbekannt – oder zumindest noch nicht zertifiziert. Und sie war in meinem sicheren Safe!«

Jack dachte einen Moment nach.

»Wollen wir uns die andere Tür ansehen?«

Cartwright drehte sich um und verließ die Küche.

»Hier entlang.«

Jack folgte ihm durch den Flur zur schweren Haustür aus Eiche. Der Professor öffnete sie und wies auf den Beschlag.

»Sehen Sie die Kratzer?«, fragte er. »Die Polizei glaubt, dass die Bande zunächst hier versucht hat, das Schloss aufzuhebeln – aber gescheitert ist. Deshalb haben sie sich durch die Hintertür Zutritt verschafft.«

Jack konnte Einkerbungen im Messing sehen, und an der Türkante waren ebenfalls Kratzer im Lack.

Er blickte sich zum Vorgarten um. Der Dorfplatz war nur knapp zwanzig Meter entfernt, praktisch gleich hinter der hohen Hecke mit der Holzpforte, auf die der Gartenweg zuführte. Rechts und links vom Weg war gemähter Rasen, und ein paar Apfelbäume überschatteten die Steine. Sträucher entlang der Veranda boten eine gute Deckung für jemanden, der hier einzubrechen versuchte.

Kein Wunder, dass die Einbrecher sogar in einer belebten Samstagnacht unbemerkt arbeiten konnten.

»Sehen wir uns jetzt den Safe an«, sagte Jack und ging sogleich zum Wohnzimmer, ohne auf Professor Cartwright zu warten.

Sarah hatte Jack von dem riesigen Tresor hinter dem Gemälde erzählt, aber auf diese Größe war er nicht gefasst gewesen.

Während der Professor vor sich hin murmelte und an dem Kombinationsschloss herumdrehte, guckte Jack sich im Zimmer um. Konnten die Einbrecher wissen, dass der Safe hinter diesem Bild war?

Falls sie wussten, wonach sie suchen sollten, war dies durchaus möglich. Es gab keine anderen großen Gemälde hier, und der Rahmenlack war dort, wo Cartwright über Jahre hinweg immer wieder gezogen hatte, sichtbar verfärbt. Im Augenblick hatte der Professor offenbar Schwierigkeiten, den Safe aufzubekommen. Er zog an dem Messinghebel, doch nichts geschah.

»Verflucht noch eins ...«

»Gibt es Probleme, Professor?«

Jack hörte den Akademiker mehrmals »Tss-tss« ausstoßen, als er zu seinem Schreibtisch ging. Dort zog er eine flache Stiftschublade heraus und entnahm ihr ein Stück Papier. Nachdem er einen raschen Blick darauf geworfen hatte, legte er es zurück und schob die Schublade wieder zu. Dann trat er abermals vor den Safe und startete einen neuen Versuch.

Jack schüttelte den Kopf.

»Ich möchte Ihnen ja nicht zu nahe treten, Professor ... aber haben Sie die Kombination tatsächlich aufgeschrieben?«

»Ja, selbstverständlich, mein lieber Junge. Wie sonst sollte ich sie mir merken?«

Jack ging hinüber zum Schreibtisch und zog die Schublade auf. Dort stand eine Reihe von Zahlen und Buchstaben auf einem kleinen Zettel.

»Haben Sie der Polizei gesagt, dass die Kombination hier drin ist?«

»Nein, habe ich nicht«, antwortete Professor Cartwright verschnupft. »Ich will ja nicht, dass das ganze Dorf die Kombination kennt.«

Jack holte tief Luft.

»Nein, Professor, sicher nicht. Das wäre schlicht fahrlässig, nicht wahr?«

Die Ironie erschloss sich dem Gelehrten nicht.

Während seiner Zeit als Cop in New York hatte Jack oft mit den klügsten Köpfen und größten Talenten zu tun gehabt, die es von überall her in die Stadt zog; und er hatte nie aufgehört, sich zu wundern, wie ungeheuer dumm die schlauesten Leute sein konnten.

Allerdings musste er zugeben, dass Peregrine Cartwright, emeritierter Professor der University of Oxford, die absolute Krönung war.

9. Das Ausschlussverfahren

Sarah öffnete den letzten Schrank in Jacks Kombüse und wurde auch dort nicht fündig.

Der Mann kochte eindeutig gern: Hier gab es unzählige Gewürze, Kräuter und Zutaten aus aller Welt, von denen sie teilweise nicht einmal den Namen kannte. Was hingegen Geschirr und Gläser betraf, hatte Sarah bisher lediglich ein paar Weingläser auftreiben können, und sie brauchte dringend mehr als das.

Sie ergänzte die Planungsliste auf ihrem Handy um einen weiteren Eintrag. Jacks Boot für eine Party zu rüsten würde noch einige recht kostspielige Einkaufstrips zum Supermarkt erfordern.

Jacks Stimme erklang durch die Luke zum Deck. »Der Kaffee wird kalt, Sarah. Bist du bald fertig?«

»Komme schon«, antwortete sie und stieg die kleine Leiter hinauf in den Frühlingssonnenschein.

Jack hatte die Fenster geputzt und das Deck geschrubbt.

Geschrubbt ... war das der richtige Ausdruck?, fragte sie sich im Stillen.

Das alte Boot sah sehr viel besser aus als noch im Winter. Jack hatte einen Gartentisch aus Teakholz und Stühle an Deck aufgestellt, mitsamt einem Sonnenschirm. Sollte sich das Wetter bis zum Wochenende halten, wäre der Platz hier ideal für eine kleine Gesellschaft, wie Sarah feststellte.

Der Fluss war vollkommen ruhig, und in der Ferne, über dem Hügel weit hinten, zogen lediglich ein paar zarte Wolken über Cherringham dahin.

Sarah setzte sich an den Tisch, und Jack schenkte ihr in seinen »Besucherbecher«, wie er ihn nannte, Kaffee ein. Riley stand von seinem Hundekissen auf, kam zu Sarah getrottet und legte seinen Kopf auf ihren Oberschenkel, damit sie ihm die Ohren kraulte.

»Also, hast du alles geplant?«, erkundigte sich Jack und machte es sich auf seinem Stuhl bequem. »Das hoffe ich sehr, denn allmählich kriege ich schon Angst vor dem Gedanken, eine Party zu geben.«

»Ich schicke dir eine E-Mail, Jack. Sagen wir, die nächsten Tage hast du gehörig zu tun.« Sie lachte. »Aber keine Sorge, ich helfe dir.«

»Ah, gut. Wird auch Zeit, dass ich die *Grey Goose* anständig genug für Besuch herrichte.«

Eine große weiße Jacht tuckerte langsam flussaufwärts vorbei, und die Familie hinter dem Steuerrad winkte.

Sarah und Jack winkten zurück.

»Mit dem ersten warmen Wochenende kommen die Freizeitboote«, merkte Jack an.

»Stört es dich, dass sie in deinen Hoheitsbereich eindringen?«

»Ach, nein, mir gefällt es. Der Fluss ist da, um genutzt zu werden. Und geteilt. Außerdem bekomme ich etwas zu sehen. An manchen Tagen ist es ein echtes Gratis-Unterhaltungsprogramm, sage ich dir.«

Sarah lehnte sich gleichfalls nach hinten und fühlte die ersten warmen Sonnenstrahlen des Jahres auf ihrem Gesicht.

Herrlich.

»Also, Miss Detective«, sagte Jack. »Was kommt als Nächstes auf unserer Suche nach der berüchtigten Cherringham-Platte?«

»Ich hatte eigentlich gehofft, dass du ein paar Ideen hast.«

»Bedaure, nein. Wie ich schon sagte, habe ich bei Professor Cartwright nur erfahren, dass eine beeindruckende Bildung einen noch nicht zum schlauen Kerlchen macht. Jeder, der ernsthaft den Safe knacken wollte, hätte es tun können, ohne dabei ins Schwitzen zu kommen.«

»Dann könnte die Polizei richtigliegen, was die Bande betrifft?«

»Wäre möglich. Obwohl mich der gescheiterte Versuch an der Vordertür und die eingeschlagene Scheibe an der Küchentür irgendwie stören. Ich weiß allerdings nicht genau, warum.«

»Denkst du, der Professor selbst hat damit etwas zu tun?«

Jack zuckte mit den Schultern.

»Klar, könnte er. Andererseits hat er eine Menge zu verlieren, und soweit ich es zu erkennen vermag, kann er durch den Diebstahl nichts gewinnen. Ich meine, wieso sollte ein Kerl mit seinem Ruf ein solches Artefakt stehlen? Er hätte sich unter Fachleuten einen großen Namen machen können – als derjenige, der den bedeutenden Fund erkannt hat. Und wie soll er überhaupt das Ding verkaufen?«

»Die Frage gilt für jeden, der die Platte gestohlen hat. Was ist mit den anderen?«

»Glaube ich nicht. Und gar Lady Repton? Das scheint mir reichlich weit hergeholt.«

»Also stecken wir in einer Sackgasse?«, fragte Sarah.

»Vorerst. Und was bedeutet das?«

Sarah wusste, worauf er hinauswollte.

Sie hatte bereits einiges an Techniken von dem New Yorker Cop gelernt – und nicht wenige Grundregeln.

»Es bedeutet: zurück zu den Anfängen«, antwortete sie. »Mit jedem reden. Herausfinden, wo sich die möglichen Verdächtigen in der Tatnacht aufhielten. Und wer ein Motiv hat. Sehen wir mal, wer das Geld braucht.«

»Richtig«, bekräftigte Jack. »Das Ausschlussverfahren.«

»Wen hättest du am liebsten auf deiner Tanzkarte?«

»Farmer Butterworth, denke ich. Ich würde mir gerne mal sein Silberfeld ansehen.«

»Okay«, stimmte Sarah zu. »Wie wäre es, wenn du dem jungen Jerry einen Drink spendierst?«

Jack lachte.

»Seinem Kumpel Baz vielleicht auch?«

»Womit mir Lady Repton bliebe.«

»Ein Jammer. Und ich wähnte mich schon in Bälde auf Du und Du mit dem Landadel. Ich hätte sie vielleicht sogar zu meiner kleinen Party eingeladen.«

»Wer weiß! Noch ist alles offen, Jack. Sie könnte die Diebin sein.«

»Nach dem, was ich bisher über die englische Oberklasse gelesen habe, wäre das heutzutage gut möglich. Doch selbst wenn sie schuldig ist, würde ich sie trotzdem einladen. Verbrecher können ziemlich interessant sein.«

»Ihr Amerikaner – immer noch habt ihr eine Schwäche für die englische Oberschicht.«

»Klar«, sagte Jack. »Solange sie uns nicht sagen kann, was wir tun sollen.«

»Apropos Einladungen.« Sarah holte ihr Handy hervor. »Wollen wir eine Liste zusammenstellen?«

Jack verschränkte die Hände hinter dem Kopf.

»Müssen wir wohl. Ach, wenn ich hier so sitze, mir den gerade erst erwachenden Fluss und die Sonne angucke, wünsche ich mir, ich müsste keine Party geben. Vielleicht verschiebe ich sie auf den nächsten Monat.«

Mit zwei Heranwachsenden zu Hause hatte Sarah solche Ausflüchte schon oft gehört und wusste, wie sie mit ihnen umgehen musste.

»Blödsinn, Jack. Sobald die Leute kommen, wirst du dich prächtig amüsieren. Und jetzt lass uns loslegen. Okay?«

Wie ein Schulkind zuckte Jack mit den Schultern, neigte sich vor und stemmte die Ellbogen auf den Tisch, um den Kopf in seine Hände zu stützen.

»Jawohl, Ma'am.«

10. Draußen auf der Farm

Jack fuhr auf den Hof der Low Copse Farm und stellte den Motor ab.

Er blickte sich um. Zwar war er ein Stadtjunge, doch seine Großeltern hatten eine Farm gehabt, und seine Kindheitserinnerungen reichten aus, dass er einen gut geführten Bauernhof erkannte.

Hier sah es recht ordentlich aus. Die im Winter übrig gebliebenen Strohballen waren säuberlich aufgestapelt; die Traktoren standen in Reih und Glied; und es gab weder Müllhaufen noch weggeworfenes altes Metall oder Holz in vergessenen Ecken.

Die Farmhaustür ging auf, und ein großer Mann in den Vierzigern kam auf Jack zu.

»Mr. Brennan? Pete Butterworth.«

Jack schüttelte ihm die Hand. Er mochte den Mann jetzt schon – das musste sein Instinkt sein.

»Jack, bitte. Nett von Ihnen, dass ich kommen darf.«

»Ehrlich gesagt, konnte ich nicht widerstehen. Meine Frau und ich haben von einigen Ihrer Erfolge gehört. Und wir dachten, wenn einer die Platte finden kann, dann Sie.«

Jack fühlte sich selten unsicher, doch in diesem Moment tat er es. Diese ganze Privatdetektivgeschichte widersprach seinem natürlichen Bedürfnis, nicht aufzufallen.

»Tja, verlassen Sie sich lieber nicht drauf, Pete«, entgegnete er rasch. »Bisher sieht es für mich so aus, als wäre die Polizei auf der richtigen Spur.«

Hinter Pete Butterworth tauchte eine Frau aus dem Haus auf, die sich die Hände an einem Geschirrtuch abwischte. Pete drehte sich um und stellte sie vor.

»Jack, das ist meine Frau Becky.«

Jack schüttelte ihr die Hand.

»Haben Sie irgendwas herausgefunden, Jack?«

»Noch nicht. Wie ich gerade sagte, ich denke, dass Sie sich auf die Polizei verlassen sollten.«

Seine Worte wirkten sichtlich niederschmetternd auf die beiden. Hatten sie erwartet, dass er ihnen gute Neuigkeiten brachte? Und war diese gepflegte kleine Farm eventuell nicht so gut aufgestellt, wie es auf den ersten Blick zu sein schien?

Jack beschloss, ins kalte Wasser zu springen.

»Ich hoffe, Sie nehmen mir die direkte Frage nicht übel – aber bedeutet dieser Fund viel für Sie?«

Becky Butterworth antwortete, ohne zu zögern.

»Leben oder Tod – ist das viel?«

»Soweit würde ich nun nicht gehen, Schatz«, gab ihr Mann zu bedenken.

»Na, so ist es aber doch, oder nicht? Jedenfalls geht es um unser Leben hier auf der Farm.«

Pete legte einen Arm um seine Frau.

»Diese Farm gehört uns nicht, Jack. Wir sind bloß Pächter. In der dritten Generation, aber das schützt uns nicht. Wenn wir nicht jährlich die Pacht zahlen, verlieren wir alles.«

»Demnach hätte Ihnen der Anteil an dem Fund geholfen, die Farm zu halten?«

»Mehr als das. Im Juni wird die Pachtanpassung fällig, wie alle drei Jahre, und die Grundbesitzer …«

»Lady Repton?«, fragte Jack.

»Die Repton-Familie, ja«, antwortete Becky.

»Die haben uns schon mitgeteilt, dass sie die Pacht beträchtlich erhöhen wollen, um dringende Renovierungen an Repton House zu decken«, fuhr Pete fort. »Dann ist die Pacht viel höher, als wir es uns leisten können.«

Becky blickte hinüber zu den Feldern. *Vielleicht stellt sie sich nun vor, wie das alles verschwindet*, dachte Jack.

»Doch der Anteil am Wert dieser Platte hätte uns dieses Land nicht nur für uns gesichert, sondern auch für unsere Kinder, wenn sie es später mal bewirtschaften wollen.«

Mir gefällt dieser Mann, stellte Jack fest.

Nicht, dass es ihn als Verdächtigen ausschloss.

»Das ist hart«, sagte Jack. »Und einen Tag und eine Nacht lang glaubten Sie, Sie wären gerettet?«

»Stimmt genau«, bestätigte Pete.

»Ich schätze, das haben Sie direkt gefeiert?«, fragte Jack vorsichtig.

Doch als er gerade erwartete, dass sie beide von knallenden Champagnerkorken und einem schicken Restaurantessen erzählen würden, bemerkte er, dass sie stattdessen einen nervösen Blick wechselten. Einen Blick, den Jack schon bei so vielen Befragungen gesehen hatte.

Hier stimmt was nicht.

Der Blick könnte bedeuten, dass sie logen.

»Na ja, also, äh …«, begann Becky.

»Ich musste ja am nächsten Morgen zeitig raus zum Melken, deshalb hatten wir nur ein frühes Abendessen – mit einem zusätzlichen Bier. Bloß das eine«, berichtete Pete und sah auffordernd zu Becky, damit sie ihm zustimmte.

»Wir waren früh im Bett«, pflichtete sie Pete bei, vermied es jedoch, Jack direkt anzusehen.

»Lieber vernünftig sein, was?«, meinte Jack.

»Genau«, stimmte Pete zu.

Jack wartete, damit sie mehr erzählten, musste jedoch erkennen, dass sie beide dichtgemacht hatten.

»Wissen Sie was?«, sagte Jack. »Wie wäre es, wenn Sie mir zeigen, wo Ihre beiden Schatzjäger diese berühmte Servierplatte gefunden haben? Die Polizei ist gut, Pete, Becky. Die finden sie schon wieder.«

Ihren Mienen nach zu urteilen, waren die zwei davon alles andere als überzeugt.

»Ich würde die Stelle gerne sehen. Wenn die Platte wieder da ist, kann ich dann erzählen, ich wäre bei der Geschichte dabei gewesen.«

»Klar«, sagte Pete. »Ich hole den Landrover.«

Der Farmer ging hinüber zu einem der Schuppen, in dem der Wagen stand. Jack wandte sich Becky Butterworth zu.

»Pete würde sicher alles tun, um die Platte wiederzubekommen, was?«

Becky nickte nur sehr knapp, dankte ihm für seinen Besuch und verabschiedete sich, bevor sie wieder im Haus verschwand.

Er würde sich kurz die Fundstelle ansehen und dann zum Nächsten dieses glücklichen Quartetts fahren, der sich, ebenso wie die anderen drei, wahrscheinlich gar nicht mehr glücklich schätzte.

11. Ein Familienbesuch

Jack konnte sich nicht erinnern, wann er das letzte Mal ein Baby in den Armen gehalten hatte, doch er wusste noch sehr gut, wie nervös es ihn jedes Mal machte.

Und, wow, dieses hier strampelte und wand sich heftig!

Zum Glück dauerte es nur einen Moment, bis Baz und Abby – die Eltern des kleinen Mädchens – einen Platz in der winzigen Wohnung freigeräumt hatten, auf den Jack sich setzen konnte. Und so durfte er das kleine Bündel bald schon seiner Mutter zurückgeben.

»Tut mir leid, Kumpel«, entschuldigte sich Baz. »Ein einziges Chaos hier.«

»Das erste Kind erwischt einen immer wie ein Hurrikan«, beruhigte Jack ihn und dachte an seine eigene Tochter, die nicht mehr so klein war.

»Kann man wohl laut sagen«, pflichtete Abby ihm bei. »Auf keinen Fall kriege ich noch eins. Es sei denn, wir gewinnen im Lotto. Oder …« Sie verstummte kurz, und ihr Ton wurde verbittert, als sie fortfuhr: »Oder wir finden einen versteckten Schatz, ne?«

Der letzte Satz war an Baz gerichtet.

Das Baby wurde plötzlich ruhig und drehte den Kopf zu Jack. Die großen Augen waren – wie die aller Babys – unwiderstehlich.

»Sie sollten stolz sein«, sagte Jack, und das war ernst gemeint.

Zugleich war er sich nicht sicher, ob die beiden eine Auszeichnung als »Eltern des Jahres« erhalten würden.

»Wollen Sie einen Tee?«, fragte Abby.

»Oder was Stärkeres?«, ergänzte Baz.

Jack lächelte das überforderte Paar an. »Nein, nichts, vielen Dank!«

Wenn es zwei Leute gab, die aussahen, als könnten sie unbedingt einen warmen Geldregen vertragen, dann diese beiden.

»Baz, ich frage mich … Ich weiß, wie viel dieser Schatz für Sie beide bedeutet hätte. Darf ich Ihnen trotzdem ein paar Fragen stellen?«

Hierauf nahm Baz' Frau einen Stuhl, setzte sich darauf und sah Jack an.

Sie ist jedenfalls gesprächsbereit.

Baz hingegen blickte sich im Zimmer um wie ein in die Enge getriebenes Tier.

Schließlich griff er nach der Rückenlehne eines Küchenstuhls und zog ihn langsam unter dem Tisch hervor. Im Vergleich zu seiner Frau hatte er das Tempo einer Schnecke.

Einen Tick widerwilliger, stellte Jack fest.

Baz setzte sich hin und räusperte sich.

»Sicher doch, wenn es uns hilft, das Ding wiederzukriegen. Ich meine, wir wissen ja, wer Sie sind und was Sie so gemacht haben.«

»An dem Abend im Ploughman haben Sie ja einer Menge Leute erzählt, was Sie entdeckt haben und wo der Fund ist.«

»Dämlich, verflucht dämlich«, murmelte Abby.

Baz schrumpfte auf seinem Stuhl zusammen.

»Ja, na ja … Jerry und ich haben gefeiert, ne? War vielleicht ein bisschen zu doll.«

Abby sah zu Baz, als wollte sie geradewegs mit ihren Augen Laserstrahlen in den dicken Schädel ihres Ehemannes feuern.

»Du und dein großes Maul. Jedem zu erzählen, dass wir reich werden. Bla-bla-bla! Und auch noch zu verraten, wo der Schatz ist!«

»Ja, das könnte ein Fehler gewesen sein«, bemerkte Jack.

Baz verteidigte sich. »Aber das sind unsere Kumpels! Wir kennen die alle schon ewig. Wer würde uns denn beklauen? Außerdem war die Platte total sicher in dem Safe von dem Professor, dachten wir …«

»Sicher?«, schnaubte Abby.

»Unter diesen alten Kumpels, Baz …«, fragte Jack, ohne auf

Abby zu achten, »war da jemand, der Ihrer Meinung nach auf die Idee hätte kommen können, die Platte zu stehlen?«

Baz schüttelte sofort den Kopf, was bedeutete, dass er gar nicht erst über seine Antwort nachdachte.

»Nein. Alles Kumpels. Die meisten …« Nun zögerte er. Sein Verstand holte seine Zunge ein. »Ich meine, ich weiß nicht … Ich schätze mal, jeder könnte …«

»Und ob«, pflichtete Abby ihm bei. »Jeder hätte euch zwei Idioten hören und den Diebstahl planen können. Stimmt's nicht, Jack?«

Wäre es besser gewesen, sich von den zweien weiterhin mit »Mr. Brennan« ansprechen zu lassen?

Ich weiß nicht, ob ich mit denen dick befreundet sein will.

Das Baby rülpste, was Jack ein Lächeln entlockte.

Die Eltern hingegen nahmen es gar nicht wahr.

»Okay«, sagte Jack. »Es wussten also eine Menge Leute von dem Schatz und wo er aufbewahrt wurde.« Er holte tief Luft. »Darf ich fragen, was Sie den Rest der Nacht gemacht haben?«

Denn obwohl Jack es für unwahrscheinlich hielt, konnte er nicht ausschließen, dass Baz den Schatz für sich allein haben wollte.

»Sie waren – wie wir sagen – hinüber?«, fuhr Jack fort.

»Wir haben gefeiert, sonst nix …«

»Ja, schon verstanden. Wer würde das nicht?« Jack sah zu Abby und hoffte, sie ging nicht gleich wieder an die Decke, denn damit wäre keinem gedient. »Was war mit dem Rest der Nacht?«

Baz rutschte nervös auf seinem Stuhl herum.

»Na, wie Sie schon sagten, war ich ein bisschen wacklig. Da hat Jerry gesagt, ich kann auf seiner Couch pennen. Ich wollte ja nicht die Chefin stören … und die kleine Daisy.«

»Du warst so besoffen, dass du nicht mehr laufen konntest, so war das! Dieser Jerry, der … der verleitet dich immer wieder zum Saufen.«

»Er ist mein bester Kumpel«, ergänzte Baz der Klarheit halber.

Das Baby fing wieder an, unruhig zu werden. Offensichtlich hatte es Hunger oder eine volle Windel. Abby entschuldigte sich mit der Kleinen, und Jack sah die Gelegenheit gekommen, einige Fragen an Baz zu stellen, ohne dass Abby sie gleich kommentierte.

Er rückte seinen Stuhl näher zu Baz. Hier war seine Chance, und die durfte er nicht verpassen …

»Was wissen Sie noch von der Nacht?«

»Wie ich auf Jezzers Couch gekippt bin. Ich war richtig abgefüllt. Am nächsten Morgen bin ich mit einem üblen Brummschädel aufgewacht. Na, Sie haben mich ja im Pub gesehen. Hab's echt übertrieben mit dem Feiern.«

»Ja, das habe ich gesehen. Aber Ihr Freund – der schien in einem besseren Zustand gewesen zu sein.«

»Jezzer? Ja, also, glaub ich jedenfalls …«

»Und wissen Sie, was er danach gemacht hat? Nachdem er Sie zu sich nach Hause gebracht hat?«

Diese Frage schien Baz zu wundern.

»Was meinen Sie denn? Er hat geschlafen, genau wie ich. Ich hab ihn erst am nächsten Morgen wiedergesehen. Wir haben gepennt – bei ihm – bis zum nächsten Morgen, als der vom Museum kommen sollte.«

Jack nickte. Dann dachte er, dass er Baz mal auf das Offensichtliche hinweisen sollte.

Vorausgesetzt, Baz hatte es selbst noch nicht begriffen.

»Aber da Sie weggetreten auf der Couch lagen, können Sie nicht wissen, was Jerry gemacht hat, oder?«

»Er hat gesagt, dass er geschlafen hat, so wie ich.«

»Nur sicher wissen Sie es nicht?«

Baz hielt inne, als wäre in einer entfernten Ecke seines Verstandes, die lange oder womöglich noch nie genutzt worden war, plötzlich ein schwaches Licht angegangen.

Er drehte das Gesicht weg. »Nein, nicht, aber ist möglich …
Er könnte …«

Jack beendete den Satz für ihn. »… alles Mögliche gemacht
haben?«

Der Schatzjäger sah wieder zu ihm – seinen Blick nun halb
gesenkt und mehr als ein bisschen verwirrt – und nickte. Das
Gespräch war damit wohl vorbei, nahm Jack an, auch wenn er
sich nicht sicher war, ob er irgendetwas Brauchbares erfahren
hatte.

Allerdings dürfte das Gespräch mit Jerry recht interessant
werden.

Geschichten miteinander zu vergleichen war immer ein
Riesenspaß.

12. Eine konträre Sicht

Die Sonne hatte einen Stand erreicht, an dem sie direkt durch das vordere Fenster in Sarahs Büro schien. Die Schreib- und Arbeitstische, auf denen sich Papiere und Entwürfe für ein halbes Dutzend Projekte türmten, sahen in diesem Licht richtig golden aus.

Ein schöner Frühlingstag in Cherringham hat etwas Besonderes an sich, dachte Sarah.

Als wären der eisige Winter, die kahlen Bäume und der tagelange Eisregen auf einmal vertrieben – weggeblasen von der strahlenden Sonne, die alles wieder zum Leben erweckte.

Und das Geschäft lief gut!

Vielleicht war die Wirtschaftsflaute überstanden. Die Läden in der Gegend wollten Websites entworfen haben, und es wurden jede Menge Plakate für Frühlingsangebote und Veranstaltungen gebraucht. Sarah hatte sogar einen großen Website-Auftrag für die scheußliche Touristenattraktion Penton Prison.

Entwürfe für ein Gefängnis – das würde spaßig sein!

»Was macht die Bildersuche, Grace?«

Ihre Assistentin kam mit dem Laptop herüber.

»Na ja, ich habe einige Fotos von der Themse gefunden, aber ich suche immer noch nach einem, bei dem man sofort denkt: *ein perfektes Dorf*. Ich weiß nicht … Was hältst du von diesen?«

Sarah sah auf den Bildschirm. »Das da«, sagte sie und zeigte auf ein Bild, auf dem sich der Fluss an einer Mühle und einem Restaurant vorbeischlängelte. »Das ist nicht schlecht.«

»Aber noch nicht so ganz das Richtige, oder?«

Grace hatte die gleichen hohen Ansprüche wie Sarah. Sie beide wollten, dass alles – Bild, Layout, Druckqualität – so vollkommen war, wie es nur irgend ging.

Sarah nickte lächelnd.

»Ich grabe weiter.«

»Prima. Ich spiele noch an der Navigation für die Gefängnis-Website. Schaurig.«

Im nächsten Augenblick klopfte es an der Tür, gleich dreimal hintereinander.

Es geschah selten, dass Kunden unangekündigt vor der Tür standen. Normalerweise riefen die Leute an, erzählten, was sie wollten, und vereinbarten einen Termin.

Somit war ein unerwarteter Besucher etwas Ungewöhnliches.

Grace öffnete und fand sich einem hageren Mann in einem dreiteiligen Nadelstreifenanzug gegenüber, der trotz des sonnigen Tages einen schwarzen Regenschirm fest in der Hand hielt.

Er zögerte einen Moment, bevor er in das Büro trat, dann aber marschierte er herein, als gehörte es ihm.

»Der Geschäftsinhaber?«, fragte er steif.

»Das wäre ich«, antwortete Sarah. »Können wir Ihnen helfen?«

Der Mann schüttelte ausdrucksstark den Kopf.

»*Au contraire.* Ich bin es, der *Ihnen* helfen kann.«

Er blickte sich in dem Raum um wie ein Raubtier, das eine besonders schwache Beute in die Enge trieb, entdeckte einen Stuhl und ging auf ihn zu.

»Sie gestatten?«

Es war eigentlich keine Frage.

Der Mann setzte sich, griff in sein Jackett und holte aus der Innentasche eine Visitenkarte hervor, die er Sarah reichte.

»Doctor Lawrence Sitwell«, las sie laut vor. »Professor für Europäische Archäologie, University of Oxford.«

Dahinter stand in sehr viel kleineren Buchstaben »ret«.

Wie die Abkürzung für »retired« – »im Ruhestand«.

Sarah sah zu Grace, die ihre Arbeit unterbrochen hatte, um ebenfalls zu erfahren, aus welchem Grund Lawrence Sitwell in ihr sonniges Büro hereingeschneit war.

Er zog ein Bündel Papiere aus einer anderen Tasche.

Sarah erkannte das Logo ihres Newsletters, des *Cherringham Roundel*: die charakteristischen Bögen der mittelalterlichen Cherringham Bridge über der Themse.

Komisch, einen Ausdruck zu sehen. Da es sich um einen Online-Newsletter handelte, hatte Sarah lediglich die ersten beiden Ausgaben ausgedruckt gesehen.

»Ich nehme an, Sie waren es, die diesen … Artikel verfasst hat?«

»Artikel« war offensichtlich nicht das Wort, das ihm dafür als Erstes in den Sinn gekommen war.

»Ich schreibe alles, mit Ausnahme einiger Beiträge, die meine Assistentin Grace -«

»Dies hier – über die vermeintliche Entdeckung einer römischen Servierplatte und deren anschließenden Diebstahl – ist von Ihnen?«

»Schuldig«, antwortete Sarah.

Hier versteht es aber einer, sich in mein Herz zu stehlen, dachte Sarah.

»Der Beitrag ist gespickt mit falsch dargestellten Fakten.«

»Und welche Fakten wurden falsch dargestellt? Dass die Platte gefunden oder dass sie gestohlen wurde?«

Noch ein dramatisches Kopfwiegen. Je aufgebrachter Sitwell wurde, umso abgehackter wurde seine Aussprache, als mutierten Mund und Zähne zu einer alten Druckerpresse, die schubweise Typen in die Luft spuckte.

»Die Wahrscheinlichkeit, dass diese Platte echt ist, tendiert buchstäblich gegen null. Sie können absolut sicher sein, dass es sich um eine weitere dieser armseligen Kopien handelt, wie sie im neunzehnten Jahrhundert zu Tausenden gefertigt wurden – und daher vollkommen wertlos ist.«

»Moment mal, Professor!«

»Ihr Beitrag plappert lediglich nach, was schlecht informierte -«

Sarah beugte sich vor.

Das hier ist mein Büro. Und Professor hin oder her, dieser Akademikerflegel hat in diesem Raum nicht das Sagen.

»Ich sagte: Moment mal!«, unterbrach sie ihn. »Langsam. Falls Sie hier sind, weil Sie eine Richtigstellung wollen -«

»Eine Richtigstellung?«, fiel er ihr ins Wort. »Ich würde meinen, dass weit mehr vonnöten ist. Dieser Betrug, diese … kriminelle Schwindelei muss untersucht werden!«

Sarah überlegte, ob sie ihm verraten sollte, dass bereits ermittelt wurde.

Vorher jedoch wollte sie wissen, was er ihr an Informationen liefern konnte.

»Also denken Sie, der Fund, die Platte, war …«

»Wertlos.«

»Was ist mit Professor Cartwright?«

Offenbar trat sie mit dieser Frage eine Lawine los.

»Professor Peregrine Cartwright?« Sitwell gab ein solch verächtliches »Pah!« von sich, dass es den gesamten Raum ausfüllte. Sarah sah hinüber zu Grace, die hinter Sitwells Rücken eine Clownsgrimasse zog.

»Der alte Peregrine verfügt wahrlich nicht über Adleraugen, Miss Edwards.« Sitwell streckte einen Finger in Sarahs Richtung. »Es ist nicht das erste Mal, dass er voreilige Schlüsse zieht.«

»Ach ja? Ich dachte, er wäre recht angesehen …«

Auf Sitwells dramatisches Kopfschütteln hin verstummte sie.

»Angesehen! Hach! Sein Wissen über römische Metallkunde … Nun, ich könnte eine ganze Arbeit darüber verfassen, was er alles nicht weiß. Genau genommen, habe ich das längst.«

»Aber Sie haben das Objekt nicht selbst gesehen, oder, Professor Sitwell?«

»Einer der Männer, die es gefunden haben, hat vor Ort ein Foto gemacht, wie Sie wissen.«

»Nicht besonders scharf.«

»Scharf genug. Sogar mit dem ganzen Schmutz daran erkennt man die Kopie.«

»Und wer immer die gestohlen hat …«

Nun neigte Sitwell sich vor, und erstmals trat ein Lächeln – wenn auch ein unheimliches – auf seine Züge.

»Genau. Die haben nichts von Bedeutung gestohlen. Bestenfalls ein geringfügiger Diebstahl.«

Sarah sah wieder zu Grace.

Es könnte sein, dachte sie, *dass Sitwell recht hat.*

Und falls ja, vergeudete nicht bloß die Polizei ihre Zeit, sondern Jack und sie jagten ebenfalls einem Hirngespinst nach.

Trotzdem blieb die Frage …

»Jemand hat den Fund gestohlen, Professor. Zusammen mit anderen Wertsachen von Professor Cartwright.«

»Ich bin sicher, dass jedwedes Objekt von ›Wert‹, das der alte Peregrine hamstern konnte, längst verkauft wurde. Es ist schon ein wenig hart, mit einer empfindlich gekürzten Pension über die Runden zu kommen.«

Sarah nahm sich vor, Näheres über Cartwrights Abschied aus Oxford in Erfahrung zu bringen.

Anscheinend war er nicht mit allen Ehren in den Ruhestand gegangen.

Sitwell erstarrte für einen Moment, als hätte er etwas geäußert, das er nicht sagen wollte. Doch mit einem kleinen Schnauben fing er sich wieder.

»Nun …« Er hob zum Finale an. »Das wäre die unverfälschte Wahrheit über dieses Fiasko. Ich erwarte eine Richtigstellung in der nächsten Ausgabe dieses …« Er wedelte mit dem Ausdruck des Newsletters.

»Des *Roundel*«, sagte Sarah. »Und ich werde mir die Sache mal genauer vornehmen.«

Sitwell stand auf und schnupperte in der Luft, während er sich abermals im Büro umblickte.

Sarah erhob sich ebenfalls. Es gab noch eine Kleinigkeit, die sie ihn fragen wollte, da er doch angeblich so viel über die Angelegenheit wusste.

»Professor Sitwell, bevor Sie gehen …«

Sitwell zog die Brauen hoch.

Der muss ein Kracher im Hörsaal gewesen sein.

»Trotz allem, was Sie gesagt haben … Hätten Sie irgendwelche Theorien, wer eingebrochen und die Platte gestohlen hat?«

»Theorien?«

Sitwell lachte. Sarah verstand nicht, was an ihrer Frage so komisch war.

»Meine ›Theorie‹ ist, dass es jemand war, der nicht die geringste Ahnung von römisch-britischen Artefakten hat!«

Immer noch vor sich hin lachend, ging er zur Tür und verließ das Büro.

»Das hätten wir filmen sollen«, meinte Grace und grinste. »Cherringham hätte seinen ersten YouTube-Hit landen können.«

Sarah lachte und fragte sich, was dieser bizarre Besuch bedeutete. Übersahen Jack und sie irgendetwas?

13. Jerry Ratlos

Jack hatte beschlossen, dass ein oder zwei Gratis-Pints im Pub das beste Lockmittel waren, um Jerry Pratt zu einem Treffen mit ihm zu bewegen.

»Danke, dass Sie gekommen sind«, sagte Jack.

Jerry nickte und fixierte Ellie, die ein Pint vom besten Bitter zapfte. Es war früher Nachmittag, und der junge Jerry schien mächtigen Durst zu haben.

Er nahm das Glas so gierig entgegen, dass Schaum über den Rand schwappte, und trank schmatzend einen Schluck von der Krone. »Kein Problem, Kumpel. Ich tue alles, um den verdammten Schatz wiederzukriegen.«

»Das ist eher Sache der Polizei«, erwiderte Jack. »Ich frage nur ein bisschen herum, helfe sozusagen aus.«

Noch ein großer Schluck, und der Schaum war weg.

»Sie sind ein Yankee. Yankees sind schlau. Schlauer als die Bullen hier. Das ist doch eine beknackte Gurkentruppe. Mit Ihrer Hilfe kriegen wir allemal eher raus, wer die Schweine sind, die das Ding geklaut haben.«

»Kann sein.«

Yankees sind schlauer? Der Bursche hat zu viele amerikanische Polizeiserien geguckt.

»Ich dachte, dass es helfen könnte, Ihre Version der Geschichte zu hören.«

Jerry sah endlich von seinem geliebten Pint auf und zog misstrauisch eine Braue hoch.

»Wie? Meine Version? Wie wir das Teil gefunden haben?«

Jack schüttelte den Kopf. »Nein, über die Nacht des Einbruchs.«

Jerry verneinte stumm. »Sie haben uns doch gesehen, nicht? Wir haben hier gefeiert. Wir haben sogar mit Ihnen geredet, ich und Baz. Direkt hier.«

»Ja, das weiß ich. Eine rauschende Feier.«

Jack blickte sich in dem ruhigen Pub um. Der Mittagsansturm war vorbei, und die ersten Nachmittagsgäste waren noch nicht da. »Und danach gingen Sie direkt nach Hause?«

Bei der Frage stutzte Jerry.

Dann grinste er.

»Nicht ganz, Kumpel. Wie gesagt, wir haben gefeiert, und wir -«

»Sie und Baz?«

Jerry nickte. »Ja, hinterher sind wir rüber nach Boughton gefahren. Haben uns eine kleine …« – er senkte die Stimme – »Massage gegönnt.«

»Ach ja? Sie und Baz, hmm? Da hat er mir etwas anderes erzählt.«

»Und ob er das hat. Der arme Trottel ist ja jetzt verheiratet, ne? Und wenn seine Frau davon was mitkriegt … Na, ich muss Ihnen wohl nicht erklären, was dann los ist. Obwohl er sowieso schon ziemlich hinne war, als wir da ankamen.«

»Kann ich mir vorstellen. Es sah hier schon aus, als könnte er sich kaum noch aufrecht halten.«

»Und ein bestimmter Teil wollte erst recht nicht mehr aufrecht sein«, flüsterte Jerry, bevor er in lautes Gelächter ausbrach.

Jack wusste nicht, was er glauben sollte: Baz' Aussage, dass er gleich nach dem Pub auf Jerrys Couch eingeschlafen war, oder Jerrys Geschichte vom Ausflug in den Massagesalon. Alles in allem wirkte Letztere glaubwürdiger. Doch das behielt Jack für sich – es ging ihn nichts an, solange es nichts mit dem Fall zu tun hatte.

Das Einfachste wäre, die Polizei überprüfen zu lassen, ob die beiden nach Boughton gefahren waren. Andererseits würde es sie noch nicht entlasten, wenn sie tatsächlich dort gewesen waren.

Jack trank kaum von seinem Bier, doch als Jerry sein Glas leerte, winkte er Ellie, ihnen zwei neue zu zapfen.

»Danke. Ist echt nett von Ihnen.«

»Am nächsten Morgen müssen Sie reichlich geschockt gewesen sein, als der Safe aufging.«

»Geschockt? Also den, der das war, würde ich …« Jerry verstummte.

Ein bisschen aufbrausend, was?

»Verständlich. Haben Sie eine Ahnung, wer das gewesen sein könnte?«

Jerry sah zur Seite.

»Keinen Schimmer. Hab gehört, dass so was schwer zu verticken ist.«

»Praktisch unmöglich, wie ich gehört habe.«

»Eben. Und deshalb kann ich mir nicht vorstellen, dass das einer von uns war. Wir hatten ja schon so gut wie …«

Er knallte sein Glas auf die Theke.

»Das Geld in der Hand«, beendete Jerry seinen Satz.

Jack merkte ihm an, wie es ihn schmerzte, so viel Geld über Nacht verpuffen zu sehen.

»Und was denken Sie?«

»Muss wohl diese Bande gewesen sein, von der die Polizei redet. Die hier überall in den Dörfern einbricht. Vielleicht wussten die nicht mal, dass das Ding da war, und können jetzt gar nichts damit anfangen. Ich weiß nur eins.«

»Und das wäre, Jerry?«

»Dass es mir mein Leben versaut hat, wenn Sie verstehen, was ich meine.«

Jack nickte und lächelte mitfühlend.

»Ja, ich denke, das verstehe ich«, sagte er und tat so, als würde er auf seine Uhr sehen. »Ich muss los. Danke, dass Sie mit mir geredet haben.«

»Klar, jederzeit. Und ich hoffe, Sie finden die, die das waren!«

Jack lächelte nur, denn im Moment schien es recht unwahrscheinlich, dass sich diese Hoffnung erfüllen würde. Wortlos verließ er den Ploughman.

14. Eine erbitterte Lady

Tony Standish blickte zur alten Wanduhr in der Ecke seines Büros auf, gleich neben den beiden großen Fenstern mit Blick auf die High Street.

»Sie hat gesagt, dass sie um Punkt drei hier ist.«

Sarah nickte. »Keine Sorge. Ausnahmsweise bin ich nicht unter Zeitdruck. Ich kann warten.«

Standish stand auf, trat an eines der deckenhohen Fenster und sah hinaus.

Die ehrwürdige Lady Repton hatte einem Treffen zugestimmt, bestand allerdings darauf, dass es in der Kanzlei ihres Anwalts, Tony Standish Esq., stattfinden sollte. Sarah war das nur recht, denn sie vertraute Tony.

Cherringham fühlte sich wie ein besserer Ort an, wenn man jemanden wie Tony als Rückendeckung hatte. Was irgendwie komisch war, denn im Grunde wusste sie so gut wie nichts über ihn, er hingegen alles über sie, ihre Eltern und ihre Kinder.

Er schaute hinunter auf die Straße und zog die Netzgardine ein wenig beiseite.

»Ah, ihr Taxi. Einen Chauffeur hat sie nicht mehr. Die Zeiten sind leider vorbei.«

Er drehte sich wieder zu Sarah um.

»Es war hart für sie. Die vielen Einschränkungen und so …«

»Ja, kann ich mir vorstellen.«

Standishs Empfangssekretärin klopfte und öffnete die Tür.

»Mr. Standish, Lady Repton ist hier.«

Tony nickte und blieb am Fenster stehen. Dann kam Lady Repton herein.

Ihr Stock akzentuierte jeden ihrer Schritte mit einem scharfen Klacken auf dem Parkett, bis sie den dicken Perserteppich erreichte – ein Meer von Dunkelrot, das Tonys Schreibtisch und die Besucherstühle umgab.

Lady Repton würdigte Sarah kaum eines Blickes und nickte nur kurz in deren Richtung, während sie erstaunlich schnell auf einen der Stühle zusteuerte.

»Tee, wenn es Ihnen nichts ausmacht, Standish.«

»Ganz und gar nicht. Sarah?«

»Nein, danke, Tony.«

Repton schnaubte daraufhin. Ob dies aufgrund der Tatsache geschah, dass jemand eine anständige Tasse Tee am Nachmittag ablehnte, oder wegen der Frechheit, *ihren* Anwalt »Tony« zu nennen, wusste Sarah nicht.

Sobald der Tee serviert war, bot Tony an, das Meeting zu eröffnen.

»Lady Repton, Sie kennen Sarah ja bereits. Sie ist ebenfalls eine Klientin und bat mich …«

»Ach, machen Sie schon, Standish. Ich werde nicht jünger. Kommen wir, wie die jungen Leute heute sagen, zum Punkt.«

Lady Repton nippte an ihrem Tee. Tasse und Untertasse hielt sie in perfekter Position, so wie man es ihr sicherlich schon eingetrimmt hatte, bevor sie vor Jahrzehnten Debütantin wurde.

Vor hundert Jahren!

»In Ordnung. Sarah?«

Standish spielte ihr den Ball zu.

Lady Repton blickte stur geradeaus, als Sarah zu sprechen begann.

»Lady Repton, ich bemühe mich zusammen mit Mr. Jack Brennan, etwas über die Platte herauszufinden, die gestohlen wurde.«

Repton schüttelte den Kopf auf eine Art und Weise, als wollte sie überdeutlich zum Ausdruck bringen: *Mehr muss ich nicht hören.*

Was sie sagte, war: »Amateur-Detektive!«

Dem folgte ein weiteres Kopfschütteln.

Sarah war versucht, der alten … Frau entgegenzuhalten,

dass sie beide eine gute Erfolgsbilanz vorzuweisen hätten und Jack alles andere als ein Amateur war. Doch sie hatte das Gefühl, dass es für ihr Anliegen besser war, sich das zu verkneifen.

»Ich würde gerne noch einmal mit Ihnen die Ereignisse jenes Vormittags durchgehen.«

Nun wandte Lady Repton ihr das hohe Haupt zu, stellte es ein klein wenig schräg und neigte das Kinn leicht, sodass sie Sarah direkt ansah.

»Die Platte, die ein Vermögen wert war, wurde gestohlen. Oder haben Sie etwa diese lachhafte Darstellung der Geschehnisse in diesem *Ding* nicht gelesen, die Sie doch selbst verfasst haben?«

»Ich weiß, Lady Repton. Aber ist Ihnen sonst noch etwas aufgefallen? Kam Ihnen irgendjemand verdächtig vor? War jemand unter den Anwesenden, dem Sie den Diebstahl der Servierplatte zutrauen würden?«

Hierauf gab Lady Repton ein lautes »Ha!« von sich. »Dieser wunderliche Professor vielleicht. Immerhin war es sein Safe, aus dem der Fund entwendet wurde.«

»Aber die Polizei fand Einbruchsspuren. Und es wurden noch andere Wertgegenstände gestohlen.«

»Papperlapapp! Mir wurde erklärt, dass die Platte unmöglich zu verkaufen ist. Ein enormer Wert ... Doch wenn man so etwas nicht dem British Museum überlässt, ist solch ein Fund praktisch wertlos?«

»Ja, das habe ich auch gehört.«

Und in diesem Moment, da Lady Reptons klare Augen auf sie gerichtet waren, begriff Sarah, dass sie beide das Gleiche dachten.

Jeder behauptet, dass die Platte unmöglich zu verkaufen ist. Keiner könne sie kaufen.

Aber stimmte das überhaupt?

»Jeder dort hätte das Geld brauchen können – also warum sie nicht stehlen?«

Sarah holte tief Luft, ehe sie die nächste Frage stellte.

Und wappnete sich.

»Sie auch?«

Lady Repton beherrschte perfekt die Kunst, andere ziemlich lange und auf eine höchst unangenehme Weise schmoren zu lassen.

»Natürlich … Natürlich hätte ich das Geld brauchen können.« Sie sah sich im Raum um und vermied jeden Augenkontakt. »Das dürfte kein Geheimnis sein. An einem alten Anwesen sind immerfort Dinge zu tun. Die Liste ist eine Meile lang. Daher …« – nun blickte sie wieder Sarah an – »… bin ich *nicht* erfreut.«

»Gewiss nicht.«

Sarah sah hinüber zu Standish, der sich ein unglückliches Lächeln abrang und ihr mit seinem Blick zu bedeuten schien, dass diese Unterhaltung beendet war.

Also beugte sie sich vor und streckte ihre Hand aus.

»Vielen Dank, Lady Repton, dass Sie hergekommen sind und meine Fragen beantwortet haben. Wir werden tun, was wir können.«

Lady Repton stellte ihre halb volle Teetasse auf die Ecke von Tonys Mahagonischreibtisch.

Dann stemmte sich der alte Drachen mithilfe des Gehstocks von dem antiken Holzstuhl hoch.

»Ich bezweifle, dass zu tun, *was Sie können*, zu irgendetwas führen wird. Dennoch sollte ich Ihnen wohl Glück wünschen.«

Sie nahm Sarahs Hand und schüttelte sie verblüffend fest.

»Nun, Standish – ein Taxi, wenn Sie belieben?«

Einem dreibeinigen urzeitlichen Raubsaurier gleich, den man besser nicht unterschätzte, schritt Lady Repton aus dem Büro.

15. Keine Fortschritte

Jack beobachtete aufmerksam vom Vorderdeck der *Grey Goose* aus, wie Daniel die Leine losmachte, sie ins kleine Boot zurückzog und die Ruder aufnahm. Riley, Jacks Hund, hockte geduldig vorn am Bug und ließ sich nicht von dem Wippen des Bootes aus der Ruhe bringen.

»Vergiss nicht, Daniel – immer wieder nach vorn und nach hinten sehen!«

Daniel blickte sich genauso sorgfältig um, wie er es wohl einst getan hatte, als er das erste Mal eigenständig eine Straße überquerte.

Was er in gewisser Weise auch tut, dachte Jack.

»Sag mir, dass es leichter wird«, bat Sarah, die neben Jack stand und ängstlich zu ihrem elfjährigen Sohn sah, der zum ersten Mal alleine losruderte.

»Nein«, sagte Jack. »Ich kann dir vielmehr garantieren, dass du, wenn Daniel einundzwanzig ist, ihm immer noch über die Schulter gucken wirst – bereit, ihn aufzufangen, sollte er fallen. Oder zumindest seine Miete bezahlen wirst, wenn er anruft und erzählt, dass er blank ist.«

»Alles klar!«, rief Daniel.

»Na dann, ab mit dir, Junge«, antwortete Jack.

Daniel tauchte beide Ruder ins Wasser, zog und machte sich mit Riley auf den Weg ans andere Ufer. Der Fluss war vollkommen ruhig und glatt, und Jack fielen die Insekten auf, die über der Oberfläche schwebten.

Vielleicht hole ich später die Angel raus und fange mir ein Abendessen.

»Fast geschafft, Daniel«, rief Sarah mit einem warnenden Unterton.

»Er weiß, was er tut«, beruhigte Jack sie.

Und tatsächlich konnte er sehen, wie Daniel die Entfernung zum Ufer einschätzte, die Ruder aus dem Wasser hob und das Boot langsam an den kleinen Anleger treiben ließ. Der Junge wickelte das Tau um den Poller und zurrte es fest, ehe er auf den Steg sprang. Riley folgte ihm.

»Gut gemacht, Daniel!«, lobte Jack. »Ruf uns, wenn du wieder ablegst und zurückkommst.«

Daniel reckte grinsend einen Daumen in ihre Richtung.

»Komm, Riley!«, rief er und lief zu den Wiesen. Riley rannte ihm nach.

Jack wandte sich Sarah zu.

»Der Junge ist ein Naturtalent«, sagte er. »Das hätte ich selbst nicht besser hingekriegt.«

»Fährst du dieser Tage nicht immer mit Außenborder?«

»Na, hör mal, ich muss auf meinen Rücken aufpassen!«

»Hmm. Sehr glaubhaft …«

Jack zwinkerte, zog einen der Leinenklappstühle herbei, die am Tisch lehnten, und setzte sich so, dass er Sicht auf den Fluss und das andere Ufer hatte. Daniel und Riley hatten die Wiese bereits zur Hälfte überquert. Auf einmal holte Jack die Erinnerung an die Zeiten ein, als er in Daniels Alter war und mit seinem Hund durch hüfthohes Gras lief.

Seltsam, wie einen bestimmte Bilder überfallen können, dachte er.

Sarah nahm sich ebenfalls einen Stuhl und setzte sich neben ihn.

»Du glaubst also, wir können nichts mehr tun?«, fragte sie, ohne den Blick von ihrem Sohn abzuwenden, der rasch zu einem Punkt in der Ferne schrumpfte.

Jack wusste, dass sie über den Fall sprach.

Sie hatten sich schon den ganzen Vormittag im Kreis bewegt, was diese Sache anbelangte – und gleichzeitig Jacks kleine Party in einer Woche geplant. Bei der Organisation der Fete waren sie schon ziemlich weit, bei der Ermittlung hingegen traten sie auf der Stelle.

»Falls wir nicht noch ein überraschendes Geständnis kriegen – nein«, antwortete Jack.

Allerdings sah er ihr an, dass Sarah sich damit nicht zufriedengab.

»Ich erinnere mich, dass du mir mal erzählt hast, einen Durchbruch erziele man oft mit etwas, das man schon wusste, bei dem man nur nicht erkannt hat, wie wichtig es war.«

»Stimmt«, pflichtete Jack ihr bei. »Normalerweise ist das irgendein Fakt oder ein Informationsbruchstück, das man quasi … falsch abgelegt hat. Verstehst du, was ich meine?«

»Sehr gut sogar. Vielleicht haben wir hier auch so etwas.«

Jack überlegte.

»Na ja …«

»Was?«

»Was ich nicht kapiere, ist der Einbruch«, sagte Jack. »Sie haben es an der Vordertür versucht, dann die Hintertür eingeschlagen. Aber nach dem, was ich bisher über die Einbrecherbande aus dem Bericht weiß, sind das Profis. Und jeder, der einen von diesen Canon-Safes öffnen kann, knackt mühelos ein Türschloss.«

»Außerdem – Profis würden wohl kaum die Glasscheibe einschlagen und die Scherben einfach liegen lassen.«

»Genau«, stimmte Jack zu.

Er sah einer Gruppe von Schwänen nach, die auf Deckhöhe der *Grey Goose* vorbeiflogen und ein Stück weiter flussabwärts landeten.

»Andererseits … So wie Cartwright die Kombination aufbewahrt, kann es jeder Amateur gewesen sein, der eben Glück hatte.«

»Wie Jerry?«

»Nicht ausgeschlossen. Obwohl ich auf Lady Repton setze.«

Sarah lachte.

»Sie kann es nicht sein. Du würdest das Klackern ihres Stocks bis hier hören. Was ist mit Baz?«

»Nicht alleine. Er war zu betrunken. Falls man dem Hörensagen glauben darf.«

»Pete, der Farmer?«

»Möglich, auch wenn ich es schrecklich fände.«

»Womit nur der Professor bliebe«, folgerte Sarah.

»Und bei ihm wäre, wie wir bereits feststellten, die Frage, welches Motiv er gehabt hätte.«

»Du hast recht«, sagte Sarah. »Jeder behauptet, es sei unmöglich, die Platte zu verkaufen. Also, wer immer sie gestohlen hat, hat sie vielleicht längst weggeschmissen.«

»Oder eingeschmolzen.«

»Dennoch frage ich mich, ob das wirklich wahr ist. Was ist mit all den Leuten, von denen man immer hört, dass sie unglaubliche Kunstwerke verstecken? Die gibt es doch, oder nicht? Es muss demnach möglich sein, solche Sachen auf dem Schwarzmarkt zu kaufen.«

»Richtig«, bekräftigte Jack. »Ich erinnere mich sogar, dass es vor ein oder zwei Jahren einen Typen in den Staaten gab, der für ein kleines Vermögen einen T-Rex-Schädel gekauft hat. Ein texanischer Ölmillionär. Er bewahrte den Saurierschädel in einem versteckten Schrank in seinem Arbeitszimmer auf, nur um ihn anzugucken, wenn er alleine war.«

»Dann könnte die Cherringham-Platte doch noch irgendwo da draußen sein.«

»Möglich. Aber weißt du was? Im Moment glaube ich nicht, dass wir sie finden werden.«

Am anderen Ufer hüpfte Riley bellend auf und ab. Jack konnte Daniel mit einem Stock in der Hand zum Boot zurückgehen sehen.

»Es sei denn, wir landen einen Zufallstreffer«, meinte er achselzuckend und blickte zu Sarah. Ihrer entschlossenen Miene nach zu urteilen, würde sie nicht so ohne Weiteres aufgeben.

In das viktorianische Galgenmännchenspiel auf der Penton-Prison-Website hatte Sarah gerade einen Schrei eingespielt, bei dem einem das Blut in den Adern gefror, als es an der Tür klopfte.

Sie blickte hinüber zu Grace.

»Erwartest du jemanden?«

Grace verneinte stumm, ging zur Tür und öffnete sie. Pete Butterworth kam sofort hereingehuscht. Er nickte Sarah kurz zu und lief zu dem kleinen Fenster, durch das man zum Marktplatz hinunterblicken konnte.

Sarah sah Grace an und formte mit den Lippen lautlos die Frage: *Was ist das denn?*

Grace zuckte mit den Schultern.

»Mr. Butterworth, gibt es ein Problem?«, erkundigte sich Sarah und stand auf.

»Nein, kein Problem«, erwiderte er, starrte aber weiter auf die Straße hinunter.

Sarah ging zu ihm ans Fenster.

»Sie sehen besorgt aus.«

»Besorgt? Nein.«

Für eine Sekunde guckte er sie an, dann presste er wieder seine Nase ans Glas.

»Sehen Sie den BMW da, beim Eingang zum Gemeindesaal?«

Sarah blickte nach unten.

»Den blauen?«

»Ja – den«, antwortete er. »Übrigens können Sie ruhig Pete zu mir sagen.«

»Freut mich, Sie wiederzusehen, Pete.«

»Hmm. Lassen Sie den Wagen nicht aus den Augen, in Ordnung?«

»Geht klar. Aber verraten Sie mir auch, warum?«

Sie sah, wie Pete einen Blick zu Grace warf.

»Keine Sorge. Alles, was Sie mir mitteilen wollen, können Sie auch vor Grace sagen.«

Er zögerte einen Moment, dann entspannte er sich.

»Wenn Sie meinen.«

Sarah wartete.

»Also, was gibt's?«

»Gut. Na, es ist wegen der Platte, versteht sich. Wegen des Diebstahls.«

Während er weiter auf die Straße blickte, erzählte er seine Geschichte. Und Sarah wusste, dass Jack und sie im Begriff waren, einen Durchbruch zu erzielen.

»Ihr Freund, der Amerikaner – als er bei uns auf der Farm war und mit Becky und mir geredet hat, tja ... Ich fürchte, da haben wir gelogen.«

Pete sah verlegen zur Seite.

»Er hat uns gefragt, was wir in der Nacht gemacht haben, als die Servierplatte geklaut wurde, und wir haben gesagt, dass wir zu Hause waren und früh ins Bett gegangen sind. Aber so war es nicht. Na ja, im Grunde schon – zuerst jedenfalls. Aber ich konnte nicht schlafen, weil ich mir solche Sorgen wegen der Platte gemacht habe, wissen Sie? Ich hatte Angst, dass sie bei Cartwright nicht sicher ist. Also bin ich mit dem Landrover ins Dorf gefahren. Ich habe bei Cartwrights Haus geparkt, genau da, wo die Straßenlaterne nicht auf meinen Wagen geschienen hat. Von dort konnte ich aufpassen, falls irgendwer auf dumme Gedanken kommen würde. Verstehen Sie, was ich meine?«

Sarah wusste genau, was er meinte.

»Falls Jerry und Baz beschließen sollten, sich die Platte zurückzuholen?«

»Zum Beispiel, ja. Die – oder, noch schlimmer, ein paar von ihren Kumpels. Bill hatte mich aus dem Ploughman angerufen und erzählt, dass sie da waren und laut rumtönten. Hätte bloß noch gefehlt, dass sie Cartwrights Adresse rausposaunten. Natürlich habe ich mir Sorgen gemacht. Wir brauchen das Geld, müssen Sie wissen. Wir brauchen es wirklich ganz dringend.«

Sarah war klar, dass sie ihn unbedingt zum Weiterreden bringen musste.

»Und um welche Zeit war das?«

»Als ich hinkam? Weiß ich nicht, so um eins. Zwei vielleicht. Jedenfalls war ich erst eine halbe Stunde da, als Jerry aufkreuzte. Halb besoffen, schätze ich. Er ist ganz unauffällig erst ein Stück an Cartwrights Haus vorbeispaziert, und plötzlich fiel er in die Hecke.«

»Aber er konnte Sie nicht sehen?«

»Nein, ich habe mich im Wagen nach unten geduckt. Also, er macht die Gartenpforte auf, geht zu Cartwrights Haustür und versucht, sie aufzukriegen. Erst mit einer Kreditkarte, dann mit einem Schraubenzieher. Dann gibt er auf, kommt den Weg runter, tritt gegen die Pforte und verschwindet.«

»Er ist nicht nach hinten gegangen?«

»Nein, ist er nicht. Wie auch immer, als er weg ist, kommt mir der Gedanke, dass ich lieber selber reingehe, die Platte hole und auf sie aufpasse, weil sie in dem Haus ja nicht sicher ist … Deshalb bin ich in den Garten reingeschlichen und den Weg rauf.«

»Sie wollten sie selbst stehlen?«

»Nein! Doch nicht stehlen! Ich wollte auf sie aufpassen, damit diese Penner sie nicht stehlen.«

»So würde es die Polizei nicht sehen.«

»Stimmt. Deshalb rede ich ja auch mit Ihnen, okay? Jedenfalls ist das sowieso unwichtig. Es geht um das, was dann passiert ist. Ich bin nämlich fast an der Haustür, da geht hinter dem Haus das Licht an. Ein Schatten bewegt sich, und dann sehe ich jemanden, der an der Hausseite vorbeigeht und in Richtung Weg kommt.«

»Haben Sie ihn richtig im Blick gehabt?«

»Das will ich doch gerade sagen! Es ist ein Kerl gewesen, groß und dünn. Er hat eine Tasche bei sich … so eine Sporttasche, aber schwer, als ob Metall drin wäre. Wie wenn da die Platte drin wäre. Er geht direkt an mir vorbei den Weg runter – ganz dicht. Aber es ist dunkel, und ich bin hinter den Büschen, sodass er mich nicht sieht. Und als er weitergeht, kann ich sein Gesicht im Licht der Straßenlaterne erkennen – kristallklar. Also, sobald er draußen auf dem Marktplatz ist, will ich ihm nach, aber da springt er schon in einen Wagen und ist weg. Weg mit meiner Silberplatte.«

»Doch Sie haben ihn gesehen?«

»Oh ja!«

»Und würden ihn wiedererkennen?«

»Na, das hab ich doch gerade, nicht? Was glauben Sie, wieso ich hergekommen bin? Was denken Sie, wieso wir zu dem BMW gucken?«

Pete nickte zur Straße hinunter.

Sarah begriff, was er meinte, und folgte seinem Blick. Im selben Moment näherte sich ein Mann dem Wagen und entriegelte die Türen mit der Fernbedienung.

»Sehen Sie! *Das* ist der Kerl, den ich aus Cartwrights Haus kommen sah. Das ist der Dieb. Ich habe ihn eben im Laden wiedererkannt, mir das Kennzeichen aufgeschrieben und bin hier raufgekommen. Sie können ihn aufspüren, rauskriegen, wer er ist …«

Als der Mann die Fahrertür öffnete, veranlasste ihn irgendein Instinkt, nach oben zu den Fenstern von Sarahs winzigem Büro zu sehen. Sarah wich sofort zurück, genau wie Pete Butterworth.

Und in diesem Moment wusste Sarah, dass sie das Kennzeichen nicht überprüfen lassen musste.

Sie hatte den Mann schon mal gesehen.

Es war Lawrence Sitwell, ehemals Professor für Europäische Archäologie an der University of Oxford.

16. Undercover

Jack schenkte noch einen Tee aus seiner Thermoskanne ein und reichte Sarah den Becher.

»Das war's mit dem Tee«, sagte er und goss den restlichen Tee aus der Kanne in seinen Becher. »Und den letzten Keks haben wir vor einer Stunde gegessen.«

Er lehnte sich auf dem Beifahrersitz von Sarahs RAV4 zurück, gähnte und blickte sich um. Die elegante, baumgesäumte Straße in Oxford war verlassen. Im Erdgeschoss des Hauses mit der Nummer 23 – in Professor Sitwells Wohnung – brannte kein Licht, und die Vorhänge waren halb zugezogen.

Später Nachmittag. Was taten Akademiker an einem Frühlingsnachmittag?

Sherry trinken und bis zum Abendessen dösen, dachte er.

»Das Einzige, was uns jetzt noch übrig geblieben ist, sind zwei Hundekekse, die ich in meiner Tasche gefunden habe.«

»Tja, mit ein bisschen Glück müssen wir auf die nicht zurückgreifen«, meinte Sarah. »Denn falls der gute Professor nicht bald rauskommt, müssen wir sowieso unverrichteter Dinge nach Hause fahren. Ich muss Chloe von der Theatergruppe abholen.«

»Früher war es wahrlich anders«, stellte Jack wehmütig fest.

»Früher hättest du die Tür eingetreten, den Verdächtigen auf die Straße gezerrt und ihn in Handschellen gelegt.«

»Würdest du das nicht auch tun?«

»Machst du Witze?«, fragte Sarah. »Ich kann mir nichts Spaßigeres vorstellen.«

Jack lachte.

»Sogar, wenn er nicht schuldig ist?«

»Oh, der ist allemal schuldig.«

»Was du ohne Prozess entscheidest?«, fragte Jack schmunzelnd.

»Verehrte Geschworene, der Angeklagte wurde gesehen,

wie er sich mitten in der Nacht aus dem Haus schlich, eine schwere Tasche tragend ...«

In diesem Augenblick öffnete sich die massive Eichentür von Nummer 23, und Sitwell kam mit einer Aktentasche heraus. Die Tür fiel zu, und der Professor ging mit großen Schritten in Sarahs und Jacks Richtung.

»Oh Mist!«, entfuhr es Jack, der seinen Tee verschüttete, während er eine Karte hervorholte – irgendeine, um vorzugeben, dass er lesen würde. Sarah tat derweil, als hätte sie etwas im Fußraum verloren und duckte sich, sodass sie von draußen nicht zu sehen war.

Aus dem Augenwinkel sah Jack, wie Sitwell sich dem Wagen näherte ... an ihnen vorbeischritt und weiter zur Banbury Road ging.

»Puh«, stöhnte er und setzte sich auf. »Ich dachte schon, er hätte uns entdeckt.«

Sarah antwortete nicht. Erst als Jack sich zu ihr drehte, bemerkte er, dass sie nicht sprechen konnte, weil sie mit beiden Händen ihr Lachen ersticken musste.

»Was ist denn so witzig? Guck dir meine Hose an. Die ist voller Tee!«

Sarah wischte sich durch die Augen.

»Sehr professionell, Jack. Ich merke schon, dass ich noch viel übers Observieren lernen muss.«

Jack grummelte. Ihm gefiel es nicht, sich lächerlich zu machen, obgleich er zugeben musste, dass er zu nachlässig gewesen war.

Ich muss ein bisschen aufmerksamer sein, wenn ich das hier durchziehen will.

»Okay, los«, sagte er. »Unser Parkschein ist noch eine Stunde gültig. Sehen wir nach, wo er hingeht.«

Mit diesen Worten schnappte er sich seine Jacke von der Rückbank, stieg aus dem Wagen und sah zu der nun weiter entfernten Gestalt von Lawrence Sitwell.

Da Sarah ihn von der anderen Straßenseite aus im Auge behielt, war es leicht, dem Professor zu folgen.

Jack, der mit gesenktem Haupt ein Stück hinter Sitwell ging, war vorhin aufgefallen, dass der Archäologe den entschlossenen Gesichtsausdruck eines Mannes hatte, der zu einer Verabredung unterwegs war. Und er war zuversichtlich, dass der Professor sie bisher nicht bemerkt hatte.

Jack war schon ein paarmal in Oxford gewesen: einmal vor Jahren mit seiner Frau Katherine, kurz bevor sie starb – doch da hatten sie sich nur das Stadtzentrum, die Colleges und die Parks angesehen. Nun aber marschierte er durch ein Viertel, das ihm nicht vertraut war. Die breiten Straßen, die überall von winzigen Seitenstraßen mit Reihenhäusern gekreuzt wurden, bildeten ein Labyrinth – das er allerdings faszinierend fand.

Sitwell kannte sich hier eindeutig gut aus: Er nahm Abkürzungen und wich den vorbeiflitzenden Studenten auf ihren Fahrrädern aus, die eine lautlose Bedrohung für jeden Ortsunkundigen darstellten. Jack und Sarah blieben etwa hundert Meter zurück, blickten gelegentlich in Schaufenster und nutzten andere Fußgänger als Deckung.

Schließlich gelangten sie in eine kleine Straße voller Läden und Bars – und mit einem eleganten Café, in dem Sitwell verschwand.

Jack wartete vor dem Eingang eines Zeitungsladens, bis Sarah zu ihm trat.

Sie hatte sich eine Wollmütze tief ins Gesicht gezogen und ihr Haar vollständig daruntergestopft. Jack war sich sicher, dass Sitwell sie nicht wiedererkennen würde. Die beiden sahen, wie dem Akademiker auf der gegenüberliegenden Straßenseite ein Fenstertisch für zwei zugewiesen wurde. Das Café war leer, weil es noch früh war: zu früh fürs Abendessen – und zu spät fürs Mittagessen.

Nachmittagstee, dachte Jack. *Wie putzig!*

»Ein kleines Stück weiter ist noch ein Café«, sagte Sarah. »Wir können ihn von da aus beobachten.«

»Bist du sicher?«

»Ja, es ist eher eine Art Elterntreff, aber sie haben den besten Kuchen in ganz Oxford. Ich gehe nie die Walton Street hinunter, ohne mir ein Stück Kuchen von ihnen zu gönnen. Ich besorge uns einen Tisch.«

Jack sah zu, wie sie eine kurze Strecke weiterging und dann in einem Eingang verschwand; wenig später folgte er ihr. Er schob die Tür zum Café auf und atmete den Duft von frischem Kaffee ein.

Allein dafür hat sich die Fahrt gelohnt, dachte er.

Es wimmelte von Müttern mit Kleinkindern und Buggys. Erstaunlicherweise hatte Sarah trotzdem einen freien Tisch in der Ecke am Fenster ergattert. Jack setzte sich zu ihr. Der Platz war ideal, denn von hier konnten sie Sitwell deutlich sehen, wohingegen sie selbst durch den Fensterwinkel und die Theaterposter, die auf der Scheibe klebten, verborgen blieben. Jack bestellte sich einen Kaffee, verzichtete jedoch wacker auf Kuchen. Als aber Sarahs Stück gebracht wurde und sie ihm anbot, davon zu probieren, konnte er es nicht ablehnen.

»Also, was jetzt, Detective?«, fragte Sarah und leckte sich die Finger.

Er zuckte mit den Schultern. »Ich weiß nicht genau. Der Sinn und Zweck dieser Observation ist, ein Gespür für ihn zu bekommen – wer er ist, was er macht, mit wem er zusammenlebt, falls überhaupt mit jemandem.«

»Damit wir, wenn er die Platte noch hat, kombinieren können, wo sie sein kann?«

»Genau. Gott, ist der Kaffee gut!«

Er behielt Sitwell im Blick, der ungeduldig an seinem Tisch im gegenüberliegenden Café wartete. Der Kellner kam zu ihm, doch es sah aus, als wollte er nichts bestellen. Daher vermutete Jack, dass der Professor auf jemanden wartete.

»Eigentlich hätte ich mir denken müssen, dass etwas nicht stimmt, als er zu mir kam, nur um mir zu erzählen, die Servierplatte sei wertlos«, sagte Sarah.

»Und es klang, als hätte er etwas gegen Cartwright.« Während Jack hinübersah, holte Sitwell einen Laptop aus seiner Aktentasche und stellte ihn auf den Tisch. »Ich würde einiges darum geben, zu erfahren, was er mit dem Ding treibt.«

»Ach ja?«, rief Sarah und griff in ihre Handtasche. Sie nahm ein Tablet heraus, schaltete es ein und wischte mehrmals über den Bildschirm.

»Wie ist es dieser Tage um dein Rechtsempfinden bestellt?«, fragte sie Jack und sah ihn mit einem schelmischen Grinsen an.

»Kommt drauf an.«

»Das heißt, damit ist es nicht weit her?«

»Was genau fragst du mich, Sarah?«

»Wie wäre es, wenn ich dir sagen könnte, was er mit dem Laptop ›treibt‹?«

»Du nimmst mich auf den Arm!«

»Vor ein paar Jahren, als sich meine Ehe in Wohlgefallen auflöste, habe ich mir, ähm, einige zusätzliche Computerkenntnisse angeeignet. Die Art von Fertigkeiten, die man braucht, um sich in die E-Mails und den Internet-Suchverlauf eines untreuen Ehemannes einzuhacken und all die Lügen zu entlarven, die ihn auf immer aus dem eigenen Leben verbannen.«

»Autsch«, entfuhr es Jack. »Das hört sich an, als täte es immer noch weh.«

»Oh, das tut es. Wobei ich anfügen möchte, dass ich auf gängige Fragen, ob ich drüber weg bin, grundsätzlich mit Ja antworte.«

Jack, dessen Augen die ganze Zeit auf Sitwell gerichtet waren, sah nun Sarah an. Er erkannte, dass allein die Erinnerung an jene Zeit sie bis heute wütend machte.

»Tja, deshalb habe ich dir wohl nie diese Frage gestellt«, sagte er. »Ich nahm an, dass du nicht darüber reden willst.«

»Und das weiß ich sehr zu schätzen.«

Jack nickte und sah wieder zu Sitwell, der auf seinen Computer eintippte.

»Verstehe ich es richtig, dass du auf diese Entfernung Zugang zu seinem Laptop hast? Mit *dem* Ding?«

Sarah nickte.

»Das Café da drüben hat ein offenes W-LAN, wie ich sehen kann. Es ist unverschlüsselt. Im Moment ist er der einzige Gast dort, und ich wette, dass er sich gerade eingeloggt hat. Ich kann mir seine Zugangsdaten und Passwörter für so ziemlich alles holen, was er macht. Ohne unbeteiligte Dritte bloßzustellen.«

»Dauert das nicht zu lange?«

»Machst du Witze?«, erwiderte sie. »Es dauert ungefähr zwei Minuten. Höchstens.«

Jack überlegte kurz, dann begann er zu lachen. »Worauf wartest du noch?«

Während er seinen Kaffee trank, tippte Sarah auf ihr Tablet ein. Nach einer Minute setzte sie sich gerade hin, schaltete das Tablet aus und steckte es wieder in ihre Handtasche.

»Schon fertig?«, fragte Jack verwundert.

»Klar doch. Ich habe jetzt keine Zeit, mir alles anzusehen. Aber wenn ich wieder zu Hause bin – und meinen Kindern ein Abendessen serviert habe –, gehe ich alles durch und berichte dir, was ich finde.«

»Mensch, so einfach ist das? Kein Wunder, dass Teenager in der NSA unterwegs sind und Staatsgeheimnisse klauen.«

»Findest du es falsch, was wir gerade gemacht haben?«

»Selbstverständlich! Aber manchmal muss das sein.«

»Ich tue so etwas nicht gewohnheitsmäßig, Jack. In diesem Fall jedoch bin ich mir sicher genug, dass das, worin er verwickelt ist, solche Maßnahmen rechtfertigt.«

Jack war sich weniger sicher. Ja, bisweilen heiligte der Zweck die Mittel, aber das hier war anders. Irgendwie … hinterhältig. Er sah wieder zu Sarah.

»Eine fragwürdige Vorgehensweise.«

»Ich weiß.«

»Was ist, wenn er vollkommen unschuldig ist?«

»Ist er nicht.«

»Du klingst sehr überzeugt.«

Zwar sah er, dass Sarah lächelte, nur wusste er nicht recht, warum.

»Jetzt bin ich es«, sagte sie und nickte in Richtung des Cafés auf der anderen Straßenseite. »Guck mal, wer gerade angekommen ist.«

Jack drehte sich rechtzeitig um, sodass er sehen konnte, wie sich jemand zu Sitwell gesellte. Der Mann hatte ihnen den Rücken zugekehrt. Er umarmte den Professor innig und hauchte ihm einen flüchtigen Kuss auf die Wange, ehe er sich einen Stuhl herauszog und sich setzte.

Dann, als er den Kellner herbeiwinkte, war sein Gesicht klar zu erkennen.

Es war Professor Peregrine Cartwright.

»Na, was sagt man dazu?«, murmelte Jack.

17. Ein gerissener Plan

Sarah war um sechs im Büro. Die Sonne ging eben auf, als sie auf dem Marktplatz parkte, und die Straßen von Cherringham waren vollkommen verwaist.

Sie war aus zweierlei Gründen so früh auf den Beinen: Erstens wollte sie Lawrence Sitwells Online-Leben erforschen, solange er wahrscheinlich noch schlief – für den Fall, dass er sich ebenfalls einzuloggen versuchte und bemerkte, Opfer eines Hackerangriffs zu sein.

Und zweitens wollte sie, dass Grace nicht im Büro war, wenn sie es tat. Grace war als Assistentin einer Webdesign-Firma eingestellt, nicht als Komplizin einer Hackerin, die keinerlei Achtung vor dem Gesetz hatte.

Sarah hatte gehofft, Jack noch gestern Abend die Resultate ihres kleinen Abenteuers in Oxford liefern zu können. Doch bis sie Chloe abgeholt, Abendessen gekocht, bei den Hausaufgaben geholfen und eine Waschmaschine angestellt hatte, war es elf Uhr gewesen – und sie vollkommen fertig.

Also hatte sie Jack angerufen und ihm gesagt, er solle am nächsten Morgen in ihr Büro kommen. Danach war sie sofort eingeschlafen.

Um zwei Uhr nachts war sie, bei voller Beleuchtung, auf dem Sofa aufgewacht und hatte sich anschließend noch ins Bett geschleppt.

Jetzt, da die Sonne hereinschien, eine Kanne Kaffee in der Büroküche durchlief und sie über Kopfhörer ihre Lieblingsmusik hörte, wusste sie, dass sie ernsthafte Fortschritte machen könnte.

Sie zog sich einen Stuhl vor den Hauptrechner, kopierte die Benutzernamen und Passwörter von ihrem Tablet und begann die virtuelle Welt des angesehenen Professors Lawrence Sitwell zu erkunden …

Jack beugte sich vor und tippte seitlich an den Monitor, woraufhin Sarah vor Schreck mitsamt ihrem Stuhl einen Satz nach hinten machte.

»Ich wollte dich nicht erschrecken, entschuldige. Aber ich sage schon seit Minuten immer wieder ›Hi‹. Außerdem bekommst du einen Hörschaden, wenn du die Musik so laut stellst.«

»Guten Morgen, Jack«, begrüßte sie ihn und legte grinsend die Kopfhörer ab. »Dasselbe erzähle ich meinen Kindern dauernd.«

Jack reichte ihr eine Tasse frischen Kaffee, den sie dankbar annahm.

»Wie spät ist es überhaupt?«

»Gleich neun«, antwortete Jack. »Was hast du gefunden?«

»Eine Menge.«

»Dann lass mal hören.«

»Okay«, sagte sie und bemühte sich, rasch ihre Gedanken zu ordnen. »Professor Sitwell ist im Ruhestand. Und Professor Cartwright ist im Ruhestand. Zufall? Nein. Die beiden waren etwa die letzten zehn Jahre Kollegen und hatten dasselbe Fachgebiet.«

»Dann war Sitwells verbaler Angriff gegen Cartwright nur ein Vertuschungsmanöver?«

Sarah nickte.

»Oberflächlich kultivieren sie eine Art professionelle Rivalität. Jeder von ihnen veröffentlicht ein Buch, das die Publikation des anderen niedermacht, sie kritisiert und die Ideen weiterentwickelt. Aber tatsächlich sind sie nie Gegner gewesen. Sie sind die ganze Zeit schon Partner.«

»Eher Komplizen, was?«

»Eindeutig. Anscheinend sind beide vor zwei Jahren vorzeitig in den Ruhestand gegangen, nachdem gewisse ›Unregelmäßigkeiten‹ in den Finanzen einer Stiftung entdeckt wurden, mit der sie zu tun hatten.«

»Was für eine Stiftung?«

»Die sollte die Ausgrabungen von antiken Artefakten im kriegsgebeutelten Nahen Osten fördern.«

»Sehr praktisch.«

»Eben«, sagte Sarah. »Als die Stiftungskommission Bedenken äußerte, sorgte sich die Uni, dass sie in einen Skandal hineingezogen werden könnte, und ›bot‹ den beiden Professoren an, ihren Abschied zu nehmen – ohne Pension, wie es scheint.«

»Keine Anzeige?«

»Die Polizei wurde nie eingeschaltet. Ich habe E-Mail-Verkehr gefunden, der bis zu den Anfängen dieser Affäre zurückreicht. Erst haben sie beide ihre Unschuld beteuert. Dann behaupteten sie, alles sei ein Irrtum gewesen. Und schließlich gestanden sie, dass sie einige Gelder ›umgeleitet‹ hätten – aber nur, ›um große Stücke für die Menschheit zu bewahren‹.«

»Glaubst du das?«, fragte Jack.

»Die Uni glaubte es offensichtlich nicht. Sie war aber bereit, die ganze Sache unter Verschluss zu halten. Was ziemlich bescheuert war.«

»Warum?«

»Weil, wie ich auf diversen Websites, auf denen Professor Sitwell eingeloggt war, gesehen habe, er und Cartwright sehr eifrig Artefakte gegen Bares verscherbelt haben. Um ihr eigenes Projekt zu fördern.«

»Lass mich raten: Das Projekt ist ihr Ruhestand?«

»Genau. Und im letzten Jahr haben die beiden auch Einzelheiten über griechische Villen ausgetauscht, die zum Verkauf standen. Sechs Schlafzimmer, Swimmingpool, eigener Bootsanleger, Olivenhaine, Weingärten – du weißt, was ich meine?«

»Oh ja, und solche Villen sind auch durch die Pleite nicht billig geworden.«

»Stimmt genau«, bestätigte Sarah. »Weshalb die Cherringham-Platte so verlockend gewesen sein muss.«

»Unwiderstehlich. Also hatte Sitwell, als Pete Butterworth ihn aus dem Haus kommen sah, keineswegs eingebrochen. Er war vorbeigekommen, um Cartwright die Platte abzunehmen, die der sicher aufbewahren sollte …«

»Die beiden müssen das gemeinsam ausgeheckt haben«, mutmaßte Sarah. »Ich nehme an, vor allem per SMS oder Telefon. Aber es gibt genug E-Mails, um recht schlüssig zu belegen, dass sie die Platte selbst gestohlen haben.«

»Und sie haben das Fenster in der Küchentür eingeschlagen?«

»Richtig. Und Sitwell nahm noch einiges von Cartwrights Münzen und Miniaturen mit.«

»Genug, damit es wie ein echter Einbruch aussah.«

»Die große Überraschung für die zwei waren die Beschädigungen vorn an der Haustür. Darüber mailen sie immer noch und fragen sich, wer das gewesen sein könnte.«

»Armer Jerry«, sagte Jack kopfschüttelnd. »Hätte er nicht einzubrechen versucht, wäre die Polizei vielleicht misstrauischer gewesen, was den Schaden an der Hintertür betraf.«

»Ja, die beiden konnten ihr Glück kaum fassen, als die Ermittlungen sich auf die Einbrecherbande konzentrierten. Darüber lästern und witzeln sie bis heute. Aber nicht mehr lange.«

»Was meinst du?«, fragte Jack.

»Na, wir haben sie doch überführt, oder?«, erwiderte Sarah. »Wir müssen nur noch die E-Mails an die Polizei schicken, und Alan hat seine Verhaftungen.«

»Von wegen!«

Sarah war verwirrt. Die viele Arbeit … das war doch jetzt ein wasserdichter Fall, oder nicht?

»Was meinst du?«

»Sarah, das ist das Allerletzte, was wir tun dürfen.«

Jack stand auf, ging zur Bürotür und drückte sie leise zu.

»Wenn du der Polizei das da zeigst, werden nicht die zwei verhaftet, sondern du.«

»Oh!«

»Und selbst wenn sie dich nicht verhaften – Polizei und

Staatsanwaltschaft dürften sich das Material nicht mal ansehen, geschweige denn vor Gericht verwenden. Es wurde illegal
beschafft und ist folglich absolut unzulässig.«

»Das ist doch Wahnsinn!«, rief Sarah. »Sie sind schuldig.
Sie haben die Servierplatte gestohlen!«

»Du weißt das. Ich weiß das. Aber wir dürfen es keinem
anderen erzählen.«

Sarah warf sich frustriert auf ihrem Stuhl nach hinten. Der
ganze gestrige Tag und die intensive Arbeit am heutigen Morgen – all das sollte totale Zeitverschwendung gewesen sein?

»Ist dir klar, dass Lawrence Sitwell in diesem Moment auf
Websites unterwegs ist, auf denen mit Artefakten gehandelt
wird, und aller Welt erzählt, er hätte etwas sehr Interessantes
zu verkaufen? Und wir können ihm nichts anhaben?«

»Ja.«

Sie holte tief Luft, stand auf und ging ans Fenster. Unten
auf dem Markt hatten die Geschäfte inzwischen geöffnet. Im
Gemeindesaal fand der Dienstags-Pilateskurs statt. Leute gingen zur Arbeit oder zur Schule.

Und in seinem Haus auf der anderen Seite des Platzes –
dessen war Sarah sich sicher – saß Peregrine Cartwright bei
seinem Morgentee, las die *Times*, aß seine Eier mit Speck und
scherte sich nicht im Geringsten darum, dass er Pete Butterworth, Jerry, Baz, Lady Repton und ganz Cherringham um den
Lohn für deren außergewöhnlichen Fund brachte.

Sarah war wütend. Nein, sie war außer sich vor Wut!

Sie wollte nach unten gehen, über den Markt laufen, an
Cartwrights Tür donnern und ihm sein englisches Frühstück
in das teigige, arrogante Gesicht pfeffern.

Doch dann fiel ihr eine viel bessere Lösung ein.

Aufgeregt drehte sie sich zu Jack um.

»Wie gut ist dein Texanisch, Jack?«

18. Ideales Bootswetter

Jack richtete seine Seidenkrawatte und öffnete den obersten Knopf des frisch gebügelten rosa Baumwollhemds. Sein Gesicht juckte wegen des Vollbarts, den ihm Sarah heute Morgen in mühevoller Kleinarbeit aufgeklebt hatte – sie war eine geschlagene Stunde damit beschäftigt gewesen. Bart, Stetson, falsche Bräune ... Jack wünschte, er hätte dieser verrückten Idee nie zugestimmt.

»Ich weiß nicht, Sarah. Für mich sieht das eher nach der Comedyserie *Jeeves & Wooster: Herr & Meister* als nach Houston, Texas, aus.«

Sarah reichte ihm eine seiner langen Zigarren.

»Wenn du Zweifel hast, steck dir eine Zigarre in den Mund und denk an *Dallas*.«

»Hmm. Die Wiederholungen dieser Serie habe ich verpasst, also wirst du mir meinen Akzent verzeihen müssen.«

»Du schaffst das schon. Glaubst du etwa, die zwei können einen echten Texaner von einem Cop aus Manhattan unterscheiden?«

»Das wollen wir nicht hoffen.«

»Außerdem darfst du eines nicht vergessen: Sie *wollen*, dass du echt bist.«

Er drehte sich vom Spiegel in der Kajüte weg, um den Rest der Crew zu mustern.

Sarahs Vater, Michael, war in makellosem Weiß und trug eine Kapitänsmütze.

»Alles klar, Mr. Fielding, Sir«, meldete Michael mit einem breiten Grinsen.

Ihm macht das richtig Spaß, dachte Jack. *Erinnert ihn wohl an den aktiven Dienst.*

Grace, Sarahs Assistentin, sah in ihrem eleganten schwarzen Kleid wie die perfekte Privatsekretärin aus.

»Die Drinks stehen im Kühlschrank an Deck bereit, und die

Vorspeisen können serviert werden, sobald wir abgelegt haben, Jack«, sagte sie. »Ups, ich meine, Mr. Fielding, Sir! Verzeihung, Sir!«

Jack lachte. Grace würde es super hinbekommen, und er wusste: Egal was passierte, auf sie konnte er sich verlassen.

Einzig Sarah war nicht verkleidet. Doch falls alles nach Plan verlief, würde sie sowieso erst auftauchen, wenn es vorbei war.

»Hast du alles andere vorbereitet?«, fragte er.

»Ich habe die Digitalkamera oben installiert, die einen ganzen Tag aufzeichnen kann, und unser eigenes Wi-Fi-Netzwerk aufgebaut.«

»Und meine kleine Tarnidentität?«

»Du kannst jederzeit deine Facebook-Seite anklicken, wenn du ihnen deine ›bescheidene Bleibe‹ zeigen willst. Da gibt es Fotos vom herrschaftlichen Wohnsitz auf deiner Ranch, von den Pferden, dem hübschen Frauchen, den beiden wunderschönen Kindern in Harvard, dem Privatjet …«

»Hach, das alles fehlt mir jetzt schon«, seufzte Jack. »Wie liegen wir in der Zeit?«

»Vorhang auf in zehn Minuten – vorausgesetzt, sie sind pünktlich.«

»Tja, dann gehen wir mal in Position für die erste Szene«, sagte Jack. »Alle an Deck, die an Deck gehören …«

An Deck der Nobeljacht, einer Mercury 80, lehnte sich Jack auf seinem weißen Ledersessel zurück und betrachtete die Landschaft.

Sie hatten gleich oberhalb des Stadtzentrums von Oxford festgemacht, wo die Themse rechts und links von Bäumen eingerahmt war. Am Ufer entlang waren neben ihnen andere Mietboote und Hausboote vertäut, aber die leuchtend weißen, geschwungenen Konturen der Mercury stachen deutlich aus der Menge heraus und vermittelten aller Welt, dass der Eigner stinkreich war und es gern zeigte.

Die perfekte Jacht für den texanischen Ölmillionär Osgood Fielding, einen Mann mit unbegrenzten Barmitteln, die er mit Freuden für antike römische Artefakte ausgab. Nur tätigte er diese Käufe lieber ohne die Einmischung von Behörden.

Jack war erstaunt gewesen, wie schnell der Schwindel Gestalt angenommen hatte. Andererseits war Sarah nicht bloß eine enorm fleißige Frau, sondern sie kannte sich auch verteufelt gut mit allem aus, was digital war.

Binnen Stunden hatte sie für Jack eine Online-Identität als vermögender Käufer von Artefakten auf einigen der halbseidenen Websites erstellt, die Sitwell und Cartwright häufiger besuchten.

Und schon einen Tag nachdem er auf diesen Seiten unter dem Pseudonym »Krösus« gepostet hatte, er wäre in England auf der Suche nach »einzigartigen Stücken«, schlugen ihm die Professoren ein Treffen vor, um ihm »ein Angebot« zu unterbreiten.

Sarah war auf die Idee mit der Jacht gekommen. Ihr Vater hatte die *Emerald Princess* von einem Freund geliehen und dazu erklärt: »Ist einer dieser Gin-Paläste, die du so inbrünstig hasst, Jack.« Und Grace hatte förmlich darum gebettelt, eine Rolle übernehmen zu dürfen, »um diesen Sitwell mal ein, zwei Gänge runterzuschalten«.

Und all das hatte sie nun nach Oxford geführt. Sie waren im Morgengrauen hergeschippert, hatten Jack verkleidet und alles für ein extravagantes Mittagessen besorgt.

Hummer und Champagner – ich kann es kaum erwarten, dachte Jack.

Den beiden Akademikern war eine Bootstour versprochen worden, an deren Ende Geld fließen würde, sofern das »einzigartige Artefakt« der Prüfung standhielt.

Der Köder war ausgeworfen, und die gierigen Professoren hatten angebissen.

Und da sind sie auch schon, pünktlich auf die Minute, fuhr es Jack durch den Kopf, als er ein Stück flussabwärts zwei vertraute Gestalten entdeckte, die über die kleine Eisenbrücke zur Anlegerseite schritten.

Sie hatten eine Tasche dabei, und Jack konnte sehen, dass sie schwer war.

Er rief leise nach unten in die Kabine: »Showtime, Leute. Geht lieber in Position. Und vergesst nicht: Ich bin Mr. Osgood Fielding und habe mehr Geld, als ich jemals ausgeben könnte.«

»Hals- und Beinbruch«, wünschte Sarah aus einer der Kabinen.

Jack lachte.

Mann, das würde Spaß machen!

Professor Lawrence Sitwell, in Ruhestand, und Professor Peregrine Cartwright, in Ruhestand, den Törn ihres Lebens zu bescheren …

Jack stand auf, ein Champagnerglas in der Hand, als die beiden Professoren über den Landungssteg auf die *Emerald Princess* zukamen.

Etwas völlig anderes als die Grey Goose, ging es Jack durch den Kopf.

Die Jacht hier dürfte problemlos mit der stürmischen Nordsee zurechtkommen.

Cartwright musterte das Boot und Jack in seinem Stetson.

»Bitten um Erlaubnis, an Bord zu kommen!«, rief er munter.

Sitwell, der die Tasche hielt – hoffentlich mit der Silberplatte –, wirkte ungleich verdrossener und blickte sich nervös nach allen Seiten um.

Mit perfektem Timing erschien Grace und brachte ein Silbertablett, auf dem zwei gefüllte Sektflöten standen.

»Hi-de-ho, immer doch«, erwiderte Jack (und ermahnte sich sofort, es mit dem Texaner nicht zu übertreiben). »Willkommen an Bord, die Herren.«

Die beiden Männer, die deutlich kleiner waren als Jack, blieben nebeneinander vor ihm stehen. Jeder von ihnen nahm eines der angebotenen Champagnergläser.

Jack behielt seine dunkle Brille auf. Die strahlende Sonne sorgte für einen geradezu idealen Tag, um einen Bootsausflug zu unternehmen.

»Haben Sie Hunger? Ich hab vom Koch einiges vorbereiten lassen. Macht die verdammt besten Hummersandwiches, der Mann. Und seine Käsebällchen? Ich futter die wie Popcorn.«

Die Herren lächelten. Wahrscheinlich kamen sie sich vor, als hätten sie sich ans Set einer Fernsehserie verirrt, die es mit dem amerikanischen Ambiente übertrieb.

Big Jack und seine Milliarden.

»Ja«, antwortete Sitwell. »Hört sich köstlich an.«

Jack klopfte dem steifen Sitwell auf den Rücken. »Super. Und das Wetter ist nett genug, dass wir auf dem Achterdeck sitzen können. Um unser kleines …« – hier beugte Jack sich näher zu ihm und flüsterte verschwörerisch – »Geschäft abzuwickeln.«

Er ging voraus, während über ihnen auf der Brücke wie auf Kommando Sarahs Dad in Kapitänskluft auftauchte.

»Käpt'n, legen Sie ab, *pronto*!«

»Ja, Sir«, sagte Michael und salutierte mit so zackigen Bewegungen, dass Jack beinahe losgelacht hätte.

Das hier macht uns offenbar allen entschieden zu viel Spaß, dachte Jack.

Tatsächlich war die echte Crew im Hintergrund am Werk, und Michael spielte lediglich den Kapitän.

Jack wies auf drei klassische Liegestühle auf dem Achterdeck, neben denen jeweils ein hölzerner Beistelltisch mit Drinks und Snacks aufgebaut worden war.

»Okay, Professoren, nehmen Sie -«

Sitwell wandte sich zu ihm und hob eine Hand. »Wir würden es vorziehen, wenn Sie uns nicht mit Titel ansprechen. Man kann nicht vorsichtig genug sein.«

Wieder schlug Jack ihm auf den Rücken. »Jo, geht klar.« Er leerte sein Champagnerglas, und Grace kam mit einem Tablett.

»Möchten Sie noch einen Champagner, Mr. Fielding?«

»Wie wär's mit was Stärkerem, Grace? Gibt's hier einen anständigen Bourbon? Die Herren?«

Die beiden Männer setzten sich, schüttelten verneinend die Köpfe und blieben bei ihrem Champagner. Grace ging wieder.

Die *Emerald Princess* begann sich langsam und ruhig flussaufwärts zu bewegen, und Jack sank auf einen der Liegestühle, wobei sich der Stetson tiefer in seine Stirn schob.

»Na, wie wär's, wenn wir dann mal mit den Ver-hand-lungen anfangen, hmm?«

Die Männer wechselten einen Blick, und Jack bemerkte, dass Sitwell die Tasche nach wie vor fest in der Hand hielt.

An eine schnelle Einigung war nicht zu denken. Also musste Jack noch Lunch servieren lassen, während sie an offenen Feldern, Wäldern und kleinen Dörfern vorbei- und unter Steinbrücken hindurchglitten.

Sitwell war so schlau, »Osgood« nach seinen Sammelgewohnheiten und Interessensgebieten zu fragen.

Und Jack war vorbereitet. Er konnte sogar einige kenntnisreiche Details ins Gespräch einfließen lassen, beispielsweise über die Möglichkeiten, die sich durch die Unruhen im Nahen Osten für »Interessierte« wie ihn auftaten.

Er leerte seinen Bourbon – bei dem es sich in Wahrheit um schwarzen Tee handelte.

»Aber ich hab immer gewusst, dass genau hier die richtig guten Stücke zu holen sind. Ist halt nur schwer ranzukommen. Sie verstehen, was ich meine?«

Cartwright stimmte ihm prompt zu. »Oh ja, und ob! Die Vorschriften sind furchtbar streng.«

Nun sah Jack sich um, als fürchtete er, dass die Bootswände Ohren hatten. »Ja, verdammte Gesetze.« Er klatschte Cartwright die Hand aufs Knie. »Was ist aus dem guten, alten Motto ›Wer's findet, darf's behalten‹ nur geworden, was?«

»Genau«, stimmte Cartwright eifrig nickend zu.

Mittlerweile war die Jacht schneller geworden, was den beiden Männern anscheinend nicht auffiel.

Sitwell schnupperte in der Luft und räusperte sich.

»Könnten wir vielleicht über die Bedingungen sprechen?«

»Bedingungen?« Jack schüttelte grinsend den Kopf. »Sie meinen, wie viel ich euch zweien für diese ... verbotene Ware zahle?«

»Unseren Fund«, korrigierte Sitwell.

»Touché!«, rief Jack. »Ihr zwei gefallt mir. Tanzt nach eurer eigenen Pfeife. Aber erst mal« – hier wurde Jacks Stimme ernster und, wie er hoffte, ein wenig einschüchternd – »muss ich die Ware sehen, Freunde. Ich nehme an, da ihr Prof..., ähm ... Leute vom Fach seid, muss ich mir keine Sorgen wegen der Echtheit machen, was?«

»Ganz und gar nicht«, beteuerte Cartwright. Dann drehte er sich zu Sitwell, der mit einer dramatischen Bewegung die Tasche auf seinen Schoß hievte, den Reißverschluss aufzog und die riesige Silberplatte herausnahm.

Die beiden Männer mussten sie in der Zwischenzeit gründlich gesäubert und poliert haben, denn sie sah wirklich beeindruckend aus, wie sie so im Sonnenschein glänzte.

Kein Wunder, dass Leute Millionen für solche Sachen bezahlen.

»Nicht schlecht«, meinte Jack. »Eine echte Schönheit. Wird sich gut auf meinem Kaminsims auf der Ranch in Houston machen.«

Sitwell nickte.

»Darf ich?« Jack streckte die Hände aus. Als würde er ihm einen unsagbar zerbrechlichen Gegenstand anvertrauen, reichte Sitwell ihm vorsichtig die Platte, und Jack hielt sie in die Sonne.

Er strich mit den Fingern über die feinen Gravuren: tanzende Satyre, Nymphen und römische Götter, von denen Jack einige erkannte – Bacchus, Pan, Herkules …

Ihm entging nicht, dass Cartwright zu beiden Ufern sah, wohl aus Furcht, jemand könnte sie beobachten und begreifen, was hier vor sich ging.

Aber dieser Abschnitt des Flusses lag sehr abgeschieden. Der Professor blickte wieder zu Jack.

»Sagen Sie, Mr. Fielding, kann es sein, dass wir uns schon mal begegnet sind?«

»Garantiert nicht. Denken Sie etwa, ich würde es vergessen, wenn ich einen berühmten Archäologen kennenlerne?«, erwiderte Jack und klopfte ihm auf den Schenkel.

»Wir kommen Cherringham ziemlich nahe«, stellte Sitwell fest, der sich keine Mühe gab, seine Nervosität zu verbergen.

»Ach ja? Nie gehört, den Namen.«

Jack sah, wie die beiden Männer beunruhigte Blicke wechselten; er musste sie ablenken.

»Was halten Sie von anderthalb Millionen? Amerikanische Dollar, versteht sich.«

Eine Sekunde lang sagte niemand ein Wort.

19. Sie haben Geld!

»Wir hatten gehofft -«, begann Cartwright.

»Besprochen waren zwei Millionen«, fiel Sitwell ihm ins Wort. »Das war die vereinbarte Kaufsumme.«

Jack nickte, lehnte sich zurück und blickte die beiden ernst an. »Richtig, meine Herren. Aber sehen Sie, wir reden hier über illegale Ware, nicht? Und wir sind nicht im Hindukusch, wo alles geht. Nee, nee. Ich müsste diese Schönheit ja immer noch außer Landes schaffen.«

Sitwell wirkte wenig erfreut.

Doch hart zu verhandeln gehörte mit zum Spiel, wie Jack bewusst war.

»Ich sag Ihnen was. Sie zwei scheinen nette Kerle zu sein.« Nun lachte er kurz. »Und ich hasse es, Sie zu enttäuschen. Wie steht's mit eins Komma sieben?«

Stille – bis auf das Geräusch der riesigen Maschine unter ihnen.

Cartwright sah Sitwell an. Sitwell sah Cartwright an.

Zwischen den beiden fand ein nonverbales Gespräch statt.

Dann wandten sie sich gleichzeitig zu Jack und antworteten im Chor: »Ja.«

Jack schlug sich aufs Knie, als wäre er eben von einem Rodeopferd gestiegen.

Dann packte er die Hände der beiden und schüttelte sie so kräftig, dass es die zwei beinahe aus ihren Liegestühlen riss.

»Das ist super, meine Herren. Super!«

Die *Princess* wurde noch schneller, und Jack stand auf.

Es war das vereinbarte Zeichen, das Michael an Sarah weitergeben würde.

»Und das Geld?«, fragte Sitwell.

»Null problemo, Professor.« Jack ignorierte absichtlich die Bitte, ihn nicht beim Titel zu nennen. »Geben Sie mir Ihre Kontodaten. Bank of Cyprus, richtig?«

Sitwell nickte, zog ein vorbereitetes Blatt Papier aus der Tasche und gab es ihm.

»Ich lasse das Geld anweisen – *asap*, wie man sagt. Sie beide bleiben hier sitzen und genießen die Sonne. Nehmen Sie sich noch ein Hummersandwich. Verdammt gut, nicht?«

Jack begab sich Richtung Mitteldeck und zu der Kabine, in der Sarah wartete.

»Bin gleich wieder da.«

»Wie läuft es?«, wollte Sarah sogleich wissen.

Jacks Stimme nahm wieder ihren normalen Klang an, als er ihr antwortete. Sein Texanisch war wirklich überzeugend knödelig gewesen.

»Ich glaube, ich habe es ein bisschen übertrieben, aber sie haben es anscheinend genossen. Hier sind die Bankdaten. Bist du sicher, dass du das hinbekommst?«

Sarah saß vor ihrem aufgeklappten MacBook Air und war bereit, Sitwells gehackte Informationen zu nutzen, damit es aussah, als wäre gerade eine große Summe auf seinem Konto eingegangen.

»Es wird vollkommen echt aussehen, Jack. Das Wi-Fi hier ist etwas wackelig, aber das macht nichts.«

Sie tippte die Kontodaten ab und gab ein falsches Memo ein, das den Transfer auswies. Dann schickte sie eine sichere E-Mail an Sitwell.

Sie hatte geahnt, dass sie das Konto auf Zypern nehmen würden: Das Land war weit genug weg, sodass die Überweisung hier in Großbritannien wohl nirgendwo auftauchte. Und natürlich war es ideal für Cartwrights und Sitwells Traum von sonnigen Inseln und Ouzo.

Der im Begriff war zu platzen.

»Okay, das dürfte es gewesen sein.«

Sie prüfte alles noch einmal. Die Kontonummer und Transferinformationen sahen lupenrein aus, und der Betrag war gigantisch.

Sie sah zu Jack auf. »Mir tun sie fast leid.«

»Sie sind Betrüger«, entgegnete Jack. »Aber du hast recht, es ist ein bisschen traurig, hmm?«

»Tja, *so* traurig auch wieder nicht. Und … *senden.*«

Die E-Mail flog in Blitzgeschwindigkeit gen Sitwells Mailbox und bestätigte die Überweisung.

»Hast du Alan angerufen?«

»Erledigt«, antwortete Sarah. »Zeit für den letzten Akt, Osgood.«

Jack lachte. »Was für ein Name!« Er setzte seinen Stetson wieder auf und eilte zurück zum Achterdeck. Die *Princess* war mittlerweile in einem hohen Tempo unterwegs.

»Sind wir schneller geworden, Mr. Fielding?«

Jack blickte sich um, als würde ihn die Frage verwirren.

»Weiß nicht. Solche Sachen überlasse ich dem Käpt'n. Aber wir sind hier wohl so gut wie fertig, was? Wollen Sie mal nachsehen, ob die Überweisung eingegangen ist? Inzwischen müssten die Adler gelandet sein.«

Sitwell holte sein Smartphone hervor. Cartwright rückte seinen Liegestuhl näher zu ihm und sah auf das kleine Display, als wäre es eine Wunderlampe.

»Es ist da«, flüsterte Sitwell beinahe ehrfürchtig.

»Oooh!«, machte Cartwright.

Jack lehnte sich zurück. Köder geschnappt. Und Cherringham war nur noch Minuten entfernt.

»Wenn ich dann bitten dürfte …«

Sitwell nickte und reichte Jack die Tasche.

Jack wusste, dass Michael alles von oben beobachtete. Lächelnd nahm er die Tasche, zog den Reißverschluss auf und vergewisserte sich, dass die Servierplatte noch da war.

Dann nahm er seelenruhig den Stetson ab, die Sonnenbrille und den falschen Bart …

Der Texaner Osgood Fielding verschwand, und der New Yorker Detective kam zum Vorschein.

»Meine Herren, willkommen in Cherringham!«

Während die *Princess* zügig weiterschipperte, gesellten sich andere Motorengeräusche nebst Sirenengeheul zu dem Tuckern der Maschine.

An der vor ihnen liegenden Flussbiegung erschienen zwei Schnellboote, die in ihre Richtung fuhren, und am Ufer weiter unten standen drei Streifenwagen mit blinkenden Blaulichtern.

Sarah kam aus der Kabine gelaufen.

Sitwell und Cartwright sprangen auf.

»Sie? Was machen Sie denn hier?«, rief Sitwell, obwohl er offenkundig begriff, was geschah.

»Ich sorge dafür, dass Sie keine eins Komma sieben Millionen kriegen.«

Die *Princess* wurde langsamer, dann ließ die Crew eine Treppe herunter, damit die Beamten aus den herankommenden Schnellbooten an Deck steigen konnten.

Alles geht reibungslos, dachte Jack. Unter den ersten Polizisten war Sarahs Freund Alan – genau wie geplant.

Allerdings tat nun Sitwell etwas, womit Jack nicht gerechnet hatte.

Mit großen Augen blickte sich der Professor panisch um, packte die Tasche, die Jack auf dem Boden abgestellt hatte, rannte damit zur Reling und sprang über Bord.

Cartwright blieb wie versteinert stehen, während Jack und Sarah zur Reling liefen und nach unten blickten. Sitwell ging unter wie ein Stein.

Jack drehte sich zu Sarah. »Die Platte ist verdammt schwer. Man sollte meinen, das weiß er. Ich meine, immerhin ist er Professor und so.«

Sarah lachte. »Tja, das Schwimmen und die Lehre der Auftriebskraft hat er wohl nie studiert.«

Unterdessen zog sich Alan, dessen Schnellboot am nächsten war, seine Weste aus, streifte seine Schuhe ab und sprang in die ohne Frage eiskalte Themse.

»Vorwärts, Alan!«, rief Jack ihm zu.

Der Polizeibeamte aus Cherringham tauchte sehr bald mit einem japsenden Sitwell an die Oberfläche. Er hielt den Professor im Rettungsgriff und schwamm mit ihm auf das Ufer zu.

»Die Pl – Platte!«, keuchte Sitwell mit klappernden Zähnen.

»Es wäre schon komisch, wenn sie die nicht finden würden: der verlorene Schatz, der abermals verloren ist«, sagte Sarah.

»Ich denke schon, dass man sie finden wird. Und mit ihr wird sich das Leben vieler Leute verändern.«

Sarah nickte. »Mich würde es vor allem für Butterworth und Becky freuen.«

»Mich auch«, pflichtete Jack ihr bei, als die Polizisten, die nun an Bord waren, Cartwright in Handschellen legten. Der benahm sich, als wäre alles eine einzige Unverschämtheit.

Und während sie ihn wegschleiften, stieg Alan mit Sitwell ans Ufer. Diese Verhaftung war seine.

Schließlich drehte Jack sich zu Sarah. »Nach dieser Geschichte wird die Party -«

»Ein Klacks.«

20. Drinks auf der Goose

Alan stand in Zivil bei Sarah und hatte ein Weinglas in der Hand.

»Nette Party«, sagte er.

»Ja, nicht?« Sarah sah sich in Jacks Kajüte um.

Die meisten Gäste – ein nicht unbedeutender Teil der Dorfbewohner, um genau zu sein – blieben länger, als es bei einer »Einladung zum Drink« üblich war.

Nicht nur genossen sie es anscheinend, an diesem ungewöhnlich warmen Tag auf einem Boot zu sein; sie hatten offensichtlich auch Spaß daran, mit Leuten zu plaudern, die sie beinahe täglich sahen, aber meist nur flüchtig grüßten.

Das ist interessant, dachte Sarah.

Sie sah Jack mit Tony Standish reden, der früh gekommen und Stunden später immer noch hier war.

Sarahs Eltern hatten darauf bestanden, das Aufräumen zu übernehmen … Und die leeren Teller und Gläser türmten sich rasch auf.

Sogar Daniel und Chloe hatten unbedingt herkommen wollen, und nun sprangen auch sie mit ein. Sie füllten Schalen und Platten mit Kräcker und Häppchen nach, während sie sämtliche Herzen im Sturm eroberten.

Sarah bemerkte, dass Jack ihr zulächelte, und sie lächelte zurück, als wollte sie sagen: *Das haben wir gut gemacht.*

»Weißt du was«, bemerkte Alan. »Allmählich gewöhne ich mich daran, dass ihr zwei … ab und zu ein bisschen helft.«

Sarah sah ihn erstaunt an.

Der normalerweise korrekte, bisweilen überkorrekte Alan wirkte heute geradezu locker und entspannt.

Menschen können sich ändern.

»Danke, Alan! Aber du warst es, der ins Wasser tauchen und Sitwell und die Silberplatte retten musste.«

Alan grinste. »Tauchtraining gehört zur Grundausbildung

in ›Suchen und Bergen‹. Aber im Ernst! Auch wenn ich sicher nicht sagen werde, ihr dürft machen, was ihr wollt – dieser ›Trick‹ von euch war eine große Hilfe.«

Jack kam mit Tony zu ihnen.

»Leider muss ich gehen, Sarah«, sagte Tony. »Ich will Mum besuchen, die sicher auch sehr gerne gekommen wäre.«

Alan sah auf seine Uhr.

Eigentlich hätte die Party schon vor einer knappen Stunde vorbei sein sollen, und die Sonne ging unter. Das goldene Licht auf dem Deck und im Inneren der *Grey Goose* wurde merklich fahler.

»Eine klasse Party, Jack! Wirklich klasse!«

Sarah blickte nach draußen. Einige der anderen Gäste – Hope, Grace und sogar Lady Repton, die anscheinend einige ernste Takte mit dem Vikar redete – waren zwar schon auf dem Anleger, konnten sich jedoch nicht so recht voneinander lösen und plauderten munter weiter.

Ja, dachte Sarah, *dies war eine sehr besondere Veranstaltung.*

Tony wandte sich zu Jack und reichte dem früheren New Yorker Detective die Hand. »Jack, das sollten Sie jedes Jahr machen!«

Jack grinste und sah zu Sarah.

»Abgemacht. Zück deinen Kalender!«

»Hervorragend!«, rief Tony.

Sarah freute es riesig, zu sehen, wie Jack seine Gäste verabschiedete, und sie hatte das Gefühl, dass er hierher passte. Nein, mehr als das.

Schließlich stellte auch der letzte Gast fest, dass die Party vorbei war: Jerry Pratt grinste verlegen und begab sich mit wackligen Beinen an Deck und über die Gangway ans sichere Ufer.

Die Party war zu Ende.

Als ihre Eltern und Kinder den Abwasch zu erledigen begannen, verließ Sarah die Kajüte. Sie entdeckte Jack draußen an Deck, wo er eine dicke Zigarre paffte und beobachtete, wie die letzten Gäste zum Dorf zurückschlenderten.

Als er Sarah bemerkte, drehte er sich um und rollte die Zigarre zwischen Daumen und Zeigefinger.

»Tolle Party, hmm?«, fragte er.

Sie nickte.

»Dir ist klar, dass es mehr als eine großartige Party war, nicht wahr, Jack?«

Er paffte und neigte den Kopf zur Seite.

»Was meinst du?«

»Sie heute auf deinem Boot zu sehen, alle diese Einheimischen miteinander, wie sie lachten und redeten – das erlebt man hier sonst nicht.«

»Ist das so ein Klassending?«

»Kann sein. Aber ich denke, sie haben sich mit deinen Augen gesehen, als wären *sie* neu hier im Dorf.«

»Interessant. Eine neue Sichtweise?«

»Mehr als das.« Sarah blickte hinüber zu den Feldern, auf denen wieder sattgrünes Gras wuchs und die Büsche und Sträucher zu neuem Leben erwacht waren.

Sie atmete tief ein. »Es ist dieses Dorf. Es ist die Tatsache, dass du Cherringham lieben gelernt hast, die Pubs, die Wiesen …«

»Diesen Fluss.«

Sarah lächelte. »Ja, ich glaube, damit hast du sie gelehrt, ihre kleine Welt umso mehr zu schätzen.«

»Ach ja?« Wieder paffte er. »Tja, eines muss ich dir sagen.«

»Ja?«

»Falls ich diesem Dorf etwas geben konnte, steht es in keinem Verhältnis …«

Er senkte die Stimme, und für einen Moment glaubte Sarah, dass er vor Rührung verstummen könnte.

»… zu dem, was es mir gegeben hat.«

Nun erschienen Sarahs Eltern. Michael hatte ein Tablett mit vier Kristallgläsern dabei, in denen eine dunkle Flüssigkeit schwappte.

»Sechzehn Jahre alter Lagavulin«, sagte Michael. »Ein Toast?«

»Unbedingt«, antwortete Jack.

Er hielt sein Glas in die Höhe.

»Auf Cherringham.«

Es folgte ein leises Klimpern, als sie anstießen, und dann wiederholten alle laut: »Auf Cherringham!«

Matthew Costello
Neil Richards

CHERRINGHAM
LANDLUFT KANN TÖDLICH SEIN

Letzter Zug nach London

Aus dem Englischen von Sabine Schilasky

1. Ein Poltern in der Nacht

Otto Brendl schrak aus dem Schlaf.

Er hatte geträumt – von seiner alten Heimat, die recht weit von hier entfernt war, und von einer Zeit, die lange zurücklag. Aber jetzt war er hellwach, und instinktiv hob er den Kopf einige Zentimeter vom Kissen, damit er besser hören konnte. Er starrte in die Dunkelheit und versuchte, die Umrisse in seinem vertrauten Schlafzimmer auszumachen.

Er schwitzte.

Vor Angst?, fragte er sich.

Nein.

Es ist Juli, und sogar hier in England kann es im Juli schon mal heiß werden.

Dennoch wusste er, dass es nicht die Sommerhitze war, die ihn geweckt hatte. Er hatte ein Geräusch von unten gehört. Das Knacken eines Dielenbrettes in der Küche. Dieses lose Bodenbrett, das er nie repariert hatte, war seine kleine Alarmanlage.

Und das war gut so. In den vielen Jahren, die er schon allein lebte, hatte er sich stets vor einem Einbruch gefürchtet, obwohl er grundsätzlich nichts von seinem Lagerbestand zu Hause aufbewahrte.

Langsam schwang er die Beine unter dem Oberbett hervor und auf den Teppich.

Dann griff er nach seinem Gehstock und richtete sich mit dessen Hilfe auf, wobei es in seinen Knien knackte. Inzwischen hatten sich seine Augen an die Dunkelheit gewöhnt, sodass er schemenhaft die Kommode und die halb offene Tür erkennen konnte.

Er hob die Hausschlüssel von der Kommode und ging zur Tür. Seine bloßen Füße bewegten sich lautlos über den Teppich. Im Flur blieb er stehen und drehte den Kopf nach links und rechts, um besser hören zu können. Dabei hielt er den Atem an und konzentrierte sich darauf, ob neben den typischen Geräuschen des Hauses etwas Außergewöhnliches zu vernehmen war.

Stille. Plötzlich spürte er etwas seitlich am Hals: Wie aus dem Nichts war ein kühler Luftzug gekommen. Es zog – daran bestand kein Zweifel. Folglich musste ein Fenster oder eine Tür geöffnet worden sein.

Unten.

Jemand hatte versucht, ins Haus zu kommen. Oder … *war vielleicht noch im Haus.*

Falls es Einbrecher waren, würden sie eine Enttäuschung erleben. Hier fanden sie weder Silber noch Gold, wie sie es sich wohl im Haus eines Juweliers erhofft hatten. Nein, Otto Brendl war alt, aber kein Narr: Er bewahrte keine Wertgegenstände in dem kleinen Cottage auf – zumindest keine gängigen. Und gewiss nicht solche, die einen Durchschnittsdieb interessierten.

Allerdings gab es Dinge, die ein Einbrecher versehentlich mitnehmen könnte, ohne sich bewusst zu sein, welchen Wert sie besaßen – für Otto. Objekte, die einen – wie sagte man noch? – *emotionalen* Wert für ihn hatten. Ein Einbrecher könnte sie mitnehmen, in einen Beutel werfen und sie morgen für wenige Pfund bei irgendeinem Trödler verscherbeln. Und Otto würde bitterlich um den Verlust trauern.

Er ging zur Treppe, denn nun war er entschlossen, denjenigen, der dort unten war, nicht mit der Beute davonkommen zu lassen. Wut brodelte in ihm.

»Wer ist da?«, rief er. Seine Stimme hallte in der Stille. »Ich habe die Polizei gerufen. Sie ist schon unterwegs.«

Fest umklammerte er das glatte Treppengeländer und ging, so schnell er konnte, nach unten; allerdings musste er in der Dunkelheit jede Stufe mit seinem Stock ertasten.

»Ich weiß, dass Sie hier sind«, sagte er laut, als er den Holzfußboden im Erdgeschossflur erreichte.

Er tastete nach dem Lichtschalter und knipste ihn an. Beinahe zuckte er zusammen, weil es auf einmal so hell war. Halb erwartete er, dass sich im nächsten Moment ein Angreifer auf ihn stürzen würde …

Nein, im Flur war niemand. Wieder horchte Otto. Er konnte die Zugluft immer noch fühlen, aber es war nichts zu hören.

Leise ging er in die Küche und schaltete auch hier das Licht ein. Die Hintertür stand einen Spaltbreit offen.

Es war eindeutig jemand ins Haus eingedrungen.

War derjenige womöglich noch hier?

Otto wusste, dass er abgeschlossen hatte, bevor er ins Bett gegangen war. Das hatte er in den vierundzwanzig Jahren, die er bereits in Cherringham lebte, jeden Abend getan, verlässlich wie ein Uhrwerk … *Nun ja, ich bin ja schließlich Juwelier und Uhrmacher, nicht?*

Dennoch hatte jemand, der sehr geschickt sein musste – denn die Schlösser hier waren erstklassig –, sich ins Haus geschlichen, während Otto schlief. Warum?

Plötzlich kam ihm ein beängstigender Gedanke. Er musste sofort nach den »Kindern« sehen.

Eilig schloss er die Hintertür ab, drehte sich um und ging zurück in den Flur.

»Falls Sie im Haus sind!«, rief er. »Noch können Sie verschwinden, bevor die Polizei hier ist, und wir verlieren kein Wort über die Sache.«

Das sagte er, um den Einbrecher zu vertreiben, aber auch, um sich selbst Mut zu machen.

Am anderen Ende des unteren Flurs war das Wohnzimmer. Dort schaltete Otto ebenfalls das Licht ein und blickte sich um. Tadellos wie immer. Nichts fehlte – nicht einmal das Glas mit den Pfundmünzen, die er für die Parkautomaten im Dorf sammelte. Er wandte sich ab und trat auf den wichtigsten Raum im Haus zu: auf die kleine Kammer.

Zunächst drehte er den Knauf. Die Tür war verriegelt, was ein gutes Zeichen war.

Er hielt den Ring mit den Hausschlüsseln in einer Hand

und ging ihn durch, bis er den richtigen Schlüssel gefunden hatte. Dann steckte er ihn ins Schloss und öffnete die Tür.

Drinnen tastete er nach dem Licht und schaltete es ein; nach wie vor war er auf das Schlimmste gefasst.

Vor Erleichterung atmete er tief ein und aus.

Dort auf den Regalen, in ihren samtgepolsterten Kästen, waren seine Puppen, deren Glasaugen ihn blind anstarrten. Die farbenprächtigen Puppenkleider strahlten im elektrischen Licht. Sein Kasperle, seine Petruschka, sein wunderschönes Kersa-Königspaar. *Seine Kinder waren noch da und unversehrt.*

Wer auch immer in sein Cottage eingebrochen war – er hatte sich nicht für die Puppen interessiert. Seine kostbare Sammlung, die er im Laufe der Jahre auf Märkten und Auktionen in ganz Europa zusammengekauft hatte, war wahrscheinlich einige Tausend Pfund wert, nur würde das nur ein Experte erkennen. Nein, der Einbrecher hatte sicher nach Gold gesucht und war enttäuscht wieder abgezogen.

Er schaute sich gründlicher in der Kammer um. Alles war sauber und ordentlich, wie er es hinterlassen hatte: die Werkbank, die Stoffballen, die Werkzeuge, die halb fertigen Puppen, das kleine, vertäfelte Puppentheater. Alles war bereit für morgen. Alles in Sicherheit.

Aber der große alte Weidenkorb auf dem Boden – stand er schief?

Hatte er ihn etwa so hingestellt? Nein, auf gar keinen Fall. Otto kniete sich hin und klappte langsam den Deckel hoch, denn auf einmal hatte er Angst. Aber nein, es bestand kein Grund zur Sorge. In dem hellgestreiften Vorhangstoff lagen seine alten Freunde; alles war so, wie es sein sollte.

»Meine Schönheiten«, sagte er und griff mit beiden Händen in den Korb, um die Puppen zu berühren.

Da waren der rotwangige, grinsende Kasper – oder *Punch*, wie er hier in England hieß – mit der unerhört großen Nase und die allzeit geduldige Judy, die für ihr fiktives Alter sehr alt aussah. Neben ihnen lagen der Polizist mit dem vor Empörung aufgerissenen Mund und das grüne Krokodil mit den großen Zähnen. Dann gab es noch die Würstchen, den Knüppel, das Baby, den Henker und den Teufel mit seinen Reißzähnen, dem Dreizack und den Hörnern. Letzterer schaffte es immer wieder, die kleinsten Zuschauer vor Angst zum Kreischen zu bringen, während sie sich ängstlich an ihre Mütter klammerten.

»Ich weiß ja, es ist mitten in der Nacht«, sagte Otto und klappte den Korbdeckel zu. »Und wir haben einen anstrengenden Tag vor uns. Aber ich wollte mich vergewissern, dass es euch allen gut geht.«

Er richtete sich auf, schaltete beim Hinausgehen das Licht aus und verriegelte die Tür wieder von außen. Dann, nachdem er noch eine letzte Runde durch das Cottage gemacht und nachgesehen hatte, ob sich auch wirklich niemand in irgendwelchen Nischen oder Winkeln versteckte, schaltete er die restlichen Lichter aus und ging wieder nach oben ins Bett.

Er sollte noch ein wenig schlafen, denn morgen musste er früh aufstehen.

Doch er war weiterhin beunruhigt, und daher fiel ihm das Einschlafen schwer. Zweifellos war jemand in seinem Haus gewesen, und Otto fragte sich, wie derjenige seine Schlösser hatte knacken können. Wonach hatte der Einbrecher gesucht? Und warum hatte er überhaupt nichts mitgenommen, nicht einmal das Glas mit den Münzen? Es war rätselhaft, und Otto Brendl mochte keine Rätsel.

Damals schon nicht und heute auch nicht.

Wie dem auch sei ... Nun war alles gesichert, und bis zum Sonnenaufgang und dem großen Tag morgen blieben ihm noch einige Stunden.

Draußen in dem süßlich duftenden Garten wartete der Mann, bis auch das Licht im Schlafzimmer erloschen war. Erst danach entfernte er sich lautlos über den Rasen vom Haus weg, wobei er darauf achtete, sich im Schatten zu halten.

Im sanften Mondlicht konnte er seine Fußspuren im nassen Gras sehen: dunkle, verräterische Flecke.

Aber die sind kein Problem. Bis der Alte aufsteht, sind sie längst wieder verschwunden, dachte er.

Alles war gut gegangen. Es gab keinen Hund im Haus, und die Bewegungsmelder hatte er meiden können. Die Schlösser hatte er mit seinem Werkzeug mühelos öffnen können, und der alte Mann war erst aufgewacht, als der Job erledigt war. Und er hatte seinen Auftrag ausgeführt, so gut er konnte.

Es war erledigt. *Ja …*

Jetzt musste er warten, bis sich die Aufregung gelegt hatte – denn Aufregung würde es zweifellos geben.

Hinterher würde er aufräumen und nach Hause zurückkehren, ohne dass irgendjemand etwas ahnte. Dann wäre diese lange Reise endlich vorbei.

Er kehrte dem Haus den Rücken zu, stieg über den Drahtzaun und stapfte an dem gepflügten Feld entlang den Hügel hinauf zu einem kleinen Wald.

Wie still die Nacht war.

Am Waldrand zog er seine alte Sporttasche unter einem Laubhaufen hervor, packte den Schlafsack aus und machte es sich gemütlich. An dieser Stelle, wo er bis zum Morgengrauen schlafen wollte, würde ihn niemand sehen. Er hingegen konnte von hier aus das ganze Tal überblicken.

Gleich unten lag ruhig das Cottage des Alten. Dahinter, weiter den Hügel hinab, breiteten sich in dem vom Mondlicht erhellten Nebel zahlreiche Felder aus. Noch weiter weg konnte er das silberne Band der Themse sehen, die sich zwischen den Äckern und Wiesen schlängelte. Eine kleine Anzahl von Booten war in einer Reihe am Flussufer vertäut.

Und an einer Seite lag Cherringham. Das Dorf – eigentlich schon fast eine Kleinstadt – war im tiefen Schlaf. Er zog seinen Schlafsack bis unters Kinn, und dann schlief er ebenfalls.

2. Reichlich Rummel auf dem Rummel

»Okay, wozu will man überhaupt Kokosnüsse gewinnen?«, fragte Jack. »Mal abgesehen davon, dass man aus ihnen Piña Coladas machen kann, meine ich.«

Sarah wies zur Ecke des Wurfstands, und Jack wuchtete brav seine Kiste mit Kokosnüssen auf die anderen.

»Das ist Tradition, Jack«, erwiderte sie. »Genau wie eure Truthähne zu Thanksgiving oder die Osterparade. Das tun wir hier eben.«

Jack neigte den Kopf zur Seite und sah sie äußerst skeptisch an.

»Tja, das glaube ich erst, wenn ich es sehe.«

»Vertrau mir«, sagte Sarah. »Daniel, geh bitte mit Jack die Reifen holen und zeig ihm, wie sie aufgebaut werden, ja?«

Sie beobachtete, wie ihr Sohn mit Jack zum Wagen trottete, um die schweren Eisenreifen und den Hammer zu holen. Für Daniel war es bereits das dritte Sommerfest der Cherringham Primary School: Was diese Veranstaltung anbelangte, war er praktisch schon ein alter Hase.

Dieses Fest, bei dem es wie eh und je hektisch zuging, zählte für Sarah immer noch zu den Höhepunkten des Jahres – wenn sich das Dorf von seiner besten Seite präsentierte und sie wirklich froh war, weg aus London zu sein und das Landleben zu genießen.

Aus Gründen, an die Sarah sich nicht recht erinnern konnte, hatte man ihr vor ein paar Jahren die Verantwortung für die Kokosnussbude zugeteilt. Und seither betrachteten alle es als selbstverständlich, dass sie den Stand auch weiterhin übernahm.

Das ist eben auch Tradition geworden, dachte sie.

Letztes Jahr hatte ihre Tochter noch mitgeholfen; in diesem Jahr jedoch hatte Chloe ein Alter erreicht, in dem Grundschulsommerfeste als definitiv uncool galten. Sarah ihrerseits liebte diesen Tag: der Duft von frisch gemähtem Rasen, das Gewusel der Eltern und Lehrer, die energisch gegen die Zeit kämpften, um auch ja alles fertig zu bekommen, und die Kinder, die sich freuten, das Schuljahr hinter sich und lange Sommerferien vor sich zu haben.

»Ich dachte, wir probieren es in diesem Jahr mal mit zwei Pfund pro Wurf, Sarah. Was halten Sie davon?«, fragte eine Stimme hinter ihr, die Sarah sofort wiedererkannte. »Wir brauchen dringend Geld!«

Sarah drehte sich zu Mrs Harper um, der Direktorin, die stirnrunzelnd und unsicher dastand. Von den Schülern wurde sie ausnahmslos geliebt, aber leider war Mrs Harper hoffnungslos desorganisiert. Sie entstammte einer Zeit, in der von Lehrern engagiertes Unterrichten erwartet wurde und das Geschick für Managementaufgaben bestenfalls an zweiter Stelle rangierte.

»Oder ist das zu viel? Ja, das ist sicher zu viel. Ein Pfund? Oder vielleicht ein Pfund fünfzig? Was meinen Sie?«, fragte sie.

»Wie wäre es mit einem Pfund – und darüber hinaus bieten wir für den doppelten Betrag drei Würfe an?«, schlug Sarah lächelnd vor.

»Genial!«, rief Mrs Harper. »Wie im Supermarkt: zwei Artikel kaufen, aber nur einen bezahlen. ›Nimm 2, zahl 1‹ heißt das dort, nicht? Nein, bei uns wäre das ja ›Nimm 3, zahl 2‹, oder? Hmm. Wie auch immer, ich muss weiter. Bei den Flohmarktständen braut sich ein Streit zusammen, und ich soll die Schlichterin spielen.«

Damit zog sie weiter zu der Reihe kleiner weißer Buden am Spielfeldrand.

In einer Stunde würde die Veranstaltung beginnen, und Sarah sah, dass alles so gut wie bereit war. Die Arena für die Hunde-Show war fertig, und aus dem Lautsprecherwagen dröhnte schon Musik. Der Eiswagen hatte geöffnet, und das

Karussell für die Kleinsten drehte sich bereits. Auch die Hüpfburg war vollständig aufgepumpt und sturmbereit – ein großer orangener Klecks vor dem strahlend blauen Sommerhimmel.

Gegenüber der Kokosnuss-Bude hatte die Feuerwehr ihren Einsatzwagen zur Besichtigung aufgestellt, und – noch ein Hoch auf die Tradition! – der alte Mr Brendl erledigte die letzten Handgriffe an seinem Puppentheater. Tatsächlich war der einzige Stand, der noch sehr unfertig aussah, ihr eigener, wie Sarah mit Schrecken feststellte.

Wo blieben ihre Helfer?

Wie aufs Stichwort erschienen Daniel und Jack. Die beiden waren von hinten um die Bude herumgekommen und hielten die letzten Reste von einst riesigen Eiswaffeln in der Hand. Jack grinste sie verlegen an.

»Daniel hat mich soeben mit ›99‹ bekannt gemacht«, sagte er. »Eis mit einer Schokostange drin! Das wäre der Renner in den Staaten. Ihr Briten versteht wirklich einiges von den angenehmen Seiten des Lebens.«

»Wir verstehen auch einiges von Arbeit«, entgegnete sie. »Und jetzt schnapp dir den Hammer, Soldat, und leg los!«

Jack zupfte ein weiteres Stück rosafarbene Zuckerwatte vom Stäbchen und steckte es sich in den Mund. Er fand es recht amüsant, dass diese Süßigkeit, die in den USA *cotton candy* hieß, hier in England *candy floss* genannt wurde. Da *floss* auch »Zahnseide« bedeutete, klang für ihn der englische Ausdruck wie eine ironische Anspielung: Schließlich brauchte man nach dem Verzehr von Zuckerwatte dringend Zahnseide.

Nachdem er tatkräftig geholfen hatte, den Wurfstand – die »Bude«, wie sie hier sagten – aufzubauen, hatte Sarah ihm vorgeschlagen, einen Rundgang auf dem Festplatz zu machen und sich anzusehen, was hier alles geboten wurde. Einem Mann wie Jack, der mit seiner Tochter schon bei unzähligen

Kirchweihfesten und Jahrmärkten gewesen war, kam hier vieles vertraut vor.

Vieles andere allerdings auch nicht.

Warum die kleinen Stände, an denen Trödel aller Art verkauft wurde, »Weiße Elefanten« hießen, erschloss sich Jack nur teilweise: Der Ausdruck hatte offenbar mit der Budenfarbe zu tun. Und die Bezeichnung *Pin the Tail on the Donkey*, wobei man mit verbundenen Augen einem Esel auf einer großen Papptafel den Schwanz anstecken sollte, war bizarr, aber einleuchtend. Doch *Welly Wanging* – Gummistiefelweitwurf? War das ernst gemeint? Und nicht zu vergessen die »Tombola«, die nichts weiter als eine Lotterie war. Hier gingen Dinge vor sich, die Jack kaum beschreiben konnte, geschweige denn verstehen …

»Hallo, Jack!«

Jack drehte sich um und entdeckte Tony Standish an einem der kleinen Stände.

»Ah, hallo, Tony«, grüßte er. »Haben sie dich auch eingespannt, was?«

»Oh ja, und ich bestehe sogar jedes Jahr darauf!«, entgegnete Tony.

Der Anwalt war ein alter Vertrauter von Sarahs Familie und mittlerweile auch für Jack zu einem Freund geworden.

»Na, möchtest du mal in den Glückstopf greifen?«, fragte Tony und zeigte auf einen großen Behälter voller Papierschnipsel. »Drei Lose für ein Pfund, und wenn deine Zahlen mit einer Null oder Fünf enden, bekommst du einen dieser fantastischen Preise!«

Jack betrachtete den Tisch, voll beladen mit Süßigkeiten, Weinflaschen, Pralinen, seltsamen englischen Kuchen. Und da war der Hauptgewinn: eine Flasche Whisky.

Lotterien und Preise … Ja, hier verstand Jack doch wenigstens auf Anhieb, worum es ging.

»Klar«, antwortete er. »Ich habe das Gefühl, dass heute mein Glückstag ist.«

Er reichte Tony ein Pfund, griff in den Behälter und zog drei Lose heraus. Tony nahm sie und faltete die Zettel einzeln auseinander.

»Nein … nein …«, sagte er, während er jedes Los mit theatralischen Gesten öffnete. Beim dritten rief er: »Ja! Wir haben einen Gewinner, meine Damen und Herren! Mit der Glückszahl Vierhundertfünf!«

Tony hatte seinen Beruf verfehlt, denn als Marktschreier wäre er großartig.

Jack blickte wieder zum Tisch. War es der Whisky? Oder eine Weinflasche?

Weder noch. Tony gab ihm eine kleine Packung Schokokekse.

»*Wagon Wheels*«, sagte Tony. »Wie passend für einen Amerikaner!«

»*Yippie Ya Yeah*«, erwiderte Jack brav beim Anblick des Wagentrecks auf der Packung. »Tja, dann mal ab in den Wilden Westen, was?«

Er steckte die Kekse in die Tasche, bedankte sich bei Tony und ging zurück zur Wurfbude.

Auf den ersten Blick schien es, als hätte Sarah reichlich Kundschaft. Doch beim zweiten Hinsehen stellte sich heraus, dass die meisten von ihnen den Feuerwehrleuten zusahen, wie sie ihre Rettungsleiter ausfuhren. Und drüben vor dem Kasperletheater hockte schon eine Schar von Kindern mit ihren Eltern auf der Erde und wartete ungeduldig auf den Beginn der ersten Vorstellung. Anscheinend hätte sie schon anfangen sollen.

Tatsächlich versuchte sich überhaupt niemand im Kokosnusswerfen. Sarah stand neben den Kisten mit Kokosnüssen, während Daniel halbherzig Bälle nach den Reifen warf.

»Du kommst wie gerufen«, sagte Sarah. »Wir brauchen hier dringend mehr Schwung, Jack. Bis jetzt haben wir erst zehn Pfund eingenommen.«

»Hast du schon mal überlegt, statt Kokosnüsse richtige Preise anzubieten?«

»Sei nicht albern. Jeder mag doch Kokosnüsse! Die Leute müssen nur erfahren, wie leicht sie gewinnen können.«

»Und Mum sagt, du wirst es denen vormachen«, ergänzte Daniel.

»Ach ja?«, entfuhr es Jack.

»Na, und ob«, sagte Sarah. »Du wirst dem Ganzen die nötige amerikanische Würze geben, so *World Series*-mäßig mit viel Rummel und Gedöns.«

Sie reichte ihm fünf schwere Holzkugeln.

»Es ist genau wie Baseball, nur ohne Helme.«

»Und was ist, wenn ich nicht Baseball spiele?«

»Red keinen Quatsch! Ich kenne amerikanische Filme und weiß, dass *alle* Amerikaner Baseball spielen.«

Jack blickte zu den Metallreifen, in denen jeweils eine Kokosnuss steckte.

»Das macht übrigens ein Pfund, Jack.«

»So was nennt man Nötigung.«

»Ich nenne es lieber eine Spende für einen guten Zweck«, erwiderte Sarah grinsend.

»Dafür habe ich etwas gut bei dir«, sagte er kopfschüttelnd.

Ihm war klar, dass er keine andere Wahl hatte. Also trat er hinüber zu der kleinen Markierung im Gras und musterte die Holzkugeln.

Wann hatte er zuletzt einen Ball geworfen?

Im Geiste reiste er zurück zum Spielfeld der Little League in Bay Ridge. Katherine und er hatten damals beim Training ausgeholfen, wenn ihre Tochter dort spielte. Manchmal hatte es den Anschein, als wären die Spiele eher Veranstaltungen für die Eltern als für die Kinder.

Auf jeden Fall brachten sie die Leute zusammen.

Die Erinnerung, hier und jetzt, war plötzlich sehr lebendig und nah – zu nah. An seine Frau zu denken, an jene herrlichen Sommertage, bevor sie krank wurde …

Jetzt wirf schon!, befahl er sich.

Ohne Aufwärmen könnte es schmerzhaft werden.

»Los, Jack!«

Wie aus dem Nichts hatte Daniel einen Trupp Freunde zusammengetrommelt, die nun auf und ab sprangen und Jack anfeuerten. Und Sarah hatte einige ihrer Freunde aus dem Dorf herbeigezaubert, die zu klatschen begannen.

Jack hatte das unheimliche Gefühl, dass er reingelegt worden war, doch es gab kein Entrinnen. Er musste werfen, und das möglichst gut. Alles andere wäre gänzlich unamerikanisch!

Er sah zu den Zielen und wählte die Kokosnuss aus, die am ehesten so aussah, als ließe sie sich leicht aus ihrem Reifen schießen. Dann spielte er mit dem Publikum, wie er es früher immer zu tun pflegte – komisch, wie manche Dinge noch nach Jahren da waren: Er starrte auf den Boden, wippte sanft auf den Fersen, um seine Kräfte zu bündeln, holte mit dem Arm aus und -

Ein Schrei hinter ihm übertönte die Geräusche des Sommerfests.

Schrill, voller Angst und Entsetzen – und unmissverständlich echt.

Das war keine Showeinlage.

3. Der Puppenspieler

Jack drehte sich um und ließ die Holzkugel fallen.

Drüben beim Kasperletheater rappelten sich Eltern hastig hoch, schnappten ihre Kinder und liefen weg. Die Schreie hielten an und wirkten an einem solch schönen Sommertag besonders furchtbar.

Jacks Augen fixierten den Stand, wo der rot-weiß gestreifte Vorhang noch fest zugezogen war.

Neben dem Puppentheater stand eine Frau, deren Arme schlaff herunterhingen. Ihr Gesicht war kreidebleich: Sie hatte einen Schock erlitten. Die Augen waren weit aufgerissen, der Mund geöffnet, und die Atmung ging schnell und flach.

Ihr Blick war auf etwas zu ihren Füßen gerichtet.

Und nun begriff Jack, warum sie geschrien hatte.

Kopf und Schultern eines Mannes ragten unten aus dem Puppentheater hervor. Er lag regungslos und mit starren Augen auf dem Boden. In dem Moment, als Jack ihn sah, wusste er sofort, dass es nur eines bedeuten konnte.

Der Ex-Cop in ihm übernahm die Kontrolle, und sofort tat er das, was er einst als Cop erlernt und was über Jahrzehnte hinweg immer wieder sein Handeln bestimmt hatte. Wenn andere Leute wegrannten, rannte Jack *hin* …

Er hörte, wie Sarah hinter ihm zu Daniel sagte, er solle zurückbleiben. Dann, als er sich durch die zurückweichende Menge drängte und dem Stand näherte, bemerkte er, dass Sarah ihn eingeholt hatte und einen Arm nach der Frau ausstreckte.

Während Sarah die Frau behutsam beiseiteführte, kniete Jack sich neben den Mann am Boden: Es war der Puppenspieler in einem schimmernden, rot-blauen Kostüm.

Seine rechte Hand steckte in der *Punch*-Puppe, bereit für die Vorstellung. Die Wangen der Handpuppe waren rosa angemalt, ihre Augen blitzten, und das breite Grinsen reichte von einem Ohr zum anderen.

Jack handelte schnell. Der Mann atmete nicht, hatte keinen Puls …

Sofort stemmte Jack beide Hände auf die Brust des Mannes und begann rhythmisch zu pressen.

Die Augen des Puppenspielers blieben glasig und zeigten keinerlei Regung. Sein dünnes weißes Haar wehte mit Jacks Bewegungen auf und nieder. Die Brille des Mannes lag neben ihm; sie war beim Sturz zerbrochen.

Noch während er seinen Rhythmus beibehielt, fielen Jack zwei Details auf.

Die Zähne des Mannes waren fest zusammengebissen, als hätte er extreme Schmerzen gehabt, und an seinen Lippen hatten sich weiße Schaumbläschen gebildet.

»Herzinfarkt?«, fragte Sarah, die sich neben Jack kniete. »Jemand holt einen Defibrillator.«

Jack sah auf und wollte schon erwidern: *Könnte zu spät sein.* Doch er bemerkte ihren Gesichtsausdruck und sagte stattdessen: »Kann sein. Ich weiß nicht, seit wann er nicht mehr atmet.«

Rasch nahm er dem Mann die Handpuppe ab und richtete dessen Oberkörper gerade aus. Nachdem er den Kopf des Mannes nach hinten geneigt und sich überzeugt hatte, dass die Luftröhre frei war, drückte er ihm mit den Fingern die Nase zu und fing mit einer Mund-zu-Mund-Beatmung an.

Er zählte die Atemzüge und rückte ein wenig zur Seite, damit Sarah mit der Herzmassage fortfahren und Druck auf die Brust ausüben konnte.

Zwischendurch blickte er auf. Um sie herum hatte sich schon eine kleine Menge geschart.

»Wir brauchen einen Notarztwagen – schnell!«, rief er. »Das bringt nichts … Und wo ist …?«

Jack hatte schon erlebt, wie Menschen – einige davon Kollegen im Dienst – vor seinen Augen starben. Jedes Mal war es ihm unmöglich gewesen, das zu akzeptieren.

Letztendlich hinzunehmen, dass er nichts mehr tun konnte, hatte er nie gelernt.

Dann kam einer der Feuerwehrmänner mit einem tragbaren Defibrillator, den er in Windeseile bereit machte, und Jack unterbrach seine Beatmung.

»Das Hemd?«, fragte er den Feuerwehrmann, der mit einem Nicken antwortete, während er an den Kabeln des Defibrillator-Kastens zog. Falls überhaupt noch die leiseste Chance bestand, dann hatten sie wohl nur noch wenige Sekunden, um den Puppenspieler zu retten.

Sarah zog sich zurück, als Jack den Hemdkragen des Mannes aufzog, das Hemd aufriss und den Stoff zur Seite schob. Der Feuerwehrmann reichte ihm die beiden Klebepads, und Jack brachte rasch das erste oben auf der einen Seite der Brust an und dann das zweite weiter unten auf der anderen Seite.

Das Gerät lud, und Jack nahm sich eine Sekunde, den Mann vor sich zu betrachten.

»Kennst du ihn?«, fragte er Sarah.

»Das ist Mr Brendl. Jeder kennt Mr Brendl.«

»Zurück!«, befahl der Feuerwehrmann.

Die Maschine entlud einen Stromschlag.

»Krankenwagen ist unterwegs«, sagte jemand.

Nun fuhr der Feuerwehrmann mit der Mund-zu-Mund-Beatmung fort, während Jack wieder die Brustmassage übernahm.

Die Minuten vergingen. Auf dem Sommerfest herrschte Stille: Die Musik war verstummt, die Karuselle standen still, und alle schienen angespannt darauf zu warten, dass der alte Mann ein Lebenszeichen von sich gab.

Jack fühlte eine Hand an seiner Schulter; der Krankenwagen war da. Der Feuerwehrmann gab Jack mit einem Nicken zu verstehen, dass er die Defibrillator-Pads wieder abnehmen sollte. Jack zog sie rasch ab.

Und plötzlich bemerkte er noch ein Detail in dieser unwirk-

lich erscheinenden Szene. Unter Brandls Achsel war ein kleines Bild: ein verblasstes blaues Tattoo, das einen Vogel darstellte.

Jedoch kein hübsches Tier, wie etwa ein Rotkehlchen oder
gar eine Friedenstaube.

Oh nein!

Es war ein Geier.

Und Jack stutzte.

Das habe ich schon mal gesehen, dachte er. *Aber wo?*

Und dann hatte er es vor Augen. Es war in den Neunzigern
gewesen, als die Russenmafia in Brighton Beach in Brooklyn
aufkreuzte. Damals hatte er dieses Tattoo am aufgeblähten
Körper eines Mafiabosses gesehen, dessen Tage, die er sich mit
edlem Wodka und Kaviar versüßt hatte, als Wasserleiche am
felsigen Hafendamm von Brighton Beach geendet waren.

Und jetzt tauchte das gleiche Tattoo hier auf?

In Cherringham?

Die Sanitäter hoben Brendl auf eine Trage und brachten ihn
eilig zum Wagen. Jack und Sarah standen auf und blickten ihnen nach.

»Meinst du, es besteht noch eine Chance? Dass er ...«, fragte Sarah.

Jack zögerte, was wohl Antwort genug war, und sagte
schließlich: »Sie tun, was sie können. Und wir ... wir haben
getan, was wir konnten.«

Doch sosehr es Jack auch bedrückte, dass sie den alten Mann
nicht gerettet hatten, störte ihn nun etwas ganz anderes.

Brendl und Brighton Beach. Gab es da eine Verbindung?

Jack sagte sich, dass er es ruhig angehen musste.

*Es ist ein Herzinfarkt. Täglich sterben Leute an Herzin-
farkten. Das hat nichts zu sagen.*

Jedenfalls redete er sich das ein.

Nur was bedeutete dieses Geier-Tattoo?

Stimmt hier etwas nicht?

4. Zurück zur Schule

»Irgendwie habe ich das Gefühl, dass wir etwas ausgefressen haben«, sagte Jack, kreuzte seine Arme vor dem Oberkörper und verdrehte sich unglücklich auf dem viel zu kleinen Stuhl.

Neben ihm, im winzigen Empfangsbereich der Cherringham Primary School, saß Sarah und fand, dass er wie ein zu großer Schuljunge aussah – und außerdem wie ein schuldbewusster.

Der Empfang, ausgestattet mit vier kleinen Stühlen und einem Couchtisch, wurde von der Schulsekretärin überwacht, deren Büro durch eine Glaswand abgetrennt war. Sarah lächelte ihr zu. Die Sekretärin linste über ihre großen Brillengläser hinweg zu ihr und wandte sich wieder ihrer Arbeit zu.

Als Sarah den Anruf von Mrs Harper bekommen hatte, klang die Direktorin noch immer erschüttert über Brendls inzwischen bestätigten Herzinfarkt.

Dann aber hatte Mrs Harper etwas gefragt, was Sarah merkwürdig vorkam: Könnte sie bitte vorbeikommen, um etwas mit ihr zu besprechen – vielleicht mit ihrem amerikanischen Freund?

Wie die Direktorin sagte, handelte es sich um »eine etwas delikate Angelegenheit«. Und nun waren sie hier. Es war der erste Termin an einem Montagmorgen, an dem sie eigentlich den schönen Erinnerungen an das Schulfest vom Samstag nachhängen sollten. Stattdessen fühlten sich die Erinnerungen beklemmend und verstörend an.

»Hast du je eine Tracht Prügel mit dem Rohrstock bekommen, Jack?«, fragte Sarah ironisch, um sich selbst ein wenig aufzumuntern.

»Rohrstock? Was seid ihr Briten doch primitiv!«, antwortete er. »Als ich ein Junge war, hat mein Dad ein einziges Mal seinen Gürtel herausgezogen. Nachdem ich Feuerwerkskörper in der Turnhalle gezündet hatte. Er nahm ihn bloß ab, und das reichte mir schon. Tja, aber zu unserer Zeit gab es ja auch noch Gott, der alles sah.«

Sarah lachte.

Jack neigte den Kopf zur Seite und nickte der Sekretärin zu, die ihn über ihren Brillenrand hinweg beobachtete.

»Vorsicht. Anscheinend haben wir hier schon hinreichend Ärger.«

Die Tür zum Empfang ging auf, und eine vertraute Gestalt trat ein: die berüchtigte Mrs Pynchon, die stellvertretende Schulleiterin.

»Kann ich Ihnen helfen, Mrs Edwards? Stimmt irgendwas nicht? Mit Daniel?«

Sarah blickte hoch. Mrs Pynchon ragte vor ihr auf, und wie immer war ihre Miene grimmig, als sie mit ihren Eulenaugen auf Sarah herabsah und ihr Klemmbrett fest unter dem Arm hielt.

Mehr als zwei Jahre mit regelmäßigen Elternabenden hatten Sarah gelehrt, dass man Pynchon tunlichst mied, egal ob man zur Eltern- oder zur Schülerschaft gehörte. Daniel war es bisher gelungen, unter ihrem Radar zu fliegen, aber andere Eltern hatten Sarah von freudlosen Monaten erzählt, die ihre Kinder in Pynchons Klassenraum durchleiden mussten.

»Ich bin hier, um Mrs Harper zu sprechen«, erwiderte Sarah. »Und übrigens heißt es Miss.«

»*Natürlich!*«, sagte Mrs Pynchon, und das eine Wort troff vor Verachtung ob Sarahs offensichtlichem Scheitern als Frau.

Sarah entging nicht, dass Pynchons Hängelider auf einmal gar nicht mehr so stark hingen, als sie Jack anschaute. Interessant …

»Und Sie sind?«

»Ein Freund«, antwortete Jack freundlich lächelnd.

»Verzeihung?«, sagte Pynchon.

»Muss Ihnen nicht leidtun«, entgegnete Jack gelassen.

Jack und die Einheimischen. Es war immer wieder eine helle Freude!

Sarah war im Begriff, laut loszulachen, als zum Glück das Lämpchen über Mrs Harpers Tür von Rot auf Grün wechselte.

Die Tür öffnete sich, und Cherringhams einziger uniformierter Polizist kam heraus und setzte sich seine Mütze auf. Sarah lächelte ihm zu. Es war ihr alter Freund Alan Rivers.

»Sarah … Jack«, grüßte er, nickte ihnen ernst zu und verschwand.

Was wollte Alan denn hier?, fragte Sarah sich.

»Sie können jetzt reingehen, Miss Edwards und Mr Brennan«, sagte die Sekretärin.

Sarah und Jack standen auf. Die stocksteife Mrs Pynchon wirkte reichlich verwirrt.

Was immer Mrs Harpers Sorge war, sie hatte sie nicht mit ihrer Stellvertreterin geteilt, folgerte Sarah.

»Ach, wie schmerzlich könnt' mir dieser Abschied sein«, sagte Jack mit einer angedeuteten Verneigung zu Mrs Pynchon und folgte Sarah ins Büro der Direktorin.

Zu komisch! Sarah wagte nicht, über die Schulter zu schauen, um Mrs Pynchons Gesichtsausdruck zu sehen. Doch sie war sich sicher, dass es in all den Jahren an der Cherringham Primary keiner je gewagt hatte, Mrs Pynchon gegenüber so aufzutreten!

Sarah war noch nie in Mrs Harpers Büro gewesen, aber die Geschichten darüber waren dorfbekannt.

Bücher stapelten sich auf dem Fußboden, der Schreibtisch ertrank unter einem Meer von Papieren, und ein Computermonitor mühte sich tapfer, dem Untergang in dieser Zellstoffflut zu trotzen.

Mrs Harper selbst … Nun ja, man könnte sagen, dass sie nicht einmal versehentlich auf der Liste von *Cherringham's Best Dressed* landen würde: Ihr Haar war zu einem losen Knoten aufgesteckt, als wollte sie es erst zu einem späteren Zeitpunkt richtig frisieren, und ihre Kleidung, die im Wesentlichen aus einer strengen Bluse und einer braunen Stoffhose bestand, vervollkommnete das Bild.

Aber ihr Lächeln – wo ist es geblieben?

Sarah hatte Mrs Harper Kinder bei Krippenspielen und gehörschädigenden Musikaufführungen anstrahlen gesehen, ja, sogar wenn die Kleinen einfach nur über den Schulhof tollten.

Dass sie diese Kinder und diese Schule liebte, stand außer Frage.

Nun sah sie von ihrem Schreibtisch erst zu Sarah und dann zu Jack auf, als käme deren Besuch völlig überraschend. Und zudem blieb ihr strahlendes Lächeln aus.

»Oh, entschuldigen Sie, ich suchte gerade nach …«

Sie schwenkte die Hand über den Schreibtisch, als könnte damit auf magische Weise das gesuchte Papier aus dem Chaos hervorgezaubert werden.

»Ich wollte gerade … ähm, oh, und …« Was auch immer sie suchte, sie gab es auf. »Bitte, nehmen Sie doch Platz.«

Vor Mrs Harpers Schreibtisch standen zwei Besucherstühle, und während Sarah sich auf den einen setzte, bemerkte sie, dass Jack sich im Zimmer umsah.

Es ist nett von ihm, dass er mit hergekommen ist, dachte sie. *Und mit welcher Toleranz er diesem verschrobenen Dorf begegnet!* »Mrs Harper, das ist …«

»Ich weiß, wer das ist. Mr Brennan, ich …«

»Jack«, sagte er.

Mrs Harper kam hinter ihrem Schreibtisch vor und schüttelte ihm die Hand.

»Ich möchte Ihnen persönlich danken … für vorgestern. Dafür, dass Sie sich um den armen Mr Brendl gekümmert haben.«

Jack sah hinüber zu Sarah. Sie wussten beide nicht, worum es hier ging, aber nun würden sie es ja erfahren.

»Ich wünschte, dass es anders ausgegangen wäre«, sagte Jack.

Mrs Harper blickte zu den Fenstern, an denen die Jalousien nach oben gezogen waren, sodass man freien Blick auf den leeren Schulhof und das Spielfeld hatte, wo vor zwei Tagen noch reges Treiben geherrscht hatte.

»Ja, das tun wir alle. Otto Brendl war ein besonderer Mann.« Sie sah wieder zu ihnen. »Er liebte es, Puppentheater aufzuführen, und die Kinder … Nun, Sie haben ja gesehen, wie viele dort waren.«

Sie musste tief Luft holen. »Er wird allen fehlen.«

Sarah war versucht, die Direktorin nach dem Grund des Gesprächs zu fragen, jener »delikaten Angelegenheit«. Aber sie ließ ihr Zeit. Mrs Harper würde darauf zu sprechen kommen, wenn sie so weit war. Schließlich kehrte die Direktorin zu ihrem Stuhl zurück und setzte sich.

»Sie kennen seine Geschichte, nehme ich an?«

Sarah sah, dass Jack den Kopf schüttelte, während sie antwortete: »Nein, nur dass er vor Jahren nach Cherringham kam.«

Die Direktorin lächelte. »Damals hatte ich gerade als Lehrerin hier angefangen, und er war ebenfalls neu im Dorf, deshalb nahm ich ihn wohl besonders wahr. Die Berliner Mauer war eben gefallen – kommt einem vor, als wäre es gestern gewesen, nicht? Jedenfalls war er aus Ostdeutschland. Immer wenn in den Nachrichten etwas über den Mauerfall gesendet wurde, sagte er: ›Guck mal da, das da bin ich – der mit dem Hammer und dem langen Haar! Wie ich die Berliner Mauer einreiße!‹ Aber ich glaube nicht, dass er es wirklich war. Es war wohl ein Scherz. Ich denke eher, dass er eines Tages einfach über die alte Grenze gegangen ist. Dann reichte es ihm in Westdeutschland, und er kam hierher. Von seiner Kindheit hat er nie viel erzählt. Ich meine allerdings, mich zu erinnern, dass er ein Waise war.«

»Warum Cherringham?«, fragte Jack.

»Weiß ich nicht. Vermutlich ist er einfach zufällig hier gelandet. In unserem kleinen Dorf. Er fand eine Anstellung beim Juwelier, und als der Besitzer starb, übernahm Mr Brendl das Geschäft.«

»Und das Puppentheater?«, erkundigte sich Jack. »Hat er das schon immer gemacht?«

»Nein, zuerst nicht. Er hatte diese wunderschönen Puppen schon von Anfang an – anscheinend ein Mitbringsel aus der Heimat. Früher kam er mit ihnen in die Schule, um sie den Kindern zu zeigen. Und er führte kleine Geschichten mit ihnen auf … deutsche Geschichten. Wunderschön. Irgendwann – vermutlich als er das Gefühl hatte, wirklich hier dazuzugehören – baute er dieses kleine Theater und begann Kasperle-Aufführungen zu machen. Und nach einer Weile gehörten sie fest zum Dorfleben.«

Sarah bemerkte, dass Jack zu ihr hinübersah. An seinem Blick erkannte sie, dass seine Fragen von jetzt an über höfliches Plaudern hinausgehen würden. »Nie geheiratet?«, wollte er wissen.

Hatte die Direktorin selbst Gefühle für Otto Brendl gehegt? Der Altersunterschied war erheblich gewesen; doch die Art und Weise, wie Mrs Harper über den Toten sprach, machte deutlich, dass sie ihn sehr gemocht hatte.

»Nein. Er war später mit Jayne Reid, ähm, befreundet. Ihr gehört das kleine Wollgeschäft neben seinem Juwelierladen. Die beiden waren so entzückend miteinander«, erzählte sie mit einem zarten Lächeln. »Sie benahmen sich, als wüsste keiner, dass sie ein Paar waren. Sie gingen zusammen essen, besuchten sich gegenseitig zum Tee …«

»Aber sie wohnten jeder für sich?«

Mrs Harper nickte.

»Ja, sie hatte ihre kleine Wohnung über dem Wollgeschäft, und Mr Brendl hatte sein Cottage außerhalb des Dorfs.«

Dann sah Sarah, wie Mrs Harper aus dem Fenster blickte. Eine Wolke hatte sich vor die Sonne geschoben, sodass das Spielfeld im Schatten lag.

Sarah warf Jack einen Blick zu, der bedeuten sollte: *Ich weiß nicht genau, was hier los ist.*

Im nächsten Moment wandte sich die Direktorin wieder ihnen zu, holte tief Luft und enthüllte den Grund für dieses Treffen.

5. Eine Gefälligkeit

»Ich bin furchtbar unbegabt, wenn es um Verwaltungsaufgaben geht. Sie wissen schon: Belege, Dokumente und all die Dinge, die wir laut Schulbehörde lückenlos vorweisen müssen.«

Ja, das war offensichtlich, dachte Sarah.

»Und bei jeder Schulveranstaltung müssen die Teilnehmer überprüft und wichtige Daten über sie ›ins System‹ aufgenommen werden. Zum Beispiel gesundheitliche Probleme, Vorstrafen und all das. Aber Mr Brendl, nun ja, der war einfach … eine Institution.«

Sie versetzte einem Papierstapel auf ihrem Schreibtisch einen angewiderten Schubs.

»Wollen Sie damit andeuten, dass Sie ihn nicht überprüft haben?«, fragte Sarah, die ihre Verwunderung nur mühsam unterdrücken konnte. »Nie?«

»Ich dachte, wir hätten das schon vor Jahren getan. Das dachte Mr Brendl gewiss auch. Also habe ich es irgendwie … vergessen. Aber als ich gestern herkam, konnte ich seine Akte nicht finden. Da kam mir erstmals der Gedanke, dass wir ihn vielleicht nie überprüft hatten. Und jetzt …«

»Jetzt machen Sie sich Sorgen, dass etwas bekannt werden und der Schule schaden könnte?«, vermutete Sarah.

»Oder zumindest meiner Position. Wie Sie sich vorstellen können, sind eine Menge Leute darauf erpicht, meinen Posten zu übernehmen, und es gab schon ungünstige Berichte wegen nicht rechtzeitig eingereichter Dokumente und so … Nichtigkeiten eigentlich.«

Sarah konnte sich lebhaft vorstellen, dass Mrs Pynchon wie ein Raubtier lauerte und auf eine günstige Gelegenheit wartete, um sich dieses Büro zu greifen und *Ordnung* hineinzubringen. Zwar begriff Sarah nicht so recht, wieso Mrs Harper derart nachlässig sein konnte – gerade heutzutage –, aber diese Schulleiterin zu verlieren wäre wahrlich ein Jammer.

»Daher, nun ja, dachte ich an Sie beide. Falls es irgendetwas gibt, das ich über den netten Mr Brendl hätte wissen müssen, etwas, das jetzt Probleme machen könnte …«

Wieder sah Jack zu Sarah.

Ganz und gar nicht das, was sie erwartet hatten.

Mrs Harper blickte von einem zum anderen. Dann kam Jack, allzeit verlässlich, mit einer Antwort, die Sarah bereits geahnt hatte. »Ich schätze, wir können uns mal umhören.«

Mrs Harpers Miene hellte sich ein wenig auf. »Würden Sie das? Ich kann Ihnen gar nicht sagen, wie dankbar ich Ihnen dafür bin!«

Jack lächelte. »Noch wissen wir nicht, ob wir überhaupt etwas finden. Aber falls es etwas gab, weswegen man sich Sorgen machen sollte …«

»Wie heißt es doch so schön? Gefahr erkannt, Gefahr gebannt!«

»Genau«, sagte Jack, immer noch lächelnd.

Das Gespräch schien beendet, und sie beide hatten einen Fall … sozusagen. Dann jedoch beugte sich Mrs Harper vor und senkte die Stimme.

»Eines noch. Mr Brendls Theater, seine Puppen und der kleine Van sind noch hier. Es gibt keine nächsten Angehörigen, soweit ich weiß. Letztlich wird sicher das Nachlassgericht eine Entscheidung über seinen Besitz treffen. Aber vielleicht ist es besser, wenn die Sachen jetzt zurückgebracht werden. Ich nehme nicht an, dass Sie …«

»Die Sachen zu ihm bringen können?«, fragte Jack. »Kein Problem.«

Er wandte sich zu Sarah. »Wie wäre es, wenn ich dir in Mr Brendls Van hinterherfahre?« Dann drehte er sich wieder zu Mrs Harper. »Haben Sie die Schlüssel zu seinem Cottage?«

»Ja, die waren bei seinen Puppen. Ich habe heute Morgen den Hausmeister gebeten, alles wieder in den Van zu packen. Macht es Ihnen auch wirklich nichts aus?«

Jack stand auf.

»Nicht der Rede wert. Wir erledigen das gleich. Und wenn es für Sie okay ist, sprechen wir mit Miss Reid. Nur um sicherzugehen, dass Sie wegen Mr Brendl keine Überraschungen erwarten müssen.«

Mrs Harper ergriff Jacks ausgestreckte Rechte mit beiden Händen und schüttelte sie kräftig.

»Danke. Danke auch im Namen meiner Schule und der Kinder. Was wir hier haben, ist zu kostbar, um es zu verlieren.«

Sarah erhob sich ebenfalls. »Und das ist den Leuten im Dorf bewusst.«

Nun strahlte die Direktorin. »Na dann, auf zum Parkplatz, damit Sie beide anfangen können.«

An der Tür blieb Jack stehen.

»Wir haben Alan Rivers vorhin gesehen«, sagte er. »Ich nehme an, dass er Fragen wegen Samstag gestellt hat?«

»Nein, überhaupt nicht; es ging um etwas völlig anderes«, antwortete Mrs Harper. »Bei uns wurde letzte Nacht eingebrochen. Jemand hat die Essensvorräte geplündert. Kuchen und Kekse. Und eine Riesenschweinerei gemacht.«

»Das war gewiss eine alberne Mutprobe«, meinte Sarah.

»Ja, die typischen Blödeleien zum Ende des Schuljahres … auf die ich gerade heute gut hätte verzichten können«, sagte die Direktorin ernst. »Normalerweise würde ich nicht die Polizei einschalten, aber Mrs Pynchon bestand darauf.«

Dann begleitete Mrs Harper die beiden aus dem Büro, vorbei an der »ach so neugierigen« Sekretärin und durch die ungewöhnlich stillen Korridore der Schule.

Jack fuhr den Van des Puppenspielers und dachte, dass es komisch für die Leute sein musste, ihn anstelle ihres geliebten Otto Brendl hinter dem Steuer zu sehen. Zudem war der Van wirklich klein, sodass Jacks Kopf das Wagendach berührte.

Er bemerkte einen Schalter, von dem er annahm, dass er

einen Lautsprecher aktivierte, um die Ankunft des Puppenspielers mit Musik anzukündigen.

Nun fuhr Jack in aller Stille mit dem Wagen durchs Dorf und dachte darüber nach, worauf er sich eigentlich eingelassen hatte.

Sicher hätte er es für unwichtig gehalten, Brendls Puppen zurückzubringen und vielleicht ein bisschen Hintergrundforschung zu betreiben, nur um die Lehrerin zu beruhigen.

Aber es gab diese eine Sache, die ihm nicht aus dem Kopf gehen wollte, auch wenn er sie bisher noch niemandem gegenüber erwähnt hatte – nicht einmal Sarah.

Die Sache mit dem Tattoo.

Mit den Ahnungen ist es schon komisch, dachte er. *Wir wissen nicht, woher sie kommen, trotzdem vertrauen wir ihnen blind.*

Vor ihm wurde Sarah langsamer. Sie blinkte und bog anschließend von der Hauptstraße in eine einspurige Seitenstraße ab, die in eine bewaldete Gegend führte.

Nach dem Abbiegen fuhr Jack vorsichtiger, denn Sarahs Wagen verschwand immer wieder hinter den Haarnadelkurven und den wuchernden Hecken und Sträuchern. Dabei hatte Jack sich mittlerweile daran gewöhnt, dass Engländer ihre Hecken und Büsche stets sorgsam gestutzt hielten.

Er kam um eine Kurve – und verfehlte nur knapp einen jungen Mann in Jeans und wasserfester Jacke, der sich rücklings in die Hecke drückte.

Jack blickte in den Rückspiegel, um zu sehen, ob mit dem Mann auch alles in Ordnung war. Es schien so, denn er stand ruhig am Straßenrand und blickte dem kleinen Van nach, bis Jack um die nächste Kurve fuhr.

Auf dem unebenen Sandweg hüpfte und wippte der Puppenspieler-Van, und Jack hörte das schwere Holzgestell hinter sich rumpeln.

Er hoffte nur, dass die Puppen sicher verstaut waren.

Ich hätte nachsehen sollen, warf er sich im Stillen vor.

Dann erschien hundert Meter vor ihm ein kleines Cottage, das von Bäumen umsäumt war und Blick auf eine Schlucht bot.

Vollkommen einsam.

Er parkte neben Sarahs Wagen, und beide stiegen aus, um sich das Cottage anzusehen.

»Ziemlich verlassen hier«, stellte Jack fest. »Ich frage mich, warum er so weit draußen gewohnt hat.«

Sarah sah hinüber zu den Hügeln, den Bauernhöfen in der Nähe und der Hauptstraße, von der man nur einzelne Abschnitte erspähen konnte. Keine Frage: Hier draußen war Brendl ganz für sich gewesen.

Sie drehte sich zu Jack um.

»Offensichtlich schätzte er seine Privatsphäre. Oder er fühlte sich vielleicht selbst nach all den Jahren noch nicht dazugehörig.«

»Kann sein. Ich hole mal die Sachen aus dem Van. Wollen wir uns danach ein bisschen umsehen?«

»Denkst du, Mrs Harper hat Grund zur Sorge?«

»Wer weiß!«

Sie bemerkte sein Zögern. War da noch etwas, was er dachte, aber nicht aussprach? Doch Jack ging zu dem grellbunten Van, öffnete die Hecktür und begann Brendls Puppentheater auszuladen.

Sarah näherte sich der Haustür, und ein Sicherheitsstrahler leuchtete über ihr auf.

Sie hielt Brendls Schlüsselbund in der Hand. Wie seltsam es sich anfühlte, ein so persönliches Eigentum von einem Toten zu haben.

Die Haustür hatte zwei Schlösser, und Sarah machte sich daran, verschiedene Schlüssel auszuprobieren, während Jack das Puppentheater herbeischleppte.

»Hinten im Van ist ein großer alter Korb mit verriegeltem

Deckel. Ich schätze, in dem ist Brendls ›Ensemble‹. Und, wie sieht es aus?«

»Eine Menge Schlüssel.«

Schließlich passte einer, und Sarah drehte ihn um.

»Das wäre schon mal auf. Und jetzt …«

Sarah probierte wieder diverse Schlüssel durch, um den für das untere Schloss zu finden.

»Wahrlich beachtliche Schlösser«, sagte Jack.

Sarah nickte und wies nach oben. »Und er hat Sicherheitsstrahler, die über einen Bewegungsmelder geschaltet werden. Die sprangen an, als ich mich dem Haus näherte.«

Sarah konnte mittlerweile besser einschätzen, welche Schlüsselform am ehesten zum zweiten Schloss passte, und hatte bald den schweren Sicherheitsriegel geöffnet.

»Ob der alte Mr Brendl hier wohl Schmuck aufbewahrt hat?«, fragte Jack.

»Das würde all diese Sicherheitsvorkehrungen erklären.«

Da auch der letzte Schlüssel gefunden war, konnten sie nun das Cottage des Puppenspielers betreten. Und obwohl sie hier waren, um jemandem einen Gefallen zu tun, fühlte es sich wie ein Einbruch an, als sie in die dunkle Diele hineingingen.

6. Geheimnisse

Sarah half Jack, die Bühnenteile in die Diele zu stellen.

Wahrscheinlich gab es einen Aufbewahrungsort für alles, aber die Sachen würden später sowieso wieder aus dem Haus geräumt.

Da keine Erben da waren, würde Brendls einsam gelegenes Cottage und seine gesamten Besitztümer veräußert werden.

»Willst du den Korb mit den Puppen reinholen?«, fragte Sarah.

»Äh … sehen wir uns doch erst mal um.«

Sie blickte ihn erstaunt an. »Ich glaube, Mrs Harper meinte nur, dass wir uns ein bisschen nach seiner Herkunft erkundigen.«

Jack zögerte. »Sarah, ich habe etwas gesehen, als ich Brendl das Hemd aufmachte.«

Dann erzählte er ihr von dem Tattoo und dass er das gleiche vor Jahrzehnten schon einmal an einem Ufer in Brooklyn zu Gesicht bekommen hatte. An einem anderen Toten.

»Was bedeutet das? Was meinst du …?«

»Keinen Schimmer. Ich habe eine E-Mail an einen Freund in One Police Plaza geschickt. Er fuhr damals in Brighton Streife.«

»Und?«

»Keine Antwort bisher. Es war Wochenende. Aber er meldet sich heute bestimmt noch. Wahrscheinlich ist es nichts.«

Sarah nickte, und trotz des sonnigen Tages fröstelte sie.

»Okay, schauen wir uns um. Aber es würde mich wundern, sollten wir hier etwas finden.«

Und so machten sie sich daran, das Cottage zu inspizieren.

Sarah kam in die winzige Küche, die im Schatten eines großen Baums lag, der draußen vor dem Fenster stand. Sie wirkte düster und unbenutzt. Nur eine einzelne umgedrehte Tasse war zu sehen, die auf einem rostigen Abtropfgestell stand.

Am altmodischen Kühlschrank waren keine Sachen mit Magneten befestigt, keine Notizen oder Erinnerungen. Und er sah aus, als gehörte er noch zur Originalausstattung, die Brendl bei seinem Einzug vor Jahrzehnten übernommen hatte.

Aus dem Augenwinkel bemerkte Sarah einen Schatten, der über das Küchenfenster huschte. Sie drehte sich um und dachte, dass Jack vielleicht wieder nach draußen gegangen war, doch es war niemand zu sehen. Dann hörte sie einen Knall – und erstarrte.

Wieder ein Knall. Ganz in der Nähe.

Fast hätte sie nach Jack gerufen, denn plötzlich bekam sie Angst. Sarah ging zur Hintertür, durch die man in den Garten gelangte. Sie war verschlossen, aber die Fliegentür dahinter klapperte im Sommerwind, der von den nahen Hügeln westlich von Cherringham herüberwehte.

Offen. Aber draußen ist niemand.

Nun rief sie doch nach Jack, wenn auch nicht mehr aus Angst. »Jack, kannst du mal herkommen?«

Die Außentür klapperte wieder und schlug gegen den Rahmen, während Sarah wartete.

»Okay.« Jack hockte an der Tür und inspizierte Knauf und Schloss. Er tastete über den Holzrahmen. »Siehst du das? Kratzer. Jemand hat die Tür aufgebrochen. Und siehst du das hier am Schloss? Das ist völlig zerkratzt.«

Sarah nickte.

»Nach dem, was wir vorne gesehen haben, bezweifle ich, dass der alte Otto Brendl die Hintertür in solch einem Zustand gelassen hätte.«

»Also ist jemand eingebrochen?«

»Scheint so. Der Einbrecher konnte die Küchentür danach wieder abschließen, aber bei der Fliegentür hatte er das Holz zu stark beschädigt.«

»Und warum sollte jemand hier einbrechen?«

Jack richtete sich auf, und Sarah erkannte den inzwischen vertrauten Gesichtsausdruck, der ihr sagte, dass er gründlich nachdachte.

Was gewöhnlich auch irgendwohin führte.

»Ich glaube«, sagte er schließlich, »dass die eigentliche Frage lautet: Was besaß Brendl, das er so dringend schützen wollte? Warum hatte er Doppeltüren, mehrere Schlösser, Sicherheitsstrahler? Hat er hier Schmuck aus dem Geschäft aufbewahrt?«

»Das könnten zumindest Ortsansässige gedacht haben und deshalb eingebrochen sein.«

»Möglich. Hast du eben den Typen auf der Straße gesehen?«

»Ja. Meinst du, mit dem stimmte etwas nicht?«

»Weiß ich nicht. Er kann auch ein harmloser Spaziergänger gewesen sein«, antwortete Jack achselzuckend.

Aber Sarah sah ihm an, dass er davon nicht überzeugt war.

Hier ist mehr im Spiel als ein simpler Einbruch in das Cottage eines Toten.

»Sehen wir uns weiter um. Wollen wir nach oben?«

Sarah bejahte stumm und folgte Jack zurück nach drinnen.

Brendls Schlafzimmer war schlicht möbliert: ein schmales Himmelbett mit einer verblichenen geblümten Tagesdecke, eine einfache Kommode mit Klauenfüßen, ein Holzstuhl.

Hier gibt es so gut wie nichts Persönliches, fuhr es Sarah durch den Kopf. So würde man ein Gästezimmer hinterlassen, in dem man übernachtet hat.

Irgendwie seltsam.

Sie schritt zur Kommode hinüber, wobei ihr bewusst wurde, dass sie beide weit über das hinausgingen, was ihr ursprünglicher Auftrag war: Brendls Puppentheater zurückbringen. Es hatte kein Verbrechen gegeben, und sie schnüffelten grundlos im Haus des alten Mannes herum.

Sarah zog eine Schublade auf und entdeckte eine ausländische Zeitung. Ihr Blick fiel auf eine Datumsangabe: Das Blatt war vor einer Woche erschienen.

Eines konnte sie auf Anhieb sagen: Das war keine deutsche Zeitung. Und auf einmal war es, als würde sich ein verborgener Teil von Brendls Leben in diesem unscheinbaren Zimmer auftun. Sarah breitete die Zeitung auf dem Bett aus, und Jack stellte sich neben sie.

»Die ist nicht auf Deutsch, oder? Erkennst du die Sprache?«

»Irgendeine osteuropäische, ich weiß nicht genau. Ah, hier.« Er zeigte auf ein Wort oben auf der Titelseite. »*București*. Das ist …«

»Rumänien. Und auch auf letzte Woche datiert.«

»Warum hatte Mr Brendl eine rumänische Zeitung? Er kam doch aus Ostdeutschland.«

»Gute Frage.«

Als Sarah durch die Zeitung blätterte, fielen ihr bekannte Fotos und Wörter ins Auge … Obama … ein Foto von Putin.

Jack blickte sich in dem nichtssagenden Zimmer um.

»Sonst ist hier nichts«, befand er. »Unten ging noch eine Tür vom Wohnzimmer ab. Vielleicht ein Wandschrank. Wollen wir da mal reinsehen?«

7. Verschwundene Schätze

Unten gingen sie in das kleine Wohnzimmer und auf die Tür zu, die aussah, als gehörte sie zu einem großen Wandschrank. Derweil horchte Sarah aufmerksam. Auch wenn sie einen Grund hatten, im Haus zu sein, hatten sie doch kein Recht, dies hier zu tun.

Der Wandschrank hatte ein Schloss.

»Interessant«, sagte Sarah.

Jack strich mit einem Finger über das Schloss. »Das ist auch stark zerkratzt. Jemand hat versucht, das Schloss zu knacken. Eventuell mit Erfolg.«

»Sollen wir vielleicht Alan anrufen?«

»Alles zu seiner Zeit. Sehen wir erst mal, was hinter … Tür Nummer eins ist. Hast du Brendls Schlüssel griffbereit?«

Sarah zog den Schlüsselbund aus ihrer Jeanstasche und reichte ihn Jack. Nachdem er mehrere Schlüssel ausprobiert hatte, fand Jack endlich den richtigen, drehte ihn und …

Die Tür öffnete sich mit einem Quietschen, das zur Situation passte. Jack trat zurück, damit Sarah, die ihr Handy als Taschenlampe benutzte, als Erste hineingehen konnte.

Diesmal hätte sie gerne auf die ritterliche Geste verzichtet.

Sie bückte sich, denn die Tür war niedrig – hoch genug für den kleinen Brendl, aber nicht für Sarah. Was sie sah, ließ sie mitten in der Bewegung erstarren.

Bei dem »Wandschrank« handelte es sich um eine Kammer, und Sarah stellte fest, dass auf den Regalen rundum längliche Kästen schräg aufgestellt standen, die mit schwarzem Samt ausgekleidet waren. Jeder Kasten war ungefähr fünfzig Zentimeter lang und sah wie ein Minisarg aus – eine Assoziation, die sich im Schein des fahlen Handylichts geradezu aufdrängte.

Jack fand den Schalter, und mit einem Klick wurde der

Raum von Licht geflutet, was die Begräbnisatmosphäre jedoch nicht milderte.

»Wow!«, war alles, was Jack sagen konnte.

Sarah drehte sich zu ihm. »Hier hat er seine Puppen aufbewahrt.«

Jack nickte. »Und nicht nur seine Puppen für das Kasperletheater. Es dürften noch mindestens ein Dutzend andere gewesen sein.«

»Wer hier eingebrochen ist, muss sie mitgenommen haben. Aber warum stiehlt jemand Puppen?«

Jack ging zu den Kästen und befühlte den dicken schwarzen Samt, in dem sich die Formen der fehlenden Puppen abgedrückt hatten. »Das ergibt keinen Sinn. Ich hätte eine Kammer voller Rolex-Uhren erwartet. Oder Diademe. Aber verschwundene Puppen?«

»Jetzt rufen wir die Polizei, oder?«

Wieder nickte er. »Es könnte das sein, was du sagtest … dass die Einbrecher von hier sind, Juwelen suchten und die Puppen fanden – Brendls ›Schätze‹, die sie mitnahmen, weil sie dachten, dass sie einiges wert sind.«

»Ja, könnte sein.«

Jack sah sie an. »Du klingst nicht überzeugt.«

Sie schüttelte den Kopf. »Warum trieb Brendl so viel Aufwand, sie sicher aufzubewahren?«

»Das ist die Frage. Und ich weiß nicht genau, wo wir nach der Antwort suchen sollen.«

Sarah überlegte einen Moment, bevor sie fragte: »Was ist mit Jayne Reid? Falls Otto Geheimnisse hatte, könnte sie die kennen. Obwohl wir bisher nichts anderes haben als einen alten Mann, in dessen Haus eingebrochen wurde.«

»Kann sein. Ich glaube, das Beste wäre, wenn ich bald etwas über das Tattoo in Erfahrung bringen könnte. In New York werden sie jetzt langsam wach, und das Wochenende ist vorüber. Mal sehen, was ich rauskriege.«

»Aber was fangen wir mit den Puppen an, die wir mitgebracht haben? Schließen wir sie hier ein?«

»Nein. Es könnte sein, dass sie es waren, die der Einbrecher gesucht hat. Ich denke, ich nehme sie erst einmal mit zu mir auf die *Goose*. Damit wären die Polizei und Mrs Harper sicher einverstanden.«

»Ja, gute Idee«, stimmte Sarah zu. »Ich setze dich bei deinem Boot ab und besuche Miss Reid.«

Aber sie verließ den Raum nicht sofort. »Jack … du denkst wirklich, dass hier irgendwas ist, oder?«

Jack holte tief Luft und atmete wieder aus. »Allmählich sieht es für mich so aus … Ja.«

Nun gingen sie aus dem verlassenen Zimmer mit den leeren Puppenkisten und ließen die Tür offen.

Alan erschien, und nachdem Jack ihm die Lage geschildert hatte, pflichtete der Polizist ihm bei, dass es am besten wäre, wenn er fürs Erste die Puppen des Kasperletheaters bei sich behielt. Allerdings hielt Alan es offensichtlich für wahrscheinlich, dass als Täter nur Leute aus der Region infrage kamen, die ins Cottage des Toten eingebrochen waren, um mögliche Wertsachen zu plündern.

Sarah fand, dass Alan gestresst wirkte. Deshalb beschlossen Jack und sie, nichts von der Zeitung oder dem Tattoo zu sagen – zumindest so lange nicht, bis sie mehr darüber wussten.

Danach fuhr sie Jack zu seinem Boot und half ihm, die Korbtruhe mit den übrigen Puppen an Bord zu bringen.

»Sei vorsichtig, Jack«, warnte sie, bevor sie ging. »Wie du schon sagtest, könnten die es auf diese Puppen abgesehen haben – und jetzt hast du sie.«

Ihre Sorge brachte ihn zum Grinsen, und sofort kam Sarah sich blöd vor. Als Polizist dürfte er sich auf den Straßen New Yorks ganz anderen Gefahren gestellt haben.

»Bin ich. Rufst du mich an, wenn du mit Miss Reid gesprochen hast?«

Sie nickte. Daniel war den ganzen Tag beim Cricket-Training, Chloe hatte sich für einen Theater-Workshop eingeschrieben, und Grace, Sarahs Assistentin, kam in ihrem Webdesign-Büro hoffentlich alleine klar. Im Sommer lief das Geschäft sowieso eher ruhig.

Also war es die ideale Zeit, um ein wenig in Otto Brendls Leben zu graben. Und ausnahmsweise hoffte Sarah wirklich, dass sie nichts finden würde.

8. Ein Spaziergang am Fluss

Sarah hatte sich vorgestellt, dass die Besitzerin des *Why Knot*-Wollladens eine kleine alte Dame war – rundlich und nett –, die eine selbst gestrickte Jacke trug und tief in Trauer war.

Tatsächlich entsprach sie kein bisschen diesem Bild, und Sarah hatte einige Mühe, ihre Verwunderung zu überspielen, als sie sich an der Cherringham Bridge zu einem Spaziergang am Fluss trafen. Jayne Reid war Anfang fünfzig, schlank und fit; sie hatte Jeans und ein Jogging-Shirt aus Fleece an. Außerdem stellte Sarah fest, dass sie Jayne vom Sehen her kannte.

Als sie zum *Why Knot* gefahren war, hatte sie vor verschlossener Tür gestanden. Nebenan waren die Läden von Otto Brendls Juwelierladen ebenfalls heruntergezogen. Doch Sarah hatte nach einigen diskreten Erkundigungen immerhin eine Handynummer bekommen und nach mehreren Versuchen schließlich Jayne erreicht.

Sarahs höflicher Bitte um eine kurze Unterhaltung kam sie zwar nach, doch Jayne verband dies mit der strikten Anweisung, sie »in exakt einer Stunde oder gar nicht« zu treffen. Wie es schien, hatte sie einen recht vollen Terminkalender. Aber wenn Sarah mehr über Otto Brendl erfahren wollte, musste sie eben in den sauren Apfel beißen.

»Ich gehe gewöhnlich bis zur alten Kirche und zurück«, eröffnete Jayne, nachdem sie sich am Zaunübertritt auf dem Flussweg vorgestellt hatten.

»Wunderbar«, sagte Sarah.

»Schön«, entgegnete Jayne und schritt voraus.

Sarah holte sie ein und überlegte, wie sie vorgehen sollte.

Sie hatte schon immer gefunden, dass ein Spaziergang eine gute Gelegenheit war, jemanden zu befragen: Man hatte weidlich Zeit zum Nachdenken; es trat niemals eine unangenehme Stille ein; es gab Ablenkungen und Chancen, gemeinsame Interessen zu entdecken; und außerdem eröffneten sich jede Menge Möglichkeiten, das Thema zu wechseln, falls es heikel wurde ...

Und hier an den Wiesen gegenüber der Anlegestelle, an einem warmen Sommernachmittag und unter blauem Himmel, sollte es keinen Mangel an Gesprächsthemen geben. Auf dem Fluss wimmelte es von kleinen Booten, Anglern und Jugendlichen in Kajaks.

Sie brauchte Jayne nur zum Reden zu bringen, und dann würden die Informationen fließen ...

»Macht es Ihnen auch wirklich nichts aus, dass ich Sie nach Mr Brendl frage?«, sagte sie und hielt weiterhin mit Jaynes flottem Schritt mit.

»Kommt auf die Fragen an.«

»Wir versuchen nur, etwas über seinen Hintergrund zu erfahren, damit wir -«

»Mrs Harper vom Haken kriegen«, fiel Jayne ihr ins Wort. »Darum geht es hier doch, oder nicht?«

»Wie bitte?«

Mit dieser Bemerkung hatte Sarah nicht gerechnet.

»Ach, kommen Sie, Sarah, ich bin nicht einfältig«, sagte Jayne. »Otto hat das mit diesen lächerlichen Überprüfungen nie gemacht. Und jetzt, anstatt dass sich die Leute an seine wohltätige Arbeit erinnern, kommt diese bescheuerte Kuh und will seinen Ruf beschädigen, indem sie Sie und Ihren Amerikaner losscheucht.«

Jayne Reid blieb unvermittelt stehen, drehte sich um und zeigte über den Fluss zu Jacks Boot, das dreißig Meter entfernt ankerte.

»Da wohnt er doch, oder?«, fragte sie in einem Tonfall, als würde sie Sarah irgendeines Verbrechens bezichtigen.

Sarah nickte.

»Ich nehme an, er beobachtet mich durchs Fernglas«, fuhr Jayne kopfschüttelnd fort. »Also, wo war ich? Ach ja, mein guter Freund stirbt, und Minuten später werde ich von zwei übereifrigen Amateurschnüfflern befragt, die Dreck aufwühlen wollen.«

»Das stimmt nicht, Miss Reid. Wir versuchen lediglich -«

»Mein Gott, sagen Sie ›Jayne‹, bitte!« Sie drehte sich wieder um und marschierte weiter. »Miss? Miss? Was für eine lachhafte Anrede!«

Sarah eilte ihr nach und bemühte sich, sie einzuholen. Das hier lief ganz und gar nicht, wie sie gedacht hatte; deshalb musste sie schnellstens ihre Taktik ändern.

»Ich weiß nicht, ob Sie das schon wissen, aber am Wochenende ist jemand in Mr Brendls Haus eingebrochen und hat seine Puppen gestohlen.«

Jayne blieb so abrupt stehen, dass Sarah beinahe in sie hineingerannt wäre.

»Was? Nein, das wusste ich nicht.« Wütend runzelte sie die Stirn. »Woher wissen *Sie* davon? Und warum wurde mir nichts gesagt?«

»Wir haben es erst heute Vormittag entdeckt. Jack und ich brachten das Puppentheater zum Cottage zurück, und -«

»Dann haben Sie seine Schlüssel? Ich glaub das alles nicht!«

»Die Schlüssel waren in dem Puppentheater, und Mrs Harper -«

»Ich hatte im Krankenhaus um die Schlüssel gebeten, und die wollten sie mir nicht geben!«

»Das war sicher nur, weil sie die nicht hatten.«

»Ich dachte, nur die wären stur, aber dass die Schule dahintersteckt, hätte ich nicht erwartet.«

Sarah wurde klar, dass Jayne noch immer wegen Otto Brendls Tod unter Schock stand. Irgendwie musste sie die Frau beruhigen.

»Sicher hatte Mrs Harper vor, Ihnen die Schlüssel zu geben«, sagte sie.

»Oh Gott, sind wir jetzt wieder bei Mrs Harper? Über die will ich wirklich nicht reden, okay?«

»Natürlich.«

»Kommen Sie.« Wieder preschte Jayne voran.

Sarah blickte ihr einen Moment nach und dachte: *Ich könnte es jetzt einfach gut sein lassen, sie später ansprechen und erst mal verschnaufen. Vielleicht sollte ich einen Tee auf Jack's Boot trinken.*

Doch etwas – irgendeine Ahnung – sagte ihr, dass es vielleicht keine günstigere Gelegenheit geben würde als diese, um mit Jayne Reid zu sprechen.

Und so eilte sie ihr nach.

Zehn Minuten wanderten sie stumm nebeneinanderher.

Sarah wollte Jayne Reid etwas Zeit geben, um sich zu beruhigen. Schweigend folgten sie dem Weg flussaufwärts, überquerten hier und da Zauntritte oder Stege über kleinen Bächen. Hier oben gab es weniger Boote und Urlauber. Die Wiesen wurden von Weiden abgelöst, und Sarah behielt eine Herde neugieriger Kühe im Blick, an der sie vorbeikamen.

An jedem anderen Tag wäre das ein herrlicher Spaziergang, dachte sie.

Aber sie wollte auf keinen Fall aufgeben.

Schließlich bog der Weg auf eine Wiese ein, und Sarah sah, dass sie nahe der alten Kirche waren, die auf einem Hügel wenige Hundert Meter von der Themse entfernt stand.

Jayne erreichte vor ihr die Trockenmauer, die den Kirchhof umgab. Sie stieß die uralte Holzpforte auf und hielt sie Sarah auf.

»Hier war ich seit Jahren nicht mehr«, sagte Sarah.

»Wir … ich komme jeden Tag her«, erklärte Jayne, die bereits den gepflasterten Weg zum Kircheneingang hinaufging.

Sarah blieb stehen und nahm den vertrauten Anblick in sich auf.

St Paul's Church, Ingleston.

Als Teenager war sie oft mit Freundinnen hierhergekommen. Sie hatten auf dem Friedhof Cider getrunken und sich gegenseitig halb zu Tode erschreckt.

Im Grunde aber war dies für sie immer einer der friedlichsten, romantischsten Orte überhaupt gewesen. Sie hatte ihn sogar mal als Aufsatzthema für ein Geschichtsprojekt gewählt.

Die Kirche war einst der Mittelpunkt von Ingleston gewesen, wie Sarah sich entsann. Doch dann hatte die Pest das Dorf heimgesucht. Auf den Feldern hier in der Gegend gab es zahlreiche grasüberwucherte Hügel, unter denen die traurigen Überreste der verlassenen Cottages und Scheunen ruhten.

»Kommen Sie!«, rief Jayne und hielt die schwere Kirchentür auf. Sarah ging den Weg hinauf, vorbei an uralten Grabsteinen mit eingemeißelten Totenschädeln und Texten in gotischer Schrift.

Durch die offene Tür konnte sie nichts als Dunkelheit sehen. Sie trat über die Schwelle.

9. Das Jüngste Gericht

Nach dem hellen Sonnenschein brauchten Sarahs Augen einige Sekunden, um sich den dunkleren Lichtverhältnissen anzupassen. Sie blickte sich um. Die Kirche war leer und sah genauso aus wie vor zwanzig Jahren.

Wahrscheinlich hat sich hier seit Jahrhunderten nichts verändert.

Anstelle der modernen Plastikstühle, die heutzutage in den meisten Kirchen standen, fanden sich hier noch Kirchenbänke aus dem 17. Jahrhundert. Die Wände, an denen der Putz abblätterte, zierten verblasste Malereien, die biblische Szenen zeigten und über tausend Jahre alt sein mussten.

Als Sarah Jayne durch die Kirche folgte, hallten ihre Schritte auf den glatten, ausgetretenen Steinplatten.

Schließlich nahm Jayne auf einer der Bänke in der Nähe des Altars Platz. Sarah setzte sich zu ihr und wartete. Die Luft war kühl. Draußen konnte Sarah Vogelzwitschern und gelegentliches Kinderrufen vom Fluss her hören.

»Sehen Sie das ›Jüngste Gericht‹?«, fragte Jayne und nickte in Richtung eines verblichenen Bildes an der Ostwand.

»Das Jüngste Gericht?«, wiederholte Sarah ein wenig irritiert.

»Ja, der Jüngste Tag. Gleich da drüben. Christus trennt die, die in den Himmel kommen, von jenen, die zur Hölle verdammt werden.«

Sarah blickte zu der Wand, und plötzlich fiel ihr wieder ein, wie fasziniert sie als Teenager von dieser bildlichen Höllendarstellung mit den fantasievollen Folterszenen gewesen war, die sich der Maler im Mittelalter ausgedacht hatte.

»Dies war Ottos Lieblingsplatz«, berichtete Jayne. »Auf der ganzen Welt, wie er behauptete.«

»War er religiös?«, fragte Sarah, die das Gefühl hatte, dass Jayne endlich reden wollte.

»Nein, nicht mehr.«

»Aber früher mal?«

»Als Kind in Deutschland … Ja, ich glaube schon.« Sie atmete tief ein. »Darüber haben wir nicht geredet.«

»Ist er dort aufgewachsen?«

War da ein Zögern?

»In Erfurt. Das war früher Ostdeutschland.«

»Ist er nie wieder dort gewesen?«

»Nein, er hat es gehasst. Er war ein Waisenkind, und damals herrschte dort der Kommunismus. Würden Sie dorthin zurückwollen?«

Sarah musste sie dazu bringen, mehr zu erzählen.

»Hat er keine Angehörigen?«, erkundigte sie sich.

»Hören Sie mir denn nicht zu? Er ist in einem Heim groß geworden!«

»Schon gut, Jayne. Sie und Otto …« Sarah suchte nach dem richtigen Wort. »Waren Sie …?«

Jetzt wird es brenzlig.

»Wir standen uns nahe«, sagte Jayne und sah Sarah an. »Reicht Ihnen das?«

Sarah nickte und wechselte das Thema. »Wo hat er das Puppenspiel gelernt? In Deutschland?«

»Weiß ich nicht«, antwortete Jayne. »Ich glaube, ja. Als wir uns kennenlernten, zeigte er mir sein ›Kasperletheater‹. Diese klassischen deutschen Puppen waren sehr alt … und so schön …«

»Er bewahrte sie in speziellen Kästen auf«, sagte Sarah in der Hoffnung, sie mit solchen Andeutungen zum Weiterreden zu bringen.

»Ja. Sie waren ein Vermögen wert.«

»Wirklich? Wusste sonst noch jemand von den Puppen?«

Sarah sprach leise. Sie spürte, dass Jaynes Wut allmählich abkühlte, was sicher mit der besonderen Atmosphäre in dieser alten Kirche zusammenhing.

»Andere Leute in der Branche, vermute ich«, erwiderte Jayne. »Otto hat online Puppen gekauft und wieder verkauft. Aber natürlich nie seine kostbarsten. Er bestellte andere in ganz Europa und verkaufte sie dann weiter.«

»Fällt Ihnen jemand ein, der bei ihm einbrechen und die Puppen stehlen würde?«

»Oh ja, und ob!«, sagte Jayne und betrachtete Sarah, als läge die Antwort auf der Hand.

Sarah blinzelte verwundert.

»Wer?«

»Krause selbstverständlich.«

»Krause?«

»›Der Puppenkönig‹ – so nennt er sich selbst.«

»Ist er aus der Gegend?«

»Er hat einen Laden im Gewerbegebiet bei Chipping Norton. Vollgestopft mit Partyschrott.«

»Aber Puppen verkauft er auch?«

»Er veranstaltet Puppentheater. Richtig schlechtes – oder abscheuliche Adaptionen von amerikanischen Comics. Scheußliche Sachen.«

»Und Sie glauben, dass er Ottos Puppen gestohlen hat?«

»Krause hat Otto *gehasst*. Er versuchte schon lange, ihn aus dem Geschäft zu drängen.«

»Warum?«, fragte Sarah.

»Na, weil er neidisch war! Ottos Puppen waren handgefertigt: etwas ganz Besonderes. Und er hat traditionelles Puppentheater gemacht, wofür ihn die Kinder liebten.« Jayne rümpfte die Nase. »Krause ist ein billiger Aufschneider. Otto war ein Künstler.«

»Demnach sah Krause ihn als Bedrohung?«

»Selbstverständlich«, antwortete Jayne. »Für ihn ging es doch nur ums Geld! Deshalb wollte er auch Ottos Puppen – um sie zu verkaufen. Er hatte sogar schon einige Käufer, deren Identität er geheim hielt, und er bot Otto Tausende von Pfund an. Jede Woche rief er an! Und er kam immer wieder in den Juwelierladen, machte Ärger und versuchte, Otto zum Verkauf zu zwingen. Otto hat ihm gesagt, dass er ihn mal kann. Auf nette Art natürlich. Otto war immer viel zu nett.«

Für einen Moment fragte sich Sarah, was sie hier eigentlich machte.

Geplant war lediglich eine harmlose Erkundigung, um sicherzugehen, dass es in Otto Brendls Leben nichts Ungehöriges gegeben hatte, was Mrs Harper in Schwierigkeiten bringen könnte. Und jetzt schien sie mitten in einen bizarren Puppenkrieg hineinzustolpern ...

»Haben Sie irgendwelche Beweise für das alles? Etwas, das wir der Polizei erzählen könnten?«

»Ich brauche keine Beweise«, entgegnete Jayne, und Sarah konnte die Wut in ihren Augen aufblitzen sehen.

Noch ein Naserümpfen folgte, begleitet von einem verächtlichen Schnauben. Jayne Reid durfte man auf keinen Fall unterschätzen.

»Krause ist böse. Er war es. Er hat Ottos Puppen geklaut. Keine Frage.«

10. Der Puppenkönig

»In deinen Korb, Riley«, sagte Jack. »Du kennst die Regeln.«

Riley bedachte Jack mit seinem treuesten Hundeblick, drehte sich winselnd um und tapste auf den Stufen des Steuerhauses zum Wohnbereich hinab.

Seit er mit dem Springer Spaniel auf der *Grey Goose* lebte, hatte Jack gelernt, diesen Blick an sich abprallen zu lassen, auch wenn es ihm bis heute nicht gefiel, länger von seinem Hund getrennt zu sein.

Er verriegelte das Steuerhaus mit einem Vorhängeschloss und ging über die kurze Gangway ans Ufer.

»Heute wird's sengend heiß, Jack!«, ertönte eine Stimme vom übernächsten Boot. Jack blinzelte in der hellen Morgensonne. Auf dem Vorderdeck der alten *Magnolia* saß Ray Stroud mit freiem Oberkörper in einem Liegestuhl, einen Teebecher aus Blech in der einen und eine selbst gedrehte Zigarette in der anderen Hand.

Nun, vielleicht war ja wirklich Tee im Becher. Aber dass die Zigarette ausschließlich Tabak enthielt, war zu bezweifeln.

Soweit Jack es beurteilen konnte, war Ray der einzige echte Hippie, den es in den Cotswolds noch gab, und gerne mal in die fragwürdigeren Aktivitäten in der Gegend verwickelt. Allerdings war Ray auch sehr brauchbar, wenn Jack Hilfe auf dem Boot brauchte. Leider bezahlte er dies meist mit einem Kater am nächsten Tag.

»Ja, wärmt sich schon gut auf«, sagte Jack, als er am Ufer entlang zum alten Brückenparkplatz ging. »Und, was hast du heute vor?«

»Vielleicht hole ich mir nachmittags ein paar Forellen aus dem Fluss«, antwortete Ray und kaute auf der Selbstgedrehten, die ihm mittlerweile im Mundwinkel klebte. »Und dann ist Happy Hour im Ploughman. Da muss ich wohl hin. Kann die ja nicht im Stich lassen, nicht?«

»Nein, das kannst du sicher nicht«, stimmte Jack ihm grinsend zu.

Ray spuckte in den Fluss.

»Wie ich sehe, hast du abgeschlossen.«

»Mach ich immer«, sagte Jack und blieb stehen.

Das hier war kein belangloses Geplauder. Er konnte erkennen, dass Ray grübelte. Anscheinend war sein Bootsnachbar unsicher, ob er ihm etwas Bestimmtes mitteilen sollte.

»Ich hab gehört, dass ein Typ gestern Abend oben bei der Iron Wharf nach dir gefragt hat.«

»Ach ja?«

»Ja, hab ich gehört«, bekräftigte Ray. »Er wollte wissen, welches der Boote hier von dir ist.«

»Was du nicht sagst. Danke für die Info, Ray.«

»Dafür sind Nachbarn ja da.«

»Und du hast nicht zufällig … noch mehr gehört?«

Ray stand von seinem Liegestuhl auf und schleuderte den Rest aus seinem Becher ins Wasser.

Dann ging er quer über das Deck, um näher bei Jack zu sein.

Jack trat näher an das Boot heran, denn ihm war bewusst, dass jeder Informationsaustausch mit Ray ernst genommen werden musste.

»Wie ich gehört habe, war dieser Typ, der gefragt hat, noch ziemlich jung. Und er hatte einen Akzent, einen russischen oder so … heißt es.«

»Aha?«

»Und weil du doch Amerikaner bist … Na, da weißt du wohl, was das heißt.«

»Oh ja, das weiß ich«, pflichtete Jack ihm bei, obwohl er nicht den geringsten Schimmer hatte, was das bedeutete.

Jack blickte eindringlich Ray an, doch der nickte nur bedächtig und tippte sich an die Nase.

»Ist immer gut, vorbereitet zu sein, was, Jack?«, sagte er, drehte sich um und kehrte zu seinem Liegestuhl zurück.

»Wie wahr! Und danke, Ray.«

Jack wandte sich ab und ging weiter am Ufer entlang, vorbei an den anderen Booten.

Normalerweise hätte er Rays Geplapper als klassisches Produkt der überhitzten Fantasie einiger Einheimischer abgetan, befeuert durch was auch immer.

Aber im Augenblick zeichneten sich dank Rays Worten erste zarte Verbindungen in Jacks Hinterkopf ab, verknüpften sich Ideen und Zufälle, die er unmöglich ignorieren konnte …

Vor allem glaube ich nicht an Zufälle, dachte er.

Das Tattoo unter Brendls Achsel. Brighton Beach und osteuropäische Banden. Und jetzt ein junger Russe …

Der Mann auf dem Feldweg zu Brendls Haus. Ein Spaziergänger? Ein Fremder? Was wollte er dort? Die Straße führte nirgendwohin, außer zu Brendls Cottage.

Und Krause, von dem Sarah ihm am Telefon berichtet hatte und den er nun in Chipping Norton aufsuchen wollte?

Der Puppenkönig.

All diese unzusammenhängenden Fäden …

Was hatte das alles mit dem traurigen Tod eines alten Mannes auf einem englischen Sommerfest zu tun?

Angesichts der leeren Straßen an diesem frühen Morgen brauchte Jack nur knapp zwanzig Minuten, um nach Chipping Norton zu gelangen – und er genoss es, bei strahlendem Sonnenschein mit seinem offenen Healey Sprite zu fahren.

Der kleine Sportwagen flog wie eine Rakete die Cotswolds-Hügel rauf und runter, und Jack erinnerte sich an verrückte Urlaubsfahrten über den Pacific Coast Highway in seiner Jugend.

Sarah hatte ihm von ihrer Unterhaltung mit Jayne Reid erzählt; und jetzt, wo er darüber nachdachte, fiel ihm ein, dass er Jayne und Brendl im letzten Jahr mehrmals gemeinsam über die Wiesen am Fluss spazieren gesehen hatte.

Das Gewerbegebiet lag eine halbe Meile außerhalb des Orts. Als Jack von der Hauptstraße dorthin abbog, staunte er einmal mehr darüber, dass die Gewerbegebiete an den Rändern englischer Kleinstädte alle gleich schäbig aussahen.

Er fuhr langsam an den Geschäften vorbei und sah sich aufmerksam um: Hundefuttergroßhandel, Bäderausstatter, Pizza-Lieferservice, Reifenhandel, Fliesenhandel, Möbelrestaurator – und dann, unmöglich zu übersehen …

FunLand!

Das Gebäude war eingeschossig und hatte eine Glasfront, durch die dem Passanten grelle Farben, Neonlichter und bunte Ballons entgegenschrien. Drei als Gemüse kostümierte Personen saßen vor dem Laden auf einer Bank und rauchten. Jack fuhr direkt vor den Eingang und hielt an.

Als er aus dem Wagen stieg, beachteten ihn die Karotte und die Zwiebel nicht. Die Erbsenschote hingegen nickte ihm flüchtig zu.

Ja klar, dachte er. *Es ist Raucherpause, da können die Kunden warten.*

Jack ging in das Geschäft und blieb zunächst hinter den Glasschiebetüren stehen.

Endlose Gänge mit Partyzubehör erstreckten sich von dem einen bis zum anderen Ende des niedrigen, höhlenartigen Ladens, dessen Sortiment nach bestimmten Motiven unterteilt war. Jack las »Irisch«, »Cowboy«, »Zauberer«, »Superheld«, »Fee« …

Partymusik plärrte aus den Wänden, Ballons schwebten in der Luft, und wohin Jack auch sah, forderten ihn Schilder auf: »Hab Spaß! Du bist im FunLand!«

Ganz hinten trennte ein dicker schwarzer Vorhang die »Zauberhöhle – Verblüffende Tricks und Illusionen!« vom Rest des Ladens ab.

Rechts davon stand ein Puppentheater, das jedoch völlig anders aussah als das von Otto Brendl.

Bei diesem ähnelte die Front eher dem New Yorker Times Square am Silvesterabend, und anstelle der traditionellen, vertrauten Figuren hockten hier zwei Superhelden auf der Bühnenkante und bekämpften sich. Hinter ihnen flackerten Neonlichter, und der Soundtrack mit Explosionen und schrillen Gitarren brachte das ganze Theater zum Beben.

Ein Plakat daneben verkündete: »Kasperl ist tot – es lebe der Robotman!«

Hiermit also hatte Otto Brendl es aufnehmen müssen. Das hier war die Welt des Puppenkönigs.

Jack schüttelte den Kopf. Veränderungen waren unvermeidlich, aber sich mit ihnen abzufinden konnte hart sein.

Er blickte sich um.

Soweit er sehen konnte, war er der einzige Kunde. An der Kasse saß ein plumpes, als Fee verkleidetes Mädchen auf einem Hocker und tippte gerade eine SMS auf seinem Handy.

Jack ging hin. »Hi, ich bin mit Mr Krause verabredet.«

Das Mädchen glotzte ihn stumm an. Dann legte es seufzend sein Handy beiseite, griff nach einem Mikrofon auf einem Ständer und brüllte hinein: »Mr *Krause* – zur Kasse bitte! Mr Krause, bitte zur Kasse!«

Die Worte dröhnten aus den Lautsprechern.

Jack lächelte ihr zu. Wenigstens musste sie sich nicht als Gemüse verkleiden. Sie stellte das Mikrofon wieder hin und nahm ihr Handy auf, ohne Jack eines weiteren Blickes zu würdigen. Dann fuhr sie mit ihrem zombiehaften Getippe fort.

Jack wartete.

Wenig später erschien Mr Krause aus einem Büro seitlich vom Verkaufsraum. Seine Augen waren weit aufgerissen, als wäre er unvermittelt geweckt worden.

Und Jack staunte über das Aussehen des Mannes, der ihm entgegentrat.

Entsprechend dem Bericht von Sarah über ihr Gespräch mit Jayne hätte er mindestens Hörner, einen Schwanz und einen

170

Ziegenfuß erwartet. Doch Mr Krause war ein fröhlicher Mann mittleren Alters mit einem freundlichen Gesicht. Er begrüßte Jack mit einem kräftigen Händedruck und benahm sich wie ein texanischer Bürgermeister, der für seine Wiederwahl warb.

»Mr Brennan! Freut mich sehr!«

»Mr Krause …«

»Max, bitte … für alle meine Freunde!«

Wir sind also sofort Freunde …

»Jack.«

Jack beobachtete, wie Krause einen Arm ausstreckte und seine Hand auf das Robotman-Theater legte.

»Haben Sie das gesehen? Ziemlich cool, häh?«, fragte er mit einem breiten Grinsen. »Ich mache alle Vorführungen selbst.«

»In Schulen, auf Partys und Sommerfesten?«

»Überall und jederzeit!«, antwortete der Puppenspieler. »Die Kids lieben das. Die Sound- und Lichteffekte werden von einem Laptop gesteuert. Tolles Licht, Surround-Sound – alles sehr modern.«

Er beugte sich näher zu Jack und griente noch breiter. Womöglich erschienen jetzt doch bald die Hörner … »Aber die Mütter machen sich vor Schiss in die Hosen, sage ich Ihnen!«

»Ja, das möchte ich wetten.«

»Wer will denn noch Knüppel und Würstchen? Gott sei Dank leben wir nicht mehr in diesen lächerlichen Zeiten.«

Jack betrachtete Max Krauses strahlendes Gesicht: Egal was man von diesem Kram hielt, der Kerl war Feuer und Flamme für sein Geschäft.

»Möchten Sie sich vielleicht ein bisschen umsehen – etwas Partyzubehör mitnehmen? Wir haben auch eine Erwachsenenabteilung – sexy, sexy. Aber keine Bange, ich erzähl's nicht weiter!«

»Ein anderes Mal vielleicht, Max. Ich bin ein bisschen knapp mit der Zeit.«

»Kein Problem! Solche Sommertage wie heute haben wir selten. Da werden wir hier nicht viele Leute sehen.« Sein Lächeln wurde ein wenig schwächer. »Wollen wir ins Büro gehen?«

Jack folgte ihm ins Büro und erlebte seine nächste Überraschung. Verblüfft blieb er stehen …

»Beeindruckend, hä?«, sagte Max. »Mein wahres Lebenswerk.«

Jack schaute sich um. Alle Wände waren mit besonderen Hängeregalen bestückt, an denen Puppen hingen. Aber es waren keine billigen Puppen wie diejenigen, die Jack im Laden gesehen hatte.

Nein, dies waren alte, antike Puppen in teuren Seidenkostümen und orientalischen Stoffen: alte Männer, Kinder, Hexen, Könige, Kaiser, Königinnen, Sagengestalten, Nymphen, Tiger und exotische Vögel.

Eine Sammlung, die jedem Museum Ehre machen würde.

»Wow!«, entfuhr es Jack. »Aber draußen sagten Sie doch …«

»Dort bin ich *Verkäufer*, Jack. Und das Zeug ist mein Broterwerb.«

»Und das hier?«

»Oh, das hier ist ganz was anderes! Das ist meine Leidenschaft.«

Jack nickte, und ihm wurde klar, dass nichts an diesem Fall so eindeutig war, wie es anfangs zu sein schien.

Krause setzte sich in den Ledersessel hinter seinem Schreibtisch und bedeutete Jack, auf dem Besucherstuhl gegenüber Platz zu nehmen.

»Also, Max«, sagte Jack und neigte sich vor. »Wissen Sie, weshalb ich hier bin?«

»Sicher doch. Jemand hat Otto Brendls Puppen gestohlen, und Sie denken, dass ich dieser Jemand bin.«

»Nein, das denke ich nicht – noch nicht. Aber es wurde angedeutet, dass Sie ein möglicher Verdächtiger sind.«

»Tja, und wissen Sie was? Würde ich nicht der Hauptverdächtige sein, wäre ich beleidigt.«

Jack musste unwillkürlich lachen.

Solche Typen hatte er früher in New York zuhauf kennengelernt. Sie ließen sich gerne auf ein Spiel ein, das Jack nur zu gut kannte. Ein Spiel, das er genoss – eine Art von »Fang mich doch, wenn du es kannst«.

»Wären Sie das?«, fragte er.

»Seien wir doch mal ehrlich. Es gibt mich, Otto und ungefähr noch zwei andere in diesem ganzen Land, die den Wert solcher Puppen kennen. Und die anderen zwei sind Idioten, die wahrscheinlich schon seit Wochen nicht mehr aus ihren Löchern gekrochen sind.«

»Dann leugnen Sie nicht, dass Sie die Puppen wollten?«

»Leugnen? Warum benutzen Sie dieses Wort? Leugnen! Was für ein furchtbarer Ausdruck! Sagen wir lieber, ich gebe es zu, okay? Ich gebe zu, dass ich Ottos Puppen haben wollte. Sie sind fantastisch. Was für Raritäten! Barocke tschechische Puppen, deutsche Kasperle aus dem 18. Jahrhundert, Greteln – wunderschöne Greteln. Und dazu noch Guignols! Haben Sie gewusst, dass er sogar rumänische Magi hatte? Drei Stück, unberührte Originale …«

Jack beobachtete, wie Max sich in der Erinnerung an Ottos Sammlung verlor.

»Also, ja, ich wollte sie«, gestand er, als er schließlich ins Hier und Jetzt zurückkehrte. »Aber habe ich sie gestohlen? Nein.«

»Und wer war es dann?«, fragte Jack. »Ich meine, in Ihrer Branche dürften Sie doch wissen, wer infrage kommt, oder nicht?«

»Wer es auch war, er musste erfahren haben, dass Otto gerade gestorben und ein Einbruch überhaupt möglich war.«

»Das grenzt die Zahl der Verdächtigen kaum ein.«

»Doch, ein bisschen schon«, widersprach Max und wurde ernster. »Der Mistkerl hatte keine Freunde.«

»Nicht? Wie ich hörte, war er sehr beliebt.«

»Das ist ja nicht dasselbe, oder? Klar, die Kinder mochten ihn. Nicht so gerne wie mich und meine Show, versteht sich, aber im Großen und Ganzen mochten sie ihn. Trotzdem war er ein Einzelgänger, und er weigerte sich, mit mir über einen Verkauf einzelner Sammelstücke auch nur zu reden!«

»War das nicht verständlich?«, fragte Jack.

»Wie meinen Sie das?« Max war eindeutig verwirrt.

»Na ja, Sie wissen schon: Er war in einem Waisenhaus aufgewachsen, hatte alleine in Ostdeutschland gelebt und war dann, ebenfalls alleine, hergekommen.«

Max lachte. »Da haben Sie etwas in den falschen Hals gekriegt, Jack. Bedaure, aber Otto Brendl war kein Deutscher.«

Jack merkte, wie sich die Richtung dieser Ermittlung abermals verschob …

»Gemäß der einzigen Person, die ihn gut gekannt hat, wuchs er in Erfurt auf.«

»Hat sie oder er das behauptet, hä? Witzig. Na, ich habe nie kapiert, wieso er mich dauernd bei anderen madig gemacht hat, aber jetzt ist es mir natürlich klar.«

»Was meinen Sie?«

»*Ich* bin Deutscher, Jack. Meine Familie kommt aus Weimar, und das liegt nur wenige Meilen von Erfurt entfernt. Ich war oft, sehr oft dort. Eine schöne Stadt übrigens. Sie sollten auch mal hinfahren. Und ich schwöre Ihnen, dass Otto Brendl nicht aus Erfurt war. Vielmehr bezweifle ich stark, dass er überhaupt in Deutschland geboren wurde.«

»Und wie kommen Sie darauf?«

»Na, sein Akzent – ein östlicher, Jack. Auf jeden Fall ein östlicher.«

Jack lehnte sich auf dem Stuhl zurück und überlegte rasch.

»Rumänien?«, fragte er leise – sowohl sich selbst als auch Max Krause.

»Die Ecke. Eines von den Ländern, die unter Mütterchen

Russlands Knute standen. Könnte Rumänien oder ein anderes von den Ostblockländern sein. Aber Deutschland? ›Herr‹ Brendl hat definitiv viele Lügen erzählt, und das war eine von ihnen.«

Jack sah zu den Puppen an den Wänden, die dort wie eine Ansammlung mittelalterlicher Verbrecher baumelten und ihn mit großen Augen anstarrten, als würden sie jedes einzelne Wort mithören.

Unheimlich.

»Gibt es noch mehr Geheimnisse?«

»Wie kam er zu diesen Puppen? Einige von ihnen sind unbezahlbar. Alles andere als billig. Und er konnte mir nie eine klare Antwort auf diese Frage geben.«

Jack sah Krause an. Ein Verdächtiger, der eindeutig diese Puppen haben wollte.

Und der den alten Brendl überhaupt nicht gemocht hatte.

Aber vorerst war es nichts als ein Verdacht.

»Max, ich muss jetzt gehen. Das war … recht erhellend.«

Nun kehrte ein angedeutetes Lächeln auf Krauses Züge zurück. »Sind Sie sicher, dass Sie sich nicht umsehen, einen Scherzartikel mitnehmen oder in unsere ›Erwachsenenabteilung‹ reinschauen wollen?«

»Zu freundlich von Ihnen; aber nein, danke.« Jack stand auf und wandte sich zum Gehen.

Dann … Es war ein kleiner Trick, den er sich von einem großartigen Kommissar abgeguckt hatte, der allerdings nur eine fiktive Gestalt aus dem Fernsehen war. »Eines noch. Eventuell habe ich mehr Fragen. Es kann also sein, dass ich wiederkomme.«

Max' Lächeln erlosch.

Genau die Wirkung, die ich erwartet hatte, dachte Jack.

Krause nickte. »Jederzeit.«

Jack lächelte, verließ das Büro und wusste, dass der Besitzer von FunLand – aus bisher unbekannten Gründen – nicht froh über die Aussicht auf einen zweiten Besuch war.

11. Das Tattoo

Bevor er aus Chipping Norton wegfuhr, rief Jack bei Sarah an und verabredete sich mit ihr bei Huffington's zum Notizenvergleich.

Zwar war es noch warm genug, um mit offenem Verdeck zu fahren, doch im Osten brauten sich bereits dunkle Wolken zusammen, die – wie es sich für das englische Wetter gehörte – zum Angriff auf die Cotswolds bliesen.

In gewisser Weise mochte er dieses Wechselhafte. Jack stellte fest, dass es zu seinem Gemüt passte.

Auf der Fahrt hörte er BBC Radio Gloucestershire. Das war noch so etwas, was er sich hier angewöhnt hatte: Ein reges Interesse an den Geschichten aus der Lokalpolitik.

Die Akzente, die Form der Berichterstattung: Alles begann allmählich völlig normal zu wirken, nachdem er die aufdringlichen Rund-um-die-Uhr-Nachrichtensender und Sportkanäle in New York hinter sich gelassen hatte.

Sport. Der war überall eine Obsession, auch wenn die Sportarten variierten.

Sollte er je nach New York zurückreisen, wollte er unbedingt ein Spiel im Citi-Field-Stadion sehen, bevor sich die Mets wieder mal von jeder World-Series-Hoffnung verabschieden durften – und das war sehr wahrscheinlich.

Dann würde er einen Hotdog mit allem essen: Chili, Röstzwiebeln, Senf, Würzsoße. Und dazu ein eiskaltes Bier.

Oh ja …

Manche Dinge fehlten ihm doch.

Er bog auf die Schnellstraße nach Süden, über die er nach Cherringham zurückgelangte, als sein Handy auf dem Beifahrersitz zirpte.

Er nahm es auf. Wegen des Fahrtwinds drückte er sich das Telefon fest ans Ohr.

»Hallo?«

»Jack, hier ist Eddie Morgan. Wie geht es dir, du alter Halunke?«

Jack lachte, als er die Stimme seines alten Freundes und früheren Kollegen hörte. Eddie arbeitete immer noch in der One Police Plaza, dem Hauptquartier der New Yorker Polizei. In den nächsten Minuten tauschten die beiden Neuigkeiten aus und sprachen über ihre Familien.

Über seine Ermittlungen als Amateurdetektiv verlor Jack kein Wort. Eddie war ein überaus gesetzestreuer Detective, der von dergleichen rein gar nichts hielt.

Jack erfuhr, dass Eddies Ältester, der als Lehrer arbeitete, und dessen Frau im November ihr erstes Kind erwarteten.

Eddie war mächtig stolz.

Über Eddies Jüngsten, der immer mal wieder Probleme machte und Eddie reichlich Kopfzerbrechen bescherte, wechselten sie weniger Worte.

Das Leben war eben für niemanden leicht und voller Sonnenschein.

Jack erzählte Eddie von Cherringham, seinem Boot, dem Angeln und den Martinis.

»Ich hätte ja gedacht, du bist im Handumdrehen wieder hier«, sagte Eddie. »Jack Brennan in einem verschlafenen englischen Dorf, weit weg vom Verbrechen und Dreck der Großstadt? Unvorstellbar!«

So weit weg vom Verbrechen nun auch wieder nicht, dachte Jack.

»Also Jack, wegen dem, was du mir geschickt hast … diesem Tattoo. Du hast recht, das haben wir gesehen, als wir mit der Mafia in Brighton zu tun hatten.«

Damals in den Neunzigern war Brighton zu einem Außenposten für Tausende russischer und osteuropäischer Emigranten geworden. Nachtclubs schossen aus dem Boden, in denen Wodka auf Eis und Kaviar serviert wurden, wie man sie nirgends sonst bekam.

Und wie es beim organisierten Verbrechen nun mal war, gab es Schutzgelderpressungen, Schiebereien und Leute, die plötzlich *verschwanden*. Es hatte eine Weile gedauert, das in den Griff zu bekommen …

»Einige der Typen, die tot irgendwo auftauchten, hatten das gleiche Tattoo. Wir dachten, dass es irgendein Gang-Zeichen ist, aber ich habe für dich mal gründlicher recherchiert.«

Ein Straßenschild kündigte eine Fahrbahnverengung an. Jetzt wurde es heikel, denn Jack musste langsamer fahren, um die vielen Kurven zu bewältigen.

»Red weiter, Eddie.«

»Klar, aber, Jack …«

Eddie war ein versierter Cop.

»Worum geht's hier eigentlich, hmm? Wo hast du dieses Tattoo gesehen? Und …« – ein kurzes Lachen – »… was zur Hölle macht das in England?«

»Würdest du mir glauben, wenn ich dir sage, dass es mit einem freundlichen alten Puppenspieler zusammenhängt, der einen tödlichen Herzinfarkt hatte? Also nenn mich ruhig neugierig.«

Für einen Moment sagte Eddie nichts.

»Dieser Puppenspieler, der nette Alte … Kann es sein, dass er Rumäne war?«

Nun war es Jack, der für einen Moment verstummte. Eddie war ernst geworden. Seine Stimme klang weniger nach »alter Freund« und mehr nach Profi … besorgter.

»Scheint so.«

»Ja, das würde es erklären. Okay, dann erzähle ich dir mal, was wir über Geier-Tattoos wissen.«

Die nächsten Minuten manövrierte Jack seinen Sportwagen langsam durch die Kurven der schmalen, von Hecken gesäumten Straße und lauschte aufmerksam.

Sarah saß an einem Tisch weit hinten in Huffington's Café und hielt eine Tasse Tee in der Hand.

Jack sollte jeden Moment kommen. Im Café war es um diese Zeit – zwischen dem mittäglichen Ansturm und dem allgemeinen Geschnatter zur Teestunde – ziemlich ruhig.

»Sonst noch was, Sarah?«, fragte Doris, die eine Institution bei Huffington's war. Sie musste schon weit in den Sechzigern sein, trug ihre schwarz-weiße Uniform aber nach wie vor so, als handelte es sich um Haute Couture, und ihre Silbermähne vervollkommnete das Bild einer schillernden Großmutter.

»Nein, danke«, antwortete Sarah lächelnd. »Ich warte auf jemanden.«

Doris schenkte ihr ein breites Lächeln.

Wie muss es sein, das ganze Leben in so einem Laden zu verbringen?, fragte Sarah sich.

Immer die gleichen Abläufe, immer dieselben Leute … Gott, sicher änderte sich nicht einmal die Karte!

Andererseits hatte das gewiss etwas Beruhigendes: Alles blieb konstant, man sah Kinder heranwachsen, manche aus dem Dorf fortziehen, man freute sich mit, wenn andere heirateten, und trauerte um die alten Gäste, die eines Tages nicht mehr zum Tee kamen.

Es gibt Schlimmeres.

Als die Türglocke bimmelte, blickte Sarah auf und sah Jack, der sich rasch umsah und zu ihr geeilt kam.

»Entschuldige! Ich habe die Zeit nicht vergessen, aber plötzlich war eine Spur wegen Bauarbeiten gesperrt.«

»Tja, das kommt vor. Du kannst von Glück reden, dass du nicht umgeleitet wurdest.«

Jack grinste. »Das wäre eine echte Herausforderung für meine noch nicht sonderlich ausgereifte Kenntnis der Umgebung gewesen.«

»Du könntest dir ein Navi besorgen.«

»Stimmt. Ich weiß nur nicht, ob ich schon bereit bin für jemanden mit einem englischen Akzent, der mir sagt, wie und wo ich abbiegen soll.«

Hierauf musste Sarah grinsen.

Doris, die sich zweifellos dafür interessierte, dass ein älterer Gentleman eine jüngere, alleinerziehende Mutter traf, erschien am Tisch. Doch eigentlich müsste sie bereits diverse Geschichten gehört haben, aus denen hervorging, wer Jack war und was er zusammen mit Sarah hier in Cherringham schon erlebt hatte.

»Für Sie auch etwas, Jack?«

Jack sah Doris lächelnd an. »Na unbedingt, Doris. Wie wäre es mit einer Tasse *English Breakfast* und ein paar von diesen Shortbread-Plätz- ... ähm, -Keksen?«

Dass Jack sich selbst verbesserte, brachte Doris erst recht zum Strahlen, und Sarah musste schmunzeln. *Hätte ich mir ja denken können, dass er sie hier schon alle um den Finger gewickelt hat ...*

»Kommt sofort!«

Dann wandte Jack sich wieder Sarah zu. »Und, möchtest du etwas über meinen kleinen Ausflug heute Morgen hören?«

An seinem Tonfall erkannte Sarah, dass er diese Nachforschungen zu Otto Brendl wirklich ernst nahm und anscheinend etwas Entscheidendes von Max Krause erfahren hatte.

Der Tee wurde gebracht.

»Danke!«

Sowie Doris wieder fort war, drängte Sarah: »Erzähl schon!«

Jack berichtete ihr von seinem Besuch im FunLand.

Sarah fing zu lachen an.

»Im Ernst? Hat er wirklich so eine ...« – sie senkte die Stimme – »... Erwachsenenabteilung?«

»Ja, als ›sexy, sexy‹ bezeichnete er sie.«

Wieder lachte Sarah. »Wenn man auf Sachen aus Gummi steht.«

Hierüber musste Jack lachen.

»Ich nehme an, du bist nicht hineingegangen ...«

»Oh, ich war durchaus in Versuchung. Wer wäre das nicht? Außerdem hatte er eine hübsche Sammlung künstlicher Kotze und anderer Artikel, die wie gemacht sind für deine nächste Gartenparty.«

Sarah schüttelte den Kopf. »Unglaublich!«

Im nächsten Augenblick fror Jacks Lächeln ein klein wenig ein, wie es typisch für ihn war.

Und dann erzählte er ihr, dass Otto Brendl ein Geheimnis hatte: Er war kein Deutscher, zumindest laut Krause nicht.

»Osteuropa? Das ist ein Scherz«, sagte Sarah. »Er hat doch Jayne alles über seine Kindheit in Erfurt erzählt!«

»Krause war sich da absolut sicher. Und auf der Rückfahrt rief mich mein Freund Eddie aus New York an.«

Jack biss in einen der Shortbread-Kekse. Mit der Hand bedeutete er Sarah, dass sie sich bedienen sollte. Sie nahm einen Keks, tunkte ihn in ihren lauwarmen Tee und biss das feuchte Ende ab.

»Hat er das Tattoo wiedererkannt?«

Jack nickte und sah sich um, um sich zu vergewissern, dass sie nicht belauscht wurden. Das konnten sie an diesem Tisch gar nicht, dennoch senkte er nun die Stimme. »Hat er. Brighton Beach: Die Sache in den frühen Neunzigern, genau wie ich dachte. Also hat er sich ein bisschen umgehört und ein Herkunftsland herausbekommen: Rumänien.«

»Rumänien?«, wiederholte Sarah, die noch mit der Tatsache zu kämpfen hatte, dass Otto Brendl nicht das gewesen war, was er vorgegeben hatte.

»Genau«, sagte Jack. »Aber das Komische kommt noch. Eddie hat versucht, mehr rauszukriegen; nur wollte keiner irgendwas wissen. Er sprach das Tattoo in ein paar rumänischen Cafés an, und die Leute machten sofort dicht. Und er meint, falls keine Drogengeschichten dahinterstecken, muss es was Politisches sein.« Jack beugte sich näher zu Sarah. »Die wirklich wichtigen Fragen lauten somit: Wenn Otto Brendl wirklich Rumäne war, warum behauptete er dann, ein Deutscher zu sein? Warum ist er mit einer falschen Identität hierhergekommen? Und warum ganz allein?«

Sarah blickte zur Seite und dachte nach.

Es gab einige Dinge, die sie tun konnte. Alles ließ sich erforschen, und mit diesen Informationen wusste sie, wo sie bei der Suche ansetzen musste.

»Ich kann ein paar Recherchen machen, Jack. Wir werden ja wohl in Erfahrung bringen, wann er herkam. Ich kann die Datenbanken durchforsten, bei Interpol nach Vermissten sehen … Nein, darauf setze ich Grace an, denn im Büro ist gerade wenig los. Und solche Aufzeichnungen müssen irgendwo online zu finden sein.«

»Ich hatte gehofft, dass du das sagst.«

»Aber wir können noch etwas anderes tun, und das jetzt gleich.«

Jack sah sie verblüfft an.

Und Sarah half ihm auf die Sprünge. »Wie gut genau war Otto darin, Geheimnisse zu hüten?«

»Hmm?«

»Hat er sein Geheimnis wirklich vor jedem geschützt?«

Jack nickte. »Jayne Reid …«

»Genau«, sagte Sarah. »Ich denke, es wird Zeit, dass wir ihr noch einen Besuch abstatten. Meinst du nicht auch?«

Und mit diesen Worten nahm sie sich Jacks letzten Keks und stand auf.

»Hey, das war meiner!«, rief er.

»Du musst schneller sein, wenn du mich einholen willst, Jack«, sagte sie. »Und, Scherz beiseite, heute Nachmittag bin ich ziemlich ausgebucht. Nicht nur muss ich dringend einkaufen, ich muss außerdem noch ein Kostüm für Chloe machen und Daniels Cricket-Sachen waschen und bis morgen wieder getrocknet bekommen.«

»Der Alltag einer Alleinerziehenden, hmm?« Jack gab Doris mit einer Geste zu verstehen, dass er Geld auf dem Tisch gelassen hatte.

»Oh ja, davon kann ich ein Lied singen!«, klagte Sarah und drängte sich – die Teestunde hatte gerade begonnen – durch die Gästeschar zur Tür.

12. Der Flüchtling

Auf halbem Weg die High Street hinunter blieb Sarah stehen.

»Oh nein! Ich glaub's nicht«, sagte sie und tippte Jack an. »Sieh mal!«

Jack folgte ihrem Blick, als sie auf den kleinen Laden auf der gegenüberliegenden Straßenseite zeigte.

»Was ist?«, fragte Jack.

»Costco ist geschlossen. Das heißt, wenn wir mit Jayne durch sind, muss ich ins Auto springen und zum Supermarkt rausfahren, damit die Kinder ein Abendessen kriegen.«

»Irgendwie komisch, dass der Laden mitten am Nachmittag geschlossen ist«, meinte Jack.

»Ist wohl wegen des Einbruchs«, erklang eine Stimme neben ihnen. Jack drehte sich um. Eine rundliche Frau in den Dreißigern, die einen Zwillingsbuggy schob, hatte sich zu ihnen gesellt. Jack bemerkte, dass Sarah die Augen verdrehte. Wahrscheinlich gehörte die Unbekannte zum Heer der Mütter, die Sarah kannte.

»Hi, Angela«, grüßte sie.

»Ich warte schon seit einer Stunde darauf, dass sie aufmachen. Es war doch bloß ein Diebstahl, aber bei dem Theater, das sie veranstalten, sollte man meinen, es war ein Banküberfall oder so. Dein Freund Alan macht da drinnen einen auf Sherlock Holmes – was für ein Quatsch!«

Tatsächlich stand der kleine Streifenwagen vor dem Laden, wie Jack erst jetzt auffiel, und durch die Glasscheiben konnte er sehen, dass *Police Constable* Rivers mit dem Ladenbesitzer sprach.

»Irgendwer hat eine Tasche vollgepackt und ist nach hinten rausgerannt«, berichtete Angela. »Wundert mich nicht, bei den Preisen, die dort verlangt werden. Ich meine, wie sollen wir denn …«

»Tut mir schrecklich leid, Angela, aber ich muss los«, fiel

Sarah ihr ins Wort und erstaunte Jack, indem sie mit unglaublicher Geschwindigkeit weitereilte.

»Ja, klar«, sagte Angela. »Wen interessiert schon, was ich sage?«

»Hat mich sehr gefreut, Angela!«, rief Jack, als er seiner Detektivfreundin nachlief.

Das *Why Knot* lag in einer kleinen Seitengasse der High Street, die Sarah scherzhaft als »Cherringhams Mittelalterviertel« bezeichnete. Jack kannte die Gasse, weil der Buchladen ganz in der Nähe war sowie ein fantastischer Feinkostladen, den er sehr mochte. Ihm wurde allerdings erst jetzt bewusst, dass er schon Hunderte Male an dem Wollladen vorbeigegangen war, ohne es zu beachten.

Auch das altmodische Juweliergeschäft nebenan hatte er bisher kaum wahrgenommen. Nun war es geschlossen und mit einem Rollgitter verriegelt.

Das *Why Knot* hingegen war zwar hell erleuchtet, sah aber leer aus. Sarah stieß die Tür auf, und Jack folgte ihr. Wahrscheinlich war in diesem Geschäft seit fünfzig Jahren so gut wie nichts verändert worden: Regale voller Wolle, Ständer mit Stricknadeln, Schalen mit Knöpfen und stapelweise Strickmuster.

Eine große, klug aussehende Frau kam durch einen geblümten Vorhang aus dem hinteren Bereich.

»Kann ich Ihnen …«, begann sie. »Ah, *Sie* sind es.«

»Hallo, Jayne«, grüßte Sarah. »Ich hoffe, es macht Ihnen nichts aus, aber wir haben noch einige Fragen zu Otto.«

Jack beobachtete, wie Jayne Reid ihn musterte. Er lächelte ihr zu.

»Ich habe Ihnen alles erzählt, was ich weiß«, entgegnete Jayne, die nun Jack ignorierte und ihre Worte ausschließlich an Sarah richtete. »Dass Sie Ihren amerikanischen Freund mitbringen, ändert nichts daran.«

»Ich fürchte, was wir Ihnen zu berichten haben, *wird* einiges ändern«, sagte Jack und beobachtete sie aufmerksam.

»Na, das bezweifle ich doch sehr«, erwiderte Jayne selbstbewusst.

Jack bemerkte, dass Sarah ihn ansah, und er erkannte, dass sie seine Taktik durchschaute und mitmachte. Mittlerweile verstanden sie sich wortlos ebenso gut wie er und seine Partner damals bei der New Yorker Polizei.

»Jayne, wir haben einige Dinge über Otto herausgefunden, die wir, ehrlich gesagt, nicht verstehen«, offenbarte Sarah. »Und wir dachten, dass Sie uns vielleicht helfen können, ein paar Dinge zu klären.«

Jack entging nicht das verräterische Flackern in Jayne Reids Augen, das eindeutig anzeigte, dass sie besorgt war.

Sie weiß etwas ..., dachte er und behielt sie im Blick, während Sarah ihr von seinem Besuch bei dem anderen Puppenspieler erzählte und dass Krause abstritt, irgendetwas mit dem Diebstahl der Puppen zu tun zu haben. Jack erwähnte dann Krauses Beteuerung, dass Otto kein Deutscher gewesen war.

Hierauf schnaubte Jayne.

»Krause!«, spie sie verächtlich. »Dieser Mistkerl würde jederzeit Lügen verbreiten, ganz besonders über Otto! Sind Sie beide hergekommen, um mir das zu erzählen?«

Sie ging zur Ladentür und öffnete sie weit.

»Raus hier, oder ich rufe die Polizei!«

Statt den Laden zu verlassen, ging Jack in eine Ecke, zog einen Klappstuhl hervor und setzte sich.

»Das wollen Sie nicht im Ernst, Jayne«, erwiderte er ruhig. »Sehen Sie, meine Polizeikontakte in New York haben mir erzählt, dass Otto Rumäne war, und das Tattoo seitlich an seinem Oberkörper, der Geier ...«

An Jaynes Miene war deutlich abzulesen, dass sie genau wusste, wovon er redete. Der Trick, aus dieser Frau die Wahrheit herauszukitzeln, beruhte darauf, dass sie nicht durchblicken lassen durften, wie wenig sie wirklich wussten.

»Ja, Sie kennen das Tattoo, nicht?«, fuhr er fort. »Nun, meine Kontakte haben mir erzählt, wie … *bedeutend* … dieses Tattoo war. Aber das wissen Sie natürlich auch, nicht wahr? Sie haben Otto ja darauf angesprochen, und er hat es Ihnen erklärt.«

Er lächelte sie an, und das schien den Bann zu brechen, der sie alle drei davon abgehalten hatte, sich zu rühren.

»Na gut«, sagte Jayne. »Ich verrate Ihnen, was ich weiß. Aber ich will nicht, dass sich das rumspricht. Ist das klar?«

Schweigend sah Jack zu, wie sie die Ladentür schloss, zu ihm kam und sich neben ihn setzte. Es war, als würde sie sich ergeben.

Er blickte kurz zu Sarah, und sie drehte das Schild an der Tür auf »Closed«, schob den Riegel vor und nahm sich ebenfalls einen Stuhl, um sich neben die zwei anderen zu setzen.

»Otto war der netteste Mann, den ich kannte«, begann Jayne Reid zu erzählen. »Altmodisch. Er hielt mir immer die Tür auf. Was für ein Gentleman! Doch in Wahrheit hatte er, bevor er herkam, ein furchtbares, ja, ein ganz entsetzliches Leben.«

Sarah schwieg, um Jayne nicht von ihrer Geschichte abzulenken, und hörte konzentriert zu.

»Sie haben recht. Er war Rumäne. Seine Familie lehnte sich gegen Ceaușescu auf … Kennen Sie die Geschichten über die Kommunistische Partei, die jahrelang das Land beherrschte? Wie schlimm! Ottos Vater gehörte zur Opposition. Er wurde hingerichtet. Da ging Otto in den Widerstand – *deshalb* hatte er dieses Tattoo. Er hat mir erzählt, dass es das Geheimzeichen der Revolution war. Aber er wurde gefangen genommen und gefoltert. Von der Geheimpolizei, der Securitate. Kennen Sie die?«

»Ich habe über sie gelesen«, antwortete Jack. »Übler ging es wohl kaum. Sie übernahmen die Methoden vom KGB, waren jedoch noch brutaler. Wer ihnen in die Quere kam, verschwand. Ich erinnere mich, dass nach dem Sturz der Kommunisten die Wahrheit ans Licht kam – Massenhinrichtungen, Folter, alles.«

»Otto sprach nie gerne darüber. Aber ich konnte mir aus dem wenigen, das er erzählte, zusammenreimen, was er durchgemacht hatte. Nachdem Ceaușescu getötet worden war, kam Otto aus dem Gefängnis. Er dachte, jetzt würde alles gut. Aber die ehemaligen Securitate-Leute wollten Rache. Sie waren wie Wahnsinnige, jagten jeden, der ihnen ein Dorn im Auge war. Sie griffen sich Ottos Familie und brachten sie um. Dann waren sie hinter ihm her. Also floh er 1989 nach Deutschland.«

»Nach Erfurt«, mutmaßte Sarah.

»Ja«, bestätigte Jayne. »Der Teil stimmte. Aber er blieb nur so lange dort, bis er sich eine neue Identität beschafft hatte. Dann kam er hierher.«

»Aber nach so vielen Jahren … Warum hat er nicht einfach gesagt, wer er war?«, fragte Sarah.

»Ich schätze, dafür war es zu spät«, sagte Jack zu Sarah. »Er war im System. Also war es leichter für ihn, Otto Brendl zu bleiben.«

»Richtig«, pflichtete Jayne ihm bei. »Aber mit dem Aufkommen und der Verbreitung des Internets hatte er auch mehr und mehr das Gefühl, dass diese furchtbaren Leute ihn aufspüren würden. Für sie hörte die Rache nie auf.«

»Hatte er sein Cottage darum so gesichert?«, wollte Sarah wissen.

»Das war teilweise wegen seiner wunderschönen Puppen«, antwortete Jayne. »Aber er hatte auch Angst, dass ihm die Securitate dicht auf den Fersen war. Am Abend vor seinem Tod erzählte er mir sogar, dass er glaubte, jemand hätte bei ihm einzubrechen versucht.«

188

»Während er im Haus war?«, hakte Jack nach.

»Ja. Er sagte, es wäre nichts gestohlen worden. Doch er befürchtete das Schlimmste.«

»Jayne, hat er Ihnen je seinen richtigen Namen gesagt?«, fragte Sarah.

»Nein. Ich denke, so wollte er mich schützen. Und mir machte es nichts aus. Er war Otto. Er wird für mich immer Otto bleiben.«

Sarah lehnte sich zurück und sah Jack an. Sein Gesicht war sehr streng. War er genauso betroffen von Jaynes Geschichte wie sie?

»So, jetzt habe ich Ihnen Ottos Geheimnis verraten. Und was fangen Sie jetzt damit an?«, verlangte Jayne zu wissen.

»Ich weiß es ehrlich nicht«, gestand Jack. »Wir wollten nur ein bisschen Hintergrundforschung für die Schule betreiben. Und jetzt das … Ich weiß es einfach nicht.«

»Können Sie nicht wenigstens seine Puppen wiederbeschaffen?«

»Wir wissen nach wie vor nicht, wer sie gestohlen hat«, antwortete Sarah. »Aber ich denke, wir können es versuchen. Was meinst du, Jack?«

»Klar«, stimmte er zu. »Doch was erzählen wir Mrs Harper über Otto?«

Das konnte Sarah ihm beim besten Willen nicht sagen.

»Alles, was ich Ihnen erzählt habe, ereignete sich vor langer Zeit in einem fernen Land, wie es so schön heißt«, sagte Jayne. »Vielleicht sollte es dabei bleiben. Ich kann mir jedenfalls nicht vorstellen, dass es im Leben von Otto Brendl, dem deutschen Juwelier, irgendetwas gab, um das Mrs Harper sich Sorgen machen muss.«

Sarah ging mit Jack durch die High Street zum Dorfplatz zurück, wo sein Wagen parkte.

Ziemlich viel los für einen Wochentag, dachte er, aber dann fiel ihm wieder ein, dass Ferienzeit und damit auch Hauptsaison für die Touristen war.

Jack stieg in seinen kleinen offenen Sportwagen, und Sarah lehnte sich seitlich gegen die Motorhaube.

»Und was machen wir jetzt?«, fragte sie.

»Keine Ahnung. Im Grunde sind wir fertig, oder? Wir haben Ottos Geheimnis herausgefunden. Scheint nur noch die Frage zu bleiben, was wir Mrs Harper erzählen.«

Er sah Sarah an, dass sie etwas störte.

»Sind wir wirklich fertig? Was ist mit den verschwundenen Puppen? Sollten wir nicht zumindest versuchen, sie zurückzubekommen – für Otto? Für Jayne?«

»Vielleicht, aber die Polizei ist schon an dem Fall dran. Und die hat weit mehr Mittel als wir.«

»Ja, klar. Aber komm schon, Jack. An dem Fall hier ist doch noch mehr seltsam, findest du nicht? Der Typ, den wir auf der Straße zum Cottage gesehen haben. Der Russe, der unten bei der Werft nach dir gefragt hat. Na ja, Russe, Rumäne – den Unterschied würden die bei der Werft nie erkennen. Du könntest in Gefahr sein.«

»Warum?«

Sarah richtete sich auf.

»Vielleicht wegen etwas, das wir im Cottage gesehen haben. Und womöglich gibt es noch etwas, das Jayne uns nicht erzählt hat?«

Jack blickte sich um.

»Oder vielleicht ist es auch nur irgendein Kerl, der ein Boot kaufen will? Und wir haben ihn seitdem nicht mehr gesehen. Ich kann mich mal umhorchen, ob er noch mal unten am Fluss war. Vielleicht ist es nicht einmal ein und derselbe Kerl.«

Aber Sarah ließ nicht locker. »Er hat nach dir gefragt, Jack. Warum?«

Jack nickte, dann lächelte er. »Du glaubst anscheinend, dass ich immer alles weiß.« Dann ergänzte er: »Hör mal, ich bin vorsichtig. Vergiss nicht, dass ich irgendwie daran gewöhnt bin, es mit bösen Jungs zu tun zu haben.«

Sarah schüttelte den Kopf. »Als deren Zielobjekt?«

Touché, dachte er. »Okay, ich werde von nun an sehr vorsichtig sein. Und ich kann auf mich aufpassen. Als Nächstes aber braucht Riley einen schönen langen Spaziergang. Soll ich mich morgen melden?«

»Ja, gut. Daniel hat ein Spiel. Also wenn … falls du meinst, dass wir mit Otto durch sind, gehe ich es mir vielleicht ansehen. Im Büro ist es gerade sehr ruhig.«

Jack fragte sich unvermittelt, ob Sarah über die Runden kam. Sie schien zwar immer irgendwelche Webdesign-Aufträge zu haben – aber waren es auch genug? Und offenkundig fand sie die Amateur-Detektivarbeit sehr viel spannender. Wollte sie deshalb nicht, dass dieser Fall abgeschlossen war?

Ein großer SUV hielt neben ihnen. Darin saßen eine Dame mittleren Alters mit toupiertem grauem Haar und eine junge Frau in einem Sommer-Top. Mutter und Tochter auf Einkaufsbummel, vermutete Jack.

»Verzeihung, fahren Sie weg? Hier ist nirgends mehr ein Parkplatz zu finden!«

Jack sah zu Sarah, die mit den Schultern zuckte.

»Dann bis morgen, Jack.«

»Viel Spaß beim Cricket«, sagte er, als sie sich umdrehte und zu ihrem Wagen ging.

Dann lächelte er den beiden im SUV zu und ließ den Motor an. »Jetzt gehört der Platz Ihnen.«

»Sie sind ein Schatz!«, sagte die Fahrerin und setzte ein Stück zurück, damit er ausparken konnte.

Sie sind ein Schatz. Und nicht zum ersten Mal dachte Jack: *Ich bin definitiv nicht mehr in Brooklyn …*

13. Ein ruhiger Abend auf der Goose

Riley lag neben Jack und hatte den Kopf auf die Vorderpfoten gelegt. Jack hatte mit dem Gedanken gespielt, eine Zigarre zu rauchen – aber an einem Abend wie diesem?

Klarer, dunkler Himmel. Kein Mond bislang, jedoch hell funkelnde Sterne.

Wäre ein Jammer, das mit Qualm zu verderben.

Also blieb er an Deck sitzen und dachte darüber nach, ob Sarah vielleicht recht hatte, dass dieser »Fall« noch nicht abgeschlossen war.

Was hatten sie während der letzten vierundzwanzig Stunden wirklich erfahren?

Sie wussten jetzt, dass Otto Brendl kein Deutscher gewesen war.

Dass der alte Otto in Wahrheit aus Rumänien geflohen war, kurz bevor die gesamte kommunistische Welt auseinanderbrach und die Berliner Mauer eingerissen wurde.

Außerdem, was noch interessanter war, wussten sie, dass Brendl in Schwierigkeiten gesteckt hatte – dass er sich vor den Schergen der alten rumänischen Geheimpolizei hatte verstecken müssen.

Und dass – laut Jayne Reid – nach all den Jahren immer noch jemand hinter ihm her war.

Um was zu tun?

Um ihn zu bestrafen? Ihn umzubringen?

Aber der Mann hatte schlicht einen Herzinfarkt gehabt.

War es nicht so gewesen?

In dem Moment stand Riley auf und streckte sich. Er legte seinen Kopf neben Jacks rechter Hand ab, und Jack streichelte ihn.

»Zeit zum Schlafen, Riley?«

Der Springer wiegte seinen Kopf von links nach rechts.

Es war spät. Doch an einem Abend wie diesem könnte man bis zum Morgengrauen hier sitzen.

Vielleicht mache ich das irgendwann, dachte Jack.

Es gab schlimmere Arten, eine Nacht zu verbringen.

Zumal Jacks Verstand keine Ruhe geben wollte …

Am Abend vor dem Tod des Puppenspielers hatte jemand bei ihm einzubrechen versucht. Nach Jaynes Aussage hatte derjenige keinen Erfolg gehabt. Und dann, nur zwei Tage später, war es jemandem gelungen, ins Haus einzudringen und die Puppen zu stehlen.

Krause. Log er vielleicht? Hatte er doch etwas mit dem Diebstahl der offenkundig unersetzlichen Puppen zu tun?

Und noch etwas ließ Jack keine Ruhe: Warum hatte Otto sich nicht an die Polizei gewandt, wenn er sich vor einem Angriff fürchtete? Vielleicht hatte er ja Angst gehabt, außer Landes gewiesen zu werden. Aber wäre sie größer als die Furcht um sein Leben?

Und wer war der Mann, der sich an der Iron Wharf nach Jack Brennan erkundigt hatte? Ungeachtet dessen, was er zu Sarah gesagt hatte, nahm Jack diese Geschichte keineswegs auf die leichte Schulter.

»Hier haben wir mal wieder mehr Fragen als Antworten, Riley.«

Der Hund nickte. *Schön. Er ist ganz meiner Meinung.*

Ein Ungleichgewicht von Fragen und Antworten hatte Jack noch nie behagt.

Riley gab einen leisen Laut von sich. Wahrscheinlich wollte er dringend vom harten Deck auf sein weiches Hundekissen wechseln.

Jack stand auf. »Okay, alter Junge, ab nach drinnen.«

Und Riley ging voraus unter Deck.

Jack hatte die Korbtruhe mit den Puppen vom Kasperletheater gleich vorne im Steuerhaus abgestellt.

Waren diese Puppen wertvoll? Für Jacks Auge, das auf diesem Gebiet ungeübt war, muteten sie ziemlich durchschnittlich an.

Dennoch waren sie alles, was von Brendls Sammlung übrig war.

Jack packte den dicken Lederhenkel an der einen Seite der Truhe und zog sie die Stufen hinunter in den Küchenbereich. Morgen, wenn es hell war, würde er sich die Puppen genauer ansehen. Sein Gefühl sagte ihm, dass er sie gut bewachen musste, nachdem alle anderen verschwunden waren.

Und vielleicht fand sich bei ihnen noch etwas anderes: irgendeine »Antwort«, die er bisher übersehen hatte.

Riley legte sich auf sein Kissen gleich vorne im Schlafzimmer.

»Okay, ich komme ja«, sagte Jack.

Auf einmal, ohne die Sterne über ihm, stellte Jack fest, dass er sehr müde war. Fragen oder nicht – ein bisschen schlafen wäre sicher gut.

Minuten später war die *Grey Goose* dunkel und alles still auf dem Boot.

Jack öffnete die Augen. Er hatte geschlafen. Nun sah er zur Uhr auf der kleinen Kommode gegenüber.

2:18. 2:19.

Normalerweise wachte er nicht mitten in der Nacht auf. Aber jetzt …

Riley war aufgestanden, kam zum Bett und drehte sich im Kreis.

Jack hörte etwas. Wahrscheinlich war es das Klackern von Rileys Krallen auf dem Holzboden gewesen, das ihn geweckt hatte.

Sicher hatte der Hund irgendwas draußen wahrgenommen: ein paar Wildkaninchen vielleicht, die sich am Ufer ein spätes Abendessen gönnten. Sonst nichts …

Jack wollte Riley schon sagen, er solle sich beruhigen. *Geh wieder schlafen! Da ist nichts.*

Er war im Begriff, die Worte auszusprechen, und da sein

Hund klug war und Kommandos verstand, würde er auch gehorchen.

Doch dann hörte Jack ein Geräusch.

Ein Klappern! Schwer zu sagen, wo es entstanden war. So klang es, wenn an Dingen gerüttelt wurde. Als Nächstes folgte ein Knarren.

Eines der Fenster am Heck wurde aufgedrückt. Die Fenster hatten Riegel, aber weil die Nacht so lau war, hatte Jack sie offen gelassen.

Wieder das Geräusch, jetzt aber verhaltener. Da war jemand vorsichtig.

Abermals vollführte Riley eine Drehung und gab einen Laut von sich. Es war nicht ganz ein Knurren: so als wüsste der Hund, was Jack dachte.

Wer das auch ist, sollte lieber nicht wissen, dass wir ihn gehört haben.

Jack zog die Bettdecke beiseite, bereit, aus dem Bett zu steigen.

Die Fenster zu beiden Seiten des Boots waren groß genug, dass jemand hindurchkriechen konnte.

Noch ein leises Brummeln von Riley, lauter diesmal. Jede Chance, das Überraschungsmoment zu nutzen, würde bald dahin sein.

Jack musste jetzt handeln.

Sein Schlafzimmer – er tat sich nach wie vor schwer damit, von Kajüte zu sprechen – lag im Bug des Bootes, und zwischen diesem Raum und dem Wohnbereich war noch das Bad mitsamt Dusche.

Um ans andere Ende des Boots zu gelangen, würde er sich in völliger Dunkelheit zurechtfinden müssen.

Aber er lebte schon seit fast zwei Jahren auf der *Grey Goose* und kannte mittlerweile jeden Winkel.

Jack glitt lautlos aus dem Bett, zog sich einen Fleecepulli und eine Trainingshose an und ertastete seine Deckschuhe.

Dann griff er zwischen Bett und Nachtschrank und zog den ASP-Schlagstock heraus: einen Teleskopstock, den die amerikanische Polizei benutzte und den Jack aus New York mitgebracht hatte. Er schwenkte den Stock in der Luft, sodass er ausklappte und einrastete.

Der Stock war aus Carbonstahl, leicht und sechsundsiebzig Zentimeter lang – die ideale, nicht tödliche Waffe, um sich gegen einen Angreifer zu verteidigen. Als er den Griff packte, erinnerte sich Jack augenblicklich an das letzte Mal – es lag fünf Jahre zurück –, als er wütend einen Schlagstock gezogen hatte.

Wie jetzt auch, war es mitten in der Nacht gewesen, doch ansonsten hätten die Situationen kaum unterschiedlicher sein können. Jack war damals mit seinem Partner in einer Seitengasse gewesen, um einen Jugendlichen festzunehmen, der bis oben hin mit Drogen vollgepumpt war und mit einem Messer herumfuchtelte.

Und gleich blieb, dass selbst hier in diesem kleinen Cotswolds-Dorf die Gefahr des Unbekannten lauerte.

Jack zog die Tür auf und horchte. Riley war direkt hinter ihm und schien zu begreifen, dass absolute Stille gefordert war.

Noch ein Schaben aus dem Bootsheck, dann waren eindeutig Schritte zu hören. Jack überlegte schnell. Der Eindringling kam durch die hintere Kabine, von der aus man geradewegs in die Küche gelangte.

Wenn Jack vor ihm dort war, konnte er die Stufen zum Steuerhaus hinaufschleichen und hätte einen Höhenvorteil.

Mit Riley hinter sich schlich Jack leise durchs Bad in den Wohnbereich. Inzwischen hatten sich seine Augen an die Dunkelheit gewöhnt. Zudem fiel mattes Licht von dem nun tief stehenden Mond durch die Seitenfenster und warf Schatten auf das Sofa und die Küchenschränke.

Noch ein Geräusch aus dem Heck – eine Tür wurde geöffnet. Jack musste schnell sein …

Er fand die Treppe und stieg so lautlos wie möglich hinauf,

bevor er Riley hinter sich in das Steuerhaus befahl und sich in den Schatten stellte …

Nach unten hatte er einen guten Blick auf die Küche und den Wohnbereich, wohingegen der Eindringling zu Jacks Seite der Küche kommen musste, um ihn sehen zu können.

Jack bemerkte, dass er zu hastig atmete.

Cool bleiben, beruhige dich, atme langsamer …

Noch eine Tür wurde geöffnet. Ein Schatten tauchte auf. Wer immer das war, er stand nun in der Küche, nur wenige Meter entfernt. Jack schluckte und umfasste den Schlagstock fester.

Was machte der Kerl?

Er wartet. Und lauscht … dachte Jack. *Aber was will er?*

Dann bewegte sich der Eindringling durch den Raum und auf die große Korbtruhe mit den Puppen zu, die sich nur ein kleines Stück von der Treppe entfernt befand. In der Dunkelheit konnte Jack lediglich eine Lederjacke und dunkles Haar ausmachen. Er sah zu, wie sich die Gestalt neben die Truhe kniete und anfing, die Schnallen der breiten Lederriemen zu öffnen.

Jetzt oder nie.

»Was ist mit den Puppen?«, fragte Jack.

Der Mann drehte sich blitzschnell um und stürzte sich auf Jack, der gerade noch die Zeit hatte, seinen Schlagstock zu schwingen. Er erwischte den Angreifer an der Schulter, was ein lautes Knacken zur Folge hatte, doch ehe Jack ein zweites Mal ausholen konnte, versetzte der Mann ihm einen kräftigen Fausthieb in die Niere.

Jack fiel keuchend nach vorn; und mit seinem ganzen Gewicht prallte er von oben auf den Gegner, der daraufhin nach hinten gedrückt wurde und gegen die Küchenarbeitsplatte stieß. Teller und Tassen flogen klirrend herunter. Riley bellte.

Sie schlugen gemeinsam auf dem Boden auf. Jack rollte sich herum und rammte dem Mann sein Knie in den Schritt. Mit der freien Hand boxte er ihm seitlich an die Schläfe. Von oben sprang Riley auf den Einbrecher und zerrte mit gebleckten Zähnen und knurrend an dessen Füßen. Aber dann krachte die Faust des Mannes in Jacks Gesicht, und im nächsten Moment bekam er einen Schlag in die Magengrube.

Jack fühlte, wie ihm der Schlagstock entglitt.

Er wusste, dass der Mann jünger, stärker und fitter war. Und nun hatte er keine Waffe mehr, die sein einziger Vorteil gewesen war.

Mit Schrecken wurde ihm klar, dass er diesen Kampf verlieren würde – und sollte keine Hilfe kommen, könnte das hier verdammt übel ausgehen.

Er wollte schon laut schreien, als der Kerl plötzlich von ihm abließ und die Treppe hinaufstolperte. Riley rannte ihm kläffend hinterher. Oben ging Glas zu Bruch, was bedeutete, dass die Steuerhaustür eingetreten wurde.

Dann war der Mann fort.

Riley kam wieder die Treppe hinunter. Jack lag auf dem Küchenboden, aufgeputscht von Adrenalin und nach Luft ringend.

Riley winselte, und Jack spürte, wie der Hund ihm das Gesicht ableckte. Er umfing den Kopf des Springers mit beiden Händen.

»Gut gemacht, Riley«, lobte er den Hund. »Dem haben wir's gegeben, was?«

In wenigen Minuten würde ihm der ganze Körper fürchterlich wehtun, wie Jack nur zu gut wusste.

Aber im Moment war er dankbar, noch am Leben zu sein. Und er musste einsehen, dass er sich völlig idiotisch benommen hatte. Er war entschieden zu alt, um sich auf einem Küchenfußboden zu prügeln …

14. Der Morgen danach

»Du hättest mal den anderen sehen sollen.«

»Das ist nicht witzig, Jack«, tadelte ihn Sarah und tupfte mit einem Wattebausch auf die Risswunde direkt über dem Auge. »Du bist zu alt, um dich prügelnd auf dem Boden zu wälzen.«

»Komisch, dass du das sagst ...«

Sarah tupfte wieder, und Jack verzog das Gesicht vor Schmerz. Sie beschloss, es zu ignorieren. Nach Jacks Anruf war sie sofort hergekommen, und nun versorgte sie seine Wunden, während er auf einem Liegestuhl auf dem Oberdeck der *Grey Goose* saß.

Sarah streckte den Arm aus und zog die Schale mit dem Wunddesinfektionsmittel, die auf einem kleinen Tisch stand, näher zu sich heran.

»Ich finde, dass Riley und ich eine filmreife Vorstellung abgeliefert haben«, sagte er.

»Und was für eine!«, schnaubte Sarah. »Wie es sich anhört, hat dich der Typ zusammengeschlagen und ist dann weg, solange er noch einen Punktevorsprung hatte.«

Ihr entging nicht, dass Riley sie von seinem Korb in der Sonne aus mit einem elenden Blick bedachte, ehe er den Kopf abwandte, als wäre er verlegen.

»Du hast Glück, dass ich so schnell hier war«, sagte sie und klebte vorsichtig ein Pflaster über die Schnittwunde. »Ich hatte Knatsch mit dem Cricket-Komitee. Daniel und ich kamen zu seinem Spiel, und er wurde furchtbar zusammengefaltet, weil er mit seinen Freunden am Montag den Getränkeschrank im Pavillon aufgebrochen haben soll.«

»War das an dem Tag, als er dort trainiert hat?«, fragte Jack. »Das klingt eigentlich nicht nach Daniel.«

»Genau!«, empörte sich Sarah. »Anscheinend fehlten Schnapsflaschen, und die Komitee-Mitglieder wussten nicht, wem sie die Schuld geben sollten. Letztlich haben sie eingesehen, dass es reine Vermutung war, und die Jungs in Ruhe gelassen. Jedenfalls wird er jetzt bald dran sein, also muss ich gleich wieder zurück. Ich will ja seinen großen Moment nicht verpassen.«

»Natürlich nicht. Diese Jahre kann man nicht nachholen.«

»Jetzt beug dich vor«, befahl Sarah, damit sie die Stelle an Jacks Hinterkopf inspizieren konnte, wo sein Haar noch blutverklebt war. »Ich schätze, du wirst es überleben. Trotzdem wäre es schön gewesen, wenn du meine Warnung gestern ernster genommen hättest.«

»Ach, komm schon, Sarah«, sagte Jack und stand auf. »Der Kerl wäre so oder so eingebrochen. Hätte ich die ganze Nacht aufbleiben sollen?«

Sarah zuckte mit den Schultern und raffte das benutzte Verbandsmaterial, die Tinkturen und Salben zusammen. Dann ging sie damit nach unten, um alles wegzuräumen. Obwohl Jack unten gefegt hatte, waren die Kampfspuren noch überall zu sehen. Sie blickte zu der Truhe mit den Puppen. Wenigstens hatte der Einbrecher die nicht mitgenommen.

»Und was denkst du jetzt, Detective?«, rief sie die Treppe hinauf. »Ist der Fall immer noch abgeschlossen?«

»Nein«, ertönte Jacks Stimme. »Das ist er eindeutig nicht.«

Sarah kniete sich neben den Korb, löste die Schnallen und klappte den schweren Deckel auf. Aus dem Korbinnern glotzten Ottos Puppen sie an: *Punch*, Judy, der Polizist, der Teufel …

Zwar grinsten sie, doch Sarah hatte den Eindruck, dass sie ihr Vorwürfe machten.

Sie griff in die Truhe und hob Judy und *Punch* hoch. Dann ging sie wieder die Treppe hinauf und durch das beschädigte Steuerhaus an Deck.

»Nimm dir einen Kaffee«, forderte Jack sie auf und zeigte auf die große Presskanne auf dem Tisch.

Sarah legte die beiden Puppen auf den Tisch und schenkte sich ein. Dann setzte sie sich auf einen der Liegestühle.

Sie trank einen Schluck, während sie Jack beobachtete.

»Und?«, fragte sie. »Hast du eine Ahnung, was hier los ist? Ich kapiere es nämlich nicht.«

»Ich genauso wenig«, gestand Jack und stellte seinen Kaffee ab. »Irgendetwas übersehen wir hier, oder? Etwas richtig Großes. Da gibt es Ottos geheimes Vorleben, seine Puppen, die Einbrüche, den Kerl, der mich überfiel.«

»Und er hatte es auf die Korbtruhe abgesehen, sagst du?«

»Ja.«

»Also wusste er, was drin ist. Und er wusste, dass du die Truhe hast. Er muss dir gefolgt sein. Vielleicht dreht sich alles um die Puppen. Um *Punch* und Judy …«

»Meinst du … in ihnen könnte irgendwas Wertvolles sein?«, fragte Jack.

»Die rumänischen Kronjuwelen?«, erwiderte Sarah grinsend.

Sie hob die Judy hoch, steckte eine Hand in die Puppe und schlüpfte mit den Fingern tief in die Arme und den Kopf. Dann drehte sie Judys Kopf zu Jack und winkte mit den kleinen Armen.

»Tja, so finden wir es schon mal nicht«, sagte sie. »In dieser ist nichts.«

Sie zog die Handpuppe wieder ab und legte sie auf den Tisch zurück.

»Ich habe über diese ganze Securitate-Sache nachgedacht«, fuhr sie fort. »Und was du gestern über den KGB gesagt hast. Man kennt ja deren Ruf …«

»Ja?«

»Jack, hältst du es für möglich … dass Ottos Tod kein Herzinfarkt war?«

»Ah, du meinst Gift? Das ist ziemlich gewagt. Immerhin gibt es keine Beweise. Andererseits war dieser Schaum an seinem Mund …«

»Ja, den habe ich auch gesehen«, sagte Sarah. »Ich hatte es fast wieder vergessen. Aber merkwürdig war es.«

»Tja, ich bin kein Forensiker. Es könnte ein klassisches Symptom bei einem Herzinfarkt sein, also quasi normal. Und wie könnte jemand einen Mann vergiften, der in einem Puppentheater für eine Person hockt, umgeben von kreischenden Kindern?«

Sarah nahm den *Punch* auf. Die Kasperpuppe grinste sie an – beinahe altklug.

»Übrigens hat Grace ein bisschen recherchiert«, berichtete Sarah. »Über das Tattoo konnte sie nichts finden; aber sie hat gesagt, dass Gift bei den Sicherheitsleuten im Ostblock sehr beliebt war, und oft wurde eine nicht nachweisbare Substanz eingesetzt.«

Jack schwieg, was bedeutete, dass er diesen Hinweis sehr ernst nahm. Ja, Sarah kannte ihn inzwischen recht gut.

Sie hob den *Punch* hoch und steckte die Hand in das blauweiß gestreifte Kostüm. Als ihre Finger gerade die kleine Öffnung im Kopf erreichten, sprang Jack plötzlich vor …

»Nein! Sarah!«

»Autsch! Jack, das …«

Er packte ihren Arm und zog behutsam die Puppe ab.

»Was soll das?«, fragte Sarah empört.

»Entschuldige«, sagte er und legte die Puppe auf den Tisch. »Mir kam auf einmal ein Gedanke. Was du gerade sagtest … über die Securitate …«

Sie beobachtete, wie er hastig aufstand und zu einem Schrank im Steuerhaus ging. Aus dem holte er einen Werkzeugkasten hervor und brachte ihn zum Tisch.

»Hast du je von diesem Typen gehört – er war ein Bulgare, glaube ich –, der in London vom KGB mit einem Regenschirm ermordet wurde?«

»Einem Regenschirm? Nein, und daran würde ich mich sicher erinnern.«

»Wahrscheinlich war das vor deiner Zeit«, sagte Jack und nahm eine kleine Schere heraus. »Jedenfalls haben sie ihn mit einem präparierten Regenschirm gepikt. Über die Spitze drangen winzige Giftkapseln in seine Haut ein. Rizin, glaube ich, und das brachte ihn um. Deshalb denke ich gerade …«

Sarah sah zu, wie Jack anfing, das Kostüm der Handpuppe aufzuschneiden. Fetzen von blauem, rotem und weißem Stoff rieselten auf den Tisch.

»Welche Puppe war auf Ottos Hand, als wir ihn fanden?«, fragte Jack.

»Der *Punch*, glaube ich.«

»Genau. Das war das Letzte, was er vor seinem Tod angefasst hat. Also, was wäre, wenn …«

Er legte die Schere weg, holte eine Taschenlampe aus dem Werkzeugkasten und reichte sie Sarah. Dann hielt er die Überbleibsel der Kasperpuppe in die Höhe – kaum mehr als ein Kopf und Arme.

»Du kannst besser gucken als ich«, sagte er. »Sieh mal nach. Los.«

Sarah richtete den Lampenstrahl tief in die Puppe und sah hinein. Eigentlich wusste sie nicht, wonach sie suchen sollte … Aber dann sah sie ein winziges, schimmerndes Metallstück in dem Holz, das mit einem Klebeband befestigt war. Sie hatte es gefunden!

Als sie zu Jack aufblickte, wurde ihr klar, was eben hätte geschehen können.

»Jack, ich wollte meine Hand da reinstecken!«

»Hast du etwas gesehen?«

Sarah nickte.

Jack nahm ihr den Puppenkopf ab, hielt ihn ins Licht und griff sich eine Pinzette aus der Werkzeugkiste. Er hatte das Metallstück binnen Sekunden herausgezogen.

Sarah beobachtete, wie er den kleinen Dorn in die Sonne hielt.

»Die Mordwaffe, wenn ich mich nicht irre«, erklärte er. »Siehst du diese winzige Ausbuchtung, den Behälter – und die Spitze?«

Sarah nickte, und Jack fuhr fort: »Ich vermute, dass Otto seine Hand hineinsteckte, woraufhin ihn dieses Ding in den Finger stach, und das Gift drang direkt in sein Blut. Danach versagte sein Herz.«

»Das hätte mich umbringen können«, murmelte Sarah.

»Ja, das hätte es«, bekräftigte Jack und grinste. »Wenn ich dich nicht aufgehalten hätte. Sei einfach froh, dass das Gift nicht in Judy steckte, hmm?«

Sarah war ein bisschen schlecht geworden. Aber Jacks beinahe scherzhafte Art, damit umzugehen, war ansteckend. Und plötzlich fand Sarah es fast schon passend, an diesem schönen Sommermorgen dem Tod ein Schnippchen geschlagen zu haben.

»Okay, allmählich fügt sich alles zusammen«, sagte Jack, der es sichtlich genoss, wieder auf der Verbrecherjagd zu sein. »Der Securitate-Mann bricht in Ottos Haus ein und bringt den Giftdorn in der Puppe an. Otto stirbt. Der Mann bricht wieder bei ihm ein, um den Beweis zu entfernen. Er stiehlt alle Puppen, die er finden kann, aber ...«

»Wir haben den Beweis – oder vielmehr hatte ihn Mrs Harper.«

»Also beobachtet er das Haus, sieht, wie wir dort ankommen, hineingehen und schließlich mit den Puppen wieder wegfahren.«

»Dann bricht er hier ein, um den Beweis zu holen ...«

»Wo er nicht mit dem mutigen Besitzer und seinem treuen Hund rechnete, die bis aufs Blut kämpften, um die Puppen zu beschützen. Na ja, so ungefähr jedenfalls.«

»Sollen wir jetzt nicht lieber Alan informieren?«

»Ja, sollten wir wohl. Wenn sich der Killer so verzweifelt bemüht, den Beweis zurückzubekommen, nehme ich an, dass er noch in der Gegend ist. Und der Gedanke ist alles andere als erfreulich.«

»Glaubst du, du erkennst ihn wieder?«

»Kann sein«, antwortete Jack. »Ganz sicher erkenne ich seinen Geruch. Er stank, als hätte er sich seit Tagen nicht gewaschen.«

»Mrs Harper muss es erfahren. Das wird nicht schön für sie sein. Ottos Geschichte wird herauskommen, und alle werden damit leben müssen, dass auf dem Schulgelände ein Mord stattfand.«

»Hmm, gar nicht gut«, sagte Jack. »Nur haben wir keine andere Wahl. Nicht bei einem Killer, der hier frei herumläuft.«

Sarah stand auf.

»Ich gehe jetzt zum Cricket, denn ich will Daniel nicht verpassen. Kommst du klar?«

»Sicher, mir geht es gut. Alles bestens. Hör mal, vielleicht behältst du das hier besser für dich, bis ich dich anrufe, okay? Ich möchte nicht alle Leute in Aufregung versetzen.«

»Du hast recht. Vielleicht sollten wir wirklich warten, bis jemand dieses Metallstück richtig überprüft hat. Wir würden wie die Idioten dastehen, sollte sich herausstellen, dass dieses Ding zur Puppe gehört.«

Beim Anblick des Pflasters an seinem Kopf hatte Sarah kein gutes Gefühl, Jack allein zu lassen.

Die Gefahr könnte überstanden sein. Oder auch nicht.

»Komm lieber mit und sieh dir das Spiel an«, sagte sie und ging über die Gangway an Land.

»Soll das ein Witz sein? Ich habe mir eines dieser Cricket-Spiele angeschaut und es mir Dutzende Male erklären lassen. Das Leben ist zu kurz, um mir das noch einmal anzutun.« Er grinste. »Grüß Daniel von mir!«

Sarah lief den Weg am Fluss entlang. Sie war ganz aufgeregt bei dem Gedanken, dass Jack und sie wieder einen Fall gelöst hatten.

15. Die Wahrheit über Geier

Es gibt keinen Grund, die Polizei länger herauszuhalten, dachte Jack. Und da Sarah gerade Daniel anfeuerte, würde ihm nun diese Aufgabe alleine zufallen.

Sollte Alan ihm an die Gurgel gehen, weil er erst jetzt mit Erkenntnissen zu diesem Fall kam, würde er es auch überleben und hoffentlich überzeugend erklären können, warum sie gezögert hatten.

Alan wurde allmählich zu einem Freund, und das durfte für Jack gerne so bleiben.

So kam es, dass er wenig später im Geiste die einzelnen Schritte sortierte, die sie zu ihrer Entdeckung geführt hatten, während er auf dem Weg zum Polizeirevier die High Street entlangmarschierte. Wichtig war, alles über den mysteriösen Angreifer, Ottos Vergangenheit, die Puppen und den kleinen Metalldorn ausführlich zu berichten …

Plötzlich klingelte sein Handy.

Er blieb im Schatten des Uhrturms am Gemeindehaus stehen und holte das Telefon aus seiner Gesäßtasche.

»Hallo?«

»Jack, ich bin's, Eddie. Ich habe neue Informationen.«

Jack bog vom Gehweg in eine kleine Seitengasse. Die Passanten mussten nicht unbedingt etwas von diesem Gespräch aufschnappen.

»Schieß los.«

»Dieses Tattoo war das Erkennungszeichen eines inneren Kreises der DSS, des rumänischen Staatsschutzes.«

»Der Securitate«, sagte Jack.

»Genau – der Departamentul Securității Statului. Und diese Typen, kann ich dir sagen, waren die Allerschlimmsten unter ihnen. Vollkommen skrupellos. Sie waren die Vollstrecker der Staatsmacht, standen weit über dem Gesetz. Es müssen Tausende von Menschen gewesen sein, die sie verschwinden ließen, ohne dass Fragen gestellt werden durften.«

Moment mal, dachte Jack.

Das ergab doch keinen Sinn. Otto war auf der Flucht vor der Securitate, also …

»Warte mal, Eddie. Soll das heißen, dass unser Opfer hier, das dieses Tattoo hatte …«

»Ein Monster war. Ja, das soll es heißen. Die Welt ist besser dran ohne ihn; so viel steht fest.«

Für Jack ergab zunächst gar nichts mehr einen Sinn, und die ganze sorgfältig aufgebaute Geschichte, die er Alan erzählen wollte, fiel in sich zusammen.

Dann aber – wie es sich für einen guten Detective gehörte – begann er die einzelnen Elemente neu zu ordnen.

Und eine neue Geschichte, die nun die *wahre* sein musste, nahm Form an.

»Eddie, kannst du mir deine Informationen mailen?«

»Schon erledigt, Kumpel. Und halt die Augen offen. Dein Typ mit dem Tattoo mag tot sein, aber diese Geier-Psychos sind immer noch unterwegs, und zwar weltweit. Also sei vorsichtig …«

Ich soll vorsichtig sein. Das höre ich dieser Tage ganz schön oft, dachte Jack.

»Bin ich. Und danke, Eddie!«

»Kein Problem. Mach's gut!«

Das Gespräch endete, und Jack überlegte, was er als Nächstes tun sollte. Er wünschte, Sarah wäre hier anstatt beim Cricket. Bei diesem Wust von sich laufend verschiebenden Fakten waren zwei Köpfe allemal besser als einer.

Außerdem gab es einen Ort, den er sofort aufsuchen musste.

Auch wenn es eventuell nicht leicht würde, dort reinzukommen.

Die Glocke über der Tür vom *Why Knot* bimmelte, als Jack

eintrat. Jayne Reid packte gerade einen Karton mit Strickgarn aus.

Sie blickte auf, wobei sie ein geübtes Verkäuferinnenlächeln aufsetzte, das jedoch gleich wieder verschwand, als sie sah, wer hereingekommen war.

»Ach, Sie schon wieder. Ich dachte, wir wären fertig ...«

Jack überdachte rasch seine Taktik. Er wies zu dem Pflaster auf seinem Gesicht.

»Sehen Sie das?«

»Ach, sind wir etwa hingefallen?«

»Könnte man so sagen. Oder vielleicht wollte jemand etwas von mir. Und was derjenige wollte ... schien in Ottos Puppen zu stecken.«

Jayne sah jetzt wirklich schockiert aus. Wenigstens schien ihre Rolle in dieser Geschichte dieselbe geblieben zu sein.

»Wurden Sie überfallen?«

»Ja, letzte Nacht. Und ich denke, dass es dieselben Leute waren, wegen denen Otto sich Sorgen machte.«

»Die sind *hier*?« Sie drehte sich weg, eindeutig verwirrt und erschrocken. Und vielleicht hatte sie auch ein wenig Angst, wie Jack vermutete.

»Jayne, ich wurde letzte Nacht tatsächlich angegriffen.«

»Ich vermute, Sie haben inzwischen alles der Polizei erzählt. Die -«

Jack hielt eine Hand in die Höhe. »Wollte ich gerade, habe ich aber noch nicht.«

Er war von je her ein schlechter Lügner. Es musste daran liegen, dass ihm eine Menge an der Wahrheit lag. Und aus irgendwelchen Gründen hatte er stets das Gefühl, dass man ihm ansah, wenn er log.

»Ich muss so viel über Otto wissen, wie ich kann. Vor allem über die Leute, die ihm schaden wollten. Und es gibt nur einen Ort, an dem ich vielleicht mehr erfahren kann.«

Er machte einen Schritt auf Jayne zu. Es könnte nützlich

sein, dass sie Angst hatte. Jayne war eine Kämpfernatur, ohne Frage, doch jetzt wirkte sie erschüttert.

»Ich muss in seinen Laden. Dort könnte etwas sein, das uns verrät, wer diese Leute sind. Irgendein geheimes …«

An dem Ausdruck ihrer Augen konnte er erkennen, dass er auf der richtigen Fährte war.

»Ich habe Ihnen doch gesagt, dass ich -«

Wieder hob Jack eine Hand, nickte und lächelte. Das hieß so viel wie: *Unter uns gesagt, wir beide wissen, dass das kompletter Blödsinn ist …*

»Jayne, ich denke nur, dass er einen Ersatzschlüssel gehabt haben könnte und dass vielleicht …«

Hier legte er eine effektvolle Pause ein.

»… Sie wissen, wo der Schlüssel ist. Diese Leute wollen immer noch etwas – selbst jetzt, wo Ihr Otto tot ist.«

Er sah, wie Jayne Reid schluckte. Dann nickte sie.

»Okay. Ich meine … ich fand nicht, dass es mir zusteht, das zu erzählen; aber er hatte mir die Zweitschlüssel zu seinem Geschäft gegeben. Zum Aufbewahren, sonst nichts. Ich dachte nicht -«

»Danke«, sagte Jack eilig, bevor sie es sich anders überlegte.

Und wieder nickte Jayne, bückte sich und zog eine der unteren Schubladen hinter ihrem Kassentresen auf.

Jack hörte ein Klimpern, dann richtete Jayne sich wieder auf und reichte ihm einen Ring mit drei Schlüsseln.

»Ich weiß nicht, welcher für welches Schloss ist.«

»Das finde ich schon raus.«

In ihrer anderen Hand hielt sie einen Zettel. »Das hier ist der Code für die Alarmanlage. Otto meinte, den sollte ich auch haben.«

Jack nahm den Zettel, auf dem acht Ziffern standen.

»Gut. Und danke, Jayne!«

Damit ging Jack hinaus. Er nahm an, dass Jayne sich jetzt fragte, ob es in dem Laden Dinge gab, die »Otto« niemandem verraten hatte …

Nicht einmal ihr.

16. Uhren, Schmuck und Geheimnisse

Jack gelang es, die Tür zum Juweliergeschäft zu öffnen. Drinnen begann sofort ein rotes Licht an der Schalttafel der Alarmanlage zu blinken. Jack tippte die Ziffern von dem Zettel ein, und das Blinken hörte auf.

Er wartete.

Kein Alarm.

Es hat funktioniert.

Dann schloss er die Tür hinter sich.

Er wusste nicht, wonach er suchte. Viele der Schaukästen waren zwar verschlossen, aber leer.

Wahrscheinlich bewahrte er die wertvollen Sachen außerhalb der Öffnungszeiten in einem Safe auf, dachte Jack.

Er wanderte durch den Laden und fand, dass hier nichts zu der Geschichte von »Otto, der Puppenspieler« passte.

Allerdings passte es ebenso wenig zu »Otto, der Securitate-Geier«.

Andererseits dürfte jemand, der als Killer für einen Polizeistaat gearbeitet hatte, sicherlich wissen, wie man verschiedene Masken trug.

Puppenspieler. Juwelier. Einsiedler.

Killer.

In diesem Moment fing erst eine Uhr im Geschäft zu schlagen an, dann setzten alle anderen ein. Bei einigen traten kleine Ballerinen oder silberne Bären aus dem Gehäuse, während andere – es waren große Wanduhren – tief und dröhnend schlugen.

Jack kam es vor, als stünde er in einer gigantischen Uhr.

Noch bevor die Schläge vollständig verstummt waren, ging Jack hinter die Ladentheke. Unter den Schaukästen oben waren Holzschubladen, die er nacheinander aufzog. Keine von ihnen war verschlossen.

Hier ist nichts versteckt.

Was würde Alan wohl sagen, wenn er ihn in dem Laden entdeckte?

Besonders gesetzeskonform war das hier nicht.

Jack drehte sich um und sah eine Tür, die in den hinteren Ladenbereich führte.

Vielleicht hatte er dort mehr Glück. Er öffnete sie und ging hinein. Als Erstes fiel ihm die trockene, abgestandene Luft auf. Der Raum war beklemmend klein. Drinnen war nichts außer einem kleinen Tisch, einem Holzstuhl und einigen Papieren, die Otto liegen gelassen hatte.

Jack sah sie durch: eine Stromrechnung, eine Einladung von einer Schule, bei deren Fest er auftreten sollte. Außer den Papieren war nur ein Kaffeebecher mit Kugelschreibern, Bleistiften und einem dolchartigen Brieföffner auf dem Tisch.

Als Jack sich umdrehte, sah er den Safe. Er war ungefähr neunzig mal sechzig Zentimeter groß und nicht mit einem Kombinationsschloss gesichert, sondern mit einem ganz normalen Schloss.

Jack hoffte, dass der dritte Schlüssel am Bund – derjenige, den er noch nicht benutzt hatte – passen würde. Er steckte ihn ins Schloss und drehte ihn um, und der Safe öffnete sich.

Zunächst sah er nur die Vorlagetabletts, auf denen Halsketten, Ringe und Broschen lagen. Sie alle funkelten in dem Halogenlicht, das mit dem Öffnen der Safetür angegangen war.

Dann aber fiel Jack das unterste Tablett auf, das scheinbar leer war.

Dort fing nichts das Licht ein – nichts funkelte.

Langsam zog Jack es aus dem Safe.

»Sarah, ich schätze, ihr seid gerade beim Abendessen.«

»Ja, aber ich hatte gehofft, dass du anrufst, Jack. Bleib mal kurz dran!«

Er stand neben seinem Wagen und hielt in der einen Hand das, was er in Ottos Laden gefunden hatte.

Als sich alles zu einem Bild zusammenzufügen begann.

»Okay, ich wollte bloß außer Hörweite der Kinder sein. Wir dürfen nicht vergessen, dass sie den alten Otto und sein Puppentheater geliebt haben.«

Er berichtete ihr von Eddies Anruf, dem Tattoo und der DSS.

Danach blieb es sekundenlang still in der Leitung, und Jack dachte schon, sie wären unterbrochen worden.

»Sarah? Bist du noch da?«

»Ja, bin ich. Mir fällt es offen gesagt schwer, mir vorzustellen, dass Otto … Ich meine … Er war unser Puppenspieler …«

Jack wartete. Schließlich sagte er: »Klar doch. Jedenfalls hatte Jayne Reid die Schlüssel zum Laden.«

»Hätte ich mir denken können.«

»Und in dem Safe habe ich etwas gefunden.«

»Was?«

»Brendls deutschen Pass und seinen rumänischen. Daraus geht hervor, dass sein richtiger Name Rica Popescu war.«

»Das wäre also geklärt.«

»Und das ist noch nicht alles. Ich habe auch Popescus DSS-Ausweis gefunden mit einem Foto von ihm in voller Securitate-Montur. Darauf sieht er richtig gemein aus, und es ist weit und breit keine Kasperpuppe zu sehen.«

»Wow! Und du …«

»Ich habe die Pässe und den Ausweis mitgenommen, ja. Die ganze Sache nimmt eine völlig neue Wendung.«

»Du klingst, als würdest du es fast genießen, Jack.«

»Tja, ich habe es zwar noch nie so betrachtet, aber wenn ich ehrlich sein soll: Ich glaube, du hast damit recht. Mir gefällt es, wenn Geschichten, die so wasserdicht schienen, ins Wanken geraten und die Wahrheit ans Licht kommt. Die mag bisweilen sehr hässlich sein, aber sie lässt sich nie leugnen.«

»Er war also bei der Geheimpolizei … bei einer geheimen, brutalen Gruppe.«

»Ja, das ist die Wahrheit. Und den Abzeichen und Orden auf seiner Uniform nach zu urteilen, muss er in diesem Verein ziemlich weit oben gewesen sein.«

»Demnach ist wohl keiner von der Securitate hinter ihm her.«

»Nein, aber jemand aus seiner Heimat. Ich denke, dass …«

Jack verstummte. Gleich gegenüber von ihm war der Costco-Markt, der jetzt geöffnet hatte. Kunden gingen hinein, kauften Milch oder vielleicht auch Fleisch zum Grillen.

»Sarah, was hattest du noch mal von Daniel erzählt? Ich meine die Geschichte über den Getränkeschrank beim Cricket-Club, der aufgebrochen wurde?«

»Ja, ich wusste, dass er nichts damit zu tun hatte.«

»Genau wie ich auch sagte.«

»Er und seine Freunde kämen nicht im Traum darauf, so etwas zu tun. Der Platz, das Spielfeld und der Pavillon sind den Jungs viel zu wichtig. Praktisch Teil ihres Lebens.«

»Ja, eben. Ihr seid also gerade beim Essen …«

»Lass mich raten. Dir ist eingefallen, dass du noch irgendwohin musst?«

»Woher weißt du das?«

»Zum Cricket-Platz? Du hast eine Idee, stimmt's?«

»Oh, ich würde sagen, das ist inzwischen mehr als eine Idee. Ich könnte allerdings einen Fremdenführer brauchen – vor allem, falls jemand einen Yankee entdeckt, der dort herumschleicht.«

»Na gut. Wir essen nur auf, dann räume ich das Geschirr weg und mache die Kinder für den Abend klar. Sagen wir … um halb neun?«

»Ich hole dich ab.«

»Gut. Und, Jack, ich habe langsam das Gefühl, dass du mich zu gut kennst. Du lässt nur eine Andeutung fallen, dass irgendwo irgendwas sein könnte, und schon springe ich.«

Jack lachte. »Ich wette, du warst in einem früheren Leben ein Detektiv. Sherlock Holmes vielleicht.«

»Eher dein Watson.«

»Wir wechseln uns in diesen Rollen ab. Bis später!«

Jack blieb noch eine Weile stehen, während die Dämmerung einsetzte. Er schaute hinüber zu Costco und fragte sich, ob dieses Stück, ihr eigener Kasper-Krimi, auf sein Ende zuging.

17. Der Pavillon

Sarah blickte Jack an, als er seinen Sportwagen nahe dem Cricket-Spielfeld parkte, unweit vom Pavillon.

»Denkst du, der mysteriöse Rumäne, der die tödliche Nadel in der Puppe versteckte, um Brendl umzubringen …«

»*Popescu.*«

»Richtig. Also … du glaubst, dass dieser Mann in den Pavillon eingebrochen ist?«

»Es würde einleuchten, oder nicht? Er brauchte Essen, und so brach er bei Costco ein. Dann musste er sich Mut antrinken, also brach er hier ein. Bei dem Kampf mit ihm habe ich gerochen, dass er getrunken hatte. Ein Typ wie er, mit dem Akzent, würde in Cherringham sofort auffallen, vor allem beim Einkaufen.« Jack grinste. »Glaub mir, das weiß ich.«

Sarah sah zum Feld.

Alles war dunkel. Die wenigen Laternen erhellten nur einzelne kleine Bereiche. Ansonsten war nichts als dunkles Gras zu sehen.

Und sie musste zugeben, dass Jacks Theorie überzeugend klang.

»Vielleicht war er es auch, der in die Schule eingebrochen ist«, mutmaßte sie. »Ich nehme an, er konnte nicht in ein Hotel gehen, wenn er vorhatte, Popescu umzubringen. Erstaunlich, dass er dennoch wagte, unten an der Werft nach dir zu fragen.«

»Ja, das war ein Risiko für ihn. Und ich habe noch nicht raus, warum ich ihm wichtig genug war, um es einzugehen.«

»Also haben wir nach wie vor nicht alle Puzzleteile beisammen.«

»Nein. Und dann dies hier.«

Jack wies zu dem Pavillon.

»Wir wissen, dass er getötet hat. Wir wissen, dass er mich auf der *Goose* angegriffen hat. Und wir wissen nicht, wo er sich aufhält.«

Hochsommer, dachte Sarah, und ihr wurde eiskalt.

»Gehen wir«, sagte Jack.

Er öffnete seine Wagentür, und Sarah folgte ihm zu den Gebäuden vor ihnen.

Alles wirkte ruhig.

»Ist es das da?«, flüsterte Jack und zeigte auf eines der Gebäude.

»Ja. Dort sind die Umkleideräume und die Bar. Und der Lagerraum für die Ausrüstung ist hinten.«

Jack schnupperte in die Luft. »Gut, sehen wir es uns mal an.«

Obwohl sie neben diesem großen amerikanischen Ex-Detective ging, der sich – und andere – zweifellos verteidigen konnte, hatte Sarah starkes Herzklopfen.

Jack bückte sich und holte sein Handy hervor.

Er drückte ein bisschen auf dem Telefon herum, bis das Licht anging, das er auf das Schloss vom Vorratsraum des Pavillons richtete.

»Daran hat sich jemand zu schaffen gemacht. Siehst du die Kratzer?«

»Ist er hier eingestiegen?«

»Sehen wir nach.«

Jack reichte Sarah das Handy und holte seine Brieftasche hervor. Er zog eine Kreditkarte heraus, die er zwischen Tür und Rahmen schob. Das Schloss war simpel, würde leicht nachgeben ... was es auch tat.

»Erinnere mich dran, dich nächstes Mal zu rufen, wenn ich meine Schlüssel vergessen habe«, sagte Sarah.

Und da sie das Licht in der Hand hatte, ging Sarah als Erste hinein.

Drinnen lagerten große Beutel mit Cricket-Zubehör, Stäbe und einiges an Ausrüstung fürs Training. Sonst gab es hier nichts.

Doch als Sarah mit dem Licht in die Ecken leuchtete, bemerkte sie etwas Ungewöhnliches auf dem Boden. Es sah wie ein Müllhaufen aus.

Sie leuchtete genauer hin. Da lagen Verpackungen von Costco-Sandwiches, leere Saftflaschen aus Plastik und zerknüllte Chipstüten.

»Er war hier«, stellte sie fest.

Sie bewegte den Lichtstrahl etwas weiter, und er traf auf eine leere Flasche Wodka.

»Hier muss er sich versteckt haben, als er vorhatte, ›Otto‹ umzubringen«, sagte Sarah. »Es ist abgelegen, und nachts kommt kein Mensch hierhin. Er konnte sich unbemerkt rausschleichen, um uns zu beobachten und Fragen zu stellen. Natürlich brauchte er etwas zu essen. Die Frage ist …«

»Wo ist er jetzt?«

Jack seufzte.

Sarah vermutete, dass er gehofft hatte, den Kerl hier zu finden. Das wäre ein schöner Abschluss gewesen. Stattdessen hatten sie nur verstreut herumliegenden Abfall, woraus sich schließen ließ, dass der Killer irgendwann hier gewesen war.

»Ich schätze, wir sollten mal nachschauen …«

Sarah hockte sich hin. Sie schob einige Verpackungen und Plastikflaschen hin und her. Nichts.

Dann jedoch …

Ein zerknülltes Stück Papier, das anders aussah und kleiner war als die übrigen.

Sie hob es auf.

»Hast du etwas gefunden?«, fragte Jack.

Sie strich das Papier mit dem Daumen glatt und erkannte, dass es ein Zugticket war.

Von London nach Cherringham.

Datiert vom Tag vor dem Schulfest – bevor Rica Popescu seine Hand in eine Puppe steckte und starb.

Sarah stand auf. Ihr Frösteln und ihre Angst waren plötzlich verschwunden; stattdessen war wieder die Aufregung da, die sie häufig verspürte, wenn sie bei ihren Ermittlungen vorankam.

»Jack, das ist eine Zugfahrkarte! Er ist von London gekommen, hat sich hier versteckt …«

»Und ist nicht mehr hier.«

»Er muss zurückgefahren sein.«

Jack nahm ihr das Ticket ab.

»Oder er wird bald zurückfahren. Wann geht der letzte Zug nach London?«

Sarah dachte nach. Einst hatte sie die Zugfahrzeiten von und nach London auswendig gekannt. Aber heute …

»Gott, weiß ich nicht. Halb zehn, zehn vielleicht?«

Jack blickte auf seine Uhr.

»Jetzt ist es Viertel nach neun. Es ist nur ein Schuss ins Blaue, aber ich würde sagen, wir versuchen es. Auf zum Bahnhof.«

Sarah nickte, und gemeinsam liefen sie über das Feld zu seinem Wagen. Dabei fragte Sarah sich, wie viel Zeit sie tatsächlich noch hatten.

Oder war der Killer vielleicht schon längst abgereist?

18. Der letzte Zug nach London

Sarah hielt sich fest, als Jack seinen Sprite mit quietschenden Reifen neben der Treppe anhielt, die vom Parkplatz zum Bahnsteig führte.

Er vergeudete keine Zeit mit der Suche nach einer Parklücke, sondern ließ den Wagen einfach stehen.

Als wären sie Zugreisende, die sich verspätet hatten, stürmten die beiden die Treppe hinauf. Jack nahm zwei Stufen auf einmal, während Sarah ihr Bestes gab, um mit ihm Schritt zu halten. Der Bahnsteig für den Zug nach London war auf der anderen Seite.

Sarah konnte kein Zughorn hören – nichts, was eine nahende Lokomotive ankündigte.

Waren sie schon zu spät? Nein, auf der Anzeigetafel stand noch der letzte Zug …

Sie liefen die nächste Treppe hinunter. Alles wirkte auf eine unheimliche Weise verlassen; mitten in der Woche waren die Abendzüge nach London kaum besetzt. Auf dem Bahnsteig leuchteten wenige Laternen, die gelbe Lichtkegel in die Dunkelheit warfen.

»Sei vorsichtig«, warnte Jack und nahm die Stufen wie ein Zwanzigjähriger. Sarah hielt sich am Geländer fest und lief die Treppe so schnell hinunter, wie sie konnte.

Als sie unten ankamen, war der Bahnsteig leer.

Bis auf …

»Da!«

Ganz am Ende des Bahnsteigs, angelehnt an das dunkle Fenster des Ticketschalters, stand jemand.

Er war leicht zu übersehen.

Sarah drehte sich in die Richtung um, aus der der Zug kommen würde. Immer noch nichts.

»Das ist er«, sagte Jack leise.

Er wollte schon auf den Mann zulaufen, aber Sarah hatte eine Idee. Sie berührte seinen Ellbogen.

»Jack, warte«, flüsterte sie. »Dieser Typ ist allein und verängstigt.«

Er sah sie an. Nichts an der Körperhaltung des Mannes deutete darauf hin, dass er dachte, sie würden über ihn reden.

Ihn jagen.

»Lass mich vorgehen«, bat Sarah.

Jack zögerte eine Sekunde lang. Dann nickte er.

Und nun schritt Sarah voran. Sie schlenderte ein Stück weit vor Jack über den Bahnsteig und achtete auf irgendeine Reaktion des Mannes, der dort wartete.

Schließlich rührte er sich. Trat weg von dem Fenster. Gleich darauf machte er noch einen Schritt.

»Er wird gleich weglaufen«, sagte Jack mit gesenkter Stimme.

Tatsächlich sah es so aus, als sich die Gestalt mit der hochgezogenen Sweatshirt-Kapuze umdrehte und offenbar am anderen Bahnsteigende nach einem Fluchtweg Ausschau hielt.

Der einzige Weg wäre über die Gleise.

Sarah lief los und rief so laut wie möglich: »Warten Sie bitte!«

Die Gestalt zögerte und drehte sich zu ihr um.

»Wir wollen nur verstehen, warum. Wir wissen, was Sie getan haben.« Nach einer kurzen Pause fügte sie hinzu: »Wir wissen auch, wer Rica Popescu war.«

Genügte das, um ihn aufzuhalten? Nach all seinen Bemühungen, sich zu verstecken, all seinen Plänen, die er entwickelt hatte, und seinem offensichtlichen Mord am Puppenspieler?

Während sie weiterrannte, ergänzte sie: »Wir wissen, was für ein Mensch er war.«

Der Mann bewegte sich nicht. Er blieb am Ende des Bahnsteigs stehen und wartete.

Es kam Sarah wie eine halbe Ewigkeit vor, bis sie endlich bei ihm war, dicht gefolgt von Jack.

Im Schatten der Kapuze huschte der Blick des Mannes zwischen Sarah und Jack hin und her. Er war jung, dünn und würde ihnen sicher immer noch davonlaufen können, ohne dass sie eine Chance hätten, ihn einzuholen.

»Sind Sie Polizei?«, fragte er.

»Nein«, antwortete Sarah. »Wir sind nicht von der Polizei. Wir möchten nur mit Ihnen reden.«

Sarah dachte, dass Jack – der immerhin gelernt hatte, wie man Leute professionell befragte – jetzt übernehmen würde.

Tat er jedoch nicht. Vielmehr bedeutete er ihr stumm, dass der Junge ganz ihr gehörte.

»Wir kennen die Wahrheit über Otto Brendl. Können Sie uns sagen, warum Sie hergekommen sind und … warum Sie das getan haben?«

Seine dunklen Augen wirkten gehetzt.

Dann räusperte sich der junge Mann.

»Mein Name ist Cezar Dumitru. Vor zwanzig Jahren haben der Mann und seine *Geier* meinen Vater verhaftet. Mein Vater … Er war ein Schriftsteller, ein Historiker, ein Gelehrter! Und Popescu hat ihn gefoltert, als ob er Abschaum wäre … nur weil mein Vater die Geschichte liebte, weil er die *Wahrheit* sagte.«

Der junge Mann zitterte.

Es ist, als wäre es für ihn erst gestern geschehen, dachte Sarah.

Sie nickte langsam. Verständnisvoll …

Der junge Mann fuhr fort: »Sie brachten seine Leiche zu unserem Haus. Ich habe sie nie gesehen. Aber meine Mutter hat schrecklich geweint und mir alles erzählt, was ich wissen musste. Sie weinte wochenlang, dann hielt sie den Kummer, die vorwurfsvollen Blicke der Nachbarn nicht mehr aus … Sie stürzte sich eines Nachts in den Fluss Dâmbovița. Keiner konnte sie davon abhalten. Keiner konnte sie retten. Ich war allein. Popescu hat meine Familie zerstört – und mein Leben.«

»Sie waren der Waise«, sagte Jack.

Diesen Teil seiner Geschichte hatte Popescu gestohlen, um Otto Brendl zu erschaffen.

Der Mann nickte.

»Ich schwor, ich finde die Mörder und töte sie. Aber Rica Popescu war verschwunden. Es dauerte sehr lange, die Spur zu finden, ihn hier aufzuspüren.«

Plötzlich erschien ein Licht in der Ferne. Der Zug kam um eine Biegung und war noch etwa eine Meile weit weg.

Der letzte Zug nach London.

»Warum sind Sie geblieben, Cezar?«, fragte Sarah. »Warum sind Sie nicht geflohen?«

Der junge Mann lehnte sich vor, und im gelben Licht der Bahnsteiglaterne konnte Sarah sehen, wie eingefallen und müde sein Gesicht wirkte.

»Ich durfte die Beweise nicht zurücklassen«, antwortete er. »Das besondere Gift. Ich musste sicher sein, dass die ganze Geschichte endgültig vorbei ist.«

»Und deshalb haben Sie die Puppen aus dem Cottage gestohlen«, folgerte Jack.

»Nein«, widersprach Cezar. »Jemand anders nahm die Puppen. Aber nicht die, die ich wollte.«

»Und dann kamen Sie auf mein Boot.«

Cezar zuckte mit den Schultern. »Jetzt rufen Sie die Polizei und lassen mich verhaften, ja? Aber das ist mir egal. Er ist tot, das allein ist wichtig.«

Der Zug gab ein lautes Signal von sich. Cezar war so kurz davor gewesen, unerkannt zu verschwinden. Nur Minuten fehlten. Jetzt mussten sie … was tun? Alan anrufen? Ihn festnehmen lassen?

Das kommt mir so falsch vor, ging es Sarah durch den Kopf.

Im selben Moment machte Jack einen Schritt nach vorn und hielt Cezar etwas hin.

»Hier, Cezar. Der Beweis, wer Otto Brendl wirklich war. Das Monster, das Sie ausgeschaltet haben.«

Der Mann nahm die Pässe und den Securitate-Ausweis.

»Machen Sie damit, was Sie wollen. Niemand hier muss das wissen.«

»Keine Polizei?«, fragte Cezar ungläubig.

»Otto Brendl war ein harmloser Puppenspieler, der einen Herzinfarkt hatte.«

»Sie werden mich nicht … verhaften lassen?«

»Weil Sie für Gerechtigkeit gesorgt haben?«

Jack schüttelte den Kopf. Und das schien Sarah vollkommen richtig zu sein.

Cezar blickte hinab auf den einzigen Beweis dafür, wer Otto Brendl in Wirklichkeit gewesen war. Nun hielt er ihn in Händen.

Der Zug fuhr in den Bahnhof ein, bremste, und das Schweigen der drei wurde von den kreischenden Bremsen gefüllt, dem bald schon das »Pfft« der hydraulischen Türöffner folgte.

»Sie müssen noch einen Zug erwischen, Cezar.«

Der Mann nickte, sah sie beide an und lächelte.

»Vielen Dank!«

»Passen Sie auf sich auf«, sagte Sarah.

Dann drehte sich der Mann in dem Kapuzenpulli um und stieg in den Zug.

Und Sarah stand mit Jack da und wartete, denn beide wollten sehen, wie der Zug wegfuhr und der Mörder entkam.

Mit dem Geheimnis. Die Geschichte von Otto Brendl war vorbei.

Oder, wie Sarah bald erfahren sollte, beinahe vorbei …

19. Ein Überraschungsgeschenk

Mrs Harper stand auf, sobald Sarah und Jack ihr Büro betraten. Sarah sah ihr an, dass sie besorgt war.

»Bitte«, sagte sie. »Setzen Sie sich … falls Sie einen Platz finden. Ich muss den Papierkram von einem Jahr sortieren, bevor das Schuljahr für mich zu Ende ist. Leider, leider!«

Sie setzten sich, während die Frau sich umblickte, als hätte sie vergessen, wo ihr Stuhl war. Ihr Schreibtisch war mal wieder unter Papierbergen begraben.

»Ich muss Ihnen sagen, dass ich unendlich dankbar für Ihre Hilfe bin.«

»Das war doch gar nichts«, erwiderte Jack, und als wüsste er, was die Direktorin fürchtete, fügte er rasch hinzu: »Das Gute ist, dass wir nichts gefunden haben.«

Er sah kurz zu Sarah.

»Wirklich?«, fragte Mrs Harper, die ungeheuer erleichtert klang.

»Überhaupt nichts«, bestätigte Sarah. Jack und sie hatten abgesprochen, was sie sagen würden. »Natürlich war Mr Brendl nicht besonders gründlich, was das Ablegen seiner Papiere anging, aber wie es scheint, hat er lediglich ein ruhiges Leben geführt.«

Nun strahlte Mrs Harper.

»Das zu hören ist solch eine Erleichterung! Dann hat die Schule nichts zu befürchten.«

Jack nickte. »Aus Ottos Cottage drohen Ihnen keine Enthüllungen.«

Interessante Wortwahl, stellte Sarah fest.

Zwar bestand die Gefahr, dass etwas über Brendls wahre Vergangenheit auftauchte, aber da seine Papiere mit dem Mörder verschwunden und wahrscheinlich vernichtet waren und Cezar ganz sicher nicht wollte, dass etwas bekannt wurde, war das Geheimnis von Rica Popescu sicher.

Das Beste von allem war, dass Mrs Harper weiterhin die

Schule auf ihre desorganisierte, aber freundliche und warmherzige Art leiten konnte. Und die Kinder würden nie damit fertigwerden müssen, was es mit dem Toten und seinem Ableben an einem schönen Samstagmorgen auf sich hatte.

Alles ist gut.

»Ah«, sagte Jack und griff in die Brusttasche seines Hemds. »Wir haben noch etwas für Sie.«

Er überreichte Mrs Harper einen Scheck.

»Was?« Mrs Harper sah erschrocken auf. »Das … das ist eine gewaltige Summe. Woher ist die?«

»Die kommt von Max Krause, einem von …« Jack blickte wieder zu Sarah.

Er macht das super!

»… Ottos Mitstreitern, könnte man sagen. Er macht Puppentheater. Ich schätze, er war so betroffen von Ottos Tod, dass er, nun ja, eben etwas tun wollte.«

Und ob er etwas tun wollte!

Ganz besonders, nachdem Jack ihn mit der Tatsache konfrontiert hatte, dass er von seinem Diebstahl der Puppen wusste. Und dass eine polizeiliche Durchsuchung von Funland nicht unbedingt geschäftsfördernd wäre. Ein Schuss ins Blaue – doch es hatte funktioniert.

Wie er Krause erklärt hatte, würde die Wahrheit niemandem nützen; hingegen könnte ein dicker, fetter Scheck von Krause für die Schule eine Menge Gutes bringen.

»Ich kann das gar nicht glauben«, sagte Mrs Harper.

»Und das Beste ist«, ergänzte Sarah, »dass Mr Krause angeboten hat, die jährlichen Puppentheater-Aufführungen beim Sommerfest zu übernehmen, und zwar gratis!«

»Traditionelles Puppentheater«, hob Jack hervor. »So wie es immer war. Mit Knüppeln und allem.«

Hierauf musste Mrs Harper lachen. Es war der letzte Punkt in Jacks Abmachung mit Krause gewesen, und der Mann hatte sofort zugestimmt.

Schließlich war das weit besser, als ins Gefängnis zu wandern.

»Sie beide …«, begann Mrs Harper, der sichtlich die Worte fehlten. »Die Schule … und ich … wir stehen tief in Ihrer Schuld.«

Jack stand auf. »Ich wette, es sind all die Kinder, die durch diese Hallen gehen, und deren Eltern, die tief in Ihrer Schuld stehen, Mrs Harper.«

Sarah erhob sich ebenfalls. Mrs Harper hielt immer noch den Scheck in ihren Händen, als könnte er sonst auf magische Weise wieder verschwinden.

»Nun«, sagte sie, »ich sehe Sie beide hoffentlich spätestens beim Herbstfest wieder!«

Dann gingen sie beide hinaus, und Sarah hatte das Gefühl, dass sie etwas richtig Gutes getan hatten.

Es sei denn …

Sie blieb stehen, als sie bei ihrem Wagen war.

»Übrigens, Jack, ich habe mal eine Frage.«

»Raus damit.«

»Du bist mir immer so gewissenhaft vorgekommen. Und das hier lief von Anfang bis Ende eigentlich überhaupt nicht nach den geltenden Regeln.«

Jack lächelte. Er war nicht beleidigt, weil sie fragte.

Natürlich nicht.

»Tja, weißt du, es gibt eine Menge Regeln. Sagen wir, das Regelwerk, das zuletzt zur Anwendung kam, hatte eben ein anderes Ende als die meisten anderen.«

»Aber der Gerechtigkeit wurde Genüge getan?«

»Für meine Begriffe? Ja. Aber ich gestehe, dass es recht haarig war. Lange Zeit ergab es keinen Sinn, und dann …«

»Doch.«

»Genau. Und ohne dass noch mehr Unschuldige verletzt wurden.«

Sie öffnete ihre Wagentür.

»Kann ich dich mitnehmen?«

»Nein, danke«, antwortete er. »Es ist ein schöner Tag. Ich gehe zu Fuß zurück zum Boot.«

Sarah zögerte noch eine Weile. Ihr wurde auf einmal bewusst, dass es ihr jedes Mal, wenn sie einen ihrer Fälle abgeschlossen hatten, Schwierigkeiten bereitete, wirklich loszulassen.

Zumindest glaubte sie, dass das der Grund für dieses komische Verlustgefühl war.

Also …

»Jack, heute ist Bolognese-Abend. Mit selbst gemachter Pasta. Möchtest du dich dazugesellen?«

Jack zeigte ein breites Grinsen. »Du hattest mich schon bei ›Bolognese‹. Das verpasse ich auf gar keinen Fall!«

»Sieben Uhr?«

»Prima«, sagte er. »Und da Costco wieder geöffnet ist, hole ich auf dem Weg noch eine Flasche von dem guten Roten dort.«

Sarah erwiderte sein Lächeln und sah ihm nach, als er sich umdrehte und über den Schulparkplatz zurück zur *Grey Goose* ging.

Ja, dieser Fall ist vorbei, dachte Sarah. Aber sie wusste: Es würde andere geben.

Matthew Costello
Neil Richards

CHERRINGHAM
LANDLUFT KANN TÖDLICH SEIN

Die verfluchte Farm

Aus dem Englischen von Sabine Schilasky

1. Der Fluch

Charlie Fox blickte über das Tal zur Sonne, die nun begonnen hatte, hinter die Hügel zu sinken.

Ich sollte eigentlich längst wieder auf der Farm sein, dachte er. *Ein schönes Helles trinken, während Caitlin das Abendessen macht.*

Stattdessen war er hier und mühte sich ab, seine verdammten Kühe zum Melken nach Hause zu treiben. Doch sie blieben alle paar Meter stehen, grasten und glotzten Charlie beim Wiederkäuen blöd an.

Als wollten sie sagen: *Wir gehen, wenn wir so weit sind!*

Wie alles andere auf der Farm ging auch das Kühetreiben schief, wenn Charlie es anpackte.

Ein paar Milchkühe, hatte er sich erzählen lassen, nichts leichter als das! Eine kleine Herde würde wenig Arbeit machen und hohe Erträge bringen, hatten sie gesagt. Die fraßen das Gras, und die Maschine melkte sie.

Klar, sicher doch.

Bis die dämliche Maschine ihren Geist aufgab und die Reparatur Unsummen kostete. Und was war, wenn die Kühe gar nicht gemolken werden wollten? Aber nicht doch – diese Jerseys waren ein Vermögen wert und angeblich aus Milch gemacht.

Und natürlich hatte er schon wieder ein Tier verloren. Am Jahresanfang waren es dreißig gewesen; jetzt, nach diesem TB-Schwachsinn, waren nur noch sechsundzwanzig übrig.

»Achten Sie auf die anderen Tiere«, hatte der Tierarzt gesagt und Charlie eine schwindelerregend hohe Rechnung überreicht.

Jetzt war die Sonne ganz untergegangen und das Licht vom schlammgrauen Herbsthimmel verschwunden.

»Kommt endlich!«, schrie er seine Kühe an.

Er hatte eine Holzgerte, die sie antreiben sollte. Doch anscheinend machte er etwas falsch, denn mit dem Ding bewirkte er nur, dass die Kühe ihn beleidigt ansahen.

Zwar waren es keine Bullen mit Hörnern oder so, aber trotzdem war es vielleicht keine gute Idee, sich mit einem Tier von dieser Größe anzulegen.

Charlie rieb sich die Arme in der merklich kühleren Luft, drehte sich zum Farmhaus um und dachte wieder an das Abendessen, das Caitlin für ihn fertig haben müsste. Plötzlich sah er Feuer.

Eine Minute lang war er völlig versteinert, als würde er einen der Horrorfilme sehen, die er so mochte.

Dann aber – *oh Mist* – rannte er wie ein Irrer den rutschigen, matschigen Abhang hinunter und auf seine Farm zu.

Sein Blick war starr auf das Feuer gerichtet.

Es war nicht das Haus. Caitlin und Sammy waren nicht in Gefahr, Gott sei Dank!

Aber sein Traktor vor der Scheune stand lichterloh in Flammen!

Er war noch nicht mal abbezahlt, und jetzt brannte das Ding. Die Umrisse der Maschine flirrten im Feuer, und schwarzer Rauch quoll nach oben.

Während Charlie lief, bemerkte er Caitlin, die mit Sammy, seinem süßen kleinen Jungen, auf dem Arm aus dem Haus geeilt kam und entsetzt das Feuer betrachtete.

Noch mehr verfluchtes Pech!, dachte er.

Und weil er gebannt zum Traktor blickte, sah er die aufragende Baumwurzel nicht. Sein rechter Fuß verhakte sich darin, sodass Charlie nach vorn stolperte. Verzweifelt fuchtelte er mit den Armen, um sein Gleichgewicht wiederzuerlangen und einen Sturz zu vermeiden.

Doch er schlug unsanft auf der Erde auf, wobei seine rechte Schulter das meiste abbekam. Anschließend kullerte er ein Stück weit den Hügel hinunter.

Ächzend vor Schmerzen rappelte er sich auf, rannte weiter und versuchte dabei, den Kuhfladen auszuweichen.

Dann, als er schon in der Nähe seines Hauses war, sah er jemanden von rechts angelaufen kommen.

Tom. Sein Hilfsarbeiter.

Tom?

Was zum Teufel machte der denn hier?

Als Charlie beim Traktor angekommen war, hatte das Feuer bereits an Intensität verloren. Die einst gelbe Lackierung war nun schwarz und warf Blasen.

Tom richtete den Feuerlöscher aus der Scheune auf den Traktor.

Aber es kam nichts heraus.

Warum ist Tom überhaupt hier?

Charlie brüllte: »Stell das verfluchte Ding an, Tom!«

Der Hilfsarbeiter drehte sich zu Charlie um und brüllte zurück: »Es klemmt! Diese Dinger muss man warten. Man muss regelmäßig prüfen, ob sie …«

Und noch während Tom schimpfte – was er viel zu oft tat, wie Charlie fand –, ging der Feuerlöscher plötzlich mit einem lauten Fauchen an.

Über den Lärm hinweg hörte Charlie seinen kleinen Sohn weinen. Sammy hatte Angst vor dem Geschrei und dem Feuer.

Er sollte drinnen sein. Caitlin muss ihn nach drinnen bringen.

Doch Caitlin kam noch näher. Durch das Prasseln des Feuers und das Zischen des Feuerlöschers, dessen Schaum den Traktor wie Schnee bedeckte, waren ihre Stimmen kaum zu hören. »Charlie …«

Das Baby weinte immer noch.

»Geh rein, Caitlin. Ich regle das.«

Der Feuerlöscher verstummte. Er war leer.

Aber das Feuer war jetzt ebenfalls aus, abgesehen von den

kleinen Flammen auf dem großen Ersatzreifen, der kokelnd einen ekelhaften Gestank verströmte.

Von der Geruchsmischung aus Löschschaum, geschmolzenem Lack und brennendem Gummi wurde Charlie schlecht.

Wenigstens war es vorbei.

»Es ist der Fluch, Charlie. Diese Farm ist verflucht!«

Er wandte sich zu seiner Frau, wollte ihr widersprechen und erklären, dass es so etwas nicht gab.

Erst recht sollte sie solchen Quatsch nicht vor ihrem kleinen Jungen sagen.

Alles ist okay. Es ist alles gut, wollte er sie beruhigen.

Aber dieses Feuer?

Charlie drehte sich wieder zu Tom um, der noch den leeren Feuerlöscher in den Händen hielt.

Ja, Charlie hatte eine ungefähre Vorstellung, wie es zu diesem Feuer gekommen war und wer dahintersteckte.

2. Tom

»Du … *Mistkerl*!«, schrie Charlie und gestikulierte wild in Richtung des zerstörten Traktors.

»Was? Was redest du denn, Charlie?«

Charlie ging näher auf Tom zu.

»Du warst das. Du hast meinen Traktor angezündet, du …«

»Charlie!« Caitlin kam herbei und stellte sich neben ihn. Sammy streckte eine Hand nach dem Gesicht seines Vaters aus, als könnte der Kleine spüren, dass hier etwas nicht stimmte.

Tom schüttelte den Kopf. »Charlie, ich habe das Feuer gerade *gelöscht*. Ich war in der Scheune, habe den Feuerlöscher geholt …«

»Und was machst du überhaupt hier?«

Tom war vor Stunden wütend weggegangen – verärgert trat er mehrmals gegen Erdklumpen –, weil Charlie ihm gesagt hatte, dass er seine Arbeitszeit kürzen müsse.

Ich hab einfach nicht das Geld, Tom.

Tom hatte es nicht gut aufgenommen.

Könnte er sauer genug gewesen sein, um den Traktor in Brand zu stecken? Ja, da war sich Charlie ganz sicher.

»Du bist weg und wieder zurückgekommen? Wieso? Du hattest wohl ein paar Pints und dachtest, du zeigst es mir, was?«

»Ich bin zurückgekommen«, antwortete Tom langsam und sah die drei anderen an, »weil ich Werkzeuge hiergelassen hatte, die ich am Wochenende brauche. Da sah ich das Feuer und bin so schnell gerannt, wie ich konnte, um es zu -«

»Ja, sicher doch. Und das soll ich dir glauben, du …«

Charlie verstummte gerade noch rechtzeitig, denn er wollte nicht vor Sammy fluchen.

»Willst du behaupten, dass ich das Feuer *gelegt* und dann gelöscht habe? Das ist doch völliger Blödsinn.«

»Oh nein, ist es nicht.«

Charlie dachte, dass er ihn jetzt hatte. Von solchen Sachen hatte er schon gelesen.

»Es ist dieses … dieses Baron-Irgendwas-Syndrom. Das lässt dich jetzt gut aussehen, was? Tom, der verdammte Held!«

»Du tickst doch nicht mehr richtig«, entgegnete Tom und wandte sich dann Caitlin zu: »Du tust mir leid, dass du dich mit einem wie dem abgeben musst.«

Es reichte.

Charlie ballte die Faust und machte einen Schritt auf Tom zu, aber Caitlin packte seinen Arm, um ihn zurückzuhalten. »Charlie, *bitte*!«

Er blieb stehen.

»Weißt du was?«, sagte er.

Tom wartete.

»Du bist gefeuert. Schnapp dir deinen Kram und verschwinde von Mabb's Farm!«

»Oh ja, das werde ich«, sagte Tom. »Das hier kann man sowieso keine Farm nennen. Da brauchst du schon eine Menge Glück, um mit diesem Loch etwas zu werden. Und du, Charlie, bist vom Pech verfolgt!«

Mit diesen Worten drehte Tom sich weg, schmiss den Feuerlöscher beiseite, der polternd und klappernd über den Boden hüpfte, und ging zu seinem alten, verbeulten Fiesta, bei dem der Lack abblätterte und die Felgen fehlten.

Charlie und sein Frau blickten ihm nach, und er war irgendwie erschrocken über das, was er eben getan hatte.

Toms Fiesta schleuderte eine Matschfontäne hoch, als er mit Vollgas den Feldweg hinunterfuhr, der zur Hauptstraße führte.

»Charlie«, sagte Caitlin. »Was machen wir nun?«

Erst jetzt wandte Charlie sich seiner besorgten Frau zu.

»Wir machen weiter. Wir machen einfach weiter.«

Charlie versuchte zu grinsen, doch Caitlins Miene blieb ernst.

»Aber Tom kannte sich aus. Er konnte mit den Maschinen umgehen und mit den Tieren.«

»Ich kenne mich auch aus«, entgegnete Charlie, erkannte allerdings an ihrem Blick, dass seine Worte sie nicht beruhigten.

»Und ich kann jemand anders einstellen«, fuhr er fort. »Einen, der besser ist als Tom. Es gibt haufenweise Leute, die Arbeit suchen. Eine große Menge. Ich hole mir jemand anders, der -«

»In Teilzeit? Bei dem mageren Lohn, den wir zahlen können? Ach, Charlie, ich weiß nicht.«

Charlie wollte mehr sagen, um ihr die Angst zu nehmen, ließ es aber bleiben. Wahrscheinlich würden seine Worte sie höchstens noch mehr beunruhigen.

»Es liegt an dieser Farm, Charlie.«

Er stellte entsetzt fest, dass seiner Frau die Tränen kamen. »All das Pech, das wir haben. Du hast es selbst gesagt … Hier scheint irgendwas nicht zu stimmen.«

Charlie nickte.

Ja, es stimmte, dass dauernd etwas Schlimmes passierte: Ratten nisteten sich im Saatgut ein, Tiere wurden krank, Maschinen gaben völlig grundlos ihren Geist auf.

Viel Schlimmes.

Auf Mabb's Farm schien ein Fluch zu liegen.

»Ich suche eine neue Hilfe, Cait. Gleich morgen. Und ich suche so lange, bis ich jemanden habe. Bis dahin kommen wir klar … Ich komme klar.«

Caitlin blickte sich um. »Wo sind die Kühe?«

Mist! Er hatte sie auf dem Hügel gelassen, von wo er sie nach Hause treiben wollte.

Aber wo waren sie jetzt?

»Verdammt …«

Charlie rannte in der Dunkelheit den Hügel hinauf.

Nun konnte er die Kuhfladen nicht mehr sehen und rutschte auf mehreren aus, als er sich bergan kämpfte und verzweifelt nach seinen Kühen umschaute. In diesem Moment fühlte er sich wahrlich verflucht.

3. Ein Sonntagsbraten

Sarah hatte das Radio in dem RAV4 laut aufgedreht, und der überdrehte BBC-Moderator spielte die Hits der Achtziger und Neunziger, jener Zeit der Föhnfrisuren und großen Träume. Heute wurden die Songs für ein Publikum aufgelegt, dessen kühne Hoffnungen sich wohl erledigt hatten.

Das Radio lief deshalb so laut, weil es sich im Wagen viel zu still anfühlte. Daniel und Chloe saßen stumm auf der Hinterbank und sahen mürrisch aus dem Fenster.

Normalerweise konnte Sarah die sonntäglichen Essenseinladungen ihrer Eltern geschickt abwimmeln. Aber von Zeit zu Zeit mussten sie sich bei ihnen blicken lassen, und der heutige Besuch war längst überfällig.

Nicht, dass ihre Eltern schwierig wären oder so. Nur waren sie wild entschlossen, jedes Mal einen unverheirateten Mann aus Cherringham oder einem Dorf in der Nähe dazu einzuladen, um ihn aufs Peinlichste mit Sarah verkuppeln zu wollen.

Dadurch wurden die sonntäglichen Mittagessen zu wahrhaft schrecklichen Veranstaltungen.

Obwohl Sarah ihre Eltern angefleht hatte, es doch – *bitte, bitte!* – zu lassen, blieben sie beharrlich. Ebenso gut hätte sie die beiden direkt anbetteln können, ihr endlich einen Mann zu suchen.

Dafür zu sorgen, dass die Kinder mitkamen, war ein weiteres Problem. Sie hatten Freunde, hatten ihre Hobbys und wussten Besseres mit ihrem Sonntag anzufangen.

Bei Daniel ging es einigermaßen, denn er war noch in einem Alter, in dem er Stunden mit ihres Vaters riesiger Spielzeugsoldaten-Sammlung verbringen konnte, die in kunstvollen Landschaften aufgestellt waren. Viele hatte Sarahs Vater eigenhändig bemalt.

Daniel hörte sich sogar die Geschichtsvorträge gelassen an, wenn er und sein Großvater die Grenadiere mit ihren langen

Gewehren oder die maurischen Eroberer mit ihren silbernen Krummschwertern bewunderten.

Aber Chloe?

Für einen weiblichen Teenager gab es nicht viel Interessantes in dem Haus, auch wenn Sarahs Eltern das Mädchen anbeteten.

Sarahs Mum war eine leidenschaftliche Köchin, doch egal wie sehr sie sich bemühte, Chloe in der Küche mit einzuspannen, wollte der Funke einfach nicht auf ihre Enkelin überspringen. Sie interessierte sich null für die Zubereitung von großen Sonntagsessen.

Nun ja, würde Jamie Oliver am Aga-Herd stehen, wäre es vielleicht etwas anderes.

»Mum«, sagte Chloe und gab sich keinerlei Mühe, ihre miese Laune zu überspielen, »kannst du das *bitte* leiser stellen? Was ist das überhaupt für Musik?«

Sarah drehte das Radio leiser und ersparte sich eine Diskussion über die Vorzüge von David Bowie gegenüber No Direction.

Oder hießen die One Direction?

Komisch, dass man schlagartig den Anschluss an den Trend verlor, wenn man Kinder bekam. Alles Hippe verschwand quasi mit der Geburt.

»Wir sind gleich da, Leute«, sagte Sarah bemüht munter.

Sie blickte in den Rückspiegel, doch keines der Kinder zeigte eine Reaktion.

Und Sarah dachte unweigerlich: *Gott – oder irgendwer! –, gib mir Kraft!*

»Sarah!«, rief ihre Mum. »Wir dachten schon, ihr kommt nicht mehr. Wir setzen uns gerade an den Tisch.«

Natürlich hatte Sarah ihre Ankunft so geplant, dass sie möglichst genau zum eigentlichen Essen eintrafen und die Zeit auf ein Minimum reduziert war, die sie mit irgendeinem

Fremden verbringen musste, den man zu einem Gratisessen mit einer ledigen, wenn auch alles andere als heiratswilligen Frau gelockt hatte.

Als sie jedoch ins Esszimmer kam – sehr förmlich eingedeckt mit zwei Kerzen auf dem Tisch, dem guten Silber, wie üblich, den glänzend weißen Porzellantellern und sorgsam gefalteten Servietten –, stellte sie fest, dass heute andere Teilnehmer als erwartet da waren.

»Sarah, gerade rechtzeitig!«

Tony Standish war hier, seines Zeichens Anwalt und guter Freund der Familie. Er war nicht bloß ihren Eltern eine große Hilfe, sondern hatte unlängst auch Sarah und Jack bei ihrer inoffiziellen Detektivarbeit unterstützt.

Detektivarbeit.

Wie sich das anhörte!

»Tony, wie schön, dich zu sehen«, begrüßte sie ihn.

Chloe und Daniel setzten sich auf die Stühle, die ihre Großmutter ihnen zuwies. Wer welchen Platz bekam, war wichtig.

Außerdem saßen noch der Vikar, Reverend Hewitt, und seine Frau Emily am Tisch.

Also das war ungewöhnlich.

Sarahs Eltern waren nicht gerade regelmäßige Kirchgänger. Dennoch wussten sie, dass man von ihnen erwartete, den Vikar und seine Gattin mindestens ein-, zweimal im Jahr zum Essen einzuladen.

Öfter schon hatte ihr Dad, Michael, lachend gesagt: »Ich stelle mich lieber gut mit der Heiligkeit, hmm, Sarah? Man kann ja nie wissen!«

Allerdings hatte sie noch nie gehört, dass der Vikar ausgerechnet an einem Sonntag eine Essenseinladung annahm. Lächelnd setzte sie sich auf den Stuhl gegenüber dem Vikar und seiner Frau, während ihr Vater Wein einschenkte.

»Châteauneuf du Pape«, verkündete Michael stolz. »Habe ihn extra zurückgelegt.«

Ein bisschen Wein wäre nett, dachte Sarah.

Wenn sie nur nicht später noch fahren müsste. Und nicht nur das: Heute würde sie außerdem noch einen Berg Wäsche waschen und im Haus putzen müssen. Die Woche über hatte sie reichlich gearbeitet, also hatte sich die Hausarbeit aufgestaut. Für Sarah war der Sonntag selten ein Ruhetag.

Ihre Mutter kam aus der Küche. Sie trug jedoch nicht den klassischen Braten mit Kartoffeln und Yorkshire-Pudding herein, sondern etwas gänzlich anderes.

»Mum, was ist das denn?«, fragte Sarah.

Auf der großen Platte ragte etwas auf, das wie das Modell eines futuristischen Fußballstadions aussah, nur dass es oben nicht mit schimmerndem silbrigem Metall abgedeckt war, sondern mit Bratenkruste.

»Kronenbraten vom Schwein«, antwortete ihre Mutter strahlend und stellte die Platte in die Tischmitte.

»Ehrlich?« Sarah lächelte ihren Kindern zu, die das Essen skeptisch beäugten.

»Ja! Ich habe im Fernsehen gesehen, wie Ramsay den gemacht hat, habe mir das Rezept besorgt, das Fleisch vom Schlachter zuschneiden lassen und dann zu einem Kreis gebunden -«

Ihre Mutter hätte ihnen fraglos detailliert jeden einzelnen Schritt vom Kotelettstrang bis hierher beschrieben, wäre sie nicht sanft davon abgehalten worden.

Zum Glück übernahm das Michael, indem er sein Glas erhob.

»Auf Freunde und Familie!«, sagte er.

»Auf Freunde und Familie!«, bekräftigte Tony.

Dann stießen alle an – sogar die Kinder, deren Gläser nur einen Schluck enthielten –, so wie es schon seit Sarahs Kindheitstagen Tradition war.

Ja, der Rotwein wäre sicher köstlich, dachte Sarah, als sie ihr Glas mit Mineralwasser anhob, und machte sich darauf gefasst, in den nächsten zwei Stunden leiden zu müssen.

»Jedenfalls«, erklärte Daniel, »als die Römer allen Druiden die Köpfe abgeschlagen hatten, steckten sie die auf Pfähle in einem großen Kreis oben auf dem Hügel, um die Briten abzuschrecken. Aber der oberste Druide belegte die Römer mit einem Fluch und verwandelte alle Köpfe in Stein. Und da kriegten die Römer Angst, und deshalb haben sie ihre Siedlung hier in Cherringham gebaut und nicht auf Mabb's Hill.«

»Bravo, Daniel!«, sagte Michael und klopfe seinem Enkel auf die Schulter. »Eine faszinierende Geschichte, und sehr schön erzählt. Finden Sie nicht auch, Vikar?«

»Äußerst anschaulich.«

Sarah nahm an, dass der Vikar nicht an Elfjährige gewöhnt war, die von Hinrichtungen und Flüchen redeten. Und ihr war nicht entgangen, dass er und seine Frau Emily sich nicht an der Unterhaltung über die merkwürdigen Vorkommnisse auf Mabb's Farm beteiligten.

Sarahs Mum hatte davon angefangen; es war das Thema Nummer eins auf ihrer Liste des neuesten Cherringham-Klatsches gewesen.

Und zu Sarahs Verwunderung – da sie die ganze Woche in ihre Arbeit vergraben gewesen war – hatte anscheinend nicht nur das Dorf, sondern jeder in ihrer Familie seine eigene Ansicht zum Fluch von Mabb's Farm.

Es gab zwar viele verschiedene Meinungen zu dem Thema, aber an den Fakten selbst ließ sich nicht rütteln. Innerhalb von nur einem Monat hatte es zwei unerklärliche Brände auf Charlie Fox' Farm gegeben. Außerdem waren seine Kühe durch einen angeblich sicheren Zaun gebrochen und hatten ein Weizenfeld niedergetrampelt, sein Gülletank hatte ein mysteriöses Leck bekommen und einen Bachzulauf zum Fluss verseucht, und Charlie selbst war mit einem anderen Farmer im Ploughman wegen unbezahlter Schulden in einen handfesten Streit geraten.

All diese Vorfälle – zusammen mit dem Gerücht, dass er

seinen einzigen Hilfsarbeiter gefeuert hatte – führten die Leute im Dorf zu dem unausweichlichen Schluss, dass der uralte Fluch mal wieder zuschlug.

»Tja, wer kann schon sagen, ob Daniels Geschichte nicht doch stimmt?«, dachte Michael laut nach, während er eine zweite Weinflasche öffnete. »Die alte römische Straße verläuft dort oben auf den Hügeln. Und es gibt reichlich Beweise, dass die Römer in dieser Gegend auf erbitterten Widerstand stießen.«

»Könnte sein, Michael«, sagte Tony Standish. »Allerdings – verzeihen Sie, Vikar – neige ich eher zu der Annahme, dass die Hexen hinter dem Fluch stecken.«

»Hexen?«, fragte Chloe. »Ihr meint, wir hatten Hexen hier in Cherringham? Cool!«

»Ich weiß nicht, ob Hexen ›cool‹ sind, Chloe«, sagte Helen mit einem verlegenen Lächeln zum Vikar und seiner Frau.

Ups, dachte Sarah. *Wenn wir den Vikar verärgern, macht Mum mir hinterher die Hölle heiß …*

Trotzdem war sie genauso gespannt wie Chloe, mehr zu erfahren.

»Das ist eine verrückte Geschichte«, berichtete Tony. »Im siebzehnten Jahrhundert gehörte Mabb's Farm drei Schwestern, die sie zusammen bewirtschafteten. Erfolgreich, wie es heißt. Sie übernahmen die Farm nach dem Tod ihres Vaters im Bürgerkrieg.«

»Und was für Zaubereien haben die gemacht?«, wollte Daniel wissen.

Sarah stellte fest, dass dieses Mittagessen die Erwartungen ihrer Kinder bei Weitem übertraf – und sie musste zugeben, dass sie es sogar ohne Rotwein recht kurzweilig fand.

»Ach, ihre Zaubereien beruhten ausschließlich auf Kräutern«, antwortete Tony. »Den Aufzeichnungen zufolge betrieben sie nebenher einen ziemlich schwunghaften Handel mit Heilmitteln.«

»So mit Milchaugen, Rattenschwänzen und so?«, fragte Daniel.

»Wohl eher Baldrian und Knoblauch, nehme ich an«, erwiderte Tony. »Uraltes Wissen – und meistens sehr wirksam, glaube ich. Noch dazu im Allgemeinen harmlos. Jedenfalls ist eines Tages anscheinend einer ihrer ›Klienten‹ unerwartet gestorben. Daraufhin wandte sich das ganze Dorf wutentbrannt gegen sie und bezeichnete die drei als Hexen.«

»Wie furchtbar«, sagte Sarahs Mutter.

»Ja, das war es«, pflichtete Tony ihr bei. »Sie wurden nach Oxford gebracht, vor Gericht gestellt, für schuldig befunden -«

»Und an den Hälsen aufgehängt, bis ihr Tod eintrat!«, rief Daniel begeistert.

Nun warf Sarah ihrem Sohn einen strengen Blick zu, denn Daniel konnte sich kaum das Grinsen verkneifen.

»Genau«, bestätigte Tony. »Aber bevor sie starben, sagten sie, dass – wortwörtlich – ›die Felder von Mabb's Hill in Blut ertrinken und die Höllenfeuer ihre Rache üben sollen‹. So lautet der Fluch von Mabb's Farm, der in diesem Monat die Fantasie von ganz Cherringham beflügelt.«

»Irre«, sagte Chloe.

»Abgedreht«, stimmte Daniel ein.

Es entstand eine Pause, als Helen Essensnachschub holte, während Michael Wein nachschenkte und Daniel und Chloe Coca-Cola gab.

»Was meinen Sie, Simon? Kann ein Ort verflucht sein?«, wandte sich Sarah an Reverend Hewitt, denn es interessierte sie sehr, was er dazu meinte.

»Wir wissen ja, dass Orte gesegnet sein können«, antwortete er prompt. »Daher würden die wenigsten von uns bezweifeln, dass Orte, an denen wahrhaft Böses begangen wurde, dessen Aura bewahren.«

»Dann denken Sie, an dem Fluch könnte etwas dran sein?« Sarah legte ihr Besteck ab.

»Man sollte die dunklen Mächte nie unterschätzen«, sagte er ernst.

Am Tisch wurde es still. Plötzlich war das unbekümmerte Plaudern über Druiden und Hexen zu einer Diskussion über die Realität des Bösen geworden.

»Oh, ich habe die Kruste vergessen! Wer möchte mehr?«, unterbrach Sarahs Mutter instinktiv die lastende Stille auf die einzige Art, die ihr einfiel.

Erleichtert bemerkte Sarah, dass auf einmal jeder zusätzliche Kruste haben wollte, anstatt weiter über dunkle Mächte zu reden, und im Durcheinander der hin und her gereichten Teller verging der beklemmende Moment.

Dann aber sorgte die Vikarsfrau für eine Überraschung.

»Simon und ich stimmen in diesem Punkt nicht überein, Sarah«, sagte Emily Hewitt ernst. »Er glaubt nämlich, dass Gebete helfen, wenn das Böse zuschlägt. Zwar widerspreche ich dem nicht, aber ich denke auch, dass man tätig werden sollte. Ja, ich würde sogar sagen – man muss.«

»Ja, sicher.« Sarah war sich überhaupt nicht sicher, worauf die Vikarsfrau hinauswollte.

Emily sah Sarah einen langen Moment in die Augen. Sarah hatte das Gefühl, dass die Vikarsfrau ihr etwas mitteilen wollte.

Aber was? Und warum hier, beim Sonntagsessen? Schließlich kannte sie die Frau kaum.

Lange musste sie nicht warten, um das herauszufinden.

4. Ein überraschender Auftrag

Nach dem Essen verabschiedete sich der Vikar zeitig, um den Abendgottesdienst vorzubereiten. Sarah schickte Daniel in das Arbeitszimmer ihres Vaters, damit er ihm half, eine neue Lieferung Napoleonischer Soldaten anzumalen, und Chloe und Tony gingen in die Küche, um Helen beim Abwasch zu unterstützen.

Also blieb Sarah mit Emily allein im Wohnzimmer zurück.

»Wollen wir unseren Kaffee mit in den Garten nehmen?«, fragte Emily. »Ich glaube, es hat aufgehört zu regnen. Es ist sogar schon ein wenig Blau am Himmel zu sehen.«

»Gute Idee«, sagte Sarah und nahm ihre Kaffeetasse in die Hand.

Dann öffnete sie die Terrassentüren und trat mit der Vikarsfrau nach draußen. Obwohl der September ungewöhnlich verregnet war, sah der Garten immer noch prachtvoll aus. Sarah fragte sich, ob auch sie einen solch makellos gestutzten Rasen wie ihr Vater würde haben wollen, wenn sie in seinem Alter war. Nein, das war eher unwahrscheinlich.

»Ich hoffe, es macht Ihnen nichts aus, dass ich Sie hier rauslocke«, sagte Emily. »Ihnen ist doch nicht zu kalt, oder?«

»Ganz und gar nicht«, antwortete Sarah. »Ich bin froh, nach den langen Tagen im Büro mal rauszukommen. Und in der Sonne ist es immer noch warm. Fast zumindest.«

Emily und sie gingen Seite an Seite über den breiten Rasen hinunter zu dem kleinen Anleger, der in die Themse hineinragte. Im Vergleich zu ihrer winzigen Doppelhaushälfte mitten in der Wohnanlage aus den Sechzigern kamen Sarah das Haus und die Lage hier wie purer Luxus vor. Sie war von zu Hause ausgezogen, bevor ihre Eltern dieses Haus kauften, deshalb fühlte es sich für sie immer so an, als würde sie ein Hotel besuchen, nicht das Heim ihrer Familie.

»All dieses Gerede über Flüche ist übrigens Unsinn«, unterbrach Emily plötzlich Sarahs Gedanken. »Ausgemachter Blödsinn.«

»Ach, es ist doch bloß ein bisschen Spaß, meinen Sie nicht?«

»Überhaupt nicht«, erwiderte Emily. »Es ist gefährlich, weil es die Leute aus der Verantwortung entlässt. Und man verherrlicht damit die Opferrolle.«

Sarah hätte nie gedacht, dass die ansonsten so zurückhaltende Vikarsfrau derart harsch werden konnte.

»Verzeihung, aber kann es sein, dass Sie persönlich betroffen sind?«, erkundigte sich Sarah vorsichtig und war gespannt, was Emily als Nächstes sagen würde.

Die Vikarsfrau blieb stehen und drehte sich zu Sarah.

»Nun ja, das bin ich … Oder zumindest fühle ich mich betroffen«, gestand sie. »Sehr sogar. Deshalb wollte ich unbedingt mit Ihnen sprechen.«

»Mit mir? Was kann ich tun?«

»Sie sind gut darin, Sachen herauszufinden, Sarah. Das habe ich gehört. Sie und Ihr amerikanischer Freund. Und ich weiß, dass Sie bemüht sind, stets das Richtige zu tun.«

»Tja, das hoffe ich. Aber worüber reden wir hier? Den Fluch? Die Farm?«

»Ich rede über Charlie Fox, besser gesagt, über seine Frau Caitlin.«

»Aha.«

»Sie wissen, dass die beiden oben auf der Farm leben, oder? Sie haben ein Baby, Sammy. So ein niedlicher kleiner Junge.«

Sarah nickte und bedeutete Emily, sich mit ihr auf die Bank zu setzen, von der aus man auf den rasch fließenden Fluss blickte. Beide nahmen mit ihren Tassen in den Händen Platz.

In der Ferne, jenseits des Flusses, konnte man das Dorf Cherringham sehen.

»Also, Caitlin ist nicht unbedingt das, was man eine treue Kirchgängerin nennen würde, aber der kleine Sammy wurde letztes Jahr in St. James getauft, und ich habe versucht, den

Kontakt zu halten. Jedenfalls erschien sie gestern in einer furchtbaren Verfassung im Pfarrhaus. Sie weinte sich die Seele aus dem Leib, und alles wegen dieses lächerlichen ›Fluches‹.«

»War noch etwas passiert?«

»Wie sie es schilderte, klang es nach einer Art Angriff durch übernatürliche Kräfte. Ich hingegen sehe es mehr als einen weiteren Vorfall in einer Pechsträhne, die diese arme Familie derzeit durchmacht. Die meisten Unglücksfälle lassen sich gewiss auf mangelnde Voraussicht, Unwissenheit, Faulheit, Wut und Stolz ihres Mannes zurückführen. Die meisten … aber nicht alle.«

»Und was wollte Caitlin?«

»Sie wollte, dass Simon zur Farm kommt und die bösen Geister austreibt. Also wirklich, Exorzismus – wie lächerlich! ›Wie in dem Film‹, sagte sie. ›Die bösen Geister vertreiben, die alles zerstören‹.«

»Und was hat Simon gesagt?«

»Nun ja, er schlug vor, dass sie beide über das reden, was auf der Farm vor sich geht, und vielleicht gemeinsam beten. Aber das gefiel ihr nicht. Kein bisschen. Sie wollte etwas Schnelles und Drastischeres. Und sie sagte, wenn Simon es nicht macht, würde sie jemand anders für diese Aufgabe kennen. Wir haben versucht, sie zur Vernunft zu bringen, doch sie ist empört aufgesprungen und weggegangen.«

Sarah schüttelte den Kopf.

»Wen meinte sie mit jemand anders?«

»Ehrlich gesagt, ist das meine eigentliche Sorge. Eine Menge Leute im Dorf sind wegen dieser Fluch-Geschichte ganz aus dem Häuschen. Doch ich glaube, dass es ein oder zwei gibt, denen die Angst vor Übernatürlichem sehr gelegen kommt.«

»Meinen Sie diese Esoteriker oben in dem Hippie-Laden? Wie heißt er noch?«

»Moonstones«, stieß Emily angewidert aus.

»Die sind sicherlich harmlos, Emily.«

»Glauben Sie das lieber nicht«, entgegnete die Vikarsfrau. »Diese Tamara dort, die mit ihren Tarot-Karten und ihren Wahrsagesteinen herumwirft. Wissen Sie, welche ich meine?«

Sarah hielt den Zeitpunkt für ungünstig, Emily zu gestehen, dass sie nach der Eröffnung von Moonstones dort gewesen war, um Tamaras Massage mit heißen Steinen auszuprobieren – halb so teuer wie im Spa draußen beim Country Club und wirklich nicht schlecht.

»Hmm, ja«, sagte sie. »Ich sehe sie ab und zu im Dorf. Sehr auffällig, zumindest für Cherringham.«

»Ja! Und ich bin überzeugt, dass sie diese ganze Sache aufgebauscht hat. Zu Beginn des Jahres sah es noch aus, als müsste der Laden Konkurs anmelden, doch seit diese Fluch-Geschichte kursiert, klingelt bei denen die Türglocke ohne Unterlass. Von ihrer Kasse ganz zu schweigen!«

»Und wenn schon. Gewiss wird die Sache bald im Sande verlaufen. Solche Gerüchte halten sich nicht ewig, oder?«

Emily stellte ihre Kaffeetasse auf die Bank.

»Caitlin ist eine junge Frau, die in ihrer Hilflosigkeit für vieles empfänglich ist, Sarah. Und ihr Mann ist mit den Nerven am Ende. Er hat schon einen üblen Streit angefangen, und es wird nicht lange dauern, bis Caitlin und er sich schrecklich in die Haare kriegen. Sie hatten ungeklärte Brände, und das Vieh ist ihnen ausgebrochen. Eine Farm ist schon in guten Zeiten ein Ort, wo zahlreiche Gefahren lauern, doch wenn so vieles schiefgeht, kann es dort zu Entwicklungen mit tödlichem Ausgang kommen. Und der kleine Junge steckt mittendrin.«

»Okay. Denken Sie, dass Tamara eventuell Caitlin für ihre Zwecke benutzt?«

»Genau«, bekräftigte Emily. »Caitlin ist dumm und naiv, und ich glaube, dass sie eine leichte Beute ist.«

»Aber warum erzählen Sie mir das alles? Warum informieren Sie nicht die Polizei?«

»Selbstverständlich war das mein erster Rat an Caitlin.«

»Aber?«

»Ihr Mann kann Polizisten nicht leiden. Ich schätze, er ist schon häufiger mit dem Gesetz in Konflikt geraten, und das Letzte, was er will, ist deren Hilfe.«

»Und was ist mit sozialen Einrichtungen?«

»Gegen die spricht im Grunde nichts, aber wenn sie erst einmal eingeschaltet sind, kommt das ganze Gewicht des bürokratischen Apparates zum Tragen. Würden Sie sich gerne immerzu über die Schulter schauen lassen?«

»Auch wieder richtig.«

»Sie und Ihr amerikanischer Freund jedoch, Sie sind … wie soll ich es sagen? Eigenständig, diskret und erfolgreich, soviel ich hörte.«

Sarah lachte. »Danke für das Kompliment! Aber ich weiß nicht recht, wie wir helfen können.«

Emily beugte sich vor und legte eine Hand auf Sarahs Arm.

»Ist das nicht offensichtlich? Sie könnten herausfinden, was oben auf der Farm vor sich geht. Wer verursacht diesen ganzen Ärger? Wer versteckt sich hinter dem Fluch? Wer ist für diese Unglücksfälle verantwortlich? Und ich denke, Sarah, Sie *müssen* etwas unternehmen, bevor jemand ernstlich verletzt wird oder gar zu Tode kommt.«

Sarah lehnte sich zurück und blickte über den Fluss zu den Hügeln in der Ferne. Dort oben war Mabb's Farm. Allerdings war sie sich nicht sicher, wo genau. Wollte sie sich auf diesen Irrsinn einlassen? Auf Flüche, böse Hexen, Farm-Unfälle und Brände?

»Emily, wussten meine Eltern, dass Sie mich hierum bitten wollen?«

»Du lieber Himmel, nein!«

»Und Caitlin?«

»Selbstverständlich nicht. Sie glaubt ja, dass das alles Teufelswerk ist.«

»Ich muss zuerst Jack fragen«, sagte Sarah, obwohl sie dachte, dass es wohl eher nichts für ihn ist. Andererseits …

Emily stand lächelnd auf.

»Wunderbar«, sagte sie. »Nun, ich muss jetzt gehen. Und Sie werden wahrscheinlich anfangen wollen. Was denken Sie, wann Sie den Fall lösen?«

Wieder musste Sarah lachen.

Den Fall lösen?

Welchen Fall?

Doch sie begriff, dass sie soeben engagiert worden war, ob es ihr gefiel oder nicht – und von Bezahlung war ohnehin keine Rede –, um den Fluch von Mabb's Farm aufzuklären.

5. Kriegsspiele

Jack ging am Tischrand in die Hocke und sah über den Fluss in die Ferne.

»Erkennst du die Aussicht wieder?«, fragte Sarah.

»Verblüffend«, sagte Jack. »Es hat sich fast nichts verändert. Abgesehen von den Farmgebäuden um Ingleston. Ansonsten könnte es beinahe das heutige Cherringham sein.«

Er richtete sich wieder auf und nickte anerkennend. In seiner Jugend hatte er eine Weile lang Kriegsszenarien in Modellen nachgestellt – jedoch nicht in dieser Größenordnung.

Vor ihm breitete sich die vertraute Landschaft von Cherringham mit ihren sanft gewellten Hügeln, den Auen, den Biegungen der träge dahinfließenden Themse und der mittelalterlichen Steinbrücke aus.

Nur war dieses in Handarbeit hergestellte Modell nicht das Cherringham von heute.

Dies war Cherringham, wie es im siebzehnten Jahrhundert ausgesehen hatte.

»Ja«, bekräftigte der Schöpfer des historischen Landschaftsmodells neben ihm. »Wenn man Cromwells Truppen in ihrem Lager auf den Wiesen ignoriert und die Flaggen der Königstreuen auf dem Hügelkamm. So anders sieht es wirklich nicht aus.«

Jack sah zu Sarah. Sie war eindeutig genauso beeindruckt wie er.

Als sie ihm von dem »Auftrag« der Vikarsfrau erzählt hatte, war ihm sofort der Gedanke gekommen, dass dies eine gute Gelegenheit sein könnte, ein bisschen mehr über Cherringhams Geschichte zu erfahren – mitsamt Flüchen und allem anderen.

Und wer wäre da ein besserer Ansprechpartner als Will Goodchild, ein Heimatforscher und Freund von Sarahs Vater?

Dass Goodchild zufällig auch noch dabei war, eine große

Schlacht aus dem Englischen Bürgerkrieg nachzustellen, und hierfür ein exaktes Landschaftsmodell aus den 1640ern einsetzte, war ein netter Pluspunkt.

»Mein Vater erzählte, dass Sie mehr über die Gegend wissen als irgendjemand sonst«, sagte Sarah.

»Ach ja? Wie freundlich von ihm«, antwortete Will, nahm seine Brille ab und wischte sie mit dem kleinen Tuch ab, das er eigens zu diesem Zweck immer in der Jackentasche hatte. »Er ist ja selbst nicht gerade unbeleckt, was die hiesige Geschichte angeht. Wie auch immer … Er hat Sie sicher nicht hergeschickt, damit Sie mir seine Komplimente ausrichten. Was möchten Sie wissen?«

Offenbar war Small Talk kein Hobby des Historikers, stellte Jack fest und kam direkt zur Sache.

»Haben Sie von den Gerüchten über Mabb's Farm gehört?«

»Habe ich. Es ließ sich ja auch schwerlich vermeiden.«

»Und was halten Sie davon?«

Der Historiker lachte. »Nicht viel. Dieses Land war schon immer voller Aberglauben und abergläubischer Leute. Das ist nichts Neues.«

»Und dieses Gerede von einem Fluch?«, fragte Jack.

»Die Menschen haben zu allen Zeiten gern die Schuld an unglücklichen Ereignissen auf irgendwas oder irgendwen geschoben, mein amerikanischer Freund – sei es auf das Schicksal oder die Götter, die Sterne, Flüche …«

»Oder Hexen?«, ergänzte Sarah.

Sie redet wahrlich nicht gerne um den heißen Brei, dachte Jack.

»Ach, die Geschichte! Die ›Drei Hexen von Mabb's Hill‹. Nun, wenn Sie ein wenig nachforschen, werden Sie feststellen, dass diese drei Frauen nichts als alte Jungfern waren, die Heilkräuter mixten. Ihr einziges Pech war, wo sie wohnten.«

»Auf Mabb's Farm?«, fragte Jack.

»Ja, aber es geht mehr darum, wo ihr kleines Farmhaus

stand, das zu jener Zeit nur halb so groß war wie das heutige. Sind Sie mal von der Farm den Hügel hinaufgegangen?«

»Noch nicht.« Jack sah Sarah an. »Gibt es da etwas, das wir uns ansehen sollten?«

»Oh, das würde ich unbedingt sagen. Mich erstaunt, dass es nicht mehr Touristen anlockt. Aber vermutlich fällt es dem ungeübten Auge auch gar nicht weiter auf.«

»Was?«, erkundigte sich Sarah.

Goodchild lächelte.

Der Kerl ist ein Geschichtenerzähler, ging es Jack durch den Kopf.

Und er hat uns.

»Ach, wo sind nur meine Manieren! Möchten Sie Tee?«

Immer dieser Tee!, dachte Jack. In diesem Land konnte man praktisch nichts tun, ohne eine Tasse Tee in der Hand zu halten.

Und er musste zugeben, dass er sich allmählich daran gewöhnte.

»Sehr gerne«, antwortete Jack. Sarah grinste ihn an. Wahrscheinlich wusste sie, was er dachte.

»Ja, gerne«, pflichtete sie ihm bei.

Goodchild reckte einen Finger in die Höhe – ein General auf dem Weg zum Schlachtfeld »Küche und Kessel«. »Ich bin – wie sagt ihr Yankees noch? – schwuppdiwupp wieder da.«

Jack hätte erwähnen können, dass »schwuppdiwupp« nicht mehr gebräuchlich war, doch ihr Gastgeber war bereits verschwunden.

Jack trank einen Schluck *English Breakfast* mit etwas Honig und ohne Milch.

Apropos magische Kräfte ... eine Tasse Tee konnte wahre Wunder wirken.

Will Goodchild stellte seine Tasse auf einem kleinen Schreibtisch ab und wandte sich zur Modelllandschaft, in der sich die gegnerischen englischen Truppen gegenüberstanden.

»Nun, ich habe die Stelle sogar in dem Modell nachgebaut, mit winzigen Schieferkrümeln. Und«, er zeigte darauf, »dort ist sie.«

Jack und Sarah beugten sich vor, konnten jedoch nichts erkennen außer einer kleinen Anhöhe, die von der Farm in dem Tal wegführte.

»Ist das hier Mabb's Farm?«, fragte Jack.

»Ja, so, wie sie 1640 aussah«, antwortete Goodchild. »Sie war, wie gesagt, ein bisschen kleiner.«

»Ich sehe nicht …«

Noch ehe er den Satz beendet hatte, entdeckte Jack die kleinen Schieferteile, die auf dem bewaldeten Hügel oberhalb der Farm kreisförmig angeordnet waren.

Er drehte sich zu Goodchild. »Diese Steine?«

»Ja, diese Steinformation heißt ›Mabb's Circle‹.«

»Und wer genau war Mabb?«

»Die Feenkönigin in der alten Mythologie. Angeblich drang sie in den Geist der Menschen ein, während sie schliefen, und machte ihre Träume wahr … Tatsächlich findet man bei Shakespeare …«

Sarah warf Jack einen Blick zu. Dieser kurze Besuch bei Goodchild schien sich zu einer Marathon-Geschichtsstunde auszuwachsen.

»Davon würde ich ein anderes Mal gerne mehr hören«, unterbrach Jack ihn höflich. »Aber diese Steine – warum sind die wichtig?«

»Tja, zunächst einmal sind sie aus dem Neolithikum, der Jungsteinzeit, und der Kreis wurde wahrscheinlich von frühen Druiden für ihre obskuren Zeremonien angelegt. Doch von wem genau, von welchem Stamm und zu welchem Zweck, das ist bisher größtenteils ein Rätsel, ähnlich wie Stonehenge oder die Rollright Stones bei Chipping Norton. Sollte es allerdings eine mystische Ursache für all den Aberglauben und Hokuspokus um Cherringham geben, dann dürfte sie, wenn man so will, direkt von hier herrühren.«

»Und Sie glauben an nichts davon?«

Goodchild lachte. »Guter Gott, nein! In uralten Zeiten gab es allen erdenklichen Quatsch. Heute sind die Steine nichts als erstaunliche Artefakte. Sie sollten wirklich mal da raufgehen und sie sich ansehen. Es gibt dort sogar den Wicker Man, eine Puppe aus Zweigen, aber die ist natürlich moderneren Ursprungs.«

»Ein Wicker Man?«, wiederholte Sarah. »Ich erinnere mich, dass uns in der Schule davon erzählt wurde. Hatte der nicht etwas mit Menschenopfern zu tun?«

»Richtig. Eine Puppe wurde meist symbolisch mit derjenigen Person verbrannt, die das Pech hatte, geopfert zu werden. Der Wicker Man auf Mabb's Hill tauchte um die vorletzte Jahrhundertwende auf. Wieder mal wegen irgendeines Aberglaubens, wenn Sie mich fragen. Ich vermute, dass er den Teufel beschwichtigen und die Ernte schützen sollte.«

»Und die Hexen?«

»Wie ich schon sagte, waren sie nur drei alte Schwestern – bedauernswerte Opfer von üblem Geschwätz und grotesken Unterstellungen. So etwas passierte dauernd, weit bis ins siebzehnte Jahrhundert hinein. Und die drei endeten in Oxford am Galgen. Interessant ist, dass es ein ziemliches Durcheinander gab, was den Verbleib der Leichen betraf. Das war zu jener Zeit sehr wichtig. Es gibt keine Aufzeichnungen über ihre Beerdigung. Sie sind einfach … verschwunden.«

Jack sah wieder zu Sarah. Er könnte diesem Mann stundenlang zuhören, aber das musste nicht zwangsläufig auch für sie gelten. Wenigstens hatten sie jetzt eine ungefähre Vorstellung davon, wo das Gerede von einem »Fluch« in dieser Gegend herrührte.

Und anscheinend zerrissen sich die Leute nach wie vor gerne das Maul und befeuerten die Gerüchteküche.

Er stand auf.

»Es war mir ein Vergnügen, Ihnen zuzuhören, Will, und dies hier zu sehen. Danke!«

Der Historiker strahlte. »Kommen Sie ruhig jederzeit vorbei.«

Dann führte er die beiden vom Schlachtfeld weg und zur Haustür.

Draußen wandte Jack sich zu Sarah um.

Für einen Moment konnte er sich das Dorf vor etwa vierhundert Jahren vorstellen: die Karren, die Pferde und die Leute, die, beinahe ähnlich wie heute, geschäftig umherliefen.

Doch es war damals eine angsterfüllte Zeit gewesen, in der ein Menschenleben kaum etwas galt – angesichts der Tatsache, dass jeder durch Kriege und Krankheiten bedroht war und täglich ums bloße Überleben kämpfen musste.

Kein Wunder, dass die Leute sich an abergläubische Vorstellungen klammerten. Leben und Tod mussten ihnen vollkommen willkürlich und unberechenbar erschienen sein.

»Ein recht gewinnender Mann«, sagte er.

»Auf jeden Fall kennt er sich mit der Heimatgeschichte aus. Was meinst du, wollen wir uns diese Steine ansehen und dann bei Charlie und Caitlin Fox reinschauen?«

Jack blinzelte ins goldgelbe Sonnenlicht.

»Ja, sehen wir uns mal die Stelle an, von der ›der Fluch‹ angeblich ausgeht. Und hinterher versuchen wir, mit dem Farmer zu reden.«

»Versuchen?«

Jack nickte. »Ich weiß nicht, aber irgendwas an dieser Sache ist, na ja, komisch.«

»Werden wir jetzt auch abergläubisch?«

Er grinste. »Nein, aber die beiden hätten zur Polizei gehen können. Stattdessen benehmen sie sich, als hätten sie etwas zu verbergen.«

Er beobachtete, wie Sarahs Lächeln erstarb. »So langsam gewöhne ich mich an deine ›Ahnungen‹. Die sind ein bisschen wie ein sechster Sinn …«

Jack lachte. »Noch mehr Hexerei!«

»Nein, im Ernst. Meistens führen sie zu etwas.«

»Verbuch es unter Erfahrung. Doch selbst wenn es nichts ist, interessiert mich schlicht eine Anlage, die aus der Jungsteinzeit stammt.«

»Und die war wann?«

»Sie fing um 10.000 vor Christus an – zusammen mit dem Ackerbau.«

»Du bringst mich immer wieder zum Staunen, Jack.«

»Und mich erstaunt, dass du nie bei den Steinen warst. Nicht mal als Jugendliche?«

»Wir standen damals auf andere Stones.«

Jack lachte erneut. »Ja, kann ich mir denken. Ich fahre.«

Sie gingen hinüber zu seinem Sprite. Inmitten der Geländewagen und Vans fiel der Sportwagen direkt auf. Und er entsprang ebenfalls einer anderen Ära … des Fahrzeugbaus und Autofahrens … vielleicht sogar einem anderen Leben, dachte er manchmal.

»Führst du uns hin, oder muss ich die nette GPS-Dame einschalten?«

»Keine Sorge, Jack, ich weiß ja, wie sehr du das Ding hasst. Bitte wenden; dann nach Westen aus dem Dorf fahren.«

»Hey, du klingst genau wie sie!«

Jack steuerte aus der Parklücke, wendete und fuhr weg von Goodchilds Haus und aus dem Dorf hinaus.

6. Mabb's Circle

Sie parkten auf einem Feldweg, über den man zu Charlie Fox' Anwesen gelangte, direkt neben einem kaputten Zaun, der einen Grenzabschnitt des Farmgrunds markierte.

Von hier führte eine große Wiese den Hügel hinauf, so wie sie es in Will Goodchilds Modell gesehen hatten.

Der Hügel war oben bewaldet, ganz wie zu Cromwells Zeiten.

Jack strich mit der Hand über die zersplitterten Zaunholme; einige von ihnen waren in der Mitte durchgebrochen, bei anderen fehlten größere Stücke.

Dieser Zaun musste eindeutig repariert werden.

»Wie es aussieht, ist Charlie kein Fan von mühseligen Instandhaltungsarbeiten.«

Sarah fand eine Stelle, wo nur noch ein einziger Querbalken übrig war, und stieg hinüber. »Die Steine müssen ganz oben sein, aber ich kann sie von hier aus nicht sehen.«

Jack blickte sich um. »Hübsch.«

Sarah begann über die Wiese zu stapfen, deren Wildgräser ihr bis zu den Knien reichten. Vom Regen der letzten Wochen war noch alles nass.

Jack ging mit großen Schritten neben ihr her und achtete darauf, im gleichen Tempo wie sie zu marschieren. »Tja, so etwas kann man bei uns zu Hause nicht mehr machen.«

»Über eine Wiese gehen? Wieso das denn nicht?«

»Lyme-Borreliose. Sie wird von der Hirschzecke übertragen; ziemlich fies. Im Nordosten gibt es so gut wie keine Gegend mehr, die nicht von Hirschzecken heimgesucht wird.«

»Die gibt es in England auch, in New Forest zum Beispiel. Aber hier weniger. Glaube ich jedenfalls.«

»Wahrscheinlich weil ihr weniger Wildwanderungen habt als wir.«

Jack blieb stehen, als sie die Stelle erreichten, an der die Wiese in einen sanft ansteigenden Hügel überging.

»Kann man auf diesem Land eigentlich nichts anbauen?«

Sarah lachte. »Für solche Fragen bin ich die Falsche. Aber ich schätze schon, sofern man das richtige Gerät und die richtigen Leute hat. Vielleicht fehlt es Charlie an beidem.«

Jack nickte, und sie gingen den Hügel hinauf.

Binnen Minuten waren sie oben, wo der Hügelgipfel flach wurde. Und dort drehte Sarah sich um.

Im Osten sah sie Cherringham, das von hier aus eine Postkartenidylle war.

»Wunderschön«, sagte Jack. »Wäre ich ein Maler ...«

»Ja, nicht? Und da unten siehst du die Farm, am Ende des Feldwegs.«

Sarah zeigte auf das Farmhaus und die Scheunen. Eine kleine Herde Kühe stand unweit vom Haus, und dahinter war ein Feld mit sehr ungleichen Getreidereihen, die wie Weizen aussahen.

Sie drehte sich wieder zum Hügel.

Dicht stehende Bäume versperrten den Blick, sodass man nicht sehen konnte, ob dahinter eine Lichtung war. Doch ein ausgetretener Pfad führte zwischen den Bäumen hindurch. Es waren hohe Eichen und Buchen, unter denen eine klamme Dunkelheit herrschte.

Sarah fröstelte.

Die Bäume schienen so uralt. Und unheimlich ...

»Zu den Steinen müsste es da durch gehen.«

»Ist gut«, sagte Jack, der den Blick nicht von der malerischen Aussicht lösen konnte.

Sarah folgte dem etwas über einen halben Meter breiten Trampelpfad, der vermutlich genauso alt war wie die Steinformation.

Im Schatten war es kalt, düster und still.

Sarah hatte Vogelgezwitscher erwartet, doch hier war nichts zu hören.

Endlich traten sie aus dem Wald und erblickten auf einer Lichtung den Steinkreis.

Sarahs erster Gedanke war: *Wieso war ich als Kind nie hier?*

Es wunderte sie, dass ihr geschichtsbegeisterter Vater nie mit ihr hergekommen war.

Allerdings musste der Fairness halber angeführt werden, dass er eher ein Museumsmensch war, der sich für die großen historischen Ereignisse, die wichtigen Abkommen und Dokumente interessierte, die in riesigen Burghallen mit mächtigen Deckengewölben unterzeichnet wurden.

Das Wandern zu urzeitlichen Ritualschauplätzen war eher nicht sein Ding.

Und Sarah konnte sich recht gut vorstellen, dass sie als Kind gegen solch einen Marsch protestiert hätte.

Trotzdem war sie zu allen möglichen Weltkriegsdenkmälern in der Gegend gezerrt worden, wo ihr Vater mit glänzenden Augen von den menschlichen Dramen hinter jedem der Denkmäler erzählt hatte.

Das war bei ihr hängen geblieben.

Nun betrachtete sie die Steine: ein perfekter Kreis von zwanzig, dreißig Metern Durchmesser. Das Gebilde bestand aus Dutzenden von Steinen, von denen die meisten wie große, gezackte Zähne aussahen.

Sie fragte sich, ob die Steine nur auf der Erde standen oder tief in ihr steckten, sodass sie in Wahrheit viel größer waren, als es sich dem Betrachter darstellte.

So oder so besaß dieser Ort eine eindrucksvolle Aura.

»Faszinierend«, sagte Jack.

»Nicht direkt Stonehenge, aber doch erstaunlich, nicht?«

»Ja, stimmt. Zu sehen, dass etwas so Altes noch immer hier steht … sich vorzustellen, wer früher herkam und was sie taten …«

Sie sah ihm an, dass er ganz in Gedanken versunken war: In

seiner Fantasie füllte sich dieser Ort mit Menschen – möglicherweise mit Druiden, Dorfbewohnern und den armen Tröpfen, die als Opfer ausgewählt waren.

Sarah wusste nicht, ob es am Wind oder an der Tatsache lag, dass sie auf dem Hügel standen, doch ihr wurde wieder kalt. Und dass die Sonne hinter den Baumkronen im Westen untertauchte, machte es nicht besser, denn nun legte sich auch noch Schatten über die Lichtung.

Jack ging auf den Stein zu, der ihnen am nächsten war. Er war knapp einen Meter hoch, und Jack bückte sich, um ihn zu berühren.

»Ich schätze, sogar die Flechten auf diesen Steinen sind tausend Jahre alt.«

Das zeigt wieder mal, was ich alles nicht weiß, dachte Sarah. *Können Flechten tatsächlich so alt werden?*

Als hätte er ihre Gedanken gehört, fügte Jack hinzu: »Sie leben übrigens wirklich so lange.«

Dann richtete Jack sich wieder auf. »Da ist irgendeine Gedenktafel«, sagte er und wies auf eine Stelle in der Kreismitte.

Daraufhin gingen sie ins Zentrum von Mabb's Steinkreis.

Jack las: *Obwohl diese Steine aus der Jungsteinzeit datieren, ungefähr 6.000 vor Christus, bekamen sie die Bezeichnung Mabb's Circle erst in relativ neuer Zeit, etwa um das Jahr 1.100 nach Christus. Der Name hat möglicherweise seinen Ursprung in der alten Sage von der Feenkönigin Medb; manche Historiker sind allerdings der Auffassung, dass er dem Steinkreis im dreizehnten Jahrhundert zu Ehren von Lady Mabel Repton verliehen wurde. Der Repton-Familie gehörte ein Großteil des Grundes, auf dem heute das Dorf Cherringham steht.*

Jack lachte. »*Relativ neuer Zeit* … In diesem Land muss man sich aber echt anstrengen, um ›alt‹ genannt zu werden.«

Sarah überflog die Informationen auf der Tafel zur Geschichte des Steinkreises.

»Sieh mal: Hier heißt es, dass die Steine höchstwahrscheinlich für mehrere verschiedene Zeremonien benutzt wurden, aber hauptsächlich wohl als Ort für Menschenopfer dienten, die mit den jährlichen Ritualen und Götterehrungen verbunden waren …«

Kein Wunder, dass Dad mich nicht hierher gebracht hat. Selbst jetzt, wo ich eine Erwachsene bin, ist das gruselig.

Sie wandte sich zu Jack. »Das war genau hier. An dieser Stelle.«

Jack blickte sich um. Für ihn war dies gewiss nur ein weiterer, unglaublich alter Tatort.

»Ja, mit ein bisschen Fantasie kann man sich vorstellen, wie das ausgesehen hat. Die Leute, die um den Kreis herumstanden, beobachteten und warteten, dass dem heidnischen Gott, der gerade in Mode war, ein Menschenopfer gebracht wurde.«

Er kickte in einen Aschenhaufen. »Heute kommen wahrscheinlich Jugendliche her, stecken sich einen Joint an und reden über die guten, alten Zeiten.«

»Ich selbst habe das nie gemacht, aber …«

Sie hatte sich umgedreht und bemerkte nun seitlich vom Steinkreis etwas, das direkt zu ihnen sah.

»Jack, sieh mal!«

»Hmm … was ist das?«

Der Wicker Man.

Sie hatten ihn bisher nicht erblickt, weil von ihrer vorherigen Position aus die Sicht auf ihn durch Bäume verdeckt wurde. Erst jetzt, wo sie mitten im Steinkreis standen, konnten sie ihn sehen.

»Also *das* ist unheimlich.«

Ja, das war es. Die Figur war aus sorgfältig gebogenen Zweigen und Efeuranken erschaffen worden, hatte lange Beine, einen Rumpf aus Brombeerzweigen, einen grotesken Kopf – und streckte einen Arm in Sarahs und Jacks Richtung.

»Allmählich verstehe ich, warum manche Leute diesen Ort für verflucht halten«, gestand Sarah. »Dieser Flecken allein kann schon jeden abergläubisch machen.«

»Oh ja, und wir sind bei Tage hier. Stell dir die Szene mal in einer Vollmondnacht mit heulendem Wind vor und …«

Sarah hörte ein Klicken hinter sich.

Und dann eine Stimme.

»Ihr zwei da – schön langsam umdrehen.«

Sarah bemerkte, wie Jack ihr einen Seitenblick zuwarf, der besagte: *Tu das, was ich mache.*

Als sie sich umdrehten, entdeckte Sarah einen Mann, der ein Gewehr auf sie richtete.

»Ich habe euch zwei auf mein Land gehen sehen. Das ist unbefugtes Betreten.«

Sarah sah, wie Jack nickte. »Charlie Fox?«

Der Mann hielt sein Gewehr weiter im Anschlag.

»Und wenn schon? Ich will, dass ihr von meinem Land verschwindet.«

Sarah konnte sich schwerlich vorstellen, dass dieser antike Steinkreis zu Charlies Besitz gehörte. Und selbst wenn, hatten die Leute sicher ein Recht, den Pfad hierher hinaufzugehen.

Sie überlegte schon, ihm zu sagen, dass sie sich bloß die Steine ansehen wollten, was gelogen wäre, aber Charlie dazu bringen könnte, das Gewehr herunterzunehmen.

Doch Jack kam ihr zuvor. »Charlie, wir wollten noch nach unten zu Ihnen kommen.«

Der Mann schüttelte den Kopf, wobei das Gewehr ebenfalls hin und her geschwenkt wurde.

Wie ruhig ist sein Finger am Abzug?, fragte Sarah sich und wünschte, der Farmer würde einfach die verdammte Waffe runternehmen.

»Zu mir? Und wozu wohl?«

Sarah antwortete: »Die Leute haben von den unglücklichen

Dingen gehört, die Ihnen passiert sind. Auf der Farm. Wir dachten, wir könnten vielleicht helfen …«

»Ich brauche keine Hilfe! Ich helfe mir selbst. Und ich sorge für meine Familie.«

Sarah dachte an Emilys Bericht über ihre verstörende Unterhaltung mit Charlies ängstlicher Ehefrau Caitlin.

»Die Leute reden von einem Fluch. Dass Sie und Ihre Frau Angst haben.«

Charlie schüttelte energisch den Kopf.

»Dieses verdammte Gerede von einem Fluch wieder? Hören Sie, ich habe die Schnauze voll von Ihnen und allen anderen. Ich brauche keine Hilfe, verstanden? Ich wollte keine -«

Sein Redeschwall wurde von einem lauten Knall hinter ihnen unterbrochen. Sarah fühlte … Hitze.

Und ehe sie sich umdrehte, sah sie, wie Charlie sein Gewehr nach unten nahm. Er hatte Augen und Mund weit aufgerissen, als wäre aus den Steinen hinter ihnen ein schauriger Geist erschienen.

Jack fuhr erschrocken herum und versuchte zu begreifen, was passiert war. Aber nichts ergab einen Sinn.

Der Wicker Man schien unvermittelt in Flammen aufgegangen zu sein. Sämtliche gebogenen Zweige brannten, und die ganze Figur fauchte und knackte unter der Hitze. Ein Funkenregen ließ Jack weiter zurückweichen.

Mit einem wütenden Schrei rannte Charlie an ihm vorbei auf das Feuer zu und schwenkte das Gewehr in einer Hand.

»Um Gottes willen, Charlie, weg mit dem Gewehr!«, schrie Jack.

Charlie sah zu ihm und kam für einen Moment zur Vernunft: Er lehnte das Gewehr gegen einen der Steine. Dann rannte er weiter auf das Feuer zu, die Arme weit ausgebreitet.

»Was machen wir jetzt?«, rief er.

»Haben Sie Wasser hier oben?«, fragte Jack so ruhig wie möglich.

Der Farmer drehte sich zu ihm um und schüttelte panisch den Kopf. »Hier? Nein!«

»Dann müssen Sie wohl einfach warten, bis die Puppe ausgebrannt ist, Charlie. Bedaure.«

Seitlich von Jack stand Sarah, starr vor Schreck angesichts des lodernden Feuers. Und weiter vorn war nun Charlie ebenfalls erstarrt und glotzte keuchend auf die brennende Puppe. Jack nutzte die Gelegenheit, um hinter Charlie zu gehen, vorsichtig das Gewehr zu nehmen und die Patronen herauszuholen.

Dann legte er es sich über einen Arm und wanderte langsam um das Feuer herum. Er suchte nach Anzeichen, dass jemand hier oben gewesen war.

Zwischen den Bäumen bewegte sich etwas. Jack spähte in die Dunkelheit. War dort jemand?

Die Bäume reichten bis auf wenige Meter an den brennenden Wicker Man heran. Jemand könnte die Puppe angezündet und sich rasch zurückgezogen haben. Und der dichte Wald bot eine ausgezeichnete Deckung.

Das Feuer war sehr schnell und mit einem lauten Knall ausgebrochen – nicht so, wie es in der Natur normalerweise vorkam. Jack wusste dies, da er früher oft genug in Fällen von Brandstiftung ermittelt und dabei umfassende Kenntnisse über die Entstehung von Feuer erworben hatte.

Seine Augen scannten rasch die Umgebung, doch er konnte weder Streichhölzer noch Benzinkanister in der Nähe entdecken. Er konnte auch kein Benzin riechen – genau genommen roch er überhaupt nichts Außergewöhnliches. Andererseits kannte er auch geruchlose Brandbeschleuniger.

Er hob einen kleinen Stock auf, der durch das Feuer aus der Puppe gefallen war, und stocherte damit unten vor dem brennenden Wicker Man herum, wo es eine schwarze Verfärbung im Gras gab.

Dann fiel plötzlich die obere Hälfte der Puppe nach innen,

worauf Funken, ein Hitzeschwall und Rauch aufstoben. Jack sprang rasch zurück und blieb bei Charlie stehen.

»Es ist der verdammte Fluch«, murmelte der Farmer vor sich hin.

»Wie kommen Sie darauf, Charlie?«

Der Farmer sah ihn verbittert an, und Jack konnte deutlich die Wut in seiner Stimme hören, als er fragte: »Warum seid ihr hier raufgekommen? Du und diese Frau. Was wollt ihr? Meine Farm, ja? Wollt ihr mich von meinem Land vertreiben?«

»Nein, Charlie«, entgegnete Sarah, die Jack nun an ihrer Seite fühlte. »Wie wir schon sagten, wollen wir Ihnen helfen.«

»Stimmt«, pflichtete Jack ihr bei. »Wir wollen herausfinden, wer Ihnen diese Sachen antut. Vielleicht können wir diejenigen stoppen.«

»Caitlin sagt, das ist der Teufel«, erwiderte Charlie. »Denkt ihr, ihr könnt den Teufel aufhalten?«

»Ich glaube nicht an den Teufel«, antwortete Jack.

Die Natur löste Feuer aus. Menschen legten Brände. Oder Unfälle passierten.

In Jacks Universum war kein Teufel nötig.

Charlie starrte Jack an, schüttelte den Kopf und streckte eine Hand nach der Waffe aus.

»Das ist mein Gewehr. Und keine Bange, ich schieße nicht auf euch. Noch nicht.«

Jack reichte ihm das Gewehr, aber nicht die Patronen.

»Und jetzt runter von meinem Land!«

»Komm, Jack«, sagte Sarah und bedeutete ihm, dass sie gehen sollten.

»Überlegen Sie, ob Sie nicht doch unsere Hilfe wollen, Charlie«, mahnte Jack.

»Die brauch ich nicht! Und lasst euch ja nie wieder auf meinem Grund und Boden blicken!« Er schwenkte seine ungeladene Waffe. »Das meine ich ernst.«

Jack blickte zu Sarah, die mit den Schultern zuckte.

Na gut, hier kommen wir sowieso nicht weiter, dachte Jack. Gemeinsam drehten sie sich um und verließen die Lichtung.

Schweigend trotteten sie durch den dunklen Wald. Jack kam sich wahrlich wie in einem fremden Land vor. Die Bäume standen so dicht, dass es vollkommen still war.

Was war mit der ganzen Fauna passiert?

Als sie auf die Wiese kamen, war Jack froh, dass noch etwas Licht am Himmel war. Doch selbst im fahlen Schein des Sonnenuntergangs schien es Jack, als würden Mabb's Hill und der Steinkreis das Land tatsächlich mit einem Fluch belegen.

»Da oben würde ich ungern längere Zeit allein sein«, sagte er, als sie auf dem schlammigen Pfad zum Wagen zurückgingen. »Der Platz ist irgendwie seltsam.«

»Unheimlich«, bestätigte Sarah. »Erst dachte ich, das wäre nur ich. Und dann dieses Feuer. Ich meine, was denkst du …?«

»Ich konnte nichts riechen. Ein Teufel war es nicht, schätze ich – aber was hat es ausgelöst? Hab keinen blassen Schimmer.« Er holte tief Luft. »Bisher jedenfalls nicht.«

Am kaputten Zaun unten am Hügel blieb Jack stehen und sah noch einmal zurück. Eine dünne schwarze Rauchfahne stieg hinter den Bäumen auf.

»Und das ist ein echt wirrer Bursche. Er hatte wirklich Angst«, sagte er.

»Nicht gerade jemand, bei dem man sich wünscht, dass er mit einem geladenen Gewehr herumläuft.«

»Mich wundert nicht, dass seine Frau beunruhigt ist.«

»Vielleicht sollten wir versuchen, mit ihr zu reden.«

»Ja, aber sicherlich nicht, wenn Charlie in der Nähe ist«, hob Jack hervor.

»Ich horche mich mal um, wann sie wieder ins Dorf kommt. Und wir sollten uns mehr Hintergrundinfos zur Farm besorgen.«

»Prima Idee. Wie wäre es mit deinem Freund Tony?«, fragte Jack. »Meinst du, er gibt uns inoffiziell etwas?«

»Wenn ich nett frage. Außerdem ist da noch die himmlische Tamara.«

»Wer war das noch mal?«

»Sie ist die Frau, die alles über den Fluch weiß, schon vergessen?«

»Ach ja. Die mit dem Hippie-Laden.«

»Hast du Lust, mal deine Chakras prüfen zu lassen?«, fragte Sarah.

»Die müsste sie erst suchen«, erwiderte Jack. »Dieser Tage nutze ich meine Chakras nicht mehr oft.«

Beide lachten, als sie bei Jacks Wagen ankamen. Sarah wartete, bis Jack aufgeschlossen hatte.

»Und was denkst du, wie das Feuer zustande kam?«, fragte Sarah ihn, während Jack den Motor anließ und wendete.

»Mit einem Streichholz, würde ich sagen.«

»Brillant. Is' ja entzückend, Detective!«, lobte Sarah ihn mit einem ihrer Meinung nach sehr authentisch klingenden New Yorker Akzent.

»Und«, sagte Jack, »wir finden heraus, wer ihn angezündet hat.«

Er nickte zu dem Hügel.

»Wenn das Feuer ausgebrannt ist, gehe ich vielleicht noch mal rauf und schnüffle ein bisschen herum. Soll Charlie ruhig drohen …«

Und ich werde herausbekommen, was hier wirklich los ist, dachte Jack.

7. Eine Familienangelegenheit

»Ihr wart bei Mabb's Circle?«, fragte Grace und reichte Sarah einen Kaffee. »Ehrlich? Da würde ich nicht für Geld und gute Worte raufgehen.«

Sarah lehnte sich in ihrem Schreibtischstuhl zurück. Sie war verblüfft, denn ihre Assistentin war eigentlich sehr tough und der letzte Mensch, bei dem Sarah vermutet hätte, dass er an Flüche oder Übernatürliches glaubte.

»Ich muss zugeben, dass die Atmosphäre ein bisschen bizarr ist. Besonders im Wald.«

»Ja, das wette ich«, sagte Grace. »Auch wenn uns das in den alten Zeiten weniger gestört hat.«

Sarah grinste. »Ich nehme mal an, dass du mit ›alten Zeiten‹ deine Schulzeit meinst.«

Grace lachte. »Für mich ist das lange her. Jedenfalls sind wir immer mit einer ganzen Clique zu den Steinen gegangen, haben gechillt, Musik gemacht und … du weißt schon …«

»Ja, ich kann es mir denken. Zu meiner Zeit gingen wir runter zur Ingleston-Kirche und setzten uns auf die Grabsteine. Warum, weiß ich nicht mehr genau. Vielleicht wollten wir uns gegenseitig beweisen, dass wir keine Angst vorm Sensenmann hatten.«

»Tja, Hauptsache weg von zu Hause, nicht?«, sagte Grace lachend.

»Hat euch denn der Farmer nicht vertrieben?«, fragte Sarah.

»Nein, damals doch nicht. Das war der alte Harry, der hätte nicht mal eine Fliege verscheucht.«

»Harry?«

»Harry Fox«, erklärte Grace. »Charlies Dad. Er hat den Hügel oben überwuchern lassen, und ihm war egal, wer die Wiesen als Abkürzung nahm.«

»Was ist aus ihm geworden?«

»Gestorben, nehme ich an. Ein Jammer. Er war ein netter alter Mann.«

»Und wann hat Charlie die Farm übernommen?«

»Hmm, da bin ich mir nicht ganz sicher. Ehrlich gesagt, dachte ich, sein Bruder hätte die Farm weitergeführt.«

Sarah stellte ihren Kaffee ab. Jetzt wurde es interessant. »Der Bruder? Ich wusste gar nicht, dass er einen Bruder hat.«

Grace zuckte mit den Schultern. »Ich kann mich auch irren.«

»Interessant ist es trotzdem. Weißt du was, Grace – wenn du heute Nachmittag mit dem Angebot für den Gemeinderat fertig bist, kannst du dann für mich mal alles ausgraben, was sich über Mabb's Farm findet?«

»Klar. Ich jage mal ein paar SMS los; mal sehen, wer was weiß. Werdet ihr jetzt echte Ghostbusters?«

»Es gibt keine Geister, Grace.«

Grace beugte sich über Sarahs Monitor. »Es gibt keine Geister, aber dem Fluch von Mabb's Farm entkommt trotzdem keiner, uahh!«

Sarah gab ihr den leeren Kaffeebecher. »Jetzt stell den in den Geschirrspüler, und dann zurück an die Arbeit, Sklavin«, befahl sie grinsend.

Grace kicherte. »Jawohl, Boss, aber nur, weil ich meinen Becher sowieso wegbringe.«

Und Sarah dachte: *Zeit, dass ich selbst ein bisschen grabe …*

Tony Standish schenkte Sarah Tee ein und stellte die Kanne zurück auf das Silbertablett auf seinem alten Mahagoni-Schreibtisch.

Sie setzte sich in den Ledersessel und stellte wieder einmal fest, dass sie dieses Büro sehr mochte.

In dem Raum mit den roten Perserteppichen, den dunklen Möbeln und den hohen Schiebefenstern, durch die man auf Cherringhams Marktplatz blickte, fühlte man sich wie auf einer Zeitreise. Wahrscheinlich war hier seit den Dreißigern nichts verändert worden.

Abgesehen natürlich von dem schmalen silbernen Laptop auf Tonys Schreibtisch.

Sarah nahm die hübsche kleine Porzellantasse in die Hand und nippte an ihrem Tee.

»Die Familie Fox gehörte nie zu meinen Mandanten«, sagte Tony und rührte Zucker in seinen Tee. »Aber in einem Dorf wie diesem erfährt man selbstverständlich, was los ist.«

»Das Privileg des Anwalts. Du hast hoffentlich nicht das Gefühl, gegen deine Schweigepflicht zu verstoßen, wenn du mit mir redest.«

»Nein, gar nicht. Ich bin ein vollkommen unbeteiligter Dritter.«

»Und wie ist die Geschichte?«, fragte Sarah. »Womit ich nicht die Bürgerkriegsparteien und die Hexen meine.«

Tony kam um den Schreibtisch herum und setzte sich in den anderen Sessel am Kamin.

»Tja, die ist ziemlich verworren. Die Fox-Familie bewirtschaftet das Land schon seit ein paar Hundert Jahren. Es sind einige Hundert Morgen. Das Land gehört ihnen, sie sind also keine Pächter. Nach modernen Maßstäben ist es keine große Farm, und auf dem Grund sind einige steile Hügel, was die Bewirtschaftung ein wenig schwierig macht. Sie betreiben dort Viehzucht und Ackerbau. Früher hatten sie Schweine, Schafe, Hühner, was auch immer.«

»Und erwirtschaften sie Gewinne?«

»Nun ja, marginal vielleicht. Nicht so toll, denke ich. Aber sie haben nie Land verkauft, folglich müssen sie irgendwie über die Runden gekommen sein.«

»Wie ich gehört habe, war Harry Fox schon ziemlich alt. Hast du ihn gekannt?«

»Harry? Mann, das ist aber reichlich lange her. Er war noch aktiv, als ich nach Cherringham zog. Ein richtig altmodischer

Farmer. Hockte die ganze Woche in seinem alten Anzug auf dem Traktor und zog seinen besten Anzug an, wenn er sonntags in die Kirche und anschließend in den Pub ging. Er muss so vor … etwa fünf Jahren gestorben sein.«

»Und dann hat sein Sohn übernommen?«

»Richtig«, antwortete Tony. »Ray – ein kluger Bursche. Er war auf der Landwirtschaftsschule. Der konnte berechnen, wie der Ertrag maximiert wird, und wusste, wie man an EU-Subventionen kommt und so.«

»Anscheinend muss man es heute so machen, wenn man überleben will.«

»Ja, jeder Misthaufen wandert in die Tabellenkalkulation. Die Zeiten haben sich verändert, hmm? Und einigen meiner Mandanten zufolge war er verdammt gut darin. Ray hat manchen von ihnen auch ins zwanzigste Jahrhundert geholfen – wenn nicht gar ins einundzwanzigste!«

»Dann war er beliebt?«

»Sehr. Er hat Tag und Nacht gearbeitet, um die Farm auszubauen. Hat auf bestes Milchvieh umgestellt und eine Herde Jerseys gekauft. Beste Qualität – kleine Anzahl, wirklich raffiniert.«

»Sind das die braunen Kühe? Von denen habe ich dort welche gesehen.«

Der Anwalt lachte. »Sehr gut, Sarah! Machen wir dich doch noch zu einem Landei?«

»Träum weiter, Tony«, erwiderte sie lächelnd. »Kühe gibt es ja nur in zwei Farbvarianten: schwarz-weiß oder braun. Es sei denn, man zählt ›scheckig‹ als Farbe. Das ist schon alles, was ich weiß und wissen will.«

»Nun, ehrlich gesagt, erschöpft sich mein Wissen über Rinder im Allgemeinen und Besonderen damit auch«, gestand Tony lächelnd.

»Und was ist mit Ray passiert?«, fragte Sarah. »Wie kommt es, dass er nicht mehr da ist?«

»Eine traurige Geschichte. Vor etwa einem Jahr ging er eines Morgens aus dem Haus, verriegelte die Tür hinter sich und kam nie mehr zurück.«

»Hmm, stimmt, ich glaube, darüber habe ich etwas in der Zeitung gelesen. Er ist einfach … verschwunden, nicht?«

»Ja, so war's«, sagte Tony. »Und das ist seltsam. Es heißt, der Druck wurde ihm zu viel. Täglich sechzehn Stunden arbeiten, und das sieben Tage die Woche. Kein Privatleben, keine Frau, keine Kinder.«

»Und wo ist er jetzt?«

»Das weiß keiner. Er hatte des Öfteren von Verkauf gesprochen – dass er nach Australien auswandern wollte. Vielleicht wollte er zuletzt nicht mehr warten. Er hinterließ eine kurze Nachricht, stieg in seinen Wagen – und war weg.«

»Und wie kommt es, dass Charlie jetzt die Farm bewirtschaftet?«

»Nun ja, als klar wurde, dass Ray nicht mehr zurückkam, ist er in die Bresche gesprungen.«

»Und auf die Farm gezogen?«

»Kann man ihm nicht verdenken. Er wohnte in einer winzigen Sozialwohnung, und ich glaube, seine Frau und er wollten eine Familie gründen.«

»Caitlin.«

»Heißt sie so?«, fragte Tony. »Ich habe sie nie kennengelernt.«

»Also, solange Ray die Farm betrieb, ging es dem Betrieb gut. Und als Charlie übernahm, brach alles zusammen?«

»Ray hatte die entsprechende Ausbildung. Charlie fuhr, glaube ich, einen Gabelstapler unten in dem Landhandel. ›Rechne es dir selbst aus‹, wie Jack sagen würde.«

»Das ist nicht ganz das Gleiche, wie eine Farm zu bewirtschaften.«

»Eben«, bekräftigte Tony. »Er hatte sicher einiges zu lernen.«

»Und es gab sonst keine Angehörigen, die ihm helfen konnten.«

»Nein, da war nur noch Charlie. Er ist übrigens auch der ältere Bruder.«

»Wie sieht es rechtlich aus?«

»Was meinst du?«

»Na ja, Ray ist nicht tot, aber Charlie ist auf die Farm gezogen?«

»Ah, verstehe. Soweit ich weiß, gehört die Farm offiziell noch Ray. Charlie hat allerdings die Verträge, das Vieh und die Verbindlichkeiten übernommen.«

Es wurde an die Tür geklopft, und Tonys Sekretärin sah herein.

»Ihr Zwei-Uhr-Termin ist hier.«

»Ah, schon so spät? Fünf Minuten noch«, sagte er.

Die Tür wurde leise wieder geschlossen.

Sarah stand auf und stellte ihre Teetasse auf das Tablett zurück. »Das war sehr hilfreich, Tony, danke!«

»Es war ja nur das, was allgemein bekannt ist. Aber es freut mich, wenn ich dir helfen konnte.«

»Eines noch«, bat sie. »Du hast gesagt, dass Ray beliebt war. Gehe ich recht in der Annahme, dass Charlie es nicht ist?«

»Dazu kann ich mich unmöglich äußern, Sarah«, antwortete er augenzwinkernd. »Selbst wenn ich offiziell ›unbeteiligt‹ bin. Aber sicher findest du reichlich Leute im Dorf, die dir diese Frage beantworten können.«

»Allzeit diplomatisch.«

»Na hör mal, anders würdest du mich nicht wollen.«

»Auf keinen Fall!«

An der Tür drehte Sarah sich noch einmal um.

»Und Ray ist nie wieder hier gewesen? Hat sich nie bei seinem Bruder gemeldet?«

»Nicht, dass ich wüsste.«

»Findest du das nicht seltsam?«

Tony zuckte mit den Schultern. »Um ehrlich zu sein, Sarah, wundert mich dieser Tage nur noch wenig.«

»Aber?«

Sarah beobachtete ihn. Ihr war klar, dass er nun seine Worte mit großem Bedacht wählte.

»Ich sage nur so viel: Wenn du fünf Jahre hart gearbeitet hast, um einen erfolgreichen Betrieb aufzubauen, würdest du dann einfach weggehen, wenn du die ersten Früchte deiner Arbeit ernten kannst?«

Er sah ihr in die Augen, bis sie nickte.

»Grüß Michael und Helen von mir«, sagte er.

Als sie fortging, dachte sie über seine letzten Worte nach.

8. Ein zartes Händchen

Jack öffnete die Tür zu Moonstones, dem Esoterikladen, und fühlte sich sofort in eine andere Zeit versetzt: In seine sehr kurze Hippie-Phase während der Siebziger an der Westküste.

Genau genommen war es nur der eine Sommer gewesen.

Ach, jung sein ...

Aber in all den Jahren hatte sich nichts verändert – der gleiche Weihrauchgeruch, die gleichen überteuerten Kristalle und Glücksbringer auf den Regalen. *Oh Mann, sogar die Musik ist noch die gleiche.*

Und Sitarklänge bleiben gewöhnungsbedürftig.

Es war niemand hinterm Tresen. Entweder hatte die Besitzerin nie Probleme mit Ladendieben, oder die Ladendiebe wagten es nicht, ein schlechtes Karma zu riskieren, indem sie Kristalle klauten.

Der Geschäftsraum war klein und niedrig – wie fast alle Shops im Gassenlabyrinth des Dorfzentrums –, aber vollgestellt mit Waren.

Langsam schlenderte er durch den Laden und betrachtete das Angebot von Weihrauch, Kristallen, Drusen, mystischen mexikanischen Beuteln, indischen Schals, Traumfängern, Trommeln, Schalen in allen Größen, Meditations-CDs, Büchern und Schmuck mit besonderen »Eigenschaften«.

Er probierte eine Alpaka-Mütze auf. Ein Blick in den Spiegel, und er nahm sie sofort wieder ab.

Auf einem Anschlagbrett an der Tür sah Jack eine Liste kleiner Werbeanzeigen. Er überflog die Auswahl alternativer Angebote in diesem Teil der Cotswolds und notierte sich die Telefonnummer eines organischen Hundefutterhandels.

Neuerdings plagte ihn das schlechte Gewissen wegen des Zeugs, das er seinem Springer Spaniel, Riley, zum Fressen gab – zumal der Hund von seinem Futter alles andere als angetan zu sein schien. Vielleicht tat ihm eine Entgiftung gut ...

»Suchen Sie etwas Bestimmtes?«, fragte eine Stimme aus dem hinteren Ladenbereich.

»Singsang« beschriebe sie am ehesten.

Jack hatte auch nichts anderes von der Besitzerin erwartet, um die es sich wohl handeln musste.

Er drehte sich um. Hinter dem Tresen war eine Frau erschienen. Sie war in den Vierzigern, groß und in eine weite, leuchtend lila- und orangefarbene Seidenkleidung gehüllt. Ihre blauen Augen waren recht auffällig und wurden von dem dunklen Make-up noch zusätzlich betont.

»Hi«, grüßte Jack lächelnd. »Sind Sie Tamara?«

»Die bin ich.«

»Ich bin Jack. Wir haben heute Morgen miteinander telefoniert.«

»Ah, ja. Freut mich, *Jack*. Kommen Sie doch durch zu den Behandlungszimmern.«

Sie schritt nach hinten, und Jack folgte ihr. Er war sich nicht ganz sicher, worauf er sich hier eingelassen hatte.

Das »Behandlungszimmer« entpuppte sich als ein winziger Raum über dem Laden, in dem gerade genug Platz für eine Massageliege und ein kleines Sofa war. Während Jack ein kurzes Formular ausfüllte, fragte Tamara ihn nach seiner körperlichen Gesundheit und seinen »spirituellen« Bedürfnissen.

Sie zählte auf, welche Behandlungen sie anbot: holistische Aromatherapie, Reiki, Balancing, Seelen-Verbindung, Tarot …

Jack nickte bei jedem dieser Begriffe und versuchte, so zu tun, als wüsste er, wovon sie redete. Sie wirkte verdutzt, als er ihr erzählte, dass er sich schon ziemlich zentriert fühlen würde, wenn er auf dem Deck seines Bootes saß und angelte.

»Kein schlechter Weg zum inneren Frieden, oder?«

Tamara sagte nichts dazu, war jedoch offensichtlich der Ansicht, dass solche simplen Aktivitäten niemandes Probleme mit dem Universum lösen konnten.

Als sie ihn nach Spirituellem fragte und er daraufhin einen Scherz über Martinis machte, hatte er den Eindruck, dass er vielleicht zu weit gegangen war. Aber dann wurde ihm klar, dass der billige Witz völlig an ihr vorbeigegangen war.

Am Ende entschied er sich für eine Nacken- und Schultermassage.

Mist, früher hätte ich das garantiert als Spesen abrechnen können, dachte er.

Schon bald fand er sich auf der Liege wieder. Das Licht war gedämpft, die Heizung aufgedreht, und ein brennendes Räucherstäbchen ragte aus dem Keramikkopf von Ganesh. Dazu spielte unidentifizierbare Musik von einer CD – Panflöten?

Jack musste zugeben, dass Tamara höllisch gut massierte.

Während sie sanft seine Schultern knetete, hatte Jack einige Mühe, nicht einzunicken.

Sollte das passieren und er hier ohne irgendetwas rausspazieren, würde ihn Sarah gewaltig auf den Pott setzen.

»Wie geht das eigentlich mit dem Tarot?«, fragte er. Sein Gesicht lag auf einem Handtuch, und er hatte die Augen geschlossen. »Ich meine, haben Sie wirklich Verbindung zur anderen Seite?«

»Zur anderen Seite? Wie … urig. Sie klingen, als wären Sie kein Gläubiger, Jack.«

»Ich bin wohl eher das, was man einen Empiriker nennt«, entgegnete er. »Ich glaube an das, was ich sehe.«

»Wogegen nichts einzuwenden ist.« Sie bohrte die Finger wieder in seine Schulter. »Sie sollten mal zu einer Sitzung kommen, dann können Sie es sehen.«

»Und würde es glauben?«

»Warum nicht? Wenn Ihnen die Zukunft enthüllt wird.«

»Ich weiß nicht. Ich bin sehr katholisch erzogen worden, und wissen Sie was? Ich erinnere mich nicht an ein einziges

Wunder, keine einzige Vision. Und viel Gutes habe ich auch nicht gesehen.«

»Was ist mit Schlechtem?«

»Davon habe ich reichlich gesehen.«

»Dann glauben Sie an das Böse?«, wollte Tamara wissen.

»Hmm, gute Frage. Vielleicht tue ich das. Was immer es ist, das die Leute dazu bringt, Böses zu tun.«

»Na, dann sind Sie ja schon halb da. Wenn es das Böse gibt, dann …«

»Wie ist es mit Ihnen? Sehen Sie viel Böses hier in Cherringham?«

»Oh ja.«

Jack lachte. »Ich bin relativ neu hier, also erzählen Sie mir lieber, wo man das Böse antrifft, damit ich ihm aus dem Weg gehen kann. Es sei denn, Sie sprechen vom Ploughman, denn böse oder nicht – gehe ich gerne am Wochenende in den Pub, um in Ruhe ein Pint zu trinken.«

Endlich wirkte Jacks Humor. Tamara zog ihre Hände zurück, als wäre sie abgestoßen, und ihre Stimme wurde leise und todernst.

»Sie würden nicht darüber scherzen, wenn Sie davon betroffen wären, Jack.«

Prima, dachte er.

Es hatte sich zwar zäh angelassen, aber nun nahm das Gespräch die Richtung, die er wollte.

»Das klingt, als würden Sie über bestimmte Ereignisse sprechen.«

Tamaras Stimme behielt den dunklen Ton. »Tue ich. Über das wahre Böse, hier in diesem Dorf. Oder zumindest am Rand des Dorfs.«

»Darüber würde ich gerne alles erfahren. Ich werde Ihnen gebannt zuhören. Vielleicht können Sie mich sogar bekehren.«

Tamara wandte sich zu ihrem Tisch mit Ölen, und Jack sah

aus dem Augenwinkel, wie sie sich aus einem der Flakons etwas mehr Flüssigkeit in die Handfläche goss.

Eine hübsche Pause, um die dramatische Wirkung zu steigern, dachte er zynisch.

»Ich nehme das sehr ernst, Jack. Und wenn ich Ihnen etwas erzähle, vertraue ich darauf, dass Sie es ebenfalls sehr ernst nehmen. Wir müssen nämlich alle auf der Hut sein.«

»Sicher. Ich bin ehrlich interessiert.«

»Okay«, sagte sie, ging um den Tisch herum und widmete sich seiner anderen Schulter. »Haben Sie von Mabb's Farm gehört?«

»Ja, klar. Soll es da nicht irgendeinen verrückten Fluch geben? Schlimme Dinge, die einer jungen Familie zustoßen? Ich bin sogar neulich mal dort oben auf dem Hügel gewesen.«

»Ja? Waren Sie beim Steinkreis?«

»Bei dem und in dem Wald.«

»Dann haben Sie seine Kraft gespürt, die Sie dorthin zog. Und Sie haben die Kälte gefühlt, nicht?«

»Kann sein, ja, im Wald vielleicht.«

Jack hielt sich mit Scherzen zurück, denn die mystische Tamara kam in Fahrt.

»Also haben Sie die Macht der Geister gefühlt, die in jenem Reich leben.«

»Durch die Bäume dringt ja nicht viel Sonnenlicht nach unten. Daher …«

»Sie *wissen*, dass es nicht bloß das ist, Jack.«

Und Jack war geneigt, ihr zuzustimmen, auch wenn er es nicht tat. Der Wald hatte sich wirklich unheimlich angefühlt.

Unheimlicher, als er erwartet hätte. Und er hatte schon eine Menge unheimliche Sachen gesehen. Ebenso wie grausige und blutige.

»Diese Geister … stecken die hinter dem Fluch?«

»Ohne jeden Zweifel.«

»Was hat es mit diesem Fluch auf sich? Ist die Farm an sich verflucht?«

»Die Farm und alles Land, das zu ihr gehört«, antwortete Tamara.

»Hat das nicht mit irgendwelchen Hexen zu tun?«

»Drei Hexen. Drei arme Schwestern, die die Gabe hatten und den höchsten Preis für sie bezahlten.«

»Aber warum haben sie das ganze Gebiet verflucht?«

»Damit keiner ihr Land bewirtschaften konnte, nachdem sie hingerichtet worden waren.«

»Demnach hat der Fluch nicht funktioniert?«

»Doch! Er hielt die Leute nicht ab, es mit dem Bewirtschaften zu versuchen, aber deshalb war der Fluch nicht weniger wirksam.«

»Wie das?«

»Seit Jahrhunderten musste jeder, der auf diesem Land arbeitete, Unglück, Tod, Missernten und Katastrophen ertragen. Wollen Sie Fakten über den Fluch, Jack? Sie sind alle in der Geschichte von Mabb's Farm zu finden.«

»Wow! Es scheint ein übler Fluch zu sein.«

»Er wird von mächtigen Geistern gestärkt … von zornigen Geistern.«

Jack blickte zur Seite, um einzuschätzen, wie viel Tamara selbst von dem glaubte, was sie sagte. Ihre strahlend blauen Augen funkelten wie die einer Katze im Kerzenschein.

»Und es ist egal, wer dort lebt, ob er gut oder böse ist – der Fluch trifft ihn immer?«

»Genau. So geht es eben.«

Gut zu wissen, wie Flüche funktionieren, dachte Jack spöttisch.

»Sogar die Familie, die jetzt dort lebt, muss leiden? Obwohl sie überhaupt nichts getan hat, um das zu verdienen?«

»Stimmt! Und ja, sie sind unschuldig«, sagte Tamara in pathetischem Tonfall. »Ein junges Paar und ein Kind.«

»Das ist furchtbar.« Jack bemühte sich, betroffen zu klingen. »Und unfair. Ich habe gehört, dass auf der Farm ziemlich schaurige Dinge vorgehen.«

»Feuer, Tiere sterben, Krankheit«, zählte Tamara auf. »Und ich würde auch nichts anderes erwarten.«

»Denken Sie nicht, dass irgendwelche Leute aus der Gegend es auf sie abgesehen haben?«, fragte Jack. »Sie wissen schon – jemand, der sie aus irgendwelchen Gründen fertigmachen will?«

»Nein!«, antwortete Tamara im Brustton der Überzeugung.

»Sie scheinen recht sicher zu sein.«

»Es gab noch einen … Vorfall. Gestern.«

»Ach ja?«

Tamara überlegte offenbar, ob sie es ihm erzählen sollte.

Sie blickte sich um, als könnte sie beobachtet oder belauscht werden, und senkte die Stimme zu einem Flüstern.

Ganz die glaubwürdige Quacksalberin.

»Die Mutter – Caitlin – war heute Morgen hier. Sie war so verzweifelt, die Ärmste.«

»Was ist passiert?«

»Sie ist sehr früh mit ihrem Mann zum Melken aufgestanden. Als sie in den Stall kamen, spielten die Kühe verrückt, sagte sie. Sie rannten das Tor ein und stürmten in die Felder.«

»Warum? Was hat sie erschreckt?«

»Dasselbe, das Caitlin dann auch erschreckte. Auf dem Dach waren Fußspuren: *weiße* Fußspuren.«

»Okay, irgendein Witzbold ist nachts auf das Stalldach geklettert.«

»Die Fußspuren waren nicht von einem Menschen, Jack. Sie stammten von Pferdefüßen.«

»Oho!«

Für einen Moment fühlte sich Jack nach St. Vinnie's in Flatbush zurückversetzt, wo er dem alten rotnasigen Father Gately gelauscht hatte, der von der Kanzel über Satan, die Lakaien des Teufels und den pferdefüßigen Verführer mit all seinem Gepränge zeterte.

Ich habe nie kapiert, was ein Gepränge ist.

Und mit dreizehn Jahren hatte Jack sich schon auf einige dieser reizvollen »Versuchungen« zu freuen begonnen …

»Ich bin gleich mit Caitlin zur Farm zurückgegangen, begleitet von einigen Freundinnen, die erfahrene Heilerinnen sind.«

»Wie praktisch, dass Sie Leute in der Gegend haben, die helfen können«, sagte Jack möglichst ernst.

»Seit der Fluch wieder aktiv ist, habe ich alle verständigt, von denen ich weiß, dass sie die Gabe besitzen.«

»Nett von Ihnen. Tja, Nachbarn helfen einander, nicht wahr? Und was war, als Sie alle wieder zur Farm kamen?«

»Auf dem Hof herrschte das reinste Geisterchaos! Es war ein Malstrom, in dem es von Auren und bösen Schemen nur so wimmelte. So etwas habe ich noch nie gefühlt.«

»Wow!«, rief Jack und überlegte angestrengt. »Das wäre ja wohl der Beweis, hmm?«

»Mabb's Farm ist verflucht. Auf dem Hof spukt es. Feuer gab es schon, und wenn nicht bald jemand etwas unternimmt, wird es Blut geben.«

»Dann sollte die Frau … Wie hieß sie noch – Caitlin? Sie sollte mit ihrem Baby wegziehen, oder?«

»Vielleicht. Aber es besteht die Möglichkeit, dass der Fluch aufgehoben werden kann.«

»Wirklich? Wer könnte das? Die Kirche?«

Tamara lachte.

Sie war also kein Fan der Anglikanischen Kirche.

»Nicht die Kirche. Ein gelernter Geistheiler. Oder eine Geistheilerin.«

»Sie meinen – Sie selbst?«

»Falls ich stark genug bin, die richtige Unterstützung habe … ja.«

»Und werden Sie es machen?«

»Wenn man mich darum bittet.«

»Caitlin?«

»Ja.«

»Eine schwierige Entscheidung. Glauben Sie, dass Caitlin Ihnen vertraut?«

»Oh ja«, antwortete Tamara. »Wir sind uns über die letzten Wochen sehr nahegekommen.«

Ja, das wette ich, dachte Jack. *Ganz sicher seid ihr das.*

Nach all diesen Informationen war Jack nicht so dumm, sie nach dem Preis einer solch überirdischen Leistung zu fragen.

Der dürfte ziemlich hoch liegen.

Fürs Erste drehte er sich wieder um und ließ Tamara mit ihrer Massage fortfahren. Hiervon wenigstens verstand sie etwas …

9. Zurück zu den Anfängen

»Da wären wir, Archy«, sagte Sarah. »Jetzt holen wir dich hier raus und gehen mit den vielen schönen Spielsachen spielen!«

Sarah parkte den wuchtigen Buggy im Eingangsbereich des Gemeindesaals neben den anderen und griff nach unten, um ihren kleinen Patensohn aus seinem Gurt zu befreien.

Vor zehn Jahren in Clapham war sie regelmäßig mit Daniel in der Mutter-Kind-Gruppe gewesen.

Gott, wo ist die Zeit geblieben? Ist es wirklich schon zehn Jahre her?

Während sie nun mit einer Hand die Tasche mit Windeln, Essen und Fläschchen nahm und mit der anderen Archy aus seinem warmen einteiligen Anzug schälte – wobei sie immer wieder den Buggy mit dem Fuß beiseiteschieben musste –, kam es ihr vor, als hätte sich nichts geändert.

Sie hatte selten die Chance, etwas mit Archy allein zu unternehmen, und heute war eine schöne Gelegenheit. Archys Mum Lucy war Grace' ältere Schwester, und Sarah war richtig gerührt gewesen, als man sie letztes Jahr gebeten hatte, seine Patentante zu werden.

Sarah mochte beide Schwestern sehr gern. Von allen neuen Freundinnen, die sie seit ihrer Rückkehr in Cherringham gefunden hatte, waren sie diejenigen, mit denen sie sich am besten verstand.

Und die das größte Verständnis für sie hatten.

In dem Moment, als ihr zu Ohren gekommen war, dass Caitlin Fox jede Woche zum Müttertreff ging, hatte sie Lucy angerufen und um Hilfe gebeten. Sie war ohne Umschweife zum Punkt gekommen: »Das ist die einzige Möglichkeit, mit Caitlin zu reden – und du hättest dadurch einen freien Vormittag.«

Lucy hatte gelacht und gesagt, gegen eine geringe Gebühr könnte sie Archy jeden Dienstagvormittag haben, wenn sie unbedingt wollte …

Also war Sarah hier – als Ersatzmutter für einen Einjährigen. Und sie genoss jede Minute, in der sie den kleinen Archy knuddeln und mit ihm spielen konnte.

Mit dem Baby auf dem Arm öffnete sie die Tür zum Saal und ging hinein. Der Lärm war vertraut und wohltuend.

Ungefähr fünfzehn Mütter und einige wenige Väter saßen auf dem Fußboden oder holten sich Kaffee oder Saftbecher an einer kleinen Durchreiche von der Küche. Gleichwohl gab es hier viele Plastikstühle, die im ganzen Raum verstreut waren.

Inmitten der Eltern waren rund zwanzig Babys, von denen manche auf Kissen oder Decken lagen und andere umherkrabbelten. Einige wenige machten bereits schwankend die ersten Schritte – und drohten jederzeit umzukippen. Außerdem lagen überall Spielsachen herum.

Die Atmosphäre war freundlich, lebhaft und entspannt, und auf einmal sehnte Sarah sich nach jener Zeit zurück. So ermüdend, anstrengend und endlos die Tage damals auch gewesen sein mochten, sie hatte jene Zeit als sehr intensiv und lebensbejahend in Erinnerung.

Das Leben schien durch und durch sinnvoll.

Und beim Anblick der anderen Eltern dachte sie unwillkürlich an die Freunde, die sie in London zurückgelassen hatte, als ihre Welt aus den Fugen geriet.

Plötzlich versuchte Archy, von ihrem Arm zu springen, und Sarah konnte ihn gerade nach festhalten, bevor er auf den Holzboden purzelte.

Puh, pass auf! Denk dran, dass du wieder eine Mum bist.

Sie trug Archy hinüber zu einer kleinen Gruppe, die auf dem Fußboden saß, und setzte ihn dazu. Binnen Sekunden hatte er sich ein Spielzeug geschnappt und kaute auf ihm herum.

»Hallo, Archy!«, begrüßte ihn die Frau neben Sarah. »Hast du Lucy gegen ein neues Modell ausgetauscht?« Sie lächelte Sarah an, bevor sie sich und das kleine Mädchen zu ihren Füßen vorstellte.

»Ich bin Ali, und das ist Mira.«

»Hi, ich bin Sarah, Archys Patentante. Lucy hat heute Vormittag frei.«

»Die Glückliche! Hättest du vielleicht mal Lust auf einen Tag mit Mira?«, fragte Ali grinsend.

»Verlockend, aber die halten einen ganz schön auf Trab, nicht? Außerdem habe ich mein Soll erfüllt«, sagte Sarah. »Meine sind inzwischen Teenager. Da bekommt man es mit völlig anderen Problemen zu tun.«

Archy begann in Richtung Tür zu krabbeln, deshalb stand Sarah auf und holte ihn zurück. Sie hatte vergessen, dass bei solchen Treffen die Kleinen bestimmten, wie lange die Gespräche dauerten.

»Kennst du hier jemanden?«, erkundigte sich Ali und schwenkte eine Hand zu den anderen Eltern.

»Ja, allerdings nur vom Sehen.«

»Holen wir uns einen Kaffee, und ich stelle dich vor. Es sind eigentlich immer dieselben Leute hier.«

»Das ist das Schöne, wenn man in einem Dorf lebt«, sagte Sarah. »In London konnten solche Gruppen schnell mal recht versnobt sein.«

»Oh, davor ist man hier auch nicht gefeit. Der einzige Unterschied ist, dass einem in so einem kleinen Dorf keine Wahl bleibt, als sich zusammenzuraufen. Komm mit.«

Und nach diesen Worten ging Ali voran zur Durchreiche, und Sarah folgte ihr vorsichtig zwischen den krabbelnden Babys hindurch.

Sarah brauchte eine halbe Stunde, um sich unauffällig durch die Gruppe zu arbeiten – die im Laufe des Vormittags immer größer wurde. Aber schließlich fand sie einen Platz in der Ecke neben der Frau, von der Ali ihr verraten hatte, dass sie Caitlin Fox war.

Caitlin sah so irisch aus, wie es ihr Name nahelegte: rotes

Haar, grüne Augen. Sie wirkte außerdem wie jemand, der zum Lachen und Spaßhaben geboren war – auch wenn sie jetzt recht blass und müde auf ihrer Decke hockte.

Sarah setzte sich neben sie, mit Archy auf dem Schoß.

»Hi, ich bin Sarah. Das ist mein Patenkind, Archy. Und wen haben wir hier?«

Caitlin drehte langsam den Kopf zu ihr, dann wieder zu dem rothaarigen kleinen Jungen, der auf der Decke vor ihr ein Spielzeugauto hin und her schob.

Gott, sieht die aber fertig aus, dachte Sarah.

»Das ist Sammy«, antwortete Caitlin.

»Ah, dann musst du Caitlin sein, nicht wahr?«, sagte Sarah, der jetzt nicht mehr wohl dabei war, wie sie diese Begegnung inszeniert hatte.

War das hinterhältig? Sie log ja nicht, denn Archy war wirklich ihr Patenkind. Aber sie benutzte ihn – und Lucy –, um an Informationen zu kommen. Diesen Gedanken verdrängte sie jedoch gleich wieder.

Das hier geschieht in Caitlins Interesse.

Die erschöpfte Mutter antwortete nicht, sondern nickte bloß.

»Jetzt spiel schön, Sammy«, sagte sie dann, als ihr kleiner Sohn nach einem Spielzeug griff.

»Die können einen echt schaffen, was? Ich bin so froh, dass ich das nicht jeden Tag habe. Hast du wenigstens schon ruhige Nächte?«

Caitlin blickte Sarah direkt an.

Fast so … als könnte sie durch sie hindurchsehen.

Da wird es einem eiskalt.

»Meinst du nicht eher: Wie ist es denn so, unter einem Fluch zu leben?«, entgegnete Caitlin angespannt. »Du musst nicht so tun, als ob du nichts wüsstest. Keiner will mehr über etwas anderes reden.«

»Tut mir leid«, sagte Sarah. »Ich … ich wollte es nicht ansprechen.«

»Und weißt du was? Mir macht es nichts aus, darüber zu reden. Das tue ich sogar gerne. Ja, an manchen Tagen spreche ich, glaube ich, von nichts anderem. Die verdammte Farm. Dieser …« – sie senkte die Stimme – »verdammte Fluch.«

»Es muss schwierig sein.«

»Schwierig? Das ist stark untertrieben.«

Sarah bemerkte, dass ein oder zwei andere Mütter zu ihnen sahen und flüsterten.

»Hast du Hilfe?«, fragte sie.

»Welche Hilfe denn?«, erwiderte Caitlin. »Wir hängen da fest. Können nicht weg. Können nicht bleiben. Wir sind gefangen.«

»Aber könnt ihr denn nicht einfach wieder dahin ziehen, wo ihr vorher gewohnt habt? Die Farm aufgeben?«

»Zurück in die alte Wohnung? Das würde ich sofort.«

»Und warum machst du es nicht?«

»Charlie, mein Mann, will nicht weg.«

»Obwohl ihr nicht glücklich seid?«

»Uns geht es echt elend auf der Farm, ungelogen. Nichts ist wie früher.«

»Als ihr in der Wohnung gelebt habt, meinst du?«

»Bevor wir auf diese verdammte Farm gezogen sind, waren wir glücklich. Charlie war glücklich. Die Wohnung war nicht größer als ein Schuhkarton, und wir hatten kein Geld, aber wir waren glücklich.«

»Und das ist vorbei, seit ihr auf der Farm seid?«

Bei dieser Frage schien Caitlin innezuhalten. Sarah hatte den Eindruck, dass sich hinter den traurigen, müden Augen ein sehr wacher Verstand verbarg.

»Es war … Charlie wurde auf einmal ganz kalt mir gegenüber. Er war nicht mehr der Mann, den ich geheiratet hatte. Und dann passierten diese Sachen.«

»Was für Sachen?«

»All die schlimmen und unheimlichen Sachen.«

»Meinst du den Fluch?«

»Diese Hexen leben immer noch, das sagt jeder. Und sie bestrafen uns, nur weil wir da sind.«

»Wie?«

»Sie lassen Feuer ausbrechen, erschrecken und verletzen die Tiere. Sie machen Charlie wahnsinnig – und mich auch.«

Sarah fiel auf, dass die anderen Eltern auf Abstand gegangen waren. Caitlin und sie waren in der Ecke beinahe allein mit den beiden kleinen Jungen, die vor ihnen auf der Decke spielten.

»Und du bist sicher, dass es keine andere Erklärung gibt?«, fragte Sarah. »Könnte jemand sauer auf euch sein? Euch vom Hof vertreiben wollen?«

Caitlin sah Sarah direkt ins Gesicht und flüsterte ernst: »Das sind keine Menschen, die das machen. Ich habe die Fußspuren des Teufels auf dem Dach gesehen! Und ich habe Freunde, die sich mit diesen Dingen auskennen, und die sagen, dass der Teufel auf der Farm ist.«

»Was für Leute?«

»Leute mit der besonderen Gabe. Leute, die den Teufel sehen können. Und sie sagen, dass er überall ist: auf den Feldern, in den Scheunen, im Haus.« Nach einer kurzen Pause ergänzte sie: »In den *Schlafzimmern*!«

»Da kannst du dir nicht sicher sein, Caitlin.«

»Oh doch, bin ich. Es sind die Hexen. Sie wollen uns nicht auf Mabb's Farm. Wir hätten nie auf die Farm ziehen dürfen. Und wir werden erst wieder glücklich, wenn wir weg sind.«

Sarah bemerkte plötzlich, dass es ganz still im Saal war. Sie schaute sich um und sah, dass die anderen Eltern gegangen waren.

Es war, als hätte eine gigantische Welle Kinder, Spielsachen, Mütter und Väter weggespült.

Nur noch eine alte Dame war da: In der Küche trocknete sie Kaffeetassen ab und beobachtete die beiden Frauen durch die Luke.

Sarah hob Archy hoch und stand auf.

»Ich muss los, Caitlin«, sagte sie. »Aber ich würde dir gerne helfen, wenn ich darf.«

»Wir brauchen keine Hilfe. Wir müssen nur … wegziehen.«

Das Flüstern war verschwunden.

Es stand jedenfalls außer Frage, was Caitlin wollte.

Sarah nickte und lächelte. »Ich helfe dir mit deinen Sachen.«

Dann packte sie mit Caitlin zusammen deren Kram ein.

Nach einigen Minuten hatten sie alles in den Buggys verstaut und gingen gemeinsam den Weg hinunter, der an der Kirche entlangführte und in die High Street mündete.

Sarah blickte hoch. Von hier aus konnte man durch die Bäume das kleine Fenster auf der Rückseite ihres Büros sehen. Sie musste dringend Archy nach Hause bringen und zurück zur Arbeit.

»Parkst du auf dem Markt?«, fragte sie Caitlin.

»Nein, Charlie holt mich ab. Ah, da ist er ja!«

Sie zeigte zur Kirchenpforte – und Sarah wurde mulmig.

Dort lehnte Charlie Fox mit verschränkten Armen an einem Ford Pick-up.

Es war zu spät zum Umkehren. Charlie hatte sie bereits gesehen. Jetzt musste sie hartnäckig leugnen, dass dieses Treffen beabsichtigt gewesen war.

»Entschuldige, Charlie. Wir sind ins Plaudern gekommen, und ich habe nicht auf die Zeit geachtet«, sagte Caitlin.

»Plaudern, ja?« Er trat vor und baute sich vor Sarah auf. »Klar doch.«

Sarah lenkte den Buggy zur Seite, damit Archy dies hier nicht mit ansah, und wappnete sich. Charlie war wütend – und Angst einflößend. Doch sie wusste, dass er ihr hier, mitten im Dorfzentrum, nichts tun würde, erst recht nicht vor den Kindern.

»Setz Sammy in den Wagen!«, befahl er seiner Frau.

»Was ist denn, Schatz?«, fragte Caitlin, die Charlies offenkundige Wut auf Sarah nicht verstand.

»Jetzt setz ihn schon ins Auto und pack den Buggy hinten rein! Hast du nicht gehört?«

Während Caitlin mit ihrem Sohn um den Pick-up herumging und den Buggy einklappte, beugte sich Charlie noch näher zu Sarah.

»Ich weiß nicht, was für ein Spiel ihr treibt, aber halt dich von meiner Familie fern, verstanden?«

Sarah war froh, dass sie Archy als plausible Requisite dabeihatte. Und dass Charlie diesmal kein Gewehr schwenkte.

»Mr Fox, Caitlin und ich haben bloß -«

»Ich habe euch einmal gewarnt. Jetzt pass gut auf. Sollte ich einen von euch je wieder in unserer Nähe erwischen – bei der Farm, bei meiner Frau oder meinem Sohn –, dann, das schwöre ich, werde ich …«

Er zögerte; anscheinend lagen ihm die Worte »euch umbringen« auf der Zunge.

»… etwas tun. Das schwöre ich bei Gott.«

»Charlie, was ist denn?«, fragte seine Frau laut.

»Steig ins Auto!«, rief er Caitlin über die Schulter zu.

Sarah stand reglos zwischen dem Buggy und Charlie.

Dann sah sie zu, wie Charlie sich höchst unfroh von ihr abwandte, in den Pick-up stieg und mit dröhnendem Motor davonfuhr.

Sofort drehte Sarah den Buggy zu sich, um nach Archy zu sehen.

Der schlief süß und selig und hatte nichts mitbekommen.

Babys …

Sarah atmete auf und bemerkte, dass sie zitterte.

War Charlie eine echte Bedrohung? Sie war unsicher und wünschte, Jack wäre hier, denn sie hatte Angst – und das mitten auf dem Dorfplatz.

10. Happy Hour im Ploughman

Lächelnd nahm Jack von Ellie, der Bedienung, sein Pint Wadworth entgegen. Es kam ihm ein wenig unpassend vor, direkt nach einer solch mystischen Begegnung mit der geheimnisvollen und letztlich hilfreichen Tamara in den Pub zu gehen.

Doch er hatte das Gefühl, wenn die Leute über Charlie und den Fluch redeten, dürfte der Ploughman die Gerüchtezentrale sein.

Er blickte sich um. Nach Monaten, in denen er sich unter den Einheimischen vorgekommen war wie ein fremdes Wesen, das einem Raumschiff entstiegen war, schien ihn jetzt niemand mehr besonders wahrzunehmen.

Könnte es sein, dass man ihn inzwischen als Stammgast akzeptiert hatte? Er war zwar immer noch ein »Yankee«, aber er konnte wie jeder andere hier an der Bar stehen, sein Bier trinken, sich unterhalten, wenn er wollte, oder eben nicht.

Das fühlte sich verdammt gut an. Ihm war klar gewesen, dass es nicht leicht würde, eine neue Heimat zu finden, vor allem nicht nach einem tragischen Verlust und einem langen, erfüllten Leben in einem fernen Land.

Doch anscheinend gelang es ihm allmählich.

»Wartest du auf jemanden, Jack?«, fragte Ellie.

Jack drehte sich zu ihr um. »Nein, ich genieße nur mein Bier, Ellie. Aber vielleicht bleibe ich noch auf einen Happen. Was steht heute auf der Karte?«

»Wir haben Hackbraten, Spezialität des Kochs. Na ja, er nennt ihn seine Spezialität, aber eigentlich schmeckt er wie jeder andere Hackbraten auch.«

»Tja, daran kann man ja nicht viel verkehrt machen«, meinte Jack, und sie lachte.

Er wandte sich wieder zum Schankraum.

Falls er nach Leuten gesucht hatte, mit denen er reden konnte, hatte er sie jetzt gefunden.

Normalerweise saßen am Ecktisch einige der hiesigen Farmer beisammen, und so war es auch heute Abend.

Jack nahm sein Bier und ging hinüber.

Sehen wir mal, wie integriert ich tatsächlich bin …

»Darf ich mich dazusetzen?«

Jack sah die drei Männer am Tisch an. Pete Butterworth kannte er schon, seit Sarah und er dem Mann geholfen hatten, eine wertvolle römische Platte wiederzubekommen, die auf vermeintlich unerklärliche Weise verschwunden war.

»Jack, sicher doch! Kennt ihr euch?«

Jack zog sich einen Stuhl vom Nebentisch heran. Er merkte, dass die anderen beiden ihn neugierig beäugten. Kein Wunder. Mittlerweile hatte sich herumgesprochen, dass Jack sich hin und wieder in Dorfangelegenheiten einmischte – verschwundene Gegenstände, vermisste Personen.

Und wer hatte keine Geheimnisse, die er lieber wahren wollte?

»Tom Hodge, Phil Nailor«, stellte Pete sie vor. Die beiden Männer nickten.

Jack nickte ebenfalls.

Tom Hodge. Der Mann, den Charlie gefeuert hatte.

Eine Goldader, wie es so schön hieß.

Jack war sich bewusst, dass er die drei bei ihrem Gespräch unterbrochen hatte – noch ein merkwürdiges Zeichen. Tom musste äußerst verärgert sein, dass man ihn gefeuert hatte. Und Pete könnte etwas wissen und Jack helfen, auch wenn die Farmer ein sehr eingeschworener Club waren, in dem sich alle gegenseitig schützten.

»Was für eine verdammte Geschichte, hmm?«, eröffnete Jack.

Es war immer gut, die Leute mit dem Einstieg zu verwirren, sodass sie sich fragten, was man wohl meinte.

Pete schnappte den Köder. »Was denn, Jack?«

»Der Ärger auf Mabb's Farm und das Gerede von einem Fluch. Ist da was dran?«

Mehr brauchte es nicht, um Tom Hodge zum Reden zu bringen.

»Und ob da was dran ist! Dieser Charlie ist dämlich. Ein kompletter Schwachkopf, was die Farmarbeit angeht. Mich wundert ja, dass er nicht versucht, seine Kühe an den Ohren zu melken.«

Die Männer lachten, und Jack stimmte ein, bevor er einen Schluck Bier trank.

»Kein Talent, um eine Farm zu führen, was?«

»Talent?« Tom schnaubte. »Der Mann sollte nicht mal in die Nähe einer Farm gelassen werden.«

»Ein totaler Versager«, fügte Phil Nailor hinzu.

Jack sah ihn an.

Erstaunlich, wie gerne die Leute redeten, dachte er.

Vor allem wenn sie auf jemanden schlecht zu sprechen waren. Und das traf auf Tom allemal zu. Aber auf Phil auch?

»Komm schon, Phil«, sagte Pete. »Das war ein Unfall. Es hätte -«

Phil fiel ihm ins Wort: »Charlie und ich hatten jeweils die Hälfte für den verfluchten Streuer bezahlt, und als ich ihn wiederkriege, ist das Ding im Eimer. Die blöde Maschine war nicht mehr in Gang zu bringen. Genauso gut hätte ich mein Geld im Klo runterspülen können!«

Tom lachte. »Ich schätze, dass keiner Charlie gesagt hat, dass man das Ding ölen muss.«

Noch mehr Gelächter, nur Phil blieb mürrisch. Er war sichtlich nicht milde gestimmt.

»Ein Totalschaden?«, fragte Jack.

»Und ob! Jetzt sind meine Maschine und mein Geld weg!«

Jack nickte. Hier waren gleich zwei Männer, die nichts für Charlie Fox übrighatten.

Er wandte sich zu Pete. Anscheinend hatte er mit Charlie kein Hühnchen zu rupfen.

»Was ich nicht verstehe, ist – wenn Charlie sich mit der Farmarbeit so schwertut, warum betreibt er die Farm dann trotzdem?«

»Gute Frage. Das ist auch so eine Geschichte. Weißt du, sein Dad …«

»Harry?«, hakte Jack nach.

Stille trat ein. Vielleicht begriffen die Männer, dass Jack sich nicht einfach nur so für die Geschehnisse auf der Farm interessierte.

»Ja, richtig. Harry. Nach seinem Testament sollten das Land, das Haus und alles an Ray gehen.«

»Also, *das* war einer, der echt was von der Farmarbeit verstand«, hob Tom hervor.

»Und Charlie hinterließ er nichts?«

»Ich nehme an, sein Dad wusste, dass Charlie nicht das Zeug dazu hatte«, antwortete Pete.

»Pech-Charlie nennen wir ihn alle!«

»Aber Ray kam mit allem zurecht?«

»Sicher. Guter Getreidefarmer, ausgezeichneter Milchbauer. Der Betrieb lief bestens. Stimmt's nicht, Tom? Du hast doch für Ray gearbeitet, bevor Charlie übernommen hat, oder?«

Wieder gab es eine Pause.

Interessant …

»Ja, der Laden brummte, sage ich euch«, antwortete schließlich der Gefragte. »Und sobald Ray weg war, ging alles den Bach runter.«

Jack sah die drei nacheinander an. »Und Ray?«

»Der ließ eine Nachricht zurück«, sagte Pete. »Irgendwas von wegen, es wäre Zeit weiterzuziehen … Und das hat er gemacht.«

»War die Polizei nicht neugierig?«

Pete schüttelte den Kopf. »Es gab ja keinen Hinweis auf ein Verbrechen oder so. Der Mann durfte schließlich tun und lassen, was er wollte. Und es gab Gerüchte von einer Frau irgendwo, in Australien, glaube ich. Außerdem stand in der Nachricht, dass Charlie ein Auge auf die Farm haben soll, bis … oder ›falls‹ er wiederkommt.«

»Komisch«, meinte Jack.

»Was?«, fragte Pete.

»Ray muss doch gewusst haben, dass Charlie alles zugrunde wirtschaftet. Und trotzdem …«

Jack verstummte. Dazu hatten die anderen nichts zu sagen.

Und genau deshalb ist es komisch, dachte Jack. *Verbrechen oder nicht, hier stimmte etwas nicht.*

»Und der Fluch?«, hakte Jack nach.

»Tja, wenn man Dämlichkeit einen Fluch nennen will«, spöttelte Phil.

Aber Tom nickte. »Ich sage euch, da ist was faul an dem Land, keine Frage. Ich hatte immer so ein merkwürdiges Gefühl, vor allem wenn ich auf dem Hügel war, weg vom Haus. Da konnte man es fühlen.«

Und noch ein Mitglied für das Fluch-Team.

»Ich halte das alles für Blödsinn«, sagte Pete. »Der Mann sollte schlicht nicht Farmer sein.«

Jack fiel auf, dass Phil Nailor über die Fragen und das Gespräch über Charlie recht still geworden war.

Es könnte etwas zu bedeuten haben.

Oder auch nicht.

Jack wollte schon ein zweites Bier bestellen, eventuell eine Runde für den Tisch, als sein Handy klingelte.

Sarah.

»Hi, gut, dass du anrufst, ich habe überlegt -«

Sarahs Stimme am anderen Ende, die ihn völlig unerwartet unterbrach, ließ ihn erstarren.

»Jack, es ist etwas passiert.«

»Ist mit den Kindern und dir alles in Ordnung?«

»Ja«, antwortete sie schrill. »Aber kannst du bitte schnell zu mir kommen? Du musst das sehen.«

»Ich bin gleich bei dir.«

Jack drehte sich zu den Männern um.

»Ich muss sofort weg. War nett mit euch!«

Die drei nickten, als Jack aus dem Ploughman rannte.

11. Eine krasse Warnung

Sarah stand an der Tür und wartete auf Jack.

Sie sah verängstigt aus, und ihre Stimme war gedämpft.

»Danke, dass du so schnell gekommen bist! Die Kinder haben es noch nicht gesehen, aber ich habe einen Riesenschrecken bekommen.«

»Was ist denn?«

Sarah blickte sich nach links und rechts um, als wollte sie sich vergewissern, dass Chloe und Daniel außer Hörweite waren.

»Komm mit.«

Sie ging voraus zur Hintertür, die in den kleinen Garten führte.

»Das ist seltsam, Jack«, sagte sie, bevor sie die Tür öffnete.

Zuerst konnte Jack nur erkennen, dass der Regen quer zu fallen schien. Er war richtig scheußlich geworden. Schlimmer noch, der steife Wind bog Büsche und Bäume mal in die eine, mal in die andere Richtung, ehe er plötzlich aufhörte.

Wie Hurrikan-Wetter, dachte Jack.

Und das, obwohl wir hier nicht an der Spitze von Cape Cod sind.

Sowohl Sarah als auch er wurden jetzt ganz nass vom Regen, obwohl sie noch in der Tür standen.

»Soll ich dir einen Regenmantel holen?«

Jack verneinte stumm.

»Wonach soll ich gucken?«

Wieder blickte Sarah sich um. Was immer es war, sie wollte auf keinen Fall, dass ihre Kinder es sahen.

Dann zeigte sie nach draußen. »Danach!«

Jack folgte der Richtung ihres Fingers. Der Garten wurde nur spärlich vom Licht aus dem Küchenfenster beschienen, aber ... mitten auf dem Rasen sah er etwas.

Zuerst wusste er gar nicht recht, was es war. Dann …

»Das ist …«

Er wandte sich zu Sarah um.

Und sie beendete den Satz für ihn. »Das ist ein Teil vom Wicker Man. Genau. Ein verkohlter Arm, wie es aussieht, mit dieser klauenartigen Hand; und er steckt in der Erde fest.«

»Oh Gott, den hat jemand da hingesteckt.«

»Der Fluch …«, sagte Sarah in einem halbherzigen Versuch, der Situation mit Ironie entgegenzutreten.

Jack sah ihr rasch ins Gesicht, um sicherzugehen, dass sie es nicht ernst meinte. Ihr nervöses Lächeln bestätigte seine Vermutung.

Dennoch …

»Warum sollte das jemand in meinen Garten stecken wollen?«, fragte sie.

Jack schüttelte den Kopf. Er hatte Sarah liebgewonnen, sehr sogar, sie und ihre Kinder.

Und dies hier gefiel ihm ganz und gar nicht.

»Weiß ich nicht«, antwortete er.

Er wollte sie nicht noch besorgter machen, als sie schon war, aber er war nun äußerst beunruhigt.

»Jack, da ist noch etwas. Ich bin nicht dort hingegangen, doch das Ding hält eindeutig etwas in der Hand. Was es ist, kann ich nicht sehen, aber etwas klemmt eindeutig in der Hand.«

Von der Tür aus war es unmöglich auszumachen. Man sah lediglich einen dunklen Klumpen in der verkohlten Hand des Wicker Man.

»Tja, das finden wir nur auf eine Art heraus«, sagte Jack. »Hast du zwei Regenschirme?«

Sarah bejahte wortlos und ging ins Haus zurück, während Jack die Tür schloss, wartete, überlegte und sich sehr sorgte.

Kaum traten sie nach draußen, riss der Wind an ihren Schirmen, auch wenn sie sie direkt gegen den Wind stemmten. Es schien, als würde das Gestänge in Kürze nachgeben.

»Scheußliches Wetter«, sagte er.

Als stünde das nicht schon hinlänglich fest!

Während der wenigen Schritte zum Stumpf des Wicker Man wurden sie komplett durchnässt.

Ein kurzer Blick, dann nichts wie rein, dachte Jack.

Ihm fiel ein Satz aus einem alten Schwarz-Weiß-Film ein:

»An so einem Abend jagt man weder Mensch noch Tier aus dem Haus.«

Als sie bei dem Arm waren, schien der Ausspruch erst recht passend.

Sarah blieb stehen und überließ es Jack, sich nach unten zu beugen und nachzusehen, was in der dornigen Hand steckte.

»Es ist ein Vogel«, sagte Jack. »Schwer zu sagen, was für einer, aber er ist nicht klein – ein Rabe vielleicht? Oder eine Elster?« Er atmete tief ein. Wahrscheinlich dachten sie beide dasselbe.

Wer hatte den Arm hier drapiert und sich auch noch die Mühe gemacht, einen toten Vogel in die Hand zu legen?

Das als unheimlich zu bezeichnen traf es nicht annähernd.

»Gehen wir wieder rein«, sagte Sarah über das Trommeln des Regens auf ihren Schirmen hinweg.

Sie saßen am Küchentisch. Sarah hatte ihnen zwei Handtücher geholt, damit sie sich abtrocknen konnten. Daniel und Chloe waren aufgetaucht, aber die beiden hatten sich schon so daran gewöhnt, ihre Mum und deren Freund, den Detective, gemeinsam im Haus zu sehen, dass sie keine Fragen stellten.

Später, wenn der Regen nachgelassen hatte, wollte Sarah rausgehen und das Ding wegwerfen.

Sie hatte eine Halbliterflasche Glenmorangie und zwei Gläser auf den Tisch gestellt.

»Eis?«, fragte sie. »Wasser? Entschuldige, ich habe nichts

im Haus, um einen Martini zu mixen. Das werde ich gleich morgen ändern.«

Jack lächelte, als sie ihm einige Fingerbreit einschenkte. Es ging Sarah schon viel besser, weil er hier war, auch wenn sie nach wie vor erschüttert war. Jemand war auf ihrem Privatgrund eingedrungen und hatte ihn mit einer finsteren Botschaft markiert.

»Hey, ich müsste ja ein Vollidiot sein, sollte ich mich über einen sehr feinen Tropfen Single-Malt beschweren! Der – pur getrunken – ist bestens.«

Lächelnd schenkte sie sich selbst ungefähr halb so viel wie ihm ein.

»Und was hältst du davon?«

Zunächst erhielt sie keine Antwort. Sie kannte ihn gut genug, um eines zu wissen: Wenn er schwieg, dachte er über eine wichtige Sache nach. Und selbst jetzt, wo er tief in Gedanken versunken war, strahlte er immer noch Stärke und Fürsorge aus.

Jack trank einen Schluck.

»Sicher bist du schon von alleine draufgekommen, dass es eine Art Warnung sein soll.«

»Ja – aber an mich? Warum will mich jemand warnen? Was habe ich getan?«

Jack lächelte, als hätte er ganz ähnliche Fragen bereits früher gehört – was gewiss zutraf.

»Okay, sieh es mal so, Sarah. Wir wissen, dass es keinen Fluch gibt. Jemand terrorisiert das arme Paar, aus Gründen, die wir nicht kennen, und jetzt willst du ihnen helfen, herauszufinden, was vor sich geht.«

Sarah nickte.

»Gut möglich, dass der andere Arm bei meinem Boot auf mich wartet. Auf das Boot bekommt ihn keiner, denn eine solche Idee würde Riley jedem energisch austreiben. Apropos … du solltest dir einen Hund anschaffen.«

»Das sagen die Kinder auch. Doch ich habe schon genug um die Ohren, nein danke.«

Er grinste. »Der beste Freund des Menschen. Und falls du vorhast, weiter als Amateur-Detektivin aktiv zu sein, könnte es nützlich sein, einen zu haben. Es geht nichts über das laute Bellen eines richtig großen Hundes, um Leute zu verschrecken.«

»Ich denk drüber nach. Das da draußen ist also eine Warnung. Und der Vogel?«

»Ich habe gehofft, dass du mir das verraten kannst. Hat ein toter Rabenvogel in Verbindung mit dem Wicker Man irgendeine spezielle Bedeutung, oder ist das nur noch mehr wirrer Hokuspokus?«

»Weiß ich nicht, aber die Botschaft ist klar.«

»Stimmt. ›Halt dich raus.‹ Was, wie ich annehme …«

»Ich nicht tun werde.«

»Woher wusste ich bloß, dass du genau das sagen würdest?«

Danach erzählte er ihr von seiner Unterhaltung im Pub, und sie schilderte ihm ihre nicht allzu nette Begegnung mit Charlie.

»Könnte diese Warnung bedeuten, dass wir auf einer heißen Spur sind?«, fragte Sarah.

»Ich bin mir nicht sicher. Wir haben Tamara, die beschwört, dass alles das Werk böser Mächte ist, und natürlich sind Tom Hodge und Phil Nailor wütend auf Charlie.«

»Nicht zu vergessen, dass weder Charlie noch Caitlin scharf auf echte Hilfe sind.«

»Stimmt. Und trotzdem hat Charlie wirklich Angst. Ich habe hinreichend oft Angst gesehen, und der Mann hat sie.«

»Das ergibt keinen Sinn …«

Jack antwortete nicht. Er grübelte mal wieder.

Schließlich blinzelte er mit einem Auge. »Darf ich noch einen Schluck? Man kann den Torf riechen und schmecken. Fantastisches Zeug.«

»Nur zu. Aber vergiss nicht, dass du noch durch dieses Unwetter fahren musst.«

»Das vergesse ich nie. Und du hast recht. Irgendwas an der Geschichte stinkt zum Himmel. Dann ist da noch diese andere Sache – die mit dem Bruder, Ray.«

»Sein Verschwinden? Anscheinend ist er einfach weg und hat Charlie alles überlassen.«

»Bingo! Das ist es. Mir fallen ein Dutzend Gründe ein, warum er wegwollte. Ich meine, ich bin auch aus meiner Welt verschwunden und hier gestrandet. Aber Ray, der gute, tüchtige Farmer, überlässt den Familienhof seinem unfähigen Bruder? Das will mir nicht in den Kopf.«

Dann hatte Sarah eine Idee. Sie beide waren ein Team, doch es gab Dinge in ihrer Welt, die Jack nicht verstand und die nützlich sein konnten.

»Ich forsche mal ein bisschen über Ray Fox. Vielleicht kann ich seine Bankdaten, die Grundbucheinträge und so einsehen.«

Jack grinste. »Du meinst, du hackst dich rein?«

Sie erwiderte sein Grinsen. Jack schreckte selbst nicht davor zurück, Regeln zu beugen, um das zu tun, was getan werden musste.

»Überlass mir ruhig die Feinheiten. Ich sehe mal, was ich finden kann. Es könnte ja auch sein, dass mit dem ›vermissten Ray‹ gar nichts ist …«

Jack trank sein zweites Glas aus.

»… oder es ist etwas. Super Idee. Und eines noch.«

»Na?«

»Wer das da draußen auch war, treibt keine Spielchen, Sarah. Und in mir beginnt langsam ein Plan zu reifen.«

»Plan?«

»Eher die Idee zu einer Falle. Können wir uns morgen Vormittag treffen, in dem Laden der esoterischen Tamara? Ich bereite alles vor. Sagen wir, um zehn dreißig? Ähm, ich meine natürlich, um halb elf?«

»Kriege ich Einzelheiten?«

»Geduld, Watson. Morgen wird alles enthüllt. Wir brauchen allerdings die Hilfe der allwissenden, höchst mystischen Tamara.«

»Aha? Die Massage muss Eindruck auf dich gemacht haben.«

»Kann ich nicht leugnen«, sagte er lächelnd. »Die hat Wunder gewirkt.«

»Bis dahin stöbere ich ein bisschen im Netz. Ich bin ganz gespannt auf morgen.«

»Ich auch.« Er stand auf. »Grüß Daniel und Chloe von mir.«

Dann ging er, und Sarah stellte fest, dass sich das Haus jetzt schon sicherer anfühlte, nur weil er hergekommen war.

Und als der Regen nachließ und sie schließlich rausging, entdeckte sie, dass Jack vor seiner Abfahrt hinten gewesen war und den Arm des Wicker Man und den toten Vogel für sie entsorgt hatte.

12. Rays Geheimnis

Kopfschüttelnd schaute Sarah auf den Monitor ihres MacBook Air und murmelte: »Gar nicht gut.«

Grace, die am Schreibtisch gegenüber saß, blickte auf. »Was? Was ist gar nicht gut?«

Sarah sah zu ihr. Sie vertraute Grace blind, ebenso wie Jack. Den beiden konnte sie alles erzählen, was sie gewöhnlich auch tat.

Doch dass sie sich in die örtliche Bank einhackte, wollte sie ihrer Assistentin lieber nicht verraten.

»Hmm? Oh, nichts, nur eine Software-Macke.«

Sie sah wieder auf den Monitor. Es hatte lediglich ein paar Minuten gedauert, die erste Sicherheitsschwelle der Greenwood Bank zu überwinden. Das war viel zu einfach – selbst für einen Amateur wie sie ... »Wie kommst du voran?«, fragte sie Grace. »Läuft alles mit den Grafiken für das Wellness-Hotel?«

»Bin dabei. Hast du gewusst, dass sie an dem Wochenende einen Krimi-Abend veranstalten, mit Dinner und allem?«

Sarah musste lachen. »Hört sich witzig an.«

»Ich dachte, ich gehe vielleicht hin, auch wenn ich mir nicht vorstellen kann, dass Jeremy so eine Veranstaltung durchhält.«

Jeremy, Grace' Freund, war ein stiller junger Mann, der sich hauptsächlich für Fußball interessierte.

Sie schienen glücklich miteinander ...

»Tja, wenn er nicht will, gehe ich mit dir hin«, sagte sie und tippte auf die Entertaste.

Und dann, nach einigen Navigationstricks und über unterschiedliche Pfade und Hintertüren, wie sie jede Website hatte, landete Sarah in der Datenbank.

Sie beugte sich näher zum Bildschirm.

Es fühlt sich immer noch falsch an, egal ob die Gründe die richtigen sind, dachte sie.

Von hier aus konnte sie keine Gelder verschieben. Gott, sogar bei dieser Bank dürfte das Sicherheitssystem ausreichen, um solche Transaktionen zu entdecken.

Aber simple Konteninformationen?

Die waren etwas völlig anderes. Sarah hatte nun die Möglichkeit, all das zu sehen, was ein Bankangestellter nach einer Woche Einarbeitung aufrufen konnte.

Sie trug »Ray Fox« in den Suchbalken ein.

Zwei Konten erschienen, ein Giro- und ein Sparkonto. Beide waren frei einsehbar.

Sie rief das Girokonto auf und sah, dass sich dort seit achtzehn Monaten nichts bewegt hatte.

Das beträchtliche Guthaben legte eigentlich nahe, dass Ray irgendwann zurückkehren würde. Und niemand, auch nicht sein Bruder, schien dieses Geld für sich zu beanspruchen.

So weit war hier nichts verdächtig. Oder nützlich.

Sarah dachte an den Krimi-Abend, den Grace erwähnt hatte. Es könnte spaßig sein, wenn erst der Herbst richtig da war. *Mal sehen, wie die Profis einen Fall lösen!*

Dann entschied sie, sich die letzten Transaktionen anzusehen, bevor Ray verschwunden war. Einige Einkäufe, die er mit der Karte bezahlt hatte. Rechnungsüberweisungen. Ein Dauerauftrag vom Spar- zum Girokonto, der abgebucht wurde und …

Da – nur drei Wochen ehe alle Bewegungen endeten, gab es eine große Überweisung.

Dreitausend Pfund an Cauldwell & Co., den Immobilienmakler im Ort.

Sarah war versucht, es Grace zu erzählen, doch weil dies hier illegal war, hielt sie ihre Assistentin lieber raus, damit die im Zweifelsfall glaubwürdig abstreiten konnte, beteiligt gewesen zu sein.

Sie sah auf.

»Grace, ich treffe mich in einer Stunde mit Jack, muss aber

vorher noch schnell etwas erledigen. Mittags bin ich wieder hier, versprochen, und dann mache ich wieder mit.«

»Schon okay. Schnüffel du ruhig, Boss«, sagte Grace grinsend.

Sie ist wirklich Gold wert. Diskret und klug.

»Danke!« Sarah schnappte sich einen Block und lief los.

Vielleicht war es ja an der Zeit, sich einige Notizen zu machen.

Cecil Cauldwell saß selbst am Empfang. Wahrscheinlich ging es in der Immobilienbranche zum Ende des Sommers eher ruhig zu. In seinem cremefarbenen Anzug mit blasslila Krawatte und passendem Einstecktuch – ideale Sommergarderobe, jedoch weniger geeignet für diese Jahreszeit – wirkte Cecil übertrieben elegant.

Die Glocke über der Eingangstür bimmelte, als Sarah mit ihrem Block hereinkam.

»Sarah? Ähm, wie geht's?«

Wie die meisten Leute in Cherringham wusste auch Cecil, dass ein Besuch von Sarah oder ihrem amerikanischen Freund dieser Tage alles Mögliche bedeuten konnte.

Das hatte Cecil gelernt, als Mogdon Manor abbrannte.

»Cecil, bin ich froh, dass Sie hier sind. Ich kam auf gut Glück vorbei …«

Sie hatte gedacht, wenn sie vorher anriefe, würde er einen Vorwand erfinden, eine Besichtigung oder so, weshalb er – leider – in Kürze nicht mehr im Büro wäre.

Manchmal sind Überraschungen sinnvoller.

Er bot ihr nicht an, Platz zu nehmen.

Sarah stellte sich Hausmakler ein bisschen wie Ärzte und Bestattungsunternehmer vor. Sie wussten Dinge über Leute – über ihre Familien, ihre Vermögensverhältnisse, ihr Leben im Allgemeinen und Besonderen –, die sonst keinem bekannt waren.

»Cecil, ich versuche, dem jungen Paar draußen auf Mabb's Farm zu helfen.«

»Die haben Sie um Hilfe gebeten?«

»Nicht direkt. Ich wurde von anderen gebeten, die sich Sorgen machen. Und da habe ich mich gefragt ...«

Sie wandte einen Trick an, den Jack ihr beigebracht hatte: Stell eine Frage, auf die du die Antwort schon weißt. »Die Oberhand gewinnen«, nannte Jack es.

»... was es mit Ray Fox und seinem plötzlichen Verschwinden auf sich hat. Hat er jemals mit Ihnen gesprochen, vielleicht über einen Verkauf der Farm oder -«

»Bedaure, aber solche Angelegenheiten unterliegen der Schweigepflicht. Das werden Sie sicher verstehen.«

»Natürlich.«

Immer noch bot er ihr keinen Stuhl an.

Cecil hoffte offenbar, dass Sarah ebenso schnell wieder ging, wie sie gekommen war.

»Es ist nur so, dass Ray anscheinend Kontakt zu Ihnen aufgenommen hatte. Und wo er doch weg ist, frage ich mich, ob Sie vielleicht etwas wissen.«

»Ich wüsste nicht, was das mit diesem ... Paar auf der Farm zu tun hat. Bei *dem* Arrangement war ich jedenfalls nicht involviert.«

Aha ...

»Aber bei anderen?«

Cecil rutschte nervös auf seinem Stuhl hin und her. Nun war Sarah froh, dass sie stand, denn es gab ihr einen Höhenvorteil.

»Na schön, es ist wohl kein Geheimnis, dass Ray Fox bei mir war.«

»Und Sie engagiert hat? Sozusagen?«

Cecil zögerte. »Äh, sozusagen.«

»Ich dachte, ein Grundstück zu vermakeln wäre umsonst, bis der Verkauf abgeschlossen ist.«

»Stimmt, doch in diesem Fall wusste er, dass sich der Besitz leichter und eventuell auch profitabler verkaufen ließ, wenn man ihn aufteilt. Daher waren einzelne Schätzungen für Ausstattung und Viehbestand nötig, für die Aufteilung des Anwesens, die diversen Gebäude, sogar für die Einrichtung. Für alles mussten Gutachten und Pläne angefertigt werden, und das kostet durchaus eine Gebühr.«

»Eine recht hohe?«

Cecil, der merkte, dass er die Katze bereits halb aus dem Sack gelassen hatte, wand sich. »Ich fürchte, das ist privat. Wenn Sie also jetzt …«

Sarah machte sich einige Notizen. Im Grunde nichts von Bedeutung, aber sie wollte, dass Cecil es sah und sich fragte: *Was schreibt sie auf … Was denkt sie … Und könnte sich das irgendwie nachteilig für mich auswirken?*

»Dann waren Sie gewiss überrascht, als Ray einfach auf und davon zog.«

»Na ja, aus unseren Gesprächen wusste ich, dass er weggehen wollte. Er hat die Farm gut geführt, ihren Wert gesteigert. Aber es gefiel ihm dort nicht. Im Dorf übrigens auch nicht. Trotzdem wunderte mich, dass er *in medias res* verschwand. Und dann alles Charlie überließ. Das verstehe ich am allerwenigsten.«

»Ja, das ist seltsam, nicht?«

»Kann man so sagen. Immerhin hat der Besitz einigen Wert. Und Ray gab ihn einfach so auf? Übergab alles an diesen blöden … Verzeihung … an seinen Bruder?«

»Und ein Verkauf wäre … könnte immer noch gewinnbringend für Sie sein.«

In der Stille, die auf Sarahs letzten Satz folgte, gab eine große Uhr im Büro das lauteste Ticken von sich, das Sarah je gehört hatte.

Schließlich erklärte Cecil: »Sarah, für mich ist diese Angelegenheit abgeschlossen. Und wenn Sie noch mehr Fragen haben, schlage ich vor, dass Sie Ray Fox suchen. Er kann sie Ihnen beantworten, ich nicht.«

Sarah lächelte.

»Vielen Dank für Ihre Hilfe, Cecil!«

Ein »Gern geschehen« kam dem Makler nicht über die Lippen.

Sarah ging zur Tür.

»Und ich lasse es Sie wissen, sollten wir Ray Fox tatsächlich finden und ihm dieselben Fragen stellen können.«

Als Sarah das Büro verließ, bimmelte die Türglocke erneut. Dann ging sie zügig ins Dorfzentrum, wo Jack vor Tamaras Laden auf sie wartete.

13. Pläne für einen Dreiviertelmond

Sarah sah Jack einige Läden von Moonstones entfernt stehen, direkt vor der neuen Buchhandlung, wo er die Auslagen betrachtete. Er blickte gerade auf, als Sarah über die Straße zu ihm gelaufen kam.

»Bin ich zu spät?«

»Nein, du bist pünktlich. Weißt du übrigens, dass ich noch nie einen Krimi gelesen habe, und hier ist das Fenster voll mit denen. Interessant, was? Wo das doch quasi mein Fach ist.«

Sie lachte. »Nach meinen Erlebnissen mit dir würde ich sagen, die sind nicht halb so spannend wie die Realität. Erwartet Tamara uns?«

»Ja, aber konntest du mit deinen Computerkünsten etwas rauskriegen?«

Sarah erzählte ihm von Rays großer Zahlung, davon, wofür sie gewesen war, und von ihrem Besuch bei Cecil.

»Tatsächlich? Das ergibt keinen Sinn. Irgendwie passt das alles nicht zusammen. Er investiert so viel Geld in eine Verkaufsvorbereitung – und verkauft dann nicht?«

»Eben. Und du hattest gesagt, dass du an einem Plan arbeitest. Wie wär's, wenn du mich einweihst?«

»Ja, habe ich gesagt. Und er ist auch so gut wie fertig. Ich muss nur noch sehen, ob wir Tamara mit an Bord bekommen. Und dann – sobald wir mit ihr durch sind – kläre ich dich auf, Partner.«

»Schön. Ich bin schon ganz gespannt.«

»Okay, dann auf ins mystische Reich, damit die Party losgehen kann.«

Sie gingen zum Moonstones-Laden und öffneten die Tür.

Tamara wartete schon. Das Licht im Geschäft war gedämpft, und überall brannten Kerzen. Die Esoterikerin war von Weihrauch umwabert und in ein weites türkisfarbenes Kleid mit aufwendigen Stickereien gehüllt.

Sarah fiel zu diesem Bild nur eines ein: *Was für eine Type!*

»Jack«, begrüßte Tamara ihn strahlend.

Aufgepasst, Mr Brennan, dachte Sarah und musste schmunzeln. *Die Esoterikerin ist sehr angetan von dem, was sie da vor sich sieht.*

»Und Sie müssen Miss Edwards sein.«

Na, das ist mal eine Hellseherin.

Tamara gab Sarah die Hand.

»Sagen Sie bitte Sarah.«

Jack blickte sich um. »Können wir uns irgendwo ungestört unterhalten, Tamara? Sarah und ich möchten Ihnen einen Vorschlag machen.«

Tamaras Augen verengten sich skeptisch. Diese Fluch-Geschichte könnte ein Segen für ihr Geschäft sein. Und ihre esoterische Wärme wich prompt schlecht getarntem Misstrauen.

»Aber ja, hinten.«

Dann stockte sie.

»Moment, ich schließe erst ab, damit wir nicht unterbrochen werden.«

Nachdem das erledigt war, folgten Sarah und Jack ihr in einen kleinen Raum hinter dem Laden.

Sarah nahm an, dass der mit einer dicken roten Filzdecke verzierte achteckige Tisch gewöhnlich fürs Tarot-Lesen oder gar für Séancen benutzt wurde.

Ob Tamara tatsächlich Séancen veranstaltet?

Denn wenn sie nicht bald einen großen Durchbruch in diesem Fall erreichten, mussten sie vielleicht auf ein solches Mittel zurückgreifen.

»Okay, erzählen Sie mir, was ich tun kann.«

Jack bedeutete Sarah mit einem Seitenblick, dass er für sie beide sprechen würde.

»Nun, Tamara, nach unserer Unterhaltung neulich kam ich ins Grübeln. Es ist so schrecklich, was diesem armen Paar auf

Mabb's Farm widerfährt. Meine Freundin Sarah und ich würden ihnen gerne helfen, etwas gegen diesen Fluch zu tun.«

Sarah staunte, dass er den Satz ohne einen Funken Ironie über die Lippen brachte.

»Ja, das verstehe ich«, erwiderte Tamara. »Doch leider ist den dunklen Mächten nicht so leicht beizukommen.«

Tamara blickte von Jack zu Sarah, als wäre ihnen beiden auf Anhieb nachvollziehbar, was sie meinte. Sarah nickte brav.

»Genau das ist es ja!«, rief Jack. »Sie haben gesagt, dass man etwas tun kann, nicht?«

Unglaublich, dachte Sarah.

Sie konnte es kaum erwarten, wie das alles in eine Art Plan münden sollte.

»Der Fluch ist uralt, Jack. Jahrhundertealt! Und wie Sie gesehen haben, lebt er immer noch und ist *sehr* mächtig.«

Der dramatischen Untermalung halber wandte Tamara das Gesicht ab.

Das hat sie aus dem Effeff drauf, ging es Sarah durch den Kopf. *Sehr gewieft.*

Sarah sah zu Jack. Wie weit wollte er dieses Spiel noch treiben?

Und dann, um Tamaras Theatralik mit seiner eigenen zu kontern, senkte er den Blick. »Das arme Paar. Wir wünschen ehrlich, dass wir irgendwie helfen könnten …«

In diesem Moment sah Tamara wieder zu ihnen und atmete tief ein. Das war sicher so eine Art »reinigender Atem«, wie es in den Heilkünsten hieß. Danach sprach sie ruhig und ernst: »Es gibt vielleicht etwas. Man könnte ein bestimmtes Ritual ausführen, vorausgesetzt, man hat genug Begabte, um einen Machtkreis zu bilden.«

»Und wie viele müssten das sein?«, erkundigte sich Sarah, der die eigene Frage sofort viel zu pingelig vorkam.

»Sieben. Das Ritual ist so alt wie die Steine oben. Wo Flüche und Böses wirken, da gibt es auch immer gute Mächte der

Geisterwelt. Allerdings ist ein gewisses Risiko dabei. Es kann gefährlich werden.«

»Ja, kann ich mir vorstellen«, sagte Jack.

Sarah kam aus dem Staunen nicht heraus: Glaubte Tamara wirklich, dass Jack ihr das alles abnahm? Oder war das hier für die Frau nur Mittel zum Zweck?

Vermutlich würden sie Letzteren bald erfahren.

»Es sind einige Vorbereitungen nötig, und natürlich muss man die anderen zusammenrufen … und …«

Wieder legte sie eine dramatische Pause ein.

»Bei einem solchen Ritual fallen natürlich, schon wegen der Risiken und der Vorbereitungen, Kosten an.«

Jack lächelte. »Wir, ich meine, *ich* werde für diese aufkommen.« Jetzt sah er Sarah an, um sich zu vergewissern, dass sie nicht aus der Rolle fiel. »Wir möchten unbedingt irgendwie helfen. Und einen Versuch ist es wert, nicht?«

»Ja«, stimmte Tamara ihm zu. »Wir könnten etwas ausprobieren. Aber ich verspreche nichts.«

War ja klar, dachte Sarah.

»Verstehe«, sagte Jack sehr ernst. »Also, heute Abend …«

Hastig schüttelte Tamara den Kopf. »Nein, heute Abend nicht. Jack, Sarah, man kann so ein Ritual nicht an einem beliebigen Abend abhalten. Es gibt nur eine Nacht, in der es geht.«

Sie warteten, um zu hören, was die perfekte Zeit für ein solches Ritual war.

»Und das ist die letzte Nacht des zunehmenden Dreiviertelmonds – die Nacht, bevor er zum Vollmond wird. Manche sprechen vom Teufelsmond, dabei müssen der Teufel und seine Dämonen die Macht dieses Monds, in dieser Nacht, eher fürchten. Nur dann, in dieser einen Nacht, sind unsere Kräfte vielleicht – ich betone: ›vielleicht‹ – stark genug, dass wir versuchen können, den Fluch zu brechen.«

»Und das wäre dann wann?«

Wieder ertappte sich Sarah bei einer praktischen Frage inmitten dieses verblüffenden Unsinns.

Und obwohl sie sicher war, dass Tamara die Daten der Mondphasen auswendig kannte – es sollte zu ihrem Job gehören –, öffnete die Frau ein Lederbuch und blätterte darin. Sarah konnte Notizen und Mondsicheln erkennen.

»Zum Glück ist es nicht mehr lange. Nur noch zwei Nächte, genau genommen. Und«, sie blickte von ihrem Astralkalender auf, »uns bleibt genügend Zeit für die Vorbereitungen.«

»Klasse!«, rief Jack, als hätte er ein Restaurant entdeckt, das sein Lieblingsgericht servierte. »Ähm, dürfen wir dabei sein?«

Tamara zögerte.

»Normalerweise ist es nur der Zirkel, die sieben Personen. Aber wenn Sie aus einer gewissen Distanz zusehen möchten ...«

Wahrscheinlich kam ihr gerade in den Sinn, dass sie den zahlenden Kunden nicht verärgern sollte.

»Ja, das wäre in Ordnung. Solange sie absolut *nichts* sagen oder tun.«

»Abgemacht.« Dann beugte er sich näher zu ihr. »Und, Tamara, mir wäre es lieb, wenn dies unter uns bleibt und den ... Wie nannten Sie die anderen noch?«

»Die Begabten.«

»Ja, nur unter uns. Wir wollen Caitlin und Charlie ja nicht noch mehr Angst einjagen. Oder den Leuten im Dorf.«

»Meine Lippen sind versiegelt, Jack.«

»Schön.«

»Wir treffen uns exakt bei Sonnenuntergang an dem Fußweg, der von der Straße hinaufführt. Es wird dunkel sein, bis wir Mabb's Circle erreichen und der Dreiviertelmond aufgeht.«

»Wenn Sie es sagen.«

Sarah musste sich zusammenreißen, um nicht laut zu lachen.

Sie reichte der Esoterikerin die Hand.

»Bis dann.«

»Ja. Ach, und was die ...«

Jack erriet, was sie sagen wollte. »Stimmt. Setzen Sie es einfach mit auf die Rechnung für die Massage – die übrigens großartig war. Ich schicke Ihnen dann umgehend einen Scheck.«

Hierauf lächelte Tamara strahlend. Sarah und Jack standen auf und verließen den Laden mit einem seltsam unwirklichen, absurden Gefühl.

14. Der Plan

»Hast aber dick aufgetragen«, sagte Sarah, als sie wieder draußen waren. »Ich dachte schon, ich halte es nicht durch.«

Er drehte sich lächelnd zu ihr um. »War ich etwa nicht überzeugend?«

Sarah lachte. »Oh doch, das warst du. Ich hingegen hatte einige Mühe, nicht vom Stuhl zu kippen. Also, wie wäre es mit einer Tasse Tee, und du erzählst mir, was du für die Fluch-Nacht geplant hast?«

Er schüttelte den Kopf.

»Kein Tee. Ich möchte nicht, dass uns jemand hört. Zumindest nicht das, was ich dir erzähle.«

Er zeigte hinüber zu einer Seitengasse. »Die führt doch rauf zum Cricket-Platz und den Feldern dahinter, nicht?«

»Ja.«

»Wollen wir einen Spaziergang machen? Unterwegs weihe ich dich in meinen nun vollständig ausgearbeiteten Plan ein.«

»Super.«

Das Gras war noch taufeucht und überlang. Aber was für ein sattes Grün! Die tiefgrünen Rasenflächen und das Moos hatten Sarah im grauen London immer gefehlt.

»Tamara wird ihre Truppe da raufführen«, begann Jack, »aber ich nehme auch an, dass es ihr und ihrem Zirkel sehr schwerfallen wird, diesen extrem aufregenden Einsatz für sich zu behalten.«

»Du willst, dass sie es herumerzählen?«

»Ja, sie und ihre Freunde. Es soll sich herumsprechen. Ich werde ebenfalls meinen Teil beitragen und es unten im Pub erwähnen.« Er hielt ganz kurz inne. »Wenn Tom und Phil Nailor da sind …«

»Warte mal. Wir waren doch oben auf dem Hügel und wissen, was passieren wird. Charlie wird mit seiner Flinte angerannt kommen.«

»Bingo!«

Sarah stutzte. Sie mochte dieses Spiel, bei dem Jack sie erraten ließ, was er vorhatte. Als würde er eine Art Hogwarts für Privatdetektive betreiben.

Was es irgendwie auch war.

»Moment ... Dann wäre Caitlin allein auf der Farm. Das Ritual wäre also der ideale Zeitpunkt, um den gefürchteten Fluch wieder zuschlagen zu lassen, stimmt's?«

»Hmm, kannst du mir in den Kopf gucken? Stimmt genau. Also, falls der wütende Tom unser Mann ist, weiß er, dass er hingehen und etwas machen kann, ohne den gewehrschwingenden Charlie zu fürchten. Dasselbe gilt für Phil Nailor. Oder deinen Cecil. Obwohl ich mir schwerlich vorstellen kann, dass er mit einer Dose weißer Farbe auf einem Dach herumturnt.«

»Nein, kann ich mir auch nicht vorstellen. Aber wie du immer sagst, schließe nie einen Verdächtigen aus, ehe er tatsächlich ausgeschlossen werden kann. Und das gilt auch für Tamara, nicht?«

»Ja. Wenn nichts passiert, könnte das ein Indiz dafür sein, dass sie die Täterin ist. Sie schuf den Fluch; und, schwupp, lässt sie ihn wieder verschwinden. Da dürfte ihre Kasse klingeln.«

Jack sah nachdenklich in die Ferne.

»Und was machen wir?«

»Wir gehen mit ihnen. Allerdings werde ich mich unterwegs zur Farm wegschleichen. Du bleibst am besten bei Tamara, um Charlie zu beruhigen, wenn er angerannt kommt und sie von seinem Land scheuchen will.«

»Ich bin wirklich froh, dass du mich für kein bisschen abergläubisch hältst, Jack.«

»In meiner Welt machen sich die Leute ihre eigenen Flüche. Und sie heben sie auch wieder auf. Auf jeden Fall dürfte es ein spannender und informativer Abend werden. Der Köder steckt am Haken, und wir warten nur ab ...«

»Wusste ich's doch, dass du das Angeln mit ins Spiel bringst.«

Dabei kam ihr ein Gedanke.

Manchmal weiß man nicht, was man fängt.

Hatten sie wirklich alle denkbaren Verdächtigen? Und war da noch etwas anderes, worüber sich Jack sorgte?

»Noch mehr Ideen?«, fragte sie.

Er blieb stehen und sah zur Seite. »Ehrlich gesagt, lässt mir Rays Verschwinden keine Ruhe. Da stimmt etwas nicht – selbst wenn er die Farm verlassen wollte. Dennoch …«

»Unsere Falle steht.«

»Richtig.«

Sarah holte tief Luft. »Na gut. Ich halte mir den Abend frei und organisiere etwas für die Kinder. Aber jetzt sollte ich besser schnell ins Büro zurück. Grace ist alleine mit einem Monster-Projekt.«

»Nur zu. Wir sehen uns beim nächsten Dreiviertelmond.«

15. Der Steinkreis

Sarah parkte in der matschigen Haltebucht neben der Straße und schaltete die Scheinwerfer aus. Es war spät und alles ruhig auf der Straße. Stille senkte sich über sie.

»Sind wir bereit?«, fragte sie Jack.

»So bereit, wie wir sein können«, antwortete er.

Mit seiner Daunen-Winterjacke und der schwarzen Mütze sah er wie ein Profieinbrecher auf dem Weg zu einem Beutezug aus.

»Gehen wir«, sagte Sarah und öffnete die Fahrertür.

Nach dem Aussteigen verriegelte sie den Wagen und schloss den Reißverschluss ihrer Regenjacke. Danach vergewisserte sie sich, dass sie ihre Taschenlampe eingesteckt hatte, nickte Jack zu, und dann gingen sie den langen Weg hinunter, der zu Mabb's Farm führte.

Zuerst marschierten sie stumm; in der Dunkelheit konzentrierten sich beide auf den holprigen Weg und versuchten, den größeren Schlammpfützen auszuweichen. Sarah wusste, dass der Mond frühestens in einer Stunde aufgehen würde, und im Moment waren die Felder und weichen Hügel neben dem Pfad kaum zu erkennen.

Es war kalt, und der Wind frischte auf. Sarah konnte dunkelgraue Wolkenschemen über den Himmel jagen sehen.

»Wenn hier jemand angefahren kommt, müssen wir in den Graben springen«, sagte Jack. »Ich möchte nicht vom Scheinwerferlicht erwischt werden.«

»Mit ein bisschen Glück ist Caitlin schon weg«, sagte sie.

»Das hoffe ich. Diese Sache ist schließlich nicht ganz ungefährlich.«

Ja, das war Sarah bewusst. Und sie war froh, dass sie Ali von der Mutter-Kind-Gruppe hatte überreden können, Caitlin und Sammy für den Abend zu sich einzuladen.

Falls Jacks Plan aufging, würde es heute Abend zu einer

Konfrontation in der einen oder anderen Form kommen, und die könnte durchaus gewalttätig ausfallen.

In so einer Situation wollte man keine Frau mit Baby dabeihaben.

Jack legte eine Hand auf Sarahs Arm und wies nach vorne. Sie blickte in die Finsternis und nahm eine Bewegung wahr. Mit einiger Anstrengung erkannte sie Gestalten neben dem Weg.

»Das werden sie sein«, flüsterte sie.

Jack zuckte mit den Schultern, und beide gingen weiter.

Binnen Sekunden hatten sie die Gruppe erreicht – auch wenn die nicht ganz so aussah, wie Sarah sich einen Hexenzirkel ausgemalt hatte. Dicht am Zaun, in Regensachen und Wanderstiefeln – und mit elenden Mienen – standen Tamaras Begabte. Zu ihren Füßen hatten sie bunte Taschen.

Kostüme? Besen?

Sarah nickte Tamara zu, die sie und Jack den anderen vorstellte. Sie erwiderten das Nicken, doch niemand lächelte. Sarah kannte keines der Gesichter.

Für eine Show wie diese müssen die Profis anscheinend eingeflogen werden, dachte Sarah.

»Sie dürfen mit uns bis zum Kreis gehen«, erklärte Tamara. »Aber dann müssen Sie zurückbleiben. Das Ritual darf nicht gestört werden. Haben Sie verstanden?«

»Klar doch«, antwortete Jack. »Wir empfinden es schon als großes Privileg, dass wir Ihnen bei der Arbeit zusehen dürfen.«

Sarah stimmte wortlos zu und ermahnte sich, ernst zu bleiben.

Der macht mich fertig, stellte sie fest.

Tamara blickte auf ihre Uhr.

»Es ist wenig Zeit«, sagte sie. »Der Mond geht gleich auf. Wir müssen schnell zu den Steinen.«

»Gehen Sie voraus, Macduff!« Jack war vollkommen ernst.

Sarah achtete darauf, ihn ja nicht anzusehen. Dies war kein

günstiger Zeitpunkt, um laut loszuprusten, egal wie sehr ihr danach war.

Einer nach dem anderen stiegen die Begabten über den Zaun neben dem Weg und folgten Tamara den matschigen Pfad entlang, über die Felder zum Wald – und zum Steinkreis.

Im Wald war es stockduster, und Sarah bezweifelte ernsthaft, ob sie es schaffen würden, die nächsten paar Meter zu gehen, ohne den Trampelpfad aus den Augen zu verlieren.

Tamara gestattete ihnen, Taschenlampen zu benutzen, doch selbst mit denen achteten alle darauf, dicht zusammenzubleiben. Sarah bemerkte, dass sogar Jack bemüht war, nicht zu weit zurückzufallen.

Irgendwann blieb die Gruppe stehen und diskutierte flüsternd und murmelnd. Sarah schaute sich um. Sie konnte lediglich die Umrisse von ein oder zwei Bäumen ausmachen, sonst nichts.

»Unheimlich, hmm?«, flüsterte Jack. Und es war eindeutig kein Scherz.

Der Wind raschelte in den Bäumen, und instinktiv blickte Sarah sich nach hinten um.

War da nicht eine Gestalt gewesen? Ein Mensch oder irgendein Tier?

Unwillkürlich erschauderte sie.

»Was ist los bei denen?«, fragte sie Jack.

»Eine Art Aufstand, glaube ich. Anscheinend sagen ein paar von ihnen, dass in dem Wald auch böse Geister sind. Die Begabten gruseln sich.«

»Im Ernst? Das hätte ich denen auch sagen können – ganz kostenlos.«

»Sie wollen nicht weitergehen.«

»Na klasse«, flüsterte Sarah. »Wenn sie kneifen, war es das mit unserem Plan, und wir stecken hier oben fest.«

Nach wenigen Minuten schien die Diskussion beendet, und sie alle gingen weiter.

Nun marschierten sie allerdings schneller, wie Sarah bemerkte.

Und keinen Moment zu früh betraten sie die Lichtung oben auf dem Hügelplateau. Auf ein Zeichen von Tamara hin schalteten alle ihre Taschenlampen aus.

In der Dunkelheit waren die Steine große schwarze Schatten, still und bedrohlich. In dem spärlichen Licht musste Sarah blinzeln, damit sie in ihrer Fantasie nicht zu gebeugten steinernen Rittern wurden.

Je schneller das hier vorbei ist, desto besser.

Aber würde Charlie sie sehen? Würde er herkommen?

Sie beobachtete, wie die Gruppe sich stumm am Rande des Steinkreises versammelte und Umhänge, Hüte, Banner und alles mögliche mysteriöse Gerät aus den Taschen zu holen begann.

Tamara kam zu Jack und ihr hinüber.

»In einer halben Stunde geht der Mond auf«, teilte sie mit.

»Was passiert jetzt?«, wollte Sarah wissen.

»Wir bereiten den Kreis vor, und dann fangen wir mit dem Ritual an.«

»Wo wollen Sie uns haben?«, fragte Jack.

»Sie bleiben hier. Und Sie müssen sich ganz still verhalten; möglichst auch nicht zu sehen sein. Es darf keine Ablenkung geben.«

»Wird es gefährlich?«, erkundigte sich Jack.

»Keine Angst, wir haben eine Schutzaura, und die schließt Sie mit ein, weil Sie mit uns gekommen sind.«

»Puh, das ist beruhigend, nicht wahr, Sarah?«

»Ja, ist es«, bestätigte Sarah.

Übertreib's nicht!

»Wissen Sie was, Tamara«, sagte Jack und wies den Hügel hinunter. »Wir schleichen uns hinter den großen Findling da unten, dann bemerken Sie uns so gut wie gar nicht.«

Tamara nickte.

»Wenn der Mond aufgegangen ist und seine Strahlen auf die Steine treffen, beginnt die Reinigung.«

Damit drehte sie sich weg und kehrte zu ihren Mitexorzisten zurück.

Jack wandte sich zu Sarah.

»Schade, dass ich nicht hierbleiben und zugucken kann. Ich wette, das muss man gesehen haben, um es zu glauben.«

»Hmm«, machte Sarah. »Und ich sitze in der ersten Reihe.«

»Ich schicke dir eine SMS, wenn ich Charlie sehe. Natürlich könnte er auch schon hier sein, falls er vom Farmhaus aus den Schein der Taschenlampen bemerkt hat.«

»Und wenn nicht, wird er die garantiert sehen«, sagte Sarah und zeigte zu Tamara und den anderen, die nun Ölfackeln in einem großen Kreis um die Steine herum aufstellten.

»Ich laufe mal los«, sagte Jack. »Wenn die Dinger an sind, wird der ganze Hügel taghell leuchten. *Das* entgeht ihm sicher nicht.«

»Sei vorsichtig«, mahnte Sarah. Auf einmal wirkte dies alles sehr real.

Und sehr gefährlich.

»Alles halb so wild.« Jack zwinkerte ihr zu, bevor er den Hügel hinunterschlich.

Und dann war er fort.

16. Der Mond geht auf

Jack näherte sich im Schatten des alten Melkstalls dem Farmhaus. Aus dem Stall konnte er nur die Geräusche des Viehs hören, das unruhig gegen die Boxenwände stieß.

Ein breiter Lichtstrahl fiel zwischen den Scheunen auf den Hof. Charlie hatte offenbar in einige Sicherheitsvorkehrungen investiert, seit seine Probleme anfingen.

Bei seinem letzten Besuch oben auf dem Hügel hatte Jack sich den Grundriss der Farm eingeprägt. Daher wusste er jetzt, dass das Wohnhaus hinter der nächsten Scheune war. Ihm blieb keine andere Wahl, als über den Hof zu laufen und zu hoffen, dass Charlie nicht mehr irgendwo draußen arbeitete.

Oder dass derjenige, der sich zur Farm schleichen und abermals Angst und Schrecken verbreiten wollte, noch nicht hier war. Vielleicht lauerte dieser Unbekannte ja wie er selbst irgendwo im Schatten: in einer der Scheunen, hinter einer Hecke oder in einem Graben versteckt. Und wartete …

Aber Jack blieb nichts anderes übrig. Jetzt oder nie, hieß es.

Er rannte schnell und geduckt, rutschte beinahe auf einem Kuhfladen aus, und erreichte den Schutz des Heuschobers, ohne einen Schuss knallen zu hören.

Stufe eins abgeschlossen.

Nun kam der richtig heikle Teil: Charlie finden, ohne von ihm gefunden zu werden.

Doch als Jack im Dunkeln um die Scheune herumging und endlich freien Blick auf das Farmhaus hatte, sah er, dass ihm das Glück hold war.

Im Haus brannte Licht, und die Vorhänge waren nicht zugezogen.

Im Wohnzimmer, das an der Vorderseite lag, ging eine vertraute Gestalt auf und ab. Jack schlich gebückt über die letzten zwanzig Meter des betonierten Hofs, bis er seitlich vom Fenster war. Langsam richtete er sich auf und presste sich mit dem

Rücken dicht an den Cotswold-Stein des Hauses. In seinem Rücken knirschte es.

Mann, wenn ich so was öfter machen will, muss ich besser in Form kommen.

Früher war ich fast täglich im Fitnessraum der One Police Plaza.

Hier im Dorf bin ich ein bisschen faul geworden …

Er rückte näher zum Fenster und spähte in den Raum hinein.

Das Zimmer war spärlich möbliert. Jack sah zunächst nur ein Sofa, einen Sessel und einen brennenden Kamin. Charlie stand nun mit dem Rücken zum Fenster und hatte ein Glas in der Hand. Jack konnte sehen, dass der Farmer allein war, und dennoch redete er.

Jack blickte sich genauer im Zimmer um. In einer der Ecken entdeckte er einen Buggy, zudem waren dort verschiedene Spielsachen zusammengelegt; und vor dem Fenster stand ein alter Bauerntisch mit Stühlen.

Auf dem Tisch war eine halb leere Flasche billigen Whiskeys, deren Schraubdeckel nirgends zu sehen war.

Jack zuckte zurück, als Charlie sich plötzlich umdrehte und direkt zum Tisch am Fenster ging. Selbst durch das Glas konnte Jack ihn murmeln und die Flasche auf den Tisch knallen hören, nachdem er sich nachgeschenkt hatte.

Charlie gibt sich die Kante …

Jack sah auf seine alte Dienstuhr mit den großen Zeigern und dem leuchtenden Zifferblatt. Genau jetzt ging der Mond auf, doch bei den dichten Wolken würde es wohl noch einige Minuten dauern, bis man ihn sehen könnte.

Dann, wie auf ein sphärisches Stichwort hin, flackerten oben auf dem Hügel Flammen auf. Eine nach der anderen wurden die rituellen Fackeln um den Steinkreis herum entzündet – und sie waren von hier unten sehr gut zu sehen, genau wie Jack gehofft hatte.

Von drinnen war ein Klirren und ein lautes Schaben von Möbeln zu hören.

Jack wusste, was die Geräusche bedeuteten: Charlie hatte die Flammen durchs Fenster gesehen.

Jack kroch unter dem Fenster am Haus entlang und dann weiter zur nächsten Ecke, wo eine kleine Hecke etwas Deckung bot, und duckte sich in den Schatten.

Und tatsächlich flog die Haustür auf, und Charlie stürmte mit dem Gewehr überm Arm heraus. Jack blickte ihm nach, als der Farmer laut fluchend zu einer der Scheunen eilte.

Als Nächstes startete ein Motor, und dann fiel Scheinwerferlicht aus der Scheune auf den Hof. Charlie erschien auf einem Quad, dessen Motor auf dem von Gebäuden umgebenen Hof laut dröhnte.

Jack zog sich tiefer in den Schatten der Hecke zurück, als die beiden Lichtkegel über die Hausfront huschten.

Dann war Charlie fort, auf dem Weg zum Feld, das den Hügel hinauf- und zu den Steinen führte.

Stille.

Jack holte sein Handy hervor und tippte.

»*Charlie unterwegs. Hat einiges intus. Sei vorsichtig. Falls es brenzlig wird, sag Bescheid.*«

Nachdem er die SMS abgeschickt hatte, hockte er sich hin und wartete. Denn die eigentliche Arbeit des Abends sollte erst kommen.

Sarah hatte an den Findling gelehnt im Gras gesessen und zugesehen, wie Tamara und die anderen das Ritual vorbereiteten.

Zuerst hatten sie sich ihre weißen Umhänge angezogen. Dann streuten sie Salz zwischen die Steine, zündeten einige Eschenblätter an und legten die Banner mit Symbolen aus, die Sarah nicht erkannte. Hin und wieder hatte es wegen der Details kleine Unstimmigkeiten in der Gruppe gegeben.

An dem Handbuch für diese uralten Rituale wird wohl noch geschrieben, dachte sie.

Dann hatte Tamara fünf Kerzen in die Mitte des Steinkreises gestellt und sie mit weißen Linien zu einem Pentagramm verbunden.

Und schließlich hatte ein Chefzauberer oder Hexenmeister – ein ungepflegter junger Typ mit langem, fettigem Haar – mit einem Zippo die Ölfackeln entzündet, und der ganze Platz dort oben war hell geworden.

Dies war das Zeichen für die sieben Begabten gewesen, in den Kreis zu treten und einen Sprechgesang anzustimmen. Der Fackelrauch waberte auf dramatische Art und Weise um sie herum.

Würde ihr keine gefährliche Begegnung mit einem durchgedrehten Farmer blühen, hätte Sarah das hier richtig genossen.

Es ist wie eine dieser verrückten Strand-Shows, zu denen wir mit den Kindern gingen, als wir im Fernen Osten in Urlaub waren.

Aber Jacks Text hatte sie daran erinnert, dass sie aufpassen musste, vor allem weil Charlie getrunken hatte.

Sie schlich geduckt zur Seite des Findlings, sodass sie nun dem magischen Ritual den Rücken zukehrte und zur Farm hinunterblickte.

Von hier konnte sie bereits die Scheinwerfer von Charlies Fahrzeug erkennen, die sich von der Farm weit unten in ihre Richtung bewegten.

Und sie konnte auch den großen weißen Dreiviertelmond sehen, der nun über Cherringham aufging. Er stand noch tief am Himmel – und wirkte riesig und bedrohlich.

Eine Andeutung dessen, was geschehen würde ...

Jack war nervös. Ihm war von Anfang an klar gewesen, dass das Timing entschied, ob sein Plan aufging. Die Lichter oben sollten Charlie weglocken.

Und mit ein wenig Glück würde derjenige, der die Farm terrorisierte, wieder auftauchen. Doch alles hing davon ab, ob die Gerüchteküche verlässlich gebrodelt hatte.

Inzwischen war Charlie seit zehn Minuten weg, und immer noch war es unheimlich still.

Manche Pläne funktionieren nicht, wusste Jack.

Reglos lauschte er auf das kleinste Geräusch in der Nacht.

Immerhin brachte der Mond ein bisschen mehr Licht. Er stieg über dem Farmhaus auf und strahlte gerade hell genug, um schwache Schatten auf den betonierten Hof zu werfen.

Hoch über Jack trieb der Wind Wolken über den Himmel.

Hier an der Hausecke mit den Sträuchern war Jack allerdings immer noch unsichtbar. Er musste bloß geduldig warten, und …

Aus einer der Scheunen erklang ein metallisches Klirren.

So ein Geräusch machten unruhige Kühe nicht. Nein, das war eindeutig ein Geräusch, das von einem Menschen herrührte …

Noch ein Klirren.

Und dann erschien jemand an der Scheunenecke, der seltsam ging: mittelgroß, in schwarzem Kapuzenpulli und Jeans, das Gesicht verdeckt. Auch im Mondlicht war er auf die Entfernung von vielleicht dreißig Metern schwer zu erkennen.

Dann begriff Jack, warum die Person so merkwürdig ging.

Der Eindringling schleppte einen großen Kanister und begann Flüssigkeit entlang der Scheunenseite zu verschütten.

Sofort stank es beißend. *Benzin!*

Jacks Adrenalinpegel rauschte in die Höhe. Mit so viel Benzin würde hier alles hochgehen.

Der Unbekannte blieb stehen, stellte den Kanister ab und wühlte in seinen Taschen.

Jack wusste, wonach er suchte, nämlich nach Streichhölzern oder einem Feuerzeug.

Er musste umgehend handeln.

Den Kerl sofort aufhalten.

Jack stand auf und lief los, wobei seine Knie schmerzlich protestierten.

Und während er rannte, sah er beinahe wie in Zeitlupe, dass die Gestalt, die nur noch ein paar Meter entfernt war, ein Streichholz entzündete ... und es ungeschickt in den Matsch fallen ließ. Der Mann nahm ein neues – und unmittelbar bevor es entflammte, war Jack bei dem Mann und rammte ihm im Stile eines Footballspielers die Schulter ins Kreuz.

Autsch! Das hat wehgetan ...

Beide stürzten dem schmutzigen Betonboden entgegen. Streichhölzer flogen durch die Luft, Arme und Beine ebenfalls, und Körper prallten mit einem dumpfen Knall auf. Gleichzeitig riss Jack dem Eindringling die Kapuze herunter, sodass er sein Gesicht sehen konnte.

Erschrocken und völlig überrascht ächzte er: »*Sie?*«

17. Der enthüllte Fluch

Sarah hatte sich schon in Spielplatzrangeleien eingemischt, wenn sie aus dem Ruder gerieten, aber dieser kleine Aufruhr war etwas völlig anderes.

Halb entsetzt, halb amüsiert beobachtete sie, wie der Zirkel zusehends in Bedrängnis geriet.

Charlie war von seinem Quad gesprungen, hatte sich eine der Fackeln geschnappt und fuchtelte mit ihr herum wie ein mittelalterlicher Krieger – ein *betrunkener* mittelalterlicher Krieger.

Als er wutentbrannt in den Steinkreis stürmte, begannen die mit Gaben Gesegneten, ihn abwechselnd anzuschreien und mit Salz zu beschmeißen.

Wohl nicht ganz der Dämon, den sie erwartet hatten …

Tamara in der Kreismitte blieb ruhig, ignorierte Charlie und versuchte tapfer weiter das »Entfluchen« zu Ende zu führen.

»Geister der Steine! Ich befehle euch – lasst los!«, wiederholte sie in alle Richtungen, musste sich jedoch hin und wieder ducken, wenn Charlies Fackel über ihren Kopf hinwegsauste.

Sie ist echt cool … das muss ich ihr lassen, dachte Sarah.

In der Zwischenzeit hielt Sarah das Gewehr fest umklammert, das Charlie zum Glück verloren hatte, als er bei seinem ersten wütenden Angriff im Schlamm ausgerutscht war.

Mit der lässigen Routiniertheit eines Soldatenkindes hatte sie die Waffe in der Mitte aufgeklappt und die Patronen herausgeholt.

»Ihr durchgeknallten Irren, runter von meinem Land! Und nehmt euern Scheiß mit!«, brüllte Charlie und schleuderte eine Fackel nach dem hageren, langhaarigen Hexenmeister, als der hinter einem Stein hervorlugte.

Das ist richtig witzig. Definitiv etwas für YouTube, dachte Sarah.

»Hier ist Böses, Charlie Fox, und Sie können es nicht leugnen!«, rief Tamara. »Die Seelen der Verfluchten schreien danach, freigelassen zu werden!«

»Nein! Nein!«, heulte Charlie. »Das ist doch ein Haufen …« Wieder schwang er die Fackel. »Bockmist!«

Sarah sah ihm an, dass er ernsthaft auf der Kippe stand – mit seinem wirren Blick und den wild fuchtelnden Armen. Das lag nicht bloß am Alkohol, ging ihr plötzlich auf. Dieser Mann stand eindeutig vor einem Nervenzusammenbruch.

Sie hörte gar nicht, wie Jack von hinten zu ihr trat. Doch er war keine Minute zu früh, stellte sie fest, als er ihr seine Hand auf die Schulter legte und an ihr vorbei zu dem Kreis ging.

»Charlie«, sagte er behutsam. Jack hatte wahrscheinlich schon mit vielen Männern am Rande des Wahnsinns gesprochen. Noch einmal: »Charlie.« Seine Stimme war nicht laut, und dennoch übertönte sie das Chaos.

Sarah sah, wie Charlie sich umdrehte, sichtlich verwirrt, weil noch jemand hier aufkreuzte.

»Sie?« Er wischte sich mit dem Unterarm die Augen. »Gott, was machen Sie denn hier?«

»Wie wir schon beim ersten Mal sagten, Charlie. Wir sind hier, um Ihnen zu helfen.«

»Mir hilft gar nix! Nichts kann mir helfen.«

Vorsichtig ging Jack auf ihn zu.

»Ich denke, dies hier wird helfen. Zumindest könnte es Ihnen verständlicher machen, was passiert.«

Er sah sich zu Tamara und ihrer Gruppe um, die nun alle Jack anstarrten.

Dann drehte er sich um und rief den Hügel hinab: »Kommen Sie nur!« Es klang, als würde er mit einem verängstigten Tier reden. »Alles ist okay.«

Und Sarah beobachtete, wie eine Gestalt mit aufgesetzter Kapuze aus der Dunkelheit zu ihnen kam, den Kopf gesenkt. Zuerst erkannte Sarah nicht, wer es war – Charlie allerdings war schneller.

»Caitlin?«

Caitlin trat in den Fackelschein und streifte ihre Kapuze zurück. Sarah konnte sehen, dass sie schlammverschmiert war. Auch ihr Haar und das Gesicht waren schmutzig.

»Was ist passiert, Schatz?«, erkundigte sich Charlie und ergänzte ängstlich: »Wo ist Sammy? Geht es ihm gut?«

»Ihm geht es gut, Charlie, keine Sorge«, antwortete Caitlin. »Er ist bei Ali im Dorf. Wahrscheinlich schläft er schon, jedenfalls hoffe ich das für sie.«

»A-aber was machst du hier, Cait?«, fragte Charlie. »Du holst dir noch den Tod.«

Sarah sah zu Jack. Das war doch absurd. Was ging hier vor?

Jack nickte ihr zu, und jetzt bemerkte sie, dass seine Jacke ebenfalls voller Schmutz war.

Caitlin kam näher, bis sie ungefähr einen Meter vor ihrem Mann stand.

»Ich war das, Charlie.«

»Was soll das heißen, Schatz? Ich …«

Sarah hingegen begriff, was es heißen sollte.

»*Ich* war das«, wiederholte Caitlin. »Ich bin diejenige, die all diese Sachen gemacht hat. Die Brände, die Fußspuren auf dem Dach.«

Charlie schüttelte vollkommen verständnislos den Kopf.

»Nein«, sagte er. »Das war jemand anders. Tom, schätze ich, oder einer von den anderen dämlichen Farmern. Oder dieser Haufen hier, der sich irgendwelche Vorteile verspricht …«

»Nein, Charlie«, erwiderte Caitlin streng. »Ich sage dir doch, dass ich es war.«

»Aber wieso? Das ist doch völlig bescheuert.«

»Ich wollte weg von hier. Zurück in die Wohnung, damit es wieder so wie vorher wird. Wir waren dort glücklich, weißt du noch?«

»Warum hast du nichts gesagt?«

»Du hast mir nicht zugehört. Du wolltest gar nichts davon hören!«

»Und deshalb hast du die Farm in Brand gesteckt?«

»Du hast dich verändert, Charlie. In dem Moment, in dem wir hergezogen sind, hast du dich verändert ... auf schlimme Weise. Richtig schrecklich. Diese Farm. Der Fluch ...«

»Sie hat recht, Charlie«, sagte Tamara. »Es ist der Fluch!«

Sarah hatte Tamara und ihre Begabten ganz vergessen. Nun sah sie die Gruppe zusammengedrängt mit ihren Fackeln bei den Steinen stehen, was ein wenig an den Chor einer griechischen Tragödie erinnerte.

»Nein, Tamara, es gibt keinen Fluch«, entgegnete Jack. »Nicht wahr, Charlie?«

Charlie drehte sich zu Jack, dann wieder zu Caitlin.

»Ich dachte, wenn die Farm dich unglücklich macht«, erklärte Caitlin, »muss ich sie loswerden. Dann können wir einfach wegziehen.«

»So einfach ist das nicht, Schatz.«

»Weil es nicht um die Farm geht«, sagte Jack. »Es geht um Ihren Bruder, nicht?«

Nun war es an Sarah zu staunen. Jack behielt seine Gedanken oft für sich und deckte seine Karten erst am Schluss auf.

Wie jetzt ...

»Was meinen Sie damit?«, fragte Caitlin und sah dann Charlie an. »Was meint er?«

»Es geht um Ray«, sagte Jack. »Stimmt's?«

Wieder sah Sarah, wie Charlie sich zu Jack umdrehte, als würde der ihn auf einmal verfolgen.

»Ray«, murmelte Charlie vor sich hin. »Mein Bruder. Ja, es geht um Ray.«

»Dann lass Ray doch die Farm«, sagte Caitlin, die ebenso verwirrt war wie Sarah. »Es ist seine! Und er hat sich einfach verzogen. Wenn sich keiner sonst kümmert, kann er wiederkommen und ...«

»Das kann er aber nicht, nicht wahr, Charlie?«, fragte Jack.

Jack hat irgendwas herausbekommen, fuhr es Sarah durch den Kopf.

Der Vertrag mit Cauldwell & Co., Rays Verschwinden, Charlies Verwandlung …

Aber was?

»Nein, kann er nicht«, bestätigte Charlie und senkte seine Fackel, als würde er endgültig aufgeben. »Er kann nicht … weil er tot ist.«

Sarah hörte, wie der Tragödienchor geschlossen nach Luft schnappte.

Sie sah, dass Charlie tief einatmete und die Schultern hängen ließ.

»Und ich habe ihn umgebracht. Es war meine Schuld.«

Und während die Fackeln hinter ihm flackerten, die Esoteriker in ihren weißen Umhängen vor den Steinen aufgereiht standen, seine Frau direkt vor ihm und Jack Brennan an seiner Seite war, erzählte Charlie Fox endlich seine Geschichte.

Und Sarah hatte das Gefühl, als würden sie alle einer Art Steinzeitritual beiwohnen, einem uralten Prozess im Steinkreis, wie er seit Jahrtausenden nicht mehr stattgefunden hatte – der aber nichtsdestotrotz die Macht hatte, dass Menschen Gerechtigkeit zuteilwurde.

18. Lose Enden

»Das ist ja irre«, sagte Daniel, dem es gelang, rückwärts den steilen Hang hinaufzugehen, ohne hinzufallen oder mit Riley zu kollidieren, der in Kreisen um sie herumlief.

»Tja, die Forensik ist heute schon weit«, sagte Jack, ohne langsamer zu werden.

Er hatte sich geschworen, erst auf dem Gipfel eine Pause einzulegen – egal wie sehr sich seine Beine beschwerten.

Wenn Sarah und ihre Kinder das schaffen, kann ich es ja wohl auch, dachte er.

Und prompt preschte Chloe an ihm vorbei Richtung Gipfel.

»Wer als Letzter von uns oben ist -«

»Hey, das ist unfair!«, rief Daniel.

Jack sah dem Jungen nach, der sich umgedreht hatte und nun Chloe hinterherrannte.

»Da müsste er schon ziemliches Glück haben«, sagte Sarah, die neben Jack ging. »Sie hat diesen Sommer den Vierhundert-Meter-Lauf gewonnen, und er hat in letzter Zeit das Fußballtraining geschwänzt.«

»Versuch das bitte nicht mit mir«, flehte Jack.

»Machst du Witze? Ich dachte bis jetzt, ich bin die Lahmste hier.«

»Nein, ich bin nur der bessere Schauspieler.«

Gesenkten Hauptes trottete Jack weiter und hielt Sarahs Tempo. Schließlich war es seine Idee gewesen, an diesem sonnigen Nachmittag hier hinaufzumarschieren.

Und Sarahs Idee war es, zur Belohnung ein warmes Mittagessen im Rucksack mitzubringen.

Der Steilhang mit den jungsteinzeitlichen Überresten und dem Plateau oben lag etwa sechs Meilen östlich von Cherringham; und seit Jack nach England gezogen war, hatte er sich vorgenommen, hier hinaufzuklettern.

Die jüngsten Ereignisse verliehen dem Aufstieg eine zusätzliche Bedeutung, wie Jack bewusst wurde.

»Dann hältst du es für ziemlich sicher, dass die drei Leichen, die gefunden wurden, die Hexen sind?«, unterbrach Sarah seine Gedanken.

»Nach dem, was ich gehört habe, ja. Die Kleidung, die Male an den Hälsen, die Art, wie sie hingelegt wurden – alles deutet auf ein rituelles Begräbnis hin, wie es vor Jahrhunderten üblich war.«

»Also waren sie die ganze Zeit dort im Wald bei dem Steinkreis«, sagte Sarah. »Kein Wunder, dass uns so unheimlich war, als wir durch den Wald gingen. Dann noch Ray …«

»Wälder sind nun einmal kalt und dunkel. Da fröstelt es die Leute.«

»Oh ja«, bestätigte Sarah grinsend. »Ich weiß genau, dass du es auch gruselig fandest, Jack.«

Er musste lachen.

»Kann sein, aber das behältst du bitte für dich.«

Sie erreichten den Gipfel. Hier oben war eine ebene Grasfläche. Riley jagte Daniel wild kläffend im Kreis herum, und Chloe saß auf einer Bank, das Gesicht mit geschlossenen Augen in die Herbstsonne gereckt.

Jack drehte sich um und blickte in die Ferne. Ja, das war die Aussicht, auf die er sich gefreut hatte.

Unter ihnen im Tal schlängelte sich sanft die Themse, die im Sonnenlicht glitzerte. Jack konnte sogar sein Boot sehen. Und jenseits des Flusses lag Cherringham im trägen Sonntagsnachmittagsschlummer. Geschäfte und Pubs waren geschlossen.

»Siehst du die Steine?«, fragte Sarah neben ihm.

Er schirmte seine Augen ab. Auf dem bewaldeten Hügel hinter Cherringham ragte der Steinkreis über Mabb's Farm auf. Die uralte Anlage war deutlich zu erkennen, weil das Sonnenlicht auf die grauen Steine fiel.

»Glaubst du Charlies Geschichte?«, fragte Sarah.

»Sicher, warum nicht? Ich glaube ihm, dass er und sein Bruder einen handfesten Streit hatten. Ray erzählt ihm, dass er verkauft, und Charlie, der ständig übergangen wurde, dreht durch. Wir haben beide schon erlebt, wie leicht Charlie die Kontrolle verliert. Ray geht zu Boden – mit Schwung – und knallt mit dem Kopf gegen den Kamin. Den Teil hat der Pathologe bestätigt. Und als sein Bruder tot ist, gerät Charlie in Panik.«

»Aber er hätte doch zur Polizei gehen und es ihnen erklären können. Wenn es ein Unfall war.«

»Tja, genau das ist das Problem. Auf die Weise hätte er nie die Farm bekommen«, erklärte Jack. »Nein, Charlie wollte sie schon als Junge, seit sein Dad begann, seinen Bruder vorzuziehen – Ray, der Glückspilz, Charlie, der immer nur Pech hat. Kannst du dir vorstellen, damit zu leben? Es war ein Unfall, doch für Charlie war es auch eine Chance.«

»Und deshalb buddelt er ein Loch im Wald, wirft seinen Bruder hinein und vergisst die Sache?«

»Eben nicht. Er konnte sie offenbar nicht vergessen. Die Geschichte fraß ihn auf.«

»Also wurde der Fluch … wahr.«

»Richtig.«

»Und Caitlin? Denkst du, sie wusste wirklich nichts?«

Jack überlegte. »Nicht bewusst; zumindest glaube ich es nicht. Sie wollte bloß helfen, wollte ihr altes Leben und ihren alten Charlie zurück – auch wenn der ein Pechvogel war.«

»Eine ziemlich drastische Taktik.«

»Die aber funktionierte, nicht?«, sagte Jack. »Charlie wird nicht wegen Mordes angeklagt. Man wird auf Totschlag im Affekt gehen. Vielleicht noch ein paar andere kleine Vergehen. Aber ich wette, dass er nach weniger als fünf Jahren wieder draußen ist. Eventuell sogar schon nach zweieinhalb.«

»Und Caitlin?«

»Keiner wird sie anklagen, weil sie ihren eigenen Besitz angesteckt hat. Allerdings wäre da noch die Nummer mit dem Arm vom Wicker Man in deinem Garten. Du könntest …«

Sarah schüttelte den Kopf.

»Sie werden wieder gemeinsam in der alten Wohnung leben … als Familie«, sagte Jack.

»Und aus dem Pech-Charlie wird wieder ein sorgloser Charlie.«

»So geht es für alle gut aus.«

»Bis auf Tamara«, meinte Sarah. »Es sind keine Flüche mehr da, um ihr Geschäft anzukurbeln.«

»Oh, da wäre ich mir nicht so sicher. Sie und ihre Begabten waren sich verdammt sicher, dass in dem Wald etwas Böses ist.«

»Stimmt. Die Seelen der Hexen …«

»Ja, und ich habe herumerzählt, wie klasse ihre Massage ist«, sagte Jack grinsend. »So schnell wird sie nicht dichtmachen müssen.«

»Was hast du doch für ein gutes Herz, Jack«, stellte Sarah fest.

»Weißt du was? Ich glaube, das habe ich.« Jack lehnte seinen Rucksack neben Chloe an die Bank. »Also, wo ist dieses scharfe Chiligericht, das du mir versprochen hast?«

Er beobachtete, wie Sarah das Essen auszupacken begann. Dann drehte sie sich um.

»Nicht nur Chili«, sagte sie und zog eine Flasche aus dem Rucksack. »Auch gekühltes Budweiser!«

»Du bist unglaublich!«

Er nahm die Flasche, öffnete sie und trank einen großen Schluck. Dann setzte er sich ins Gras und lehnte sich an den Rucksack.

»Also ehrlich«, sagte er, atmete tief ein und betrachtete die Aussicht. »Das schmeckt so lecker.«

Und nicht zum ersten Mal dachte er: *Ist das ein Leben!*

Die Community für alle, die Bücher lieben

Das Gefühl, wenn man ein Buch in einer einzigen Nacht verschlingt – teile es mit der Community

In der Lesejury kannst du

★ Bücher lesen und rezensieren, die noch nicht erschienen sind

★ Gemeinsam mit anderen buchbegeisterten Menschen in Leserunden diskutieren

★ Autoren persönlich kennenlernen

★ An exklusiven Gewinnspielen und Aktionen teilnehmen

★ Bonuspunkte sammeln und diese gegen tolle Prämien eintauschen

**Jetzt kostenlos registrieren: www.lesejury.de
Folge uns auf Facebook:
www.facebook.com/lesejury**